Scarlet

스칼렛

www.bbulmedia.com

간섭

간섭

1판 1쇄 찍음 2015년 9월 9일
1판 1쇄 펴냄 2015년 9월 15일

지은이 | 공은주
펴낸이 | 정 필
펴낸곳 | (주)뿔미디어

기획 · 편집 | 이은정, 조미연

출판등록 | 2002년 9월 11일 (제1081-1-132호)
주소 | 경기도 부천시 원미구 소향로 17, 303(두성프라자)
전화 | 032)651-6513 / 팩스 032)651-6094
E-mail | scarlets2012@hanmail.net
블로그 | http://blog.naver.com/dahyangs
홈페이지 | http://bbulmedia.com

값 9,000원

ISBN 979-11-315-6779-1 03810

간섭

공은주 장편 소설

SCARLET ROMANCE STORY

contents

프롤로그 ······ 7

제1장 내가 무서워? ······ 14

제2장 사랑하지 않는 자식은
　　　원래 원수처럼 미운 법이랬어요 ······ 45

제3장 돈은 부족하면 말해 ······ 72

제4장 아직은 시시한 어린애일 뿐이니까요 ······ 89

제5장 마누라같이 잔소리는 ······ 109

제6장 우리 애, 잘 부탁드립니다 ······ 139

제7장 오래 보면서 살아 ······ 179

제8장 변하지 않을 것 같았는데,
　　　그 마음이 변하더군요 ······ 201

제9장 나, 너무 무서워요 ······ 247

제10장 제가 좀 못되게 굴 수도 있어요 ······ 272

제11장 내일은 꼭 혼자 잠들어 볼게요 ······ 312

제12장 그러니까 네 말은,
　　　남이 아니라면 문제없다는 거잖아 ······ 334

제13장 나는 뒤돌아보지 않을 거야 ······ 375

에필로그 ······ 388

side story 1 ······ 428

side story 2 ······ 438

작가 후기 ······ 447

홍난주의 세 번째 결혼 상대자는 그녀와 가장 비슷한 성향을 가진 남자로, 이름은 권성엽이라고 했다.

권성엽은 명동에서 이름난 큰손이었다.

전직 조폭 두목.

사실 말이 좋아 캐피탈 사장이지, 대부업을 기반으로 한 사채업자나 다름없었다. 하지만 의외로 주먹깨나 썼다던 권성엽은 험악한 직업과는 어울리지 않는 점잖은 인상을 하고 있었다.

지닌 선입견과 다르게 생각만큼 무식하지도 않았고, 폭력과도 거리가 먼, 이를테면 주변에서 흔히 만나 볼 수 있는 인자한 아저씨처럼 보이기도 했다. 그러나 중요한 건 겉보기가 아니었다.

사무실에서 펜대나 굴릴 것 같은 수더분한 인상으로 남들 협박이나 하고 다녔다고 하니, 역시나 사람은 겪어 보아야 아는 모양이다. 인간불신 따위의 단어들을 머릿속에 떠올리면서도 한동안은

7

권성엽에 대한 평가를 늦추지 않았다.

하지만 그럼에도 불구하고 판단의 근거는 이미 명확하게 나와 있었다.

해가 될 것인가, 아님 그 반대인가.

고백하자면 견주는 권성엽이 그다지 싫지 않았다. 그는 사치스런 홍난주의 소비 패턴을 감당할 수 있을 만큼 엄청난 재력을 지니고 있었고, 이것만으로도 내심 두 사람이 썩 잘 어울리는 상대라고 평가를 내렸다.

떳떳하지 못한 과거와는 별개로 아무것도 가진 것이 없는 홍난주의 결혼 상대자로 권성엽은 오히려 차고 넘치는 조건을 가지고 있었다.

그간 홍난주는 남자 보는 눈이 최악이었고, 여태까지는 기둥서방질이나 하는 사내에게 빠져 빚이나 갚아 주다가 파탄 직전에 이르러서야 관계를 정리하는 패턴을 반복하곤 했다. 물론 그 피해는 고스란히 견주 자신에게도 미쳤다.

홍난주의 남자가 술을 마시면 견주에겐 머물 곳이 사라져 버린다. 여름엔 상관없지만 겨울엔 사정이 달랐다. 춥고 배가 고파지면 사람은 판단 능력을 잃어버리게 된다.

따뜻한 곳에서 술도 팔고 몸도 팔던 홍난주의 일까지 탐이 나 버릴 정도로 그렇게.

그렇지만 자신은 홍난주의 밑에서 바르게 자라지는 못했을지언정, 해야 할 일과 하지 말아야 할 일을 구분해 내는 이성쯤은 가지고 있었다.

내 손으로 인생 망치는 짓을 할까 봐서?

아슬아슬한 외줄타기처럼 홍난주를 혐오하는 마음이 위태로운 현실을 버티게 만들었다.

"처제가 생각보다 양양을 닮지는 않았네."

"처음 뵙겠습니다. 이견주라고 합니다."

"이견주라……. 그러고 보니 양양 본명이 홍난주가 아니라 이지영이라고 했었지."

몸에 밴 습관처럼 자연스럽게 하대를 해 오는 권성엽의 말에 견주가 짤막한 소개말을 덧붙였다. 다음 순간 권성엽의 옆을 차지하고 있던 홍난주가 살짝 눈을 흘기며 투정을 쏟아 냈다.

"성엽 씨도 참. 언제까지 양양이라고 하실 거예요. 이젠 난주라고 불러 주셔야죠."

"이런. 정신없다 보니 내 그걸 깜빡했지 뭐야."

"다음에도 잊으시면 저 정말 화낼 거예요."

"아무렴. 새겨듣지, 새겨듣고말고."

"호호. 알겠어요. 이번엔 봐드릴게요."

호탕한 권성엽의 사과에 홍난주가 새치름하게 내리깔았던 눈꼬리를 위로 올리며 샐쭉하게 웃었다.

사람의 습성이란 건 쉽게 바뀌지 않는 법이라고, 화려한 밤 생활에 익숙해져 있던 홍난주의 말투에는 평소에도 듣기 거북할 정도의 비음이 섞여 있었다. 다만 유유상종이라고 권성엽은 이런 홍난주의 말투를 꽤나 마음에 들어 했다.

양양은 홍난주가 술집에 나갈 때 사용하던 예명이었다.

돈이 많은 늙은이일수록 곁자리 덥혀 주는 상대로 똑똑한 척 구는 계집보다는 골 빈 계집을 선호한다나 뭐라나.

이지영이 아닌 홍난주란 가짜 이름을 쓰고, 또 그 이름을 대신해 양양이란 예명을 짓기까지 닳고 닳은 술집 여자의 의식에서 나오는 철학은 하나같이 모순에 차 있었지만, 딱히 그 말을 제지한다거나 관여하고 싶은 마음은 들지 않았다.

홍난주의 성격상 누가 시킨다고 해서 말을 들어 먹을 타입도 아니었고, 결정 과정에 있어 견주의 의견을 반영해 줄 정도로 살가운 편도 아니었다.

홍난주에게 있어 자신은 늘 불필요한 짐 같은 존재였다. 아무 때나 화풀이해도 좋을, 찌꺼기 같은 감정을 토해 내는 배출구 같은 역할이었다.

당연한 것과 당연하지 않은 것. 둘을 구분 짓는 건 사실상 무의미했다.

방학이 시작되면 홍난주는 일손이 부족하다는 이유를 들어 미성년자인 견주에게 자잘한 룸 심부름을 자연스럽게 강요하곤 했다.

싫다는 의사표현과 동시에 매서운 손길이 당연하듯 날아들었다. 빨갛게 물든 뺨은 조롱의 대상밖에 되지 못했다.

'아무렴 내가 그 꼴을 하고서 너더러 술 따르라고 할까 봐서? 꾀죄죄한 몰골을 누가 거들떠보기나 한다고 유난이야. 그리고 너는 뭐, 나하고 다를 것 같아?'

눈 아래 주근깨가 자잘하게 박혀 있던, 볼품없는 외관의 말라깽이에 불과했던 견주는 예쁘장한 것과는 거리가 멀었다. 때문에 깔깔거리는 홍난주의 웃음소리엔 비아냥거림이 잔뜩 들어차 있었다.

화장보단 분장에 가까웠던 하얀 얼굴이 보기 싫게 뒤틀리고, 새빨간 립스틱을 덧칠한 입술이 달싹일 때마다 그 시간이 시린 겨울처럼 차고 무자비하게 느껴졌다.

서늘하게 변한 칼바람이 폐부에 들어차면 숨이 턱밑까지 차오르곤 했다.

어린 마음에, 자신이 죽게 되면 그 사인은 화병일 거란 우스개 같은 상상까지 해 본 적이 있었다. 그 상황에선 우는 것도 허락되지 않았다.

듣지 않았으면 더 좋았을 말들 앞에서 견주는 억지로 어른이 되어야만 했다. 그 정도로 최악이었다. 홍난주란 여자는.

난잡하게 놀아나다 애 아빠가 누군지조차 모른 채 낳은 자식. 제 배 아파 낳았어도 사랑스럽기보단 거추장스러운 감정이 앞섰을 테다. 그러나 그 마음을 들여다보고 이해하고 싶지는 않았다.

홍난주는 선택권을 가졌던 유일한 사람이었다. 이 상황을 선택한 건 홍난주의 결정이었다.

그런데도 홍난주는 종종 입버릇처럼 임신 사실을 조금 더 일찍 알았으면 좋았을 거란 상투적인 레퍼토리로 견주의 속을 헤집어 놓곤 했다. 버젓이 눈앞에 보이는 견주의 존재를 면전에서 부정하기 바빴다.

연로한 부친의 호적에 견주의 이름을 올리고, 엄마가 아닌 언니로 불리는 동안 홍난주는 그 역할에 심취해 있는 듯 보였다. 이러한 까닭에 홍난주는 본명인 이지영으로 호명되는 것을 끔찍이도 싫어했다.

그래서 철들기 이전부터 견주가 기억하는 이름은 언제나 이지영이 아닌 홍난주였다.

보증으로 빚더미에 올라앉은 무능력한 가장의 가난한 딸 이지영.

은막의 여배우를 동경해 지은 홍난주.

술집의 양양.

쉬쉬한다고 숨겨지는 것도 아닌데, 사실은 전부 같은데, 그런데도 홍난주는 매사 엄마로서의 위치를 망각했다.

이따금 술안주를 만들고 남은 음식들을 적선하듯 던져 주는 것으로 의무를 다했다고 믿는 여자에게는 생색이 곧 관심의 전부였다. 방치된 채 학대당한 아이가 가장 먼저 배운 것은 마음을 죽이는 일이었다.

제멋대로인 홍난주의 비위를 맞추는 건 처음에는 어려웠지만 갈수록 쉬워졌다. 그래야 하루가 편안했고 식은 밥이라도 견주 자신의 몫으로 돌아왔다.

대화가 진행되는 내내 홍난주는 잠시도 손을 가만히 놔두지 않았다. 권성엽의 허벅지를 쓸어내리거나 혹은 허리께를 은근히 터치하거나. 그마저도 하지 않을 땐 눈앞에 놓인 와인을 홀짝이기도 했다.

"난주도 그렇지만, 장인어른 돌아가시고 어린 처제가 고생이 많았겠어. 그래서 이제부터라도 처제 공부는 내가 시켜 주고 싶어. 다른 건 몰라도 이거 하나는 약속할 수 있어."

"어머, 정말요?"

"그야 당연하지. 명색이 사내가 돼서 한 입으로 두말해서야 쓰나."

"뭐 하고 있어, 얘. 얼른 고맙다고 하지 않고서."

"고맙습니다."

손뼉을 짝, 마주친 홍난주가 반색하며 건너편에 앉아 있는 견주를 건너다보았다. 무언의 강요였다.

계집애 공부시켜 봐야 머리에 든 거 티 낸다고 사람 우습게나 알지, 그 꼴 고까워 못 본다며 학원 한번 보내 주지 않았던 홍난주가 견주의 교육 얘기에 이처럼 뜨거운 반응을 보일 줄은 미처 몰랐다. 생각건대 혼자 공부할 시간마저 빼앗은 당사자가 취할 만한 행동은 절대 아니었다.

하등 쓸모없는 일에 돈 낭비할 생각 없다며 딱 자른 말로 자신의 입장을 분명히 밝히던 건 홍난주가 아니라 다른 사람이었나 보다.

감사 인사를 하는 거야 어렵지 않았지만, 강압적이고 모순된 홍난주의 태도에는 비꼬고 싶은 마음이 스멀스멀 피어올랐다.

그렇지만 내가 무슨 힘이 있나.

떨떠름한 마음을 숨기며 담담하게 고개를 끄덕였지만, 곧 알 수 없는 감정에 사로잡혔다. 무슨 대단한 얘길 들은 것처럼 팔뚝엔 소름이 돋아 있었다.

공부를 시켜 준다고?

시시한 잡담 끝에 들려온 이 말을 곧이곧대로 믿지는 않았다. 그러나 빈말일지언정 이 같은 얘길 해 준 사람은 권성엽이 처음이었다. 홍난주를 스쳐 지나간 많은 사내 중에서 견주의 사정에 관심을 둔 최초의 사람이었다.

묘한 기분이 들었다.

싫지도 좋지도 않은, 구분을 짓기에는 애매한 감정에 왜일까 생각해 보았지만 답은 쉽사리 나오지 않았다.

"허허. 이런 일에 인사는 무슨. 이제 곧 가족이 될 텐데, 일일이 격식 따질 필요가 뭐 있어. 내가 아들만 하나라 딸 가진 친구들이 부러웠던 참인데, 이렇게나마 기회가 주어지니 오히려 내가 더 고맙지."

"어쩜. 역시 성엽 씬 마음이 깊다니까."

권성엽의 아들과 만난 건 그로부터 일주일 후였다.

제1장
내가 무서워?

외탁을 했다던 권태하는 권성엽과는 상반되는 외모를 지니고 있었다. 다만 종잡을 수 없는 분위기는 비슷하게 닮아 있는 것 같기도 했다.

길쭉하게 뻗은 팔다리를 움직일 때마다 어깨를 짓누르는 것 같은 위압감이 느껴졌다. 어림짐작하기로 185센티미터는 넘어 보였다.

그전에 반듯한 이목구비가 가장 먼저 시선을 사로잡았다. 드러난 외양만으로 평가를 내리자면 모델 쪽보다는 한층 배우에 걸맞은 얼굴이었다. 그렇게 생각한 이유는 간단했다.

웃고 있던 권태하의 얼굴은 순간순간 진심을 의심케 만드는 기이한 분위기를 지니고 있었으나, 한편으로는 거짓으로 꾸며 낸 것처럼 행동이 어색하지도 않았기 때문이다.

하나의 표정에 수많은 감정을 담아내는 타입.

이런 타입을 오래 가까이 두면, 좋든 나쁘든 언젠가는 감정적 기류에 휩쓸려 들 확률이 높았다.

그래서 짧은 시간에 판단을 내리길, 권태하와는 쉽게 어우러질 수 없는 물과 불의 관계라고 결론지었다.

자신은 감정을 숨기는 데 익숙한 반면 권태하는 드러내는 데 능숙한 타입이었다.

권태하와의 나이 차이는 열 살.

그러나 십 년이 지난다 하더라도 권태하와 같은 분위기는 지닐 수 없을 것이다. 학습된 비굴함이란 건 고착화된 습관처럼 쉽게 버릴 수 있는 게 아니었다. 원하는 것을 얻기 위해 납작 엎드린 견주 자신과는 다르게 권태하는 천성이 당당했다.

스물여덟의 권태하는 권성엽과는 다른 의미에서 어른이었다. 소파에 등을 기대고 앉아 다리를 비틀어 꼬기까지 매사 행동에서 여유가 흘러넘쳤다. 가지런히 모은 무릎 위로 얌전히 두 손을 얹어 놓은 견주와는 사뭇 대비되는 광경이었다.

"여자 취향은 어째 한결같이 변함이 없으시군요."

첫 대면에서 감정적으로 우위를 선점한 건 홍난주가 아니라 권태하였다.

"천박하고, 경박하고, 머리에 든 것도 없는 여자. 딱 아버지 취향대로 골라 오셨군요."

상대를 깎아내릴 목적으로 낮잡아 말한 것이 아니라 있는 그대로의 사실을 얘기함으로써 홍난주의 출신 성분을 분명히 하는 데 그 의의를 두고 있었다.

죽은 권태하의 친모 또한 술집 출신의 여자였다. 최상류층을 상대로 하는 고급 요정의 여주인이란 점에서 조금 위치가 달랐지만 큰 틀에서 보자면 같은 선상으로 분류됐다.

위화감 없이 흘러나온 권태하의 말들은 편견에 기댄 독설보다 더 효과적인 화법을 구사하고 있었다. 일순 홍난주의 얼굴 위로 긴장한 기색이 서렸다.

'당신도 이런 표정을 지을 줄 아는구나.'

평상시의 표독스러움은 찾아볼 수 없는, 입술을 지그시 깨문 채로 초조해하고 있는 홍난주의 모습을 지켜보는 내내 견주는 기묘한 쾌감에 사로잡혀 있었다.

사소한 잘못 하나에도 불같이 화를 내던 모습은 다 거짓이었나.

홍난주는 그간 약자에겐 더없이 비겁하고 비열한 면모를 보여 왔다. 그 과정에서 상처 입는 건 늘 견주의 몫이었다.

때문에 현재에 이르러 견주는 더 이상 홍난주에게 사랑받기 위한 노력은 하지 않게 됐다. 값싼 애정을 포기함으로써 홍난주로 인해 파생된 미련 대부분을 덜어 낼 수 있었다. 지속적인 학대 앞에서 이 같은 감정은 사치였다.

위선자!

홍난주에 대한 견주의 평가는 지극히 신랄했다. 피를 나눴다 뿐이지, 홍난주에게 가지는 유대감이란 건 일개 타인보다 못했다. 홍난주와의 사이엔 좁힐 수 없는 거리감이 존재했다.

싫고 좋음을 논하기에 앞서, 홍난주는 부모 될 자격이 없었다.

정으로 못을 박듯, 어린 견주의 마음을 사납게 담금질한 사람이 홍난주였다. 서릿발처럼 차갑게 내리꽂히던 막말과 고성에 익숙해지기 시작했을 무렵부터 홍난주에게 느끼는 감정은 다소 평탄하게 변해 있었다.

"내가 부족한 사람이라서 미안해요."

본성을 숨긴, 가련해 보이는 홍난주의 태도에 실소가 터져 나오는 걸 참느라 혼이 났다.

"정말이지, 미안해요."

동정을 얻음으로써 상황을 타개하려는 심리.

듣는 순간 진심을 의심해 버린 건, 홍난주가 지닌 습성을 누구보다 잘 알고 있어서였다.

술기운에 기대 사내의 기분을 맞추고, 그 대가로 돈을 받아 생활을 연명하던 직업적 특성상 홍난주는 남들보다 눈치가 빨랐다. 그러했기에 잘 보여야 하는 상대와 그렇지 않은 상대를 구분해 내는 능력이 탁월했다.

때와 장소에 따라, 혹은 상대와 상황에 따라 홍난주의 태도는 달라지곤 했는데 그건 지금도 크게 다르지 않았다.

누군가를 유혹하기 위한 간드러지는 목소리 대신, 겸양 어린 목소리로 건네 온 자책의 말은 얼핏 듣기에 따라 정숙한 사모님의 말투처럼 교양이 있었다. 그러나 이러한 눈 가리기 식의 대응 방법은 권태하가 만만했을 때나 통용되는 경우였다.

"아신다니 다행이군요."

이어진 권태하의 말엔 뼈가 들어 있었다.

"그러니까…… 저기, 태하 군……."

"탓하자는 게 아니니 신경 쓰실 것 없습니다. 돈 많은 늙은이에겐 파리 떼가 꼬이기 마련이니까요."

모욕적인 권태하의 언사에 홍난주의 속눈썹이 너울지듯 파르르 떨렸다. 중재를 바라는 듯 곧 간절하게 변한 홍난주의 시선이 권성엽을 향했지만, 그는 딱히 권태하를 제지한다거나 하진 않았다.

각자의 입장을 고려해 판단을 내렸을 때, 아직까지는 홍난주의 입지가 권태하의 입지보다는 좁아 보였다.

충분히 안하무인으로 여겨질 수 있는 말임에도 불구하고, 권성엽은 상황을 묵인하는 것으로써 권태하의 행동 역시 용인했다. 권태하의 관심이 곧 권성엽에게로 옮겨 갔다.

"계집질이야 밖에서 하는 걸로도 충분하실 텐데…… 늘그막에 무슨 부귀영화를 더 누리겠다고 안방에까지 들어앉힐 생각을 다 하신 겁니까. 기력 딸려 바깥일이나 제대로 보실 수 있으시겠습니까?"

"저저, 말버릇하고는."

"뭐, 딴생각만 품고 있지 않은 거라면 아무래도 좋습니다. 어차피 아버지 인생이고, 저와는 상관없는 일이니까요."

"딴생각이라니?"

"애가 어리군요."

권태하가 의미심장한 시선으로 견주를 건너다봤다. 의도를 파악하는 건 어렵지 않았다. 대번에 권성엽의 얼굴이 딱딱하게 경직됐다.

"그럴 일은 없어."

"아니라면 됐습니다."

"따지자면 네게도 이모뻘이야."

"의미 없는 일에 열성인 건 아버지 혼자만 하세요. 괜한 데 힘 뺄 생각 없습니다."

말이 들어 먹히는 상대와 그렇지 않은 경우. 권태하는 후자에 속했다. 부자지간이긴 했지만 권성엽이 권태하의 우위에 서 있지 않단 의미이기도 했다.

성엽의 당부에도 시큰둥한 반응으로 일관하던 태하가 건조한 눈길로 정면을 주시했다.

"꼭 비루먹은 강아지 같네."

혼잣말처럼 중얼거린 권태하의 말은 견주의 귀로도 빠짐없이 전해졌다. 그러나 권태하의 발언은 견주의 외모에 대한 비하라기보다는 홍난주에 대한 비난에 가까웠다.

"애를 굶기진 않았을 테고, 체질적으로 살이 안 찌나 봅니다."

"견주 얘가 원체 입이 짧아요. 가리는 것도 많고 선천적으로 몸도 약해서 걱정이 이만저만이 아니에요."

"그런가요."

"태하 군이 곁에서 잘 좀 돌봐 줘요."

홍난주의 얘기는 전부 거짓말이다. 자신은 가리는 것도 별로 없고 입이 짧지도 않았다. 평상시 먹는 것이 부실해서 그렇지 기본 체력이 아주 나쁘지도 않았다.

권태하의 눈에 견주가 비루먹은 강아지처럼 볼품없이 비쳤던 건 따지고 보면 환경적인 요인이 가장 컸다. 예상치 못했던 뜻밖의 질문을 받은 건 그때였다.

"고기도 싫어해?"

"싫어하지 않아요."

"그래……?"

느른한 손길로 한 차례 턱을 쓸어 올린 태하가 의미 모를 표정을 지었다.

반면에 방금 전에 한 견주의 대답이 마음에 차지 않았던지, 눈가에 잔뜩 힘을 준 홍난주가 못마땅한 기색을 내비쳤다. 그러나 얼마 안 가 슬그머니 굳은 표정을 풀며 어색한 웃음을 지어 보였다.

눈치라면 견주도 홍난주 못지않게 기민했다.

이 자리에서 잘 보여야 할 대상은 홍난주가 아니라 권태하였다. 권태하의 심기를 어지럽히는 짓은 하고 싶지 않았다.

만약 권태하의 말이 질문이 아닌 다른 형식을 갖췄더라면, 예컨대 '고기를 싫어하나 봐.' 등의 단정적인 말을 내뱉었더라면 견주의 대답 또한 달라졌을 테다.

"일어나."

"네?"

"고기, 싫어하지 않는다며? 소개는 이쯤 하면 된 것 같고, 나머진 먹으면서 하자고. 그럼 남은 얘긴 두 분이서 천천히 나누세요."

"게 앉지 못해? 초면에 이게 무슨 무례야."

"말씀드리지 않았습니까. 두 분이 합가하는 일, 저 반대 안 합니다. 아님 더 할 말이라도 남은 겁니까."

"……그래도 처제는 두고 가. 네 녀석 성격에 잘도 말을 가려할까."

"나름대로 친해져 볼 생각도 가지고 있었는데, 싫다면 관두겠습니다."

선택의 몫이 자신에게 돌아왔을 때 견주는 망설이지 않았다.

의자를 뒤로 빼며 제자리에서 일어서기까지 찰나에 가까운 아주 짧은 시간만이 허비되었다.

홍난주와 권성엽 그리고 권태하에 이르는 세 가지 대안 중 견주의 선택은 권태하에게 닿아 있었다.

"다녀올게요."

"그렇다고 하는군요?"

끙, 앓는 소리를 낸 권성엽이 뒤늦게 홍난주에게 눈길을 보내며 그녀의 의견을 구했다. 의외로 홍난주의 반응은 긍정적이었다. 아마도 권태하 편에 자신을 보냄으로써 부담스러운 자리를 파하고픈 심리가 강하게 작용했던 것 같다.

"젊은 애들끼리 어울리게 두세요."

"당신 생각이 그렇다면야. 대신 너무 늦지 않게 돌려보내거라."

"그건 제가 알아서 합니다."

가벼운 묵례를 끝으로 권태하가 등을 돌렸다. 최소한의 예의는 홍난주가 아닌 권성엽을 위한 것이었다.

그 등을 바라보며 걸었다. 그러다 나중에 뛰다시피 했다.

채 160센티미터에도 미치지 못하는 견주에 비해 권태하의 보폭은 큰 키에 비례해 보통 사람보다 한참이나 더 넓었다. 차이가 날 수밖에 없는 상황이었고 또 그게 당연하다고 생각했다.

상대의 사정을 헤아려 주는 배려는 애당초 기대하지 않았다. 평가절하는 아니었고, 그간에 보인 태하의 태도로 미루어 내린 최종 결론이었다. 그러나 이 생각은 잠시 뒤 뒤집어졌다.

권태하의 손에 들려 있던 스마트 키가 눌려지자 정차돼 있던 차에 불빛이 반짝 들어왔다.

메르세데스의 엠블럼.

신형 마이바흐는 문이 여닫히는 소리마저 달랐다.

묵직하면서도 부드러운 소음.

신기한 마음에 차 내부를 두리번거리는 순간, 태하의 손이 가로지르듯 견주의 가슴 위를 지나쳤다.

"아……."

벨트를 쭉 끌어당겨 달깍거리며 채워 주기까지, 무심해 보이는 태하의 손길은 무척이나 자연스러웠다.

의도된 다정함이 아니어서 놀랐다고나 할까.

아까와는 다른 의미에서 권태하의 행동은 이해 불가능한 선상에 놓여 있었다.

어느 쪽이 진짜일까.

권태하는 사람을 헷갈리게 하는 기질을 타고난 것 같았다. 한번 의심이 들자, 이후부터는 권태하의 말 하나하나에도 의미를 되새기게 되었다.

"고맙습니다."

"그래서 뭐가 좋아? 소, 돼지, 닭?"

"소요."

"부위는?"

"……꽃등심요?"

"취향은 나쁘지 않지만, 먹어는 보고 하는 말이야?"

진실을 꿰뚫어 오는 권태하의 발언에 머쓱한 표정을 지어 보였다. 주워들은 지식만으로는 날카로운 권태하의 눈길을 모두 피해 가긴 어려웠다.

"많이 비싼 거면 다른 것도 괜찮아요."

"근래 들어 본 농담 중에 가장 재미없는 말이군."

현금유동성에 있어 대한민국에서 둘째가라면 서럽다던 권성엽의 존재를 상기시키는 반문이었다.

등골 빼먹으려고 접근한 꽃뱀 가족이 입에 담을 말은 아니란 건가.

부드럽게 핸들을 감아 돌리는 권태하의 손길이 마치 비난처럼 느껴졌다. 자격지심이라고 해도 솔직한 감상에는 변함이 없었다.

한동안은 두 사람 모두 약속이나 한 것처럼 말을 아꼈다. 대화의 포문을 연 건 권태하가 먼저였다.

"이견주라…… 요샌 개새끼 주인을 견주라고 한다면서?"

"네."

"개 키워 봤어?"

"아뇨."

"키워 볼 생각은 있어?"

"별로. 그런 생각 안 해 봤어요."

"왜?"

"책임질 자신이 없어서요."

지나가듯 한 번씩 예뻐하는 건 누구나 할 수 있다. 하지만 책임을 진다는 건 또 다른 문제였다. 스스로를 건사하는 것조차 벅찬 견주에게 동물을 맡아 키우는 일은 사치였다. 보답받지 못할 사랑이란 건 결국 상처로 끝나기 마련이었다.

"잘 생각했어. 책임질 자신이 없다면 포기할 줄도 알아야 하는 법이니까. 그래서 하는 말이지만, 난 주제 파악 못 하고 설치는 어린앤 딱 질색이야. 거슬리는 건 일찌감치 치워 버리자는 주의라서."

"죽은 듯이 살게요. 저 그거 되게 잘해요."

충고보단 경고에 가까웠던 권태하의 말에 담담한 대꾸를 되돌렸다.

"술집 여자의 딸치곤 대답이 제법이네. 아, 이건 비밀이었나?"

"……이 사실, 그분도 알고 있는 건가요?"

"그분이 내 아버지를 말하는 거라면 당연히 그렇겠지."

"그렇군요."

알면서도 견주에게 처제란 말을 입에 담았다는 건, 홍난주의 거짓을 눈감아 주겠단 뜻임과 동시에 그 이상의 지위를 넘보지 말라는 경고와도 같았다.

단기간에 권성엽이 가진 의도를 전부 파악하긴 힘들었지만, 나름대로 생각이란 걸 해 본 끝에 내린 결론이었다.

속이는 자와 속는 자.

그중 견주는 어느 쪽에도 속하지 않은 방관자로서 존재했다.

"원한다면 모른 척해 줄 수는 있어. 이게 의미가 있는지는 모르겠지만."

"저기요."

"저기요, 그쪽, 이런 거 빼고 뭐라고 부를지부터 정해."

"음…… 그럼 조카님이라고 부를게요."

"까분다. 하지만 뭐, 나쁘진 않아."

홍난주의 딸이 아닌 동생으로 소개를 받은 시점에서, 항렬상 견주는 권태하의 아랫사람이 아닌 윗사람으로 존재했다.

모르는 척해 주겠단 권태하의 말에 호칭 정리는 어렵지 않게 끝이 났다. 그러나 여전히 권태하는 하대를, 견주는 존대를 하는 형국이었다.

"궁금한 게 있어요."

"말해."

"반대하려면 반대할 수 있었단 거 알아요. 그런데 왜 반대하지 않으신 건가요."

"귀찮은 건 잠깐이지만 돈은 그렇지가 않으니까. 증여로 상속을 앞당겨 주겠단 제안을 나로서는 거절할 이유가 없었어. 그뿐이야."

통속적인 원론을 뺀 간결한 설명 안엔 철저한 계산에 입각한 잇속이 포함돼 있었다.

"내가 무서워?"

"나쁜 사람만 아니라면 좋겠단 생각은 했어요."

"……하여간 여간내기가 아니라니까. 술집 여자의 딸로 두기엔 지나치게 똑똑해."

"별로 그렇지도 않아요."

사실을 은폐하고 왜곡해 상대를 오해하기에 앞서, 보다 직선적인 말로 진실을 요구함으로써 견주는 권태하의 속을 들여다볼 수 있는 기회를 얻을 수 있게 되었다.

"정해진 선을 넘지만 않으면 나쁘게 대할 이유 없어."

그로부터 얼마 지나지 않아 권태하와의 기묘한 동거가 시작되었다.

형식적으로 안방을 차지한 것과는 달리 홍난주는 권성엽의 아내로서 이름을 올리지는 못했다.

대신 이 년 이상 사실혼을 유지한다는 조건 아래, 삼성동 한전 부지 옆에 위치한 90억 상당의 상가를 받기로 합의하고 공증까지 끝낸 상태였다.

권성엽이 소유한 재산의 규모를 생각하면 다소 손해를 보는 감이 있었지만, 현실적으로 계산해 보면 남는 장사이기도 했다.

일흔에 가까운 나이에도 불구하고 권성엽은 남달리 풍채가 좋았다. 겉보기에 권성엽은 그 연배로 보이지 않을 만큼 정정했다. 더군다나 가진 게 많은 만큼, 유혹의 손길도 도처로 뻗어 있었다.

무엇보다 달콤한 고백을 속삭이는 남자의 진심을 곧이곧대로 받아들이기엔 홍난주는 사내의 본성을 누구보다 잘 파악하고 있었다.

숟가락 들 힘만 있어도 계집 아랫도리부터 풀어 헤치고 보는 게 사내란 족속이었다. 안식구에게만 정조를 강요하기엔 권성엽은 난봉꾼에 가까웠다. 처음과 끝이 같길 바라는 건 누구나가 마찬가지였지만, 현실은 달콤한 파이가 아니었다.

언제 어느 때 질려 버릴지 모른다. 이 같은 불안감이 홍난주의 결심을 굳히게 만드는 데 일조했다. 겨우 마흔인 홍난주에게 이 년이란 시간은 생각보다 길지 않았다.

90억.

이제 막 인생의 전환점을 맞은 홍난주에겐 다시없을 좋은 기회였다. 죽을 날 받아 놓은 노인네라면 모를까, 그게 아니라면 분명 생각을 달리해 볼 가치가 있었다.

요는 관점의 문제였다.

입맛에 맞게 권성엽을 설득해 원하는 대로 호적에 이름을 올리지 못할 거라면, 권성엽의 마음이 변했을 때를 대비한 확실한 사전 장치가 필요했다. 사후 유산에 목매 함께 끝을 내다보기엔 과거 권성엽이 걸어온 발자취가 불안 요소로 작용했다.

만약 중간에서 수라도 틀리면 손해는 고스란히 홍난주의 몫으로 돌아온다. 실질적인 보장이나 혜택이 전무한 상황에서 권성엽이 해 온 제안은 홍난주의 마음을 움직이기에 충분했다.

고심 끝에 홍난주는 불확실한 미래를 좇는 대신 현실에 안주하는 길을 택했다. 그러나 가장 합리적인 대안이라고 믿었던 이때의 선택이 뜻밖의 결과를 불러올 것이라곤 지금의 홍난주는 알지 못했다. 그리고 이로써 태하와 견주의 관계는 조금 더 복잡한 구도를 띠게 되었다.

법적으로는 완벽한 남남.

생면부지 타인과의 동거.

그러나 한집에서 얼굴 맞대고 사는 동안은 가족으로서 권태하를 대해야만 했다. 권태하가 수상쩍기 그지없는 가족 놀이에 동참하는지 여부는 사실 크게 상관없었다.

"……공부시켜 준다고 했으니까."

권성엽이 스스로 내뱉은 말을 이행하는 동안, 견주는 그가 제시한 틀에서 벗어날 생각이 없었다.

영악하게 굴자.

주어진 역할에 충실하며, 또한 태하의 심경을 거스르지 않는 선에서 원하는 걸 얻어 볼 생각이었다.

부족했던 시간과, 부족했던 기회. 그 괴리를 메울 수 있는 돈.

두 눈을 깜빡일 때마다 널찍한 천장이 시야에 들어왔다. 처음으로 가져 본 독립된 공간은 보다 많은 생각을 하게 만들었다.

바뀐 잠자리 탓일까.

늦도록 몸을 뒤척이는 사이, 이 층 계단을 올라오는 묵직한 발소리가 느껴졌다.

새벽 두 시.

이 층에 거주하는 건 자신과 권태하뿐이다. 번잡스럽단 이유로 따로 입주 고용인은 두지 않고 있는 터라, 낮 동안 집안일을 봐주시는 분들은 일찌감치 퇴근한 뒤였다.

사방이 조용한 가운데 뚜벅거리며 들려오는 규칙적인 발자국 소리에 귀를 기울였다. 쿵쿵쿵…… 유독 크게 들리던 소리가 돌연 어느 시점에 이르러 뚝 끊겼다.

반사적으로 견주가 주먹을 움켜쥐었다. 등에선 식은땀이 흘렀고 심장의 두근거림이 거세졌다. 곧이어 옆방 문이 닫히는 소리가 났다.

후우.

숨죽인 호흡이 일시에 터져 나왔다. 깊은 한숨 끝에 쓰게 웃고 말았다.

설마하니 권태하가 제 방문을 멋대로 열어젖히기라도 할 거라고 생각한 건가. 짧은 시간 머릿속에 수많은 번뇌가 똬리를 틀었다.

파충류의 혀처럼 요사스럽고, 뱀의 피부만큼이나 서늘한 의념들이 활개를 쳤다.

말도 안 돼.

권태하 같은 사내가 뭐가 부족해, 볼품없는 자신을 취하려 들겠는가. 한 손으로 납작한 가슴을 천천히 쓸어내리며 가볍게 고개를 저었다. 그런데도 왜인지 두근거림은 쉽게 잦아들지 않았다.

미운 오리 새끼에게 관심을 두기엔 권태하는 가진 게 많았다.

도를 넘어선 과대망상에 헛웃음이 나오면서도, 견주는 이불을 걷으며 자리에서 일어섰다. 말하자면 피해 의식이 심어 준 일종의 방어 심리였다. 아이러니하게도 의식을 지배한 건 무의식이었다.

한 발 두 발 걸어 손잡이를 꽉 움켜잡았다. 그런 뒤에야 실수를 깨달았다.

한 번도 자신의 공간이란 걸 가져 보지 못했기에, 타인의 출입을 막을 수 있는 손쉬운 방법이 있다는 걸 간과하고 있었다. 달칵거리는 소리와 함께 방문이 잠겼다.

권태하의 목소리가 벽을 타고 들려온 건 그때였다.

"쪼그마한 게 이 시간까지 안 자고 뭐 해."

"……다녀오셨어요?"

늦은 시간대가 아니었다면 묻혔을 권태하의 목소리는 뚜렷한 형체를 갖추고 있었다.

비싼 집치고는 방음이 형편없었다. 잠자코 모른 척하고 있으려다가 한 템포 늦게 대답을 되돌렸다.

"공부라도 하고 있었던 모양이지?"

"아뇨."

"그럼?"

"그냥 잠이 안 와서요."

"생각이 많을 나이란 건 알겠는데, 사소한 일에 일일이 신경 곤두세울 것 없어. 피차 피곤한 건 딱 질색이니까. 분명히 해 두겠는데 어린애 데리고 질 낮은 장난 안 쳐."

이 시점에서 견주는 권태하가 그녀의 의도를 완벽하게 간파했음을 인정해야만 했다. 기감이 극도로 발달한 사람이 아니라면 눈치채지 못할 거라고 생각했지만, 그건 안일한 생각에 지나지 않았다.

"……문 잠그는 소리, 들으셨군요."

"발정 난 개새끼 취급은 좀 곤란해서 말이야."

"기분 나쁘셨다면 죄송해요."

"대놓고 시위하면 괴롭히고 싶어지는 게 사람 심리야. 다음부턴 미리미리 잠그고 있어. 늦었어. 그만 자."

"무슨 말인지 이해했어요. 앞으론 조심할게요."

"성장기 어린애한테 잠만큼 좋은 보양식도 없어. 꼬꼬마로 남아 있을 생각이 아니라면 얼른 눈이나 붙여."

정해진 선을 넘지 말라고 했던 건 권태하였다. 그래서 함께 생활하는 동안엔 상관없는 사람 대하듯 무시로 일관할 거라고 생각했다.

그런데 무심함을 가장한 이 다정함은 뭘까.

나직한 울림 끝에 묻어 나온 건 사소한 염려였다. 이쯤 되자 생각은 권태하의 행동이 정당한가 하는 의문에까지 미쳤다.

어디까지 휘저어 볼 생각인 걸까.

무심코 던진 돌에 개구리는 맞아 죽는 법이다. 내키는 대로 휘두를 거라면 차라리 다른 방법이 나았다.

할 생각이 없었던 얘길 불쑥 꺼냈던 건 권태하의 의중을 떠보기 위해서였다.

"……사실은 침대가 불편해요."

"바닥에 이불 깔고 자. 뭐가 문제야."

촌스러운 취향을 탓하지도 않았고, 흔한 면박의 말도 들려오지 않았다. 간단한 해결책을 제시하는 것으로 대화는 일단락됐지만 시시콜콜한 의문은 마음 한쪽에 찜찜하게 남아 있었다.

여전히 속을 모르겠다.

독립할 여건이 충분한데도 굳이 이 집을 고집하는 것하며, 불필요한 사담을 덧붙여 사람 마음을 헷갈리게 만드는 것까지 전부 의도를 가늠하기가 어려웠다.

구겨진 채로 침대 위에 놓여 있던 이불을 가만히 내려다보았다. 결심을 굳히고선 곧 걸음을 옮겼다. 그런 뒤 가볍게 말아 쥔 손으로 벽을 콩콩 두드렸다.

"왜."

"조카님은 제가 싫죠?"

궁금함을 이기지 못한 견주가 벽에 귀를 가져다 댔다. 그러나 대답은 돌아오지 않았다.

"싫어해도 돼요."

포기하고 돌아서려다 혼잣말처럼 한마디 더 붙인 건 스스로를 향한 다짐이었다.

아무것도 아닌 관심에, 불필요한 간섭에 새삼 의미를 부여하지 말자는 그런 다짐. 그 순간 듣지 못할 거라고 생각했던 권태하의 답변을 들을 수가 있었다.

"세상에 벌레 좋아하는 사람도 있나? 하지만 싫어해도 미워하진 않는 법이야. 그게 내 대답이야."

현실에 빗대 설명해 온 권태하의 대답은 의미심장했다.

"일개미처럼 살게요. 바퀴벌레보단 그게 덜 혐오스러울 거 아니에요."

"그러든가."

"근데 이거 알아요? 일개미는 땅에 떨어진 건 뭐든 짊어지고 가요. 먹고 일하는 것. 그게 일개미의 사명이거든요."

"그러다 탈이 나면?"

"참으면 곧 괜찮아질 거예요. 늘 그랬거든요."

마주 보고 있는 벽만큼이나 소통은 답답했다. 그러나 서로가 가진 뜻을 전하기엔 모자람 없는 시간이었다.

분수에 맞지 않는 짓은 하지 않겠다. 그러나 눈앞에 보이는 이득을 애써 모르는 척할 생각도 없다. 이 같은 의견을 드러냄으로써 권태하의 동의를 구했다.

"이견주."

"네."

"너 친구 없지?"

이럴 땐 아니라고 딱 잡아떼고 싶은데, 안타깝게도 권태하의 추측은 틀리지 않았다. 거짓으로 상황을 모면하려다가 그냥 진실을 말했다. 사실을 아니라고 해 봐야, 결국엔 스스로를 속일 뿐이었다.

"지금은 없지만 곧 생길 거예요."

"적당히 애늙은이처럼 굴어. 일찍 어른 돼 봐야 너만 손해야."

"떼쓰고 싶어질지도 몰라요. 조카님은 그런 거 봐줄 사람 아니잖아요."

"그건 그렇지."

"귀찮게 해 드려 죄송해요. 주무세요."

"돈이 필요하면 말해. 그 정도 편의는 봐줄 수 있으니까."

"고맙습니다."

뜻하지 않은 제안에 당황한 것도 잠깐, 알겠다며 천천히 고개를 끄덕였다. 딱히 지켜보는 눈이 있던 것도 아닌 상황에서 거의 조건 반사적으로 나온 행동이었다. 몸에 밴 습관은 어쩔 수 없는가 보다.

고맙다, 감사하다.

돈 앞에서 견주가 할 수 있는 말은 늘 정해져 있었다. 그러나 그게 잘못됐다고 생각하지는 않았다. 사람은 모두 부족한 걸 채우기 위해 살아가기 마련이었고, 돈이 수단이 되는 경우는 종종 있어 왔다. 견주는 권태하가 내민 도움의 손길을 거절하지 않았다.

침대용으로 구비돼 있던 패드를 바닥으로 내려 깔고, 이불을 덮은 뒤로는 줄곧 태하가 약속한 돈에 관심이 모아졌다. 그리고 그 돈으로 무엇을 하면 좋을지를 떠올려 보았다.

얼마를 달라고 해 볼까?

다음에 만나면 얼굴 보고 꼭 말해 봐야지.

탐욕 어린 눈동자가 보석처럼 반짝거렸다. 생각에 잠겨 있는 동안 창밖으로는 해가 떠오르고 있었다.

"다녀오세요, 형부."

"그 말 듣기 좋아, 처제."

형부란 말에 권성엽이 금니를 드러내 보이며 웃었다.

호탕한 웃음소리엔 배부른 사자와 같은 포만감이 서려 있었다. 원한다면 더 자주 불러 줄 용의도 있었다. 새아버지란 말보다 열 배쯤은 쉬웠다.

"처제도 학교 가는 길이면 태워다 주지. 꽃샘추위라고, 요샌 겨울보다 3월 추위가 더 기승이야."

"아니에요. 혼자서도 갈 수 있어요."

"처제 생각이 그렇담 하는 수 없지."

가볍게 고개를 끄덕임으로써 권성엽의 제안을 받아들일 수도 있었지만, 그렇게 하지 않았던 이유는 오늘 권성엽의 스케줄이 평소보다 타이트하게 짜여 있다는 걸 들어 알고 있어서였다.

아침 식사 때 건너 들은 얘길 상기했을 시 이편이 서로를 위한 적당한 타협안이었다.

크게 부담을 지우지 않는 선에서 해 온 유순한 거절에 권성엽이 손쉽게 수긍한 것도 이 때문이었다.

대신 용돈이라며 하얀색 수표 석 장을 내밀었다. 금액은 자그마치 삼백만 원. 그러나 권성엽이 쥐여 준 이 돈은 얼마 지나지 않아 오만 원권 한 장의 가치보다도 못하게 하락했다.

"애 버릇 나빠져요."

"맘 편히 쓰라고 카드 주려다가 처제가 부담스러워할까 봐서 넣어 뒀어. 새 학기 시작되면 소소하게 챙겨야 할 것도 많을 테고, 열여덟이면 한창 꾸미고 싶은 나이 아냐."

"이이는."

"백화점에서 가방 봐 뒀다는 건 이걸로 사도록 해."

사람을 다루는 자리에 있어서일까. 권성엽은 수다스러운 홍난주의 입을 다물게 하는 가장 효과적인 방법을 알고 있었다.

권성엽이 내민 검은색의 아멕스 카드를 받아 든 홍난주가 눈꼬리를 접으며 활짝 웃었다. 살랑거리며 불어온 봄바람처럼 홍난주의 얼굴 위로 훈풍이 스쳐 지나갔다.

"가방 말고 진주 목걸이도 봐 둔 게 있는데…… 좀 비싸서 망설여지긴 해요."

의도적으로 말꼬리를 흐린 홍난주가 슬쩍 권성엽의 눈치를 봤다.

"돈이 없어, 시간이 없어. 난주 하고 싶은 대로 해."

"어쩜. 사람을 이렇게 감동시켜도 되는 거예요? 오늘은 늦는다고 했으니, 내일은 더 맛있는 저녁 해 둘게요. 기대하셔도 좋아요."

맛있는 거라고 해 봤자 그걸 홍난주가 하나, 일하는 아줌마들이 다 하지. 까다로운 권성엽의 입맛을 맞추기에 홍난주의 솜씨는 형편없이 부족했다.

더 솔직히 말하자면 홍난주는 기본적으로 요리에 대한 센스가 없었다. 라면을 끓여도 맹탕으로 끓여 내기 일쑤였고, 계란 하나를 굽더라도 짜거나 싱겁거나 하는 등 간이 맞지 않았다.

그나마 살 맞대고 살던 남자가 있을 땐 하는 척이라도 했지, 아닐 땐 아예 손을 놓다시피 하며 살았다.

술을 진탕 마시고 돌아와 속이 쓰리다며 술국을 요구하던 여자.

귀가 따가워 견딜 수 없을 정도의 고성방가에 직접 찬장을 뒤져 냄비에 물을 받고, 가스레인지에 올려 불을 켰던 나이가 언제였더

라. 열 손가락을 하나둘 꼽아 봐도 부족하거나 모자라지 않았다.

집에 쌀 떨어지는 건 신경 안 써도, 술국에 들어가는 계란은 떨어뜨리지 않던 사람이 홍난주였다.

뒷설거지마저 온전히 견주의 몫으로 미뤄 놓은 채 구원하라, 회개하라, 얄팍한 신앙심에 기대 철없는 기도문만 읊어 대며 무책임의 끝을 보여 줬다.

지옥이 여긴데 신을 찾아 무엇 하나.

차라리 염라대왕 면전에 술 한 잔 부어 올리며 청탁이라도 넣는게 더 빠를 것이다. 그래 봤자 지옥불에 떨어지는 건 변함없을 테지만. 이 믿음으로 하루하루를 버텼다.

최소한의 양심이라도 남아 있었다면, 그 와중에 반찬 투정은 하지 말았어야지. 홍난주는 그 정도 채신머리도 없었다.

싫증난다며 거들떠보지도 않던 일, 자진해서 하는 시늉이라도 할 정도라니 돈이란 게 정말로 좋긴 좋은 거구나.

원하던 걸 얻어서인지 홍난주의 기분은 무척이나 들떠 보였다. 그러나 권성엽이 집 밖으로 모습을 감춘 것과 동시에 그녀의 태도가 돌변했다.

"받은 거 이리 내놔. 학생이 무슨 돈이 필요해? 자, 이거면 됐지?"

홍난주식 계산법에 의해 삼백만 원 상당의 수표는 고작 만 원짜리 세 장과 등가교환 됐다. 그러고는 이것만으로도 감지덕지하라는 듯, 이내 콧소리를 흥얼거리며 시야에서 사라졌다. 아마도 백화점에 갈 준비를 서두르는 모양이었다.

그래. 이렇게 나와야 당신답지.

분수에 넘치는 것이라면 뭐든 빼앗고 보는 게 견주를 대하는 홍난주의 방식이었다.

힐끗거리는 눈길로 계단을 바라보니, 권태하는 자는지 아직 기척이 없었다.

새 나라의 어린이는 일찍 일어난다는데 헌 나라의 어른이라 늦게까지 자나 보다.

이즈음 견주는 권태하가 하는 일에 대해서도 조금씩 관심을 가지기 시작했다.

정오에 출근해 다음 날 새벽 두 시에 퇴근이라.

평범한 회사에 다니는 것 같진 않았고, 대체 무슨 일을 하기에 출퇴근 시간이 이렇게나 들쭉날쭉한 것일까.

자세히 살펴보면 반듯한 얼굴 생김새에 비해 태하의 손은 마치 험한 일을 하는 사람처럼 거칠었다.

눈길을 잡아끈 것은 권태하의 손에 난 상처 자국이었다.

실처럼 가느다랗게 그어져 있던 흠집과 생채기.

분명 날카로운 도구에 베인 흔적들이었다. 이를테면 칼이라든가, 칼 같은 거 말이다.

"……깡패는 아니겠지?"

권성엽의 과거 이력을 생각하면 아주 없는 얘길 지어낸 것도 아니었다. 일개 추측일 뿐이긴 했지만 제법 그럴싸한 가정이기도 했다.

권성엽이 그쪽 바닥에서 손을 씻었다고는 하나 겉으로 드러난 걸 곧이곧대로 믿기엔 세상은 부조리한 것투성이였다. 물려주기 위한 정리 단계일 수도 있고, 그간에 보인 행보만 봐도 의심스러운 점이 한두 가지가 아니었다.

역시 자신의 예감이 맞는 건가.

그렇지만 이 같은 가정을 확정 짓기엔, 평상시 권태하의 복장은 꽤나 자유분방했다. 와이셔츠나 넥타이는 물론, 어깨들이 입을 법한 검은 양복을 쫙 빼입지도 않았고, 대체로 그 수준이 일상복을 벗어나지 않았다.

"이것도 아닌가?"

밤늦은 새벽 시간에 돌아오긴 하나, 단 한 번도 계단을 오르내리는 걸음걸이가 흐트러진 적이 없었다. 최근 얼마간 지켜본 뒤 내린 결론으로는, 딱히 술을 먹는 것 같진 않았다. 이 점이 견주의 고개를 갸우뚱하게 만들었다.

"정말이지 알 수가 없다니까."

또래의 순해 빠진 아이들은 상상조차 하지 못할 일들을 버젓이 머릿속에 떠올리는 동안, 문득 권태하의 말이 스치듯 뇌리를 지나쳤다.

복잡하게 접근하지 말자.

권태하의 말처럼 일찍 어른이 돼 봐야 자신만 손해다. 어차피 사실을 안다 하더라도 달라지는 건 없었다.

그래서 애늙은이 같은 고민은 이쯤에서 그만하기로 했다. 권태하의 직업이 뭐든, 뭘 하든, 견주와는 크게 상관이 없었다.

견주가 바라는 건 하나였다.

적군이 아닌 아군으로서의 권태하. 그래서 권태하가 준다는 것만 생각하기로 했다.

활동하는 시간대가 다르다 보니 권태하와 직접적으로 얼굴을 마주 볼 일은 별로 없었다. 접점이 생긴 건 3월의 둘째 주 일요일이었다.

이틀 만에 아멕스 카드를 반납한 홍난주는 주말 내내 몸이 달아 있었다. 그러더니 어떻게 구슬렸는지 기어코 오늘 권성엽의 팔짱을 낀 채 백화점으로 쇼핑을 나갔다.

적당이란 단어를 모르는 것처럼, 요즘 홍난주는 불필요한 것까지 마구잡이로 사들이고 있었다. 물론 홍난주가 사 오는 물건 중에 견주의 것은 없었다.

점심은 밖에서 해결하고 어쩌면 저녁까지도 먹고 들어올지 모르겠단 말에, 오랜만에 거실로 나와 TV를 켰다.

방에도 컴퓨터가 따로 구비돼 있긴 했지만 아직 이어폰을 구매하지 못했다. 한참 권태하가 자고 있을 시간대니, 괜히 방해했다 전에 했던 약속을 철회하기라도 하면 이쪽만 곤란해진다.

"예능이라도 볼까……."

특별히 보고 싶은 프로그램이 있던 건 아니었다. 그냥 최근 들어 머릿속이 복잡하고 생각이 많아져 아무 생각 없이 웃고 싶단 생각을 해 봤을 뿐이다. 그러나 이러한 마음으로 프로그램을 시청해도 조바심은 쉽게 가시지 않았다.

한번 손에서 놓았던 학업 진도를 따라잡기가 쉽지 않았다. 칠판을 가득 메운 수식을 눈으로 베껴 손으로 따라 적기 바빴다. 이해하고 푸는 게 아니라 단순히 외워 쓰는 수준이었다.

그게 아니라면 아예 공부하는 방법을 잊은 것 같다.

엉덩이 무거운 쪽이 유리한 게 공부라지만, 집중해서 읽고 쓰는 동안에도 자꾸만 스스로를 의심하게 된다.

급할수록 돌아가라고 했지만 벌써 고2다. 내년엔 고3.

대학에 뜻이 없었을 땐 보이지 않았던 벽이 견주의 어깨를 무겁게 짓눌러 왔다. 기초가 부족한 상황에서 학교 수업이나 독학만으로는 분명한 한계가 있었다.

국영수를 중심으로 예습 복습 철저히 해 봤자, 정작 시험은 응용문제가 태반이다.

의미 없이 리모컨을 누르는 손길이 조금 더 빨라졌다. 결국 얼마 안 가 전원을 끄고 자리에서 일어났다.

"고민만 해서 뭐해. 그래 봐야 해결되는 것도 없는데. 시간 낭비하지 말고 지금은 그냥 한 글자라도 더 보자."

뜻하지 않게 권태하와 마주친 건 계단을 중간쯤 올라갔을 때였다.

정돈되지 않은 머리카락 때문인지 미묘하게 흐트러진 분위기다. 트레이닝복처럼 아주 편한 옷차림은 아니었지만, 그렇다고 해서 바깥에 나다닐 정도로 말쑥하게 갖춰 입고 있지도 않았다.

관심은 어느덧 일전에 주고받았던 대화로 옮겨 가 있었다. 호기심 어린 눈빛이 태하의 손에 닿았다.

"뭘 그렇게 봐."

"지갑 가지고 있나 해서요."

"지갑은 왜."

"필요하면 돈 주겠다고 하셨잖아요. 그거 오늘 주면 안 돼요?"

얌전히 두 손을 앞으로 내밀었다. 권태하가 피식거리는 웃음을 입가에 걸었지만, 견주는 자신의 손이 부끄럽지 않았다.

"그래서 얼마가 필요한데?"

"주시고 싶은 만큼 주세요. 아 참, 전에 제가 했던 말 기억하세요?"

"본론만 얘기해."

"곧 친구가 생길 것 같아요. 생각해 보니 따로 남한테 뭘 사 줘

본 적이 한 번도 없더라고요. 그래서 친구가 없었나? 뭐 그렇다고
요."

"어디서 웃을까?"

"농담이었어요. 사실은 진도를 못 따라가겠어요. 그래서 학원에
다녀 볼까 해요."

"거기서 잠깐 기다려."

잠시 자리를 비웠던 태하가 다시 모습을 드러냈을 땐 손에 지갑
이 들려 있었다.

"성적표 나오면 가지고 와. 투자를 했으면 확인은 당연한 거니
까. 그보다 너 말이야. 중간은 가지?"

"말했잖아요. 저 머리 별로 안 좋아요."

"중간도 못해?"

"1학년 땐 25등 했어요."

"반에 정원이 몇 명인데?"

"서른 명이요."

지폐를 꺼내고 있던 권태하의 손길이 순간적으로 멈칫했다. 표
정이 딱 모범생인 줄 알았다가 꼴통인 걸 알아차렸을 때의 눈빛이
었다.

그래도 지각 한 번 안 하고 꼬박꼬박 출석했다. 급식비니 육성
회비니, 홍난주가 아예 신경을 안 쓴 것치곤 나름 성실하게 다닌
편이다.

그렇다고 해서 함께 껌이라도 씹을 친구 하나 있었나. 여고다
보니 대놓고 따돌리진 않았지만, 단 한 번도 무리에 속해 본 적이
없었다.

환경이 지나치게 불우하면 악도 받치지 않는 법이다. 크게 성공

하고자 하는 포부도 없었고, 지금까지는 그냥 빨리 어른이 돼서 홍난주의 그늘을 벗어나고 싶단 생각밖에 해 보지 않았다.

가출의 끝은 대체로 정해져 있었다.

자신은 홍난주처럼은 살지 않을 테다.

그러나 제 시간을 자유롭게 분배해 사용하는 것은 홍난주가 허락지 않았다. 곁에 두고 편하게 부려 먹을 생각에 일부러 반대 의견을 낸 것이다. 견주의 인생을 대신 책임져 줄 것도 아니면서, 정말이지 질릴 정도로 제멋대로였다.

다만 권성엽의 등장으로 인해 진로가 변경된 만큼, 할 수 있는 만큼의 노력은 해 볼 생각이었다.

"열심히 할게요."

"중간에서 빼돌릴 생각 말고 성적표 나오면 꼭 가지고 와."

"네."

"부담 가지라고 한 말이란 건 알고 하는 대답이지?"

"그럼요."

"홍난주에겐 비밀로 해 둘 테니 적당히 알아서 써."

권태하도 권성엽처럼 견주의 손에 수표를 쥐여 주었다.

액수도 비슷했다.

한 장이 더 추가된 사백만 원.

혹시 십만 원권인가 하고 유심히 살펴봤지만, 동그라미 개수는 여지없이 여섯 개였다.

직장인 한 달 월급을 상회하는 금액을 아무렇지 않게 지갑에 넣고 다니다니, 역시나 평범한 직업에 종사하는 건 아닌 모양이었다.

하지만 액수가 너무 많다거나 하는 말은 하지 않았다. 돈이란 건 많을수록 좋은 법이었고 이 생각은 여전히 변함이 없었다. 그러나 호기를 부렸던 것과는 달리 수표를 쥔 손은 마음에 위배해 달달 떨리고 있었다.

각자 가던 방향대로 견주는 위로, 권태하는 계단 아래로 향했다. 그러나 채 두 걸음도 내딛지 않은 상황에서 재차 말을 붙인 건, 견주로선 지극히 이례적이고 충동적인 일이었다.

"오늘은 일 안 나가세요?"

"어."

깡패도 휴일이 있나?

원래가 평일보다 휴일에 더 바쁜 게 시정잡배들 특성이었다.

"뭐라고?"

"아, 들렸어요?"

"대체 어디까지 웃길 셈이야."

"아니에요?"

"칼질이라면 모를까, 주먹질엔 취미 없어."

"그게 그거 아니에요?"

무슨 차이가 있는지 되묻는 견주의 말에 권태하의 반응은 단호했다.

"막 나가는 중국 애들도 아니고, 깡패가 칼질한다는 편견은 대체 어디서 나온 거야."

"영화 보면 막 칼로 사람 담그고 하잖아요."

"……애들은 얌전히 애들 보는 만화 영화나 보지 그래? 캔디나 빨간머리 앤 이런 거 좀 좋아."

"그런 것도 알아요?"

"됐고, 점심 안 먹었으면 따라와."

"왜요? 또 고기 사 주시려고요?"

뒤늦게 얌전 빼며 말할 걸 하고 후회했으나 이미 엎질러진 물이었다.

안타깝게도 견주의 영화 취향은 홍난주의 남자가 바뀔 때마다 변해 왔다. 백수건달 같던 홍난주의 남자들은 하는 일 없이 집 밖을 배회하지 않을 땐 대개 폭력적인 영화를 수시로 틀어 놓곤 했다. 밥을 먹거나 잠을 잘 때도 예외는 없었다.

의지와는 무관하게 보고 들리는 건 어쩔 수가 없다.

'니가 가라 하와이. 고마해라. 마이 묵었다 아이가.'

권성엽을 만나기 직전에 사귄 홍난주의 남자는 영화 〈친구〉에 심취해 있었다. 그 여파가 이런 식으로 나타나다니 사람의 의식이라는 건 정말이지 놀라울 정도로 정확했다.

"귀찮게 나가서 먹을 생각 없어."

"집 밥도 괜찮아요. 아주머니가 해 준 밥 맛있거든요."

권태하를 따라 주방으로 들어섰을 때만 하더라도, 사실 견주는 별다른 생각을 가지고 있지 않았다. 단순히 아주머니가 차려 주는 밥을 먹겠거니 했다.

그래서 앞치마를 두르고 현란한 칼 솜씨로 무채를 써는 권태하의 모습을 목격했을 때 받은 놀라움은 전에 없이 컸다.

찹쌀가루로 쑨 풀에 고춧가루와 젓갈을 섞고, 다진 마늘에 생강과 배를 갈아 넣기까지 그 과정은 그야말로 일사천리였다.

"김치도 담글 줄 아세요?"

"사람도 담그는데, 김치라고 못 담글까."

"……꼭 제 생각이 그렇다는 건 아니었어요."

"그러시겠지. 멀뚱히 서 있지 말고 간이라도 봐."

아무렇지 않게 입가에 대 주는 김치 한 조각을 오물거리며 씹었을 때, 입안으로 시원한 감칠맛이 돌았다.

"……말도 안 돼요. 이렇게 맛있는 건 반칙 아니에요?"

"왜 말이 안 돼. 음식으로 먹고사는 게 업인데 이 정도는 기본이지."

"업이요? 직업 말이에요?"

"칼질 잘한다는 얘긴 귓등으로도 안 들었나 봐."

고백하자면 견주는 권태하의 직업이 깡패를 때려잡는 검사라고 밝혔어도 이 정도로 놀라진 않았을 것이다.

요리라니.

미스매치에 이렇게까지 어울리지 않는 조합이 또 있을까.

그럼 권태하의 손에 난 상처도 이 때문이었단 건가?

놀라움에 두 눈을 동그랗게 뜬 견주를 내버려 둔 채로 이번에는 권태하가 불고기거리를 장만하기 시작했다.

통통통통통.

일정하계 도마를 내려치는 칼 소리가 경쾌하다.

잘려진 양파의 모양은 하나같이 균일하고 균등했다.

딱 봐도 전문가의 솜씨.

본인 설명도 그렇고, 의심할 여지는 남아 있지 않았지만, 워낙에 괴리가 큰지라 이 일을 사실로써 받아들이기까지 제법 많은 시간을 필요로 했다.

다만 정체에 대한 의심과 불신의 경계 지점에서도 권태하가 만든 불고기는 꿀맛, 허니맛이었다.

제2장

사랑하지 않는 자식은
원래 원수처럼 미운 법이랬어요

태하는 적당히 악당이었다. 그래서 오해를 바로잡아 줄 생각은 일부러라도 하지 않았다.

기실 완전한 오해라고 하기보다 오히려 편견에서 오는 착각에 더 가까운 상황이었다.

영 없는 소릴 지어내 한 것도 아니었고, 음식과 관련해 아주 할 말이 없지도 않았다.

영문각의 젊은 주인.

가업이라고 칭하는 건 조금 우스웠고, 단순히 죽은 정서희의 자리를 대신 승계해 이어받은 것뿐이었다. 물론 이 과정에서 성엽과 적지 않은 알력 다툼이 오갔지만.

요 정도 요식업으로 분류할 수 있다는 전제하에서, 본업은 분명 견주의 생각과도 크게 동떨어져 있지 않았다.

영문각 내에서 태하는 권 실장으로 통했다. 직함은 실장이었지만 등기상 기재된 법적인 실소유자는 태하였다. 얼굴 마담으로 앉혀 둔 바지사장 월급도 태하의 주머니에서 나갔다.

그러했기에 넓은 의미에서 영문각 주방도 태하의 관할이라고 할 수 있었다.

일반인을 대상으로 장사를 하는 것도 아니고, 무엇보다 입맛 까다로운 거물급 고객에 대한 손님 접대를 어디 허투루 할 수야 있나.

사장이 주방에 모습을 드러내면 음식 맛이란 건 자연스럽게 좋아지게 돼 있다. 원래가 세상일이란 건 관심을 가지는 것만큼 보이는 법이었다.

연수원 수료 후 한가해진 틈을 타 재미 삼아 배우던 것인데 최근엔 제법 취미를 붙이게 됐다. 단지 오늘처럼 영문각이 아닌 곳에서 식칼을 잡은 건 그간엔 없던 일이었다.

물론 용도가 다른 종류의 칼이라면 얘기는 달라지겠지만.

"정말 맛있어요."

서툰 젓가락질로 연신 불고기를 집어 먹던 견주의 입에서 공치사가 흘러나왔다.

어깨를 으쓱이며 주머니 깊숙이 손을 찔러 넣자, 적당한 길이의 군용 나이프가 손끝에 와 닿았다. 단검에 가까운 형태로 제작돼 소지하는 데 있어 특별히 거추장스럽지도 않았고, 익숙해질 대로 익숙해져 딱히 불편함도 느끼지 못했다.

씻을 때 외엔 잠잘 때도 몸에서 떼어 놓지 않는 물건으로, 죽은 정서희가 생전에 선물한 유일한 유품이기도 했다.

중학교에 입학하는 아들의 생일 선물치고는 부적절한 감이 있었지만, 당사자인 태하가 마음에 들어 함으로써 상호간에 기분 좋은 선물이 됐다. 내심 성엽은 못마땅해하는 눈치였으나, 그렇다고 해서 크게 반대하거나 하진 않았다.

권성엽의 자식으로 산다는 건, 빨리 어른이 되어야 한다는 것과 동일한 의미를 지니고 있었다. 어린 태하에게 굴레를 덧씌워 준 건 다름 아닌 성엽이었다.

지난번 이견주에게 해 준 얘기는 경험에 의거해 나온 현실적인 충고였다.

장난감 수준의 질 낮은 싸구려였다면 거절했을 정서희의 선물은, 따로 가치를 부여해도 될 만큼의 값비싼 고가품에 속했다.

고맙다는 말에 정서희는 그 어느 때보다 활짝 웃어 보였다. 살가운 모자지간이 아니었기에 그때 일은 시일이 지난 오늘까지도 기억 속에 선명하게 남아 있었다.

지금은 날카로운 예기를 숨기고 있지만, 칼날을 드러내는 순간부턴 누군가를 해칠 수 있는 흉기로 변모하게 될 테지. 주머니에서 손을 뺀 태하가 식탁 위로 두 손을 올려 두었다.

식사 예절은 형편없군.

오물오물 고기를 씹는 와중에도 견주의 눈길은 탐욕스러울 만큼 내내 접시 위를 떠나지 않았다. 서너 번의 젓가락질이 더 이어진 뒤에야 견주가 시선을 맞춰 왔다.

"그런데 조카님은 안 드세요?"

"난 됐으니까, 신경 쓰지 말고 천천히 먹기나 해."

"돌도 씹어 먹을 수 있는 나이예요. 걱정 안 하셔도 돼요."

"걱정은 무슨."

걱정을 해도 성엽이 하겠지. 비쩍 마른 몸에 아기 돼지처럼 토실토실 살이 오르는 걸 누구보다 반겨 할 사람은 단연코 성엽일 것이다.

이 같은 상황에서 답지 않게 호의를 베푼 건 순수한 의미에서의 호의가 아닌, 굳이 따지자면 투자의 목적에 더 부합되었다.

원래가 상품의 가치란 건 내용이 아닌 겉포장에 따라 결정되어지는 법이었다. 상품으로 내놓기에 지금의 이견주는 크게 구매욕을 자극하지 않았다.

저녁에 성엽과 정두열의 만남이 예정돼 있으니, 딱히 궁금해하지 않아도 내일쯤이면 성엽으로부터 어떤 식으로든지 경과보고가 있을 터다.

권성엽이 홍난주에게 약속한 시간은 이 년. 손해 보지 않는 선에서 잡음 없이 마무리를 지으려 들 테고, 정확한 걸 좋아하는 성엽의 성격상 길어 봤자 일 년을 넘기지 않을 것이다. 또한 정두열의 몸 상태에 따라 계획은 더 앞당겨질 수도 있다.

안타깝지만 공증으로 약속한 90억 상당의 삼성동 상가가 홍난주의 소유가 되는 일은 결단코 없을 것이다.

홍난주가 죽은 정서희의 얼굴을 빼닮지 않았더라면 이 같은 유예기간조차 주어지지 않았을 것이다. 한창 쇼핑을 다니느라 바쁜 홍난주의 행복은 금이 간 유리 파편처럼 언제든 깨어질 위험 소지를 안고 있었다.

"하긴. 그건 좀 오버였죠?"

별다른 이견 없이 고개를 주억거린 견주가 다시금 먹는 데 집중했다.

좋게 말해 눈치가 빠르고, 나쁘게 받아들이자면 나이에 맞지 않게 영악하다.

가까이에서 지켜본 이견주는 자기주장을 내세우기보다, 상대의 기분을 맞춰 주는 데 더 주안점을 두고 있었다. 그렇다 보니 고집을 피우는 일도 드물었고, 가급적이면 태하의 눈 밖에 나는 짓은 하려 들지 않았다.

하지만 그래 봤자 어린애.

이견주의 의도를 읽어 내는 건 그다지 어렵지 않았다. 다만 의연하게 구는 것치고는 사람을 웃기는 재주가 있었다.

실생활에서 누구보다 주제와 분수를 잘 알던 이견주의 성적은 이십오 등이란 다소 허무맹랑한 순위를 기록하고 있었다.

모범생 같은 얼굴로 잘도 꼴통 짓을 하고 다녔구나, 하고 생각하니 스스로도 모르게 피식거리는 웃음이 새어 나왔다. 의도하지 않았던 질문을 입 밖으로 낸 건 다분히 충동적인 결정이었다.

"공부에는 왜 취미가 없었어?"

"취미는 있었는데, 취미 생활 할 여건이 안 됐어요."

"교과서는 장식품이야?"

태하의 지적에 바쁘게 움직이던 견주의 젓가락질이 순간 멈칫했다. 곤혹스러운 표정에 잠깐 얘기하길 꺼려하는 기색을 내비치기도 했다. 그러나 곧 아무렇지 않게 대화에 임했다.

"태웠어요."

"태우다니, 대체 누가……?"

"그 사람이요."

"홍난주가 왜 그랬는데."

"미운데 이유가 있나요. 그냥 제가 싫었나 봐요. 사랑하지 않는 자식은 원래 원수처럼 미운 법이랬어요."

담담하게 이야기를 풀어 놓기 시작한 견주의 이야기에 태하가 눈가를 찌푸렸다.

"책을 빌릴 만한 친구도 없었고 새로 살 돈도 부족했어요. 부탁할 사람은 선생님뿐이었는데, 그분은 제 사정에 별로 관심이 없었어요. 챙겨야 할 아이들이 많았거든요."

"담임이란 치가 교사 자질이 부족했나 보지."

"사실 저라도 그랬을 거예요. 제가 술집 나가서 심부름하는 거학교에서도 다 알아요. 다른 사람이 소문낸 건 아니고, 그 사람이학교로 찾아왔었거든요. 방과 후 보충 수업 시키지 마라, 야자 빼줘라, 대학 갈 애도 아닌데 귀찮게 하지 말라는 게 요지였어요."

하얀 얼굴에 새빨갛게 칠한 야한 입술. 단정한 옷차림 대신, 가슴골을 드러낸 블라우스에 미니스커트를 차려입은 채로 홍난주가학교를 찾을 때면 그날은 하루 종일 사나운 수군거림에 시달려야했다. 그러고 나면 또다시 견주는 혼자가 됐다.

"칠판 앞에 나가서 문제풀이 한번 한 적 없어요. 전 그냥 내놓은 아이였거든요."

사실은 그게 최선이었어요, 하고 말하는 이견주의 표정은 생각보다 밝았다. 그래서 더 눈을 뗄 수가 없었다.

지끈.

아무것도 아닌, 아무 의미도 없었던 이견주의 말이 문득 속내를헤집어 놓았다.

"가리는 게 많단 홍난주 얘기, 그것도 네 생각은 아니지?"

"네."

"보통은 감싸 주기 바쁠 텐데, 아니라고도 안 하는군."

기분 상하라고 불러 대는 홍난주의 이름에도, 이견주는 별반 마음 상해하는 기색도 없었다. 나이 많은 홍난주의 이름을 아무렇게나 불러 대도 그게 당연한 양 받아들이는 태도여서 오히려 김이 빠졌다.

악감정도 없지만 살가운 감정도 남아 있지 않다는 건가.

얄팍한 연결 고리로 이어져 있던 두 사람의 관계에 호기심이 생긴 건, 권성엽과의 사이에서 있었던 지난 과거의 일이 새삼 떠올랐기 때문이었다. 이견주의 앞날을 점치는 건 여러모로 어렵지 않았다.

"이 집에선 조카님이 더 실세잖아요."

"과거에 태어났으면 간신이 될 상이군."

"적어도 악인보단 낫잖아요."

의도치 않은 부분에서 카운터펀치를 맞은 느낌이었다.

역시 제법이라니까.

알고서 한 말은 아닐지 모르지만, 이견주의 말은 태하를 겨냥한 이야기이기도 했다. 영악한 이견주는 한편으로 영리하기도 했다.

"어디 아픈 덴 없지?"

"건강 체질이에요."

"대충 먹은 것 같은데, 그만 일어나."

앞서 건강을 염려한 건 딴 뜻이 있어서였다.

무럭무럭 자라, 권성엽의 이목을 속이는 데 일조하고 나면 끝이 날 관계.

권성엽의 계획 일부를 눈감아 주고, 그에 따른 대가를 받아 내기로 한 시점에서부터 이견주와는 양립할 수 없는 사이가 됐다. 그런데도 왜 이런 알 수 없는 감정이 생기는 걸까.

양심의 가책을 떨쳐 버릴 목적에, 빈약한 돼지를 살찌우는 심정으로 차려 낸 식사가 끝이 났을 무렵부터 왜인지 묘한 기분에 휩싸이게 되었다.

과거를 돌아보게 만드는 이견주의 말은 한동안 태하의 머릿속을 배회했다.

잠시 후 의자에서 일어서던 이견주에게서 뜻하지 않았던 질문 하나가 날아들었다.

"참, 궁금한 게 하나 있는데 조카님도 막 요리 자격증 같은 거 가지고 있어요?"

"어쩌다 보니."

"처음엔 되게 안 어울린다고 생각했는데, 지금은 의외로 어울리는 것 같기도 해요. 맛있게 잘 먹었어요. 빈말 아니고 정말이에요."

총총거리는 발걸음으로 옆을 스쳐 지나가는 이견주의 얼굴은 웃고 있었다.

❖

태하의 나이가 지금의 이견주와 같았을 무렵, 당시 암 선고를 받은 정서희는 이른 나이로 유명을 달리했다. 죽음을 목전에 둔 시점에서 정서희는 유언을 남겼는데, 그 유언의 내용이란 게 여러모로 사람 뒤통수를 치는 것이었다.

"태하, 당신 아들 아니에요."

"……지금 무슨 소릴 하는 거야."

태하를 외면한 채 성엽을 바라보며 해 온 말.

꺼져 갈 듯 까라진, 가느다란 정서희의 목소리는 새벽녘의 찬 공기처럼 서늘한 기운을 품고 있었다. 이윽고 불신에 찬 성엽의 눈길이 정서희를 거쳐 마침내 태하에게 닿았다. 핏발이 들어선 성엽의 눈빛은 흔들리고 있었다.

의심의 흔적.

외탁을 한 태하는 한눈에 보기에도 권성엽과는 닮은 부분이 거의 없었다.

"미안해요."

이어진 정서희의 한 마디로 상황은 종결됐다.

"으흑, 으으흑."

짐승의 울부짖음을 닮은 통렬한 절규가 터져 나왔다.

"언제부터야. 감히 네까짓 게 이 권성엽이를 가지고 놀아?!"

사실관계가 명확하게 나오지 않은 상황에서도 권성엽은 확신이란 걸 하고 있었다. 죽어 가는 마당에 정서희가 거짓을 고할 리 없다는 나름의 판단 때문이었다.

성엽으로부터 악에 받친 비난이 이어지는 동안에도, 태하의 시선은 줄곧 정서희에게 고정돼 있었다. 아직은 들어야 할 말이 남아서였다.

운신은커녕, 제힘으로는 가느다란 목조차 가누기 힘들 만큼 쇠약해져 있던 정서희가 한참 만에야 고개를 돌렸다.

미안해.

달싹이며 해 온 정서희의 말은 대체 무엇에 대한 사과인가. 그러나 생각은 더 이상 이어지지 못했다.

"들어와!"

벼락같이 내지른 고함 소리가 태하의 사색을 방해했다. 앞뒤 잴 것 없이 터져 나온 그의 목소리는 분노에 차 있었다. 다혈질인 성미는 나이가 들어서도 여전했다.

생각할 시간을 빼앗은 의도는 간단했다. 화풀이 대상으로서 태하가 필요했던 것이다.

죽어 가는 정서희를 눈앞에다 두고, 눈이 뒤집힌 권성엽은 사람을 시켜 주먹을 휘두르게 만들었다.

무자비한 폭력이 태하를 향한 가운데, 생의 마지막에서 정서희는 쓸쓸한 얼굴로 웃고 있었다. 웃으며 눈을 감는 그 시간에 대체 정서희는 무슨 생각을 하고 있었나.

팔이 부러지고, 다리에 금이 갈 때까지 반항다운 반항은 해 보지 못했다. 다만, 여전히 정서희의 의중이 궁금하긴 했다.

미안하다니, 대체 뭐가.

사지 육신이 엉망으로 망가진 상태에서 아무렇게나 짐짝처럼 차에 실려 병원으로 보내졌다. 그러고 나서 검사를 받았는데, 우습게도 권성엽의 친자란 판명이 나왔다.

입원한 지 이 주쯤 지났을까.

병실을 찾은 권성엽이 망연자실한 표정으로 고개를 떨궜다. 그러나 바닥을 적시는 굵직한 눈물에도 아무런 감정이 생기지 않았다.

마음이 다 부서진 뒤에 사과가 무슨 소용인가. 병원의 하얀 천장을 올려다보며, 비슷하게 닮아 있던 정서희와 권성엽의 말들을 번갈아 떠올려 보았다.

그런 뒤에 적어도 하나는 확실해졌다.

죽는 마당에 정서희는 권성엽에게 그 어떤 애정도 허락하지 않았다.

나름의 복수일까.

부족함 없이 자라 온 존경받는 교육자 집안의 사랑받는 고명딸. 이제 갓 영화계에 이름을 알리기 시작한 정서희를 영문각 새끼 기생으로 들어앉히기까지, 비합법적인 방법이 동원되는 과정에서 정서희의 집안은 풍비박산이 났다.

다행히 정서희의 복수는 마지막에 이르러 완성되었다.

원수의 자식을 낳아 기르며, 이십 년에 가까운 세월 동안 속으로 칼을 갈았다. 사랑받지 못하는 느낌을 받을 때마다, 착각이라고 애써 위안하고 넘겼던 것은 결국 부질없는 자기 위안에 불과했다.

한스 안데르센의 동화 빨간 구두처럼, 이중 계약에 발목이 잡혀 꿈을 접어야 했던 정서희는 결국 썩어 버린 부위를 잘라냄으로써 구원을 받았다. 권태하란 이름의 자식을 제물로 잘라 바쳤다.

하긴 자신이라도 싫었을 것이다. 그런 남자의 핏줄 따위 좋아할 수 있을 리가 없다.

이해는 가지만 동정심은 생기지 않았다.

마흔에 접어들었던 권성엽이, 남자를 모르던 새끼 기생 머리를 얹어 준 화대로 지불한 건 통 크게도 정서희가 속한 요정의 여주인 자리였다. 요정을 물려받을 당시 정서희의 나이는 채 서른도 되지 않았다.

젊어서 목숨 내놓고 살 땐 약점을 만드는 게 두려워 여자는 만나도 자식은 두지 않았던 권성엽이, 뒤늦게 제 자식 낳아 준 정서희에겐 간이고 쓸개고 뭐든 빼 줄 것처럼 굴었다. 운명의 장난처럼, 권성엽의 씨를 받아 태어난 자식은 태하 하나였다.

어리석은 것이 인간이라고, 그래서 권성엽은 그만 방심이란 걸 하고 말았다. 정서희가 철저히 제게 속한 사람이라고 믿고 있을 동안, 정서희는 타고난 여배우처럼 연기를 했다. 과거를 잊은 것처럼, 혹은 현실에 충실한 것처럼.

별거 아닌 권성엽의 말에도 웃어 주고, 권성엽이 사다 안겨 주는 옷과 선물, 보석과 가방에 기뻐하며 감사했다. 그러했기에 그는 배신의 흔적과 맞닥뜨리게 되었을 때 상처 입은 짐승처럼 분노를 잠재우지 못했다. 그 중간에서 태하는 희생양으로서 존재했다.

의도치 않았다고는 하나, 태하를 낳은 뒤에도 정서희는 줄곧 화려한 밤 세계에 속해 있었다.

무엇보다 일개 요정이라고 칭하기엔 영문각이 지니는 의미는 다소 특별했다.

기업 간 거래가 은밀히 이루어지고, 정치인들의 협상 테이블이 차려지는 곳.

유력 법률 회사의 일급 로비스트들이 심심치 않게 드나들며 정보를 교환할 때마다 그 정보는 정서희를 통해 빠짐없이 권성엽의 귀로 전해졌다.

고급 여자와 고급술을 제공함으로써, 권성엽은 권력층의 비밀스런 약점을 움켜쥐었다. 권력이 대물림되는 과정에서 발생하는 편법, 위법이 사업을 확장시켜 나가는 추진제가 됐다. 그것은 일선에서 물러날 나이임에도 권성엽이 지금처럼 건재할 수 있었던 원동력이기도 했다.

시작은 권성엽이 했지만 끝을 본 건 정서희였다. 권성엽의 눈과 귀 역할을 대신한 건 정서희의 선택이었다. 그래서 어느 한쪽에게도 마음을 주지 못했다.

정서희가 마지막으로 남긴 말은 사랑해 주지 못하는 것에 대한 사죄였다. 이용 가치로써 존재해야 하는 태하에 대한 미안함이었지, 세상에 남겨 두고 갈, 남겨지게 될 자식에 대한 애처로움이나 안타까움이 아니었다.

문제는 타고난 핏줄이었다.

혈맥을 따라 흐르는 근본이 어디 가나.

제멋대로 대가를 받아 갔으니, 태하도 얻는 게 있어야 했다. 태생 자체가 남에게 지는 걸 싫어해서일까. 제 앞에 다른 사람을 세워 본 적도 없었다. 공부도 그렇고 운동도 그렇고.

만회할 기회를 달라던 권성엽의 제안을 받아들였을 땐, 권성엽이 가진 모든 것을 빼앗아 볼 생각이었다.

그 첫 번째가 영문각이었다.

정서희가 세상을 떠난 이후 영문각은 잠시 다른 사람 손에 넘겨져 운영되었다. 영문각을 되찾아 온 건 고작 일 년도 지나지 않았다.

대학 진학을 바라던 권성엽의 뜻을 저버리고, 군 입대를 신청했을 땐 분명한 목표 의식이 서 있었다.

제대 이후엔 현직 변호사들을 줄줄이 옆에 끼고 살았다. 권성엽의 돈으로 권성엽의 사람을 주변 가까이에 심어 두었다.

권성엽이 대주주로 있는 성우 하나로 캐피탈의 법률 자문단으로 구성된 사외 이사는 모두 권성엽의 사람들로 채워져 있었다. 권성엽의 아들로서 드나드는 동안에 비리 정황은 고스란히 태하의 눈과 귀로 전해졌다.

독학사로 학점 이수 조건을 충족시키고, 반신반의하던 권성엽을 비웃으며 사법연수원에 들어간 나이가 고작 스물다섯이었다. 2월 치고는 날씨도 생각만큼 춥지 않았다.

경기도 고양시 일산동구 호수로 550.

신촌에서 출발해 성산대교 북단, 강변북로(행주대교 방향)를 지나 자유로 이용 시, 사법연수원은 장항I.C에서 약 2킬로미터 정도 떨어져 있었다. 시간으로 따지자면 장항I.C에서 5분쯤 걸릴까.

사법연수원장 앞에서 조폭 잡는 검사가 되겠단 포부를 밝히자 말없이 어깨를 툭툭 치더라 이 말이지.

"아버지 건강하시지."

정의 사회 구현에 앞장선다는 말을 전부 믿을 정도로 순진하진 않았지만, 채 하루도 지나지 않아 태하의 얘기는 권성엽의 귀로도 빠짐없이 전해졌다. 뒤가 구린 만큼 행동은 그에 준해 재빨랐다.

"검사, 좋지. 그렇지만 태하야. 넌 이 권성엽이의 아들이야. 그 속에 있다간 네가 다칠 거야."

그리고 권성엽도 그 대상이 될 테다.

"검사에 꼭 뜻이 있는 건 아닙니다."

"원하는 게 따로 있단 얘기로구나."

"계산이란 건 정확할수록 뒤탈이 없는 법이니까요. 영문각, 제 게 넘기세요."

공직자 윤리법에는 겸직 금지 의무란 게 있다. 공무 이외의 영리를 목적으로 하는 업무에 종사하지 못하며, 소속 기관장의 허가 없이 다른 직무를 겸직할 수 없다는 조항이다.

사익을 추구할 수 없는 상황에서 영문각을 달라는 건, 태하가 할 수 있는 최소한의 타협안이었다. 동시에 권성엽의 귀로 들어가 는 정보를 일정량 차단하겠단 선전포고이기도 했다.

"싫으면 관두셔도 됩니다. 저도 밥은 먹고 살아야지 않겠습니 까."

"그간에 들어 둔 신탁하며 증여한 재산이 얼만데, 그걸 지금 나 더러 믿으란 게냐."

"못 믿으시면 하는 수 없고요."

"……연수원 수료까지는 내가 양보하마. 법무팀에 자리 마련해 놓을 테니, 변호사 자격증 나오면 그리로 출근해. 검사니 뭐니 떠드는 건 이쯤에서 마무리 짓자꾸나."

"남들 뒤치다꺼리할 마음 없습니다."

권성엽의 핏줄이란 꼬리표를 달고 학연, 지연, 인맥이 재산인 법조계에 편승한 건, 거추장스러운 업무를 봐주기 위함이 아니었다. 태하의 관심이 미치는 분야는 상속, 증여에 대한 법률로써 그에 상응하는, 즉 공식적으로 업무를 처리할 수 있는 자격 소지였다.

"태하야."

"어머니 돌아가실 때 말입니다. 경황이 없어 아버지는 보지 못하셨을 수도 있겠지만, 입 모양으로나마 미안하다고 하더군요. 어머니의 유지, 그래도 아들인 제가 이어받아야 하지 않겠습니까. 영문각, 제게 넘기세요."

권성엽의 역린을 건드림으로써 압박의 강도를 높였다.

"……생각은 해 보마."

"검사가 돼서 들쑤시는 것보다는 이편이 덜 귀찮을 겁니다. 아버지 비리야 보고 들은 것만 해도 한두 가지가 아니니까요."

"네 녀석 멋대로 설치게 그냥 두고 보고 있을 성싶으냐."

"다치는 게 무서웠으면 지금처럼 아버지 옆에 붙어 있지도 않았을 겁니다. 예전처럼 몇 달 입원해 누워 있는 것도 생각보다 나쁘진 않을 것 같군요. 그게 아니라면 지금이라도 자식 하나 더 보시든가요."

재산을 사회에 환원할 정도의 정의로움이 권성엽에게 있었다면, 권성엽의 갈등은 지금처럼 깊지 않았을 것이다. 적당히 악당인 태하와 달리, 권성엽은 뼛속까지 악인이었다.

불신이 깊어 쉽게 사람을 가까이 두는 타입도 아니었다.

그래도 피를 나눈 자식이니까.

이 같은 안일함이 권성엽을 한발 물러서게 만들었다. 이내 끙 앓는 소리를 낸 그가 입을 다물었다.

그리고 적당한 시기에 이르러 영문각은 태하의 손으로 넘어왔다. 기존에 자행했던 탈세 대신, 합법적인 증여세를 지불함으로써 등기부상에 태하의 이름이 올랐다.

하루에도 수억의 매출이 발생하는 영문각. 그러나 그 이면으론 매출의 수십 배, 수백 배를 상회하는 정보들이 거래되고 있었다.

고졸의 사법연수원 출신.

그러나 정재계에 이름을 알린 건, 권태하가 아닌 영문각의 새로운 주인으로서였다.

쯧.

한동안 생각에 잠겨 있던 태하가 작게 혀를 차며 감고 있던 눈을 떴다. 잊고 있던 과거를 떠올리게 만든 건, 아이러니하게도 도구에 불과했던 이견주였다.

이유 없이 마음이 쓰이는 상대를 만난 건 이견주가 처음이었다.

태하 자신이 정서희를 떠나보낼 때와 같은 나이여서인 건가.

술집 여자를 어머니로 둔 아이.

비슷한 환경에서 자랐음에도 생각도 행동거지도 모두 태하와는 달랐다.

점심 이후 공부를 한다며 방에 들어간 이견주는 들락거리는 기색도 없이 오후 내내 조용했다.

주머니에 들어 있던 군용 나이프를 바깥으로 꺼낸 태하가 다트처럼 그것을 벽을 향해 내던졌다.

쉬익, 바람을 가른 나이프가 다트판 한가운데 꽂혔다.

굿.

막 나가는 중국 애들이라고는 했지만, 겨우 이런 걸로 대륙에 밀려서야 되나. 깊숙이 꽂힌 칼날을 빼내는 동안, 요리사나 셰프로 오해하고 있을 이견주가 떠올라 불현듯 고소가 지어졌다.

아침은 보통 권태하를 제외한 세 사람이 식탁에 앉는 것으로 시작되었다. 일의 발단은 사소한 담소에서부터 비롯되었다.

우연의 일치인지, 어제 권태하가 만들어 준 것과 같은 메뉴가 아침상에 올랐다. 비교하자면 맛은 권태하가 만든 게 조금 더 취향이었다.

아주머니가 해 주신 불고기는 간장으로 기본 간을 해 적당히 간간하고 달짝지근했다면, 태하가 만든 불고기는 칼칼하게 밴 매운맛이 자연스럽게 식욕을 불러일으켰었다.

한창 자극적인 것을 좋아할 나이였으니 어쩌면 당연한 선택인 건지도.

그러나 가볍게 꺼낸 말은 의외라 할 정도로 거센 반향이 되어 돌아왔다. 들어 올렸던 숟가락을 소리 나게 내려놓은 권성엽의 얼굴 표정이 일견 진지하게 변했다.

"처제. 방금 한 말 다시 한 번 해 봐. 태하가 집에서 뭘 했다고?"

"불고기요. 솜씨가 굉장히 좋으셨어요."

"허허."

믿기지 않는 얘길 들은 것처럼 한동안 권성엽은 너털웃음을 감추지 못했다. 권성엽의 웃음 안엔 절대 그럴 리 없다는 의심이 서려 있었다.

따로 태하가 입단속을 시키지 않았기에, 하지 말아야 할 얘기를 한 거라곤 생각지 않았다. 그런데 지금은 조금 실수를 한 게 아닐까 하는 생각이 들었다.

차갑게 식은 권성엽의 눈빛이 살피듯이 견주를 응시했다.

한순간에 발가벗겨진 기분이었다. 웃으며 티 나지 않게 시선을 내리까는 것으로 권성엽의 눈길을 피했다. 그런 뒤에야 조심스럽게 질문 하나를 입에 올렸다.

"혹시…… 뭐가 잘못되기라도 했나요?"

"잘못되기는. 단지 좀 놀랐다고나 할까. 안 하던 짓을 하는 걸로 봐서, 처제가 꽤 마음에 든 모양이야."

권성엽의 태도로 미루어 볼 때 유추할 수 있는 상황은 하나였다.

앞서 보인 일련의 일들이 전혀 권태하답지 않은 행동이었단 건가……?

권태하의 심경이 이처럼 변화하기까지에 따른 이유에 대해 가장 먼저 생각이 미쳤다. 그러나 지금 당장은 이렇다 할 답이 나올 만한 상황이 아니었다.

다만 의도치 않은 곳에서 배려를 받았다고 생각하자, 멀게만 느껴졌던 권태하가 조금쯤은 가까워진 기분이 들기도 했다.

생각보다 좋은 사람이었구나.

대가 없는 배려란 걸 받아 본 적이 없기에, 그 속에 든 진실을 가려내는 힘을 기르지 못했다. 의심은 곧 혹시나 하는 가능성으로 이어졌다.

위험한 착각 속에 빠져들수록 태하에 대한 경계심이 하나둘 누그러져 갔다.

"친절하고 좋은 분이세요."

"어린 처제가 사람 보는 안목이 있어."

이 말을 끝으로 한차례 중단되었던 식사가 재개되었다. 그러나 이따금 견주를 건너다보는 성엽의 눈길은 여전히 한겨울의 시린 바람처럼 차가웠다.

사람의 눈빛이란 건, 간혹 왁자지껄하게 떠들어 대는 열 마디의 말보다 많은 얘길 해 올 때가 있었다. 자신을 향한 권성엽의 시선은 적의에 가까운 호의였다.

"그보다 처제."

"말씀하세요."

"건강 검진 말이야. 한번 받아 보는 게 어떻겠어?"

"건강 검진이요?"

"어린 처제 혼자 노력하는 게 보기 안쓰러워서 그래. 공부란 것도 결국은 체력 싸움이야. 성장기에 좋은 영양제도 처방받고 하면 여러모로 공부하는 데 도움이 될 거야. 부담 가지지 말고 내 말대로 해, 처제."

"마음 써 주셔서 감사해요. 그런데 작년 가을에 신체검사 대신 학교와 연계된 병원에서 무료로 종합 검사를 받은 적이 있어요. 다 괜찮다고 했어요. 마음만 감사히 받을게요."

"어디 무료로 받은 것에 비할까. 이젠 내 식구가 됐는데 내 식구 건강은 내가 챙겨야지. 자세한 건 난주에게 말해 뒀으니까, 다음 주말은 시간 비워 놔. 내 말 무슨 말인지 알겠지, 처제?"

"……네, 형부."

다정한 권성엽의 말은 얼핏 권유보다는 강요에 가깝게 들렸다. 왠지 모를 거부감에 한차례 사양의 말을 덧붙였지만 권성엽의 뜻은 완고했다.

이유 없이 두 번은 거절할 수가 없어 결국 뜻을 거스르는 대신 얌전히 따르기로 했다. 그제야 권성엽의 입가로 만족스러운 웃음이 떠올랐다. 다만 여전히 바라보는 눈빛은 찼다.

예정된 시간에 맞춰 병원에 도착했을 때 그곳엔 권성엽이 먼저 와 기다리고 있었다.

"난 약속에 늦는 사람을 제일 싫어해. 그런 의미에서 처제는 어린데도 사람이 됐어."

"바쁘실 텐데 괜히 저 때문에 시간 빼신 거 아니에요?"

"주말인데 크게 바쁠 게 뭐 있겠어. 자자. 이러고 서 있지들 말고 일단 들어가서 검사부터 받아 보자고."

보통 때의 느긋한 태도와는 다르게 권성엽의 말 속에서 조급함이 묻어 나왔다. 양몰이를 하는 늑대처럼, 뒤를 가로막은 채로 권성엽이 갈 길을 재촉했다.

선두에 서서 걷는 내내 말미에 선 권성엽에게 감시를 당하는 기분을 지울 수가 없었다. 신경이 예민해진 탓일까. 특별히 걸리는 게 없는 상황에서도 이상하리만치 찜찜한 기운을 떨쳐 버리지 못했다.

병원 로비로 들어서자, 일찌감치 병원장이 마중을 나와 있었다. 고개를 빳빳이 치켜든 건 권성엽이었고, 조아리듯 머리를 숙인 건 병원장이었다.

"일전에 말씀하신 그 아이로군요."

"신경 써서 잘 부탁하네."

"권 회장님 손님인데 여부가 있겠습니까. 저기, 그런데 투자는……."

"박 원장. 그 얘긴 다음에 사석에서 만나 하는 걸로 하지."

불편해진 심기를 대변하듯 권성엽의 부름에 질타가 섞여 나왔다.

"어이쿠 이런. 듣는 귀가 많다는 걸 제가 잠시 망각했지 뭡니까. 늙으면 정신이 이렇다니까요."

"사람 참 실없기는."

뜻을 헤아리기 힘든 말과 행동. 이해할 수 없는 하루가 그렇게 지나가고 있었다.

"대체 무슨 생각을 하고 있는 게냐."

"뭐가 말입니까."

"노파심에서 하는 얘기지만 견주 그 아이, 너무 가까이 두지 말거라. 일을 그르치게 만드는 건 불필요한 인정이야."

"나이 드니 별 쓸데없는 걱정을 다 하십니다. 비루먹은 개새끼보다야, 살찐 돼지가 값나가는 법 아닙니까."

"정말 그리 생각하는 게냐?"

"달리 다른 뜻이 있어야 합니까."

의도를 가늠하는 권성엽의 눈빛은 날카로웠다. 그러나 이내 납득한 표정으로 권성엽이 천천히 고개를 주억거렸다.

"하긴. 너는 나를 많이 닮았지."

"그럴지도 모르죠."

"난 말이다, 태하야. 네가 내 아들이란 게 참 자랑스러워."

"불필요한 얘긴 이쯤 해 두죠. 그래서 정두열에게 뜻은 전한 겁니까?"

"지닌 패를 오픈하기엔 아직은 시기상조야. 그렇지만 곧 때가 오겠지."

모욕을 참아 넘긴 대가는 신뢰가 되어 돌아왔다. 아무렇지 않게 늘어놓기 시작한 정두열의 이야기를 끝으로 대화는 종결지어졌다.

수고하라며 두어 차례 태하의 어깨를 두드린 권성엽이 영문각을 빠져나갔다.

더러운 것이 묻기라도 한 듯 성엽의 손길이 닿았던 자리를 아무렇게나 툭툭 털어 낸 뒤론 잠시간 생각에 잠겼다.

작년부터 투석을 시작했다던 정두열의 신장은 얼마 못 가 그 한계를 드러낼 가능성이 높았다. 균형이 어긋난 건 언제든 망가지게 되어 있었다.

아직까지는 비밀이었지만 언제까지 이 비밀이 지켜질까.

늙은 하이에나의 약점이 바깥으로 흘러나가는 순간, 도처에 도사린 내부의 적부터 성긴 이빨을 드러내며 정두열을 물어뜯으려 들 테다. 늙은 고기는 씹을 땐 질기지만, 질긴 만큼 토해 낼 것도 많기 마련이었다.

그리고 꽤 오래전 충성스러웠던 정두열의 최측근 중 하나가 변심 끝에 권성엽의 사람으로 회유되었다. 정두열과의 관계에 있어 사실상 주도권을 잡고 있는 사람은 권성엽이었다.

만약 권성엽이 과거 여느 때처럼, 사업장을 기준으로 한 영역 다툼이나 세력 불리기에 더 관심을 두고 있었더라면 상황은 지금과는 정반대 양상을 띠었을지도 모른다. 그러나 정치 깡패인 정두열을 통해 권성엽이 얻고자 하는 건 역설적이게도 명예였다.

정관계로 뻗어 있던, 거미줄만큼이나 촘촘하고 세밀하게 짜인 채로 연결돼 있던 정두열의 끈.

요직에 몸담고 있는 정치인의 뒷배를 봐주는 대가로 정두열은 그에 상응하는 힘을 축적했다. 내년에 있을 지역구 공천을 받는 데 있어 정두열의 역할이 당락을 좌우할 가능성이 높았다.

그나저나 뒤가 구려 자식 검사 되는 것도 못 봐준다는 양반이, 다 늙어 지역구 공천에 욕심이라…….

현실에 입각해 그게 정말로 가능하리라고 보는 걸까.

장담하건대 권성엽이 국회의원 배지를 달고 여의도로 입성하는 날은 결단코 오지 않을 것이다.

서늘하게 가라앉은 태하의 눈빛에서 한결같은 고집스러움이 묻어 나왔다. 여하튼 형님 아우 하며 만나는 동안 권성엽은 정두열의 조력자로서 존재했다.

골칫거리가 된 건 정두열의 건강 문제였다.

사생아에 처첩 소생의 자식들까지 줄줄이 병원으로 불러들여 남몰래 검사를 받게 했지만, 표면적으로는 하나같이 이식에 부적합하다는 판정이 내려졌다.

이견주의 존재를 알게 된 건 정두열의 과거를 캐던 도중이었다.

정두열은 한때 영문각 여주인이자 권성엽의 여자이기도 했던 정서희를 대놓고 탐낸 적이 있었다. 그런데 어디서 그 비슷한 싸구려 대용품을 찾아냈는지, 젊은 시절의 정서희와 놀라울 정도로 닮은 홍난주와 만나 관계를 맺고 그 사이에서 자식을 보았다.

정두열도 모르고 홍난주도 모르는 일.

이견주의 탄생일로 역추적해 본 잉태 시점이, 정두열과 홍난주가 관계를 맺었던 시기와 미묘하게 맞아떨어져 혹시나 하는 마음이었는데, 얼마 안 가 이 같은 추측이 사실이었음을 확인받을 수 있었다.

돈을 지불하고 산 화류계 여자.

직접 고른 것도 아니고, 충성스런 부하가 뇌물 대신으로 상납해 온 상품과 나눌 수 있는 정보란 건 고작 통성명 정도뿐이었을 테지.

홍난주에게 느꼈던 정두열의 흥미란 건 고작 이 주짜리에 지나지 않았다. 아마도 홍난주는 정두열의 진정한 정체에 대해서도 모르고 있었을 가능성이 더 컸다. 또한 실제로도 그러했고.

"취향 한번 고약하군."

일을 성사시키는 데 필요한 도구는 이견주뿐이었다. 그럼에도 권성엽의 관심은 줄곧 홍난주를 떠나지 않았다.

그간에 보여 온 권성엽의 일 처리 방식은 아주 단순했다. 단순하다 못해 간단명료하기까지 했다.

덫을 놓거나 그 방법이 먹히지 않을 시에는 협박을 한다. 이것이 힘없는 자들의 재물을 갈취할 때 사용하는 권성엽만의 방법이자 패턴이었다. 그런데도 홍난주만은 달랐다. 아니, 정정하자면 정서희 때와 달랐다고 하는 게 더 정확한 표현일 테다.

힘과 무력을 앞세우기보다 달콤한 말로써 홍난주를 꼬드기고, 기어코 제 손으로 안방 문을 열어 주기까지. 이 과정에서 이견주의 신변은 자연스럽게 확보가 되었지만 사건의 흐름상 주축이 된 건 이견주가 아니라 홍난주였다.

이처럼 권성엽을 뒤흔든 건, 가볍게 주고받은 대화 몇 마디에서 비롯되었다.

'지금은 이렇게 살고 있지만, 사실은 영화배우가 꿈이었어요.'

'……영화배우?'

'어렸을 때 굉장히 감명 깊게 본 영화가 있어요. 어둠의 행방이라고, 주연을 맡은 여배우가 신인이었는데도 연기를 잘했어요. 어린 마음에도 심장이 막 쿵쾅거리며 뛸 정도로요. 자랑은 아니지만, 주변에서 닮았단 얘기도 많이 들었어요. 아마 회장님은 잘 모르실 거예요. 활동은 그 영화 하나뿐이었거든요.'

사창가 포주의 딸이 촉망받는 여의사로 거듭나기까지의 과정을 그린 영화 '어둠의 행방'에서 정서희가 맡은 역할의 이름은 홍난주였다.

그리고 은막의 여배우를 동경해 지은 이지영의 예명도 홍난주였다. 우연보다는 차라리 운명에 가까운 만남이었다.

기실 정두열이 가지고 놀다 버린 장난감을 주워 새것처럼 곁에 끼고 돌았을 땐, 권성엽이 가진 의도 역시 하나로 축약해 볼 수 있었다.

보상 심리.

이를테면 정서희로부터 받은 정신적 충격을 홍난주를 통해 감해 보려는 속셈이 행위 밑바탕에 짙게 깔려 있었다.

정두열에겐 이 주짜리였던 것이 권성엽에 이르러 이 년짜리가 됐다.

쓸데없는 곳에서 감정이 섬세하다. 그래 봤자 가짜가 진짜를 대신하지 못하는 법이었고, 사람에겐 각자의 정해진 위치란 게 있었다.

떠나는 마당에 자식까지 이용해 먹은 여자가 뭐가 그리 애틋하다고 여태 집착을 버리지 못했나. 도를 넘은 집착은 결국 썩어 병이 되기 마련이었다.

"……공여자 검사 결과를 알렸단 말이지."

권성엽은 이견주를 매개로 하여 정두열에게 빚을 지게 만드는 데 의의를 두고 있었다. 상대적으로 이견주의 가치가 상승하는 순간이었다.

앞뒤 사정 따지지 않고 미리 집에 들인 결과도 썩 나쁘지 않다며 권성엽은 자축했지만, 글쎄……. 태하는 그 생각에 회의적이었다.

물론 겉으로 보기에 상황은 권성엽이 판을 짠 그대로 흘러가고 있는 것처럼 보였으나, 사실 태하는 이보다 앞서, 그러니까 작년 가을쯤에 미리 검사 결과에 대해 보고를 받은 적이 있었다. 권성엽이 전해 들은 것과는 조금 다른 결과를.

현재 권성엽이 숨기고 있는 카드는 정두열의 마음을 움직이기에 부족함이 없었다. 그러나 시기를 가늠해 보는 동안 왜인지 답답함은 중첩되어 갔다.

마음이…… 흔들리고 있는 건가.

그게 아니라면 권성엽의 우려처럼 짧은 시간에 정이란 게 든 건지도 모르겠다.

동정, 연민, 안쓰러움, 안타까움.

어느 것 하나 특정 지을 수 있는 감정은 남아 있지 않았다. 그러나 지닌 감정을 일축하는 동안에도 머릿속으론 이율배반적으로 이견주를 떠올리고 있었다.

더 가혹한 시련도 사념도 태하를 흔들지 못했었다. 그런데도 왜 이처럼 마음이 들썩거리는 걸까.

단순히 다 자라지 못한 아이여서 신경이 쓰이는 것일까.

이견주는 때때로 불행했던 태하의 과거를 떠올리게 만들었다. 정작 이견주의 불행에 손을 내밀어 줄 생각도 없으면서, 관심이 가는 것도 막지는 못했다.

하지만 시시한 가족 놀이는 언젠가는 끝이 나게 되어 있었다.

권성엽의 생각대로 일이 진행되게 놔두진 않을 테지만, 예정된 결말에 이르러 이견주를 떠나보내야 한다는 사실에는 변함이 없었다.

가장 화려할 때 권성엽을 끌어내리기 위해선 이견주가 필요했다.

생각은 더 이상 이어지지 못한 채 여기에서 끝이 났다. 그러나 이때의 태하는 한 가지 사실을 간과하고 있었다.

애정이란 건 늘 그래 왔던 것처럼, 사소한 관심에서 비롯돼 차츰 그 덩치를 키워 가며 변모해 간다. 감정은 하나로 획일화되어 있지 않았고 한 가지로 구분 지을 수 없다.

쉽게 생각하고 넘겨 버렸던 것과는 달리, 여러 갈래로 나눠진 감정은 조금씩 천천히 앞을 향해 나아가고 있었다.

제3장
돈은 부족하면 말해

사람 마음처럼 간사한 게 또 있을까.

이 사람은 안 된다, 선을 그어도 결심은 때때로 물기에 젖은 솜사탕처럼 흐물흐물 녹아내렸다.

이럴 땐 인복이 없던 지난 시간을 탓해야 하나. 우습게도 권태하는 견주의 주변에서 찾아볼 수 있었던 어른 중, 가장 어른다운 어른에 속하는 사람이었다.

쉽게 섞일 수 없을 거라고 판단을 내렸던 첫인상의 기억은 시간의 흐름 속에서 점차 흐릿하게 변질돼 갔다. 대신 그 자리를 채운 건 약간의 믿음과 아주 작은 기대감이었다.

언제부터인가 곤란한 일이 생길 때면 자연스럽게 머릿속에선 태하가 떠올랐다. 투정을 부릴 수 있을 만큼 편안한 상대가 아니란 걸 알면서도 이따금 마음속으로 혼자 의지하곤 했다. 그럴수록 태하에 대한 경계심은 흐트러져 갔다.

스스로의 의지로 권태하의 방문을 두드린 건 이곳에 들어와 생활한 지 이 개월째로 접어들던 때였다. 중간고사 마지막 날이었고, 몇 번을 반복해 풀어도 해결되지 않은 문제 때문에 삼십 분이 넘도록 진도가 제자리걸음 중이었다.

숫자가 바뀌어 출제되는 수학의 특성상 과정을 이해하지 못하면 틀릴 수밖에 없는 문제였다. 답안지에 적혀 있는 건 정답뿐이었다. 포기하고 다음 문제로 넘어가야 맞는데 오기가 생겼다. 다행히 얼마 지나지 않아 다른 대안이 주어졌다.

새벽에 이르자 퇴근해 돌아온 권태하가 계단을 걸어 올라왔다.

습관처럼 잠가 놓은 문은 변함없이 그대로였다. 그러나 더 이상 태하의 발소리에 놀라거나 신경이 곤두서지 않았다.

평온한 심장 소리는 규칙적으로 뛰었다. 잦아든 경계심을 반영하듯 문을 열고 바깥으로 나왔을 땐, 한 손엔 문제집이 들려 있었다.

도움을 청할 상대로 권태하가 적합한지 여부를 가려내기란 사실상 쉽지 않은 문제였다. 하지만 이내 시험을 망칠 수 없는 이유를 떠올려 보았다. 권태하가 내민 도움의 손길을 거절하지 않고 받아들인 시점에서 가시적인 성과를 증명해 보여야 하는 의무가 주어졌다.

비어 있던 왼손을 가볍게 말아 쥔 견주가 똑똑, 두 번의 노크를 했다. 조용해진 가운데 이윽고 태하의 목소리가 들려왔다.

"무슨 일이야."

"피곤하실 텐데 귀찮게 해서 죄송해요."

"그래서 용건이 뭐야."

"저기 조카님, 혹시 인수분해 할 줄 아세요?"

"⋯⋯."

"모르시면 하는 수 없고요."

의심에 찬 견주의 목소리가 태하의 호승지심을 자극했다. 얼마 간 겪어 보고 안 사실이지만, 권태하는 차가운 말투와는 다르게 의외로 다정한 구석이 있었다. 결국 얼마 지나지 않아 태하의 방문이 달칵하고 열렸다.

어쩌면 귀찮아할지도 모른다고 생각했지만, 마주 본 태하의 얼굴에서 그런 기색은 찾아볼 수 없었다. 오히려 견주의 손에 든 문제집을 먼저 요구하기까지 했다.

"어디 봐."

"여기서부터 여기까지 헷갈려요."

태하의 시선이 견주의 손가락을 따라 천천히 아래로 내려갔다. 그럴수록 권태하의 표정은 심각하게 변했다.

"문제가 좀 어렵죠?"

"흐음?"

"봐도 모르실 수 있어요. 이해해요."

대꾸하는 대신 권태하가 손을 내밀었다.

"펜."

"네?"

"풀이 과정을 말로 설명해 주면 알아? 적어 줄 테니까 펜 가지고 와."

반신반의하는 마음이 아주 없진 않았다. 그러나 걱정은 괜한 기우에 불과했다.

건네 준 펜을 받아든 것과 동시에 태하는 막힘없이 수식을 적어 내려갔다. 사각거리는 펜 울림이 듣기 좋았다.

"아! 방금 적어 주신 부분요. 이건 왜 이렇게 되는 거예요?"

목을 길게 빼며 기웃거리던 견주가 딱 집어 한 부분을 지목했다. 순간 펜을 쥐고 있던 태하의 손길이 멈칫했다.

"학원 말고."

"?"

"과외를 받아 보는 게 어떻겠어? 이렇게 쉬운 것부터 헷갈리는 거라면, 네가 아니라 가르치는 방식이 잘못된 거니까."

아무렇지 않게 건네 오는 수표를 전처럼 쉽게 받아 들지 못했다. 사실 지난번에 준 것도 아직 많이 남아 있었다.

"수학이 문제라서 그렇지, 다른 건 그래도 나아요."

"믿어도 되는 거지?"

"그럼요."

"외워 쓰는 머리라도 있어서 다행이라고 해야 하나. 네 부모…… 아니, 그보다. 과외 얘긴 한번 진지하게 생각해 봐."

머뭇거림을 읽어서였을까. 펼쳐져 있던 문제집 안에 수표를 끼워 넣은 권태하가 소리 나게 책을 덮었다.

"그리고 전에 말한, 곧 사귈 것 같다던 친구는 어떻게 됐어?"

"그냥 일개미처럼 공부만 하려고요."

"왜. 뭐가 잘 안 돼?"

"조카님 말대로 한창 인간관계가 어려울 나이잖아요."

"적당한 사교성도 능력이야. 자, 여기."

거절할 대의명분도, 그래야 하는 이유도 없었다. 그런데도 가져가라며 내민 책을 받아 들었을 땐, 일순간 알 수 없는 거부감에 휩싸여 스스로도 혼란스러울 지경이 되었다. 그러나 대답은 이미 정해져 있었다.

"잘 쓸게요."

"볼일 끝났으면 그만 들어가 봐."

"무시할 수도 있었다는 거 알아요. 도와줘서 고마워요."

뒤돌아서던 태하가 다시금 몸을 비틀어 시선을 주었을 때 그 눈빛은 잘 벼려진 칼날처럼 날카로운 예기를 띠고 있었다.

"사람, 아무나 함부로 믿지 마."

"조카님은 아무나가 아니잖아요."

"예전에 학교 다닐 때 말이야. 내가 다른 건 다 잘했는데, 도덕은 영 젬병이었어. 몇 번을 읽어도 이해가 안 갔거든."

직접적인 경고보다 더 효과적인 방법을 이용해 권태하가 선을 그었다.

권태하가 원하는 대답을 이미 견주는 알고 있었다. 그리고 상대가 원하는 대답을 해 줌으로써 그 선을 지킬 수도 있었다.

"안 믿을게요."

"……돈은 부족하면 말해."

"네. 그럴게요."

아무렇지 않아야 하는데 이상하게 마음이 상했다. 그래서인지 방으로 돌아와 의자에 앉은 뒤로도 쉽게 집중이 되지 않았다.

책을 펼치자 권태하가 준 수표가 보였다. 묘한 감흥이 일었다. 이유는 알 수 없었지만, 어째서인지 자신의 몫으로 돌아온 이 돈이 처음으로 탐이 나지가 않았다. 한 번도 겪어 보지 못한 낯선 경험이었다.

예상치 못했던 노크 소리가 들려온 건 그로부터 오 분쯤 지나서였다.

똑똑.

가볍게 두드린 노크 뒤로 방문이 닫히는 소리가 들렸다. 굳게 닫혀 있던 자신의 방문은 열리지 않았으니, 권태하의 방이다.

노크를 했다면 분명 용건이 있어서일 것이다. 의미 없이 불필요한 행동을 할 사람은 아니었다. 그런데도 별다른 언질 없이 방으로 돌아가 버린 이유가 뭘까.

의아심에 고개가 갸웃거려졌다. 한편으론 치솟아 오른 궁금증을 이기지 못했다. 의자에서 일어나 조심스럽게 방문을 열어젖히자 뜻밖의 광경과 조우했다.

"······우유네."

걸려 넘어지지 않게 한쪽으로 치워져 있는 투명한 유리컵에 담긴 건 하얀 우유였다. 무릎을 굽혀 앉으며, 잠시간 의도를 파악하는 시간을 가졌다. 그런 후에야 천천히 컵을 들어 올렸다. 따뜻한 기운이 손가락 사이로 빠져나갔다.

차갑게 식은 채로 냉장고에 들어가 있을 우유는 따뜻하게 데워져 있었다. 누군가의 수고가 곁들어졌을 우유 한 모금을 홀짝이며 닫혀 있는 권태하의 방문을 건너다보았다.

무섭다.

툭툭 내뱉는 말들이. 그 말에서 의미를 찾게 되는 자신이.

속은 따끈하게 채워지는데, 반대로 가슴은 서늘해지는 느낌이었다. 더 많은 것을 기대하게 될까 봐, 그래서 조금 두려워진 것 같았다.

❖

볼 때마다 이견주는 매번 두꺼운 수학 정석 책을 옆에 끼고 있었다. 무거워 보이는 가방 안엔 다른 걸 욱여넣을 만한 빈자리는 보이지 않았다.

그러나 부족한 기본기를 정석 같은 문제집으로 메울 생각을 하는 것부터가 잘못된 선택이었다. 말하자면 이견주는 공부를 못하는 아이들의 습관을 고스란히 간직하고 있었다.

그래서일까. 유독 이해를 요하는 과목에서 약점을 보였다. 외워 쓰는 것에 대해선 어느 정도 두각을 드러냈지만, 흐름을 알아야지만 답이 나오는 수학과 과학에선 좀처럼 고전을 면치 못했다.

노력이 아닌 방법의 문제였고, 한계는 어렵지 않게 그 실체를 드러냈다.

2학년 1학기 중간고사 결과, 이견주는 반에서 십구 등을 했고 기말고사는 세 계단 상승한 십육 등이었다. 성적이 다소 오르긴 했지만, 여전히 전교로 따지는 건 무의미한 숫자였다.

어림잡아 반에서 중간쯤 될까. 결단을 내리기엔 이 역시 애매한 등수였다. 분명한 건 하나였다. 이 정도 내신으로는 내년에 있을 수시를 기대하기 힘들다. 이쯤에서 확인하고 넘어가야 할 게 있었다.

"모의고사 쪽은 어떻게, 승산이 보여?"

"생각처럼 잘 안 돼요."

"심각해?"

"어쩌면요."

솔직한 이견주의 고백 속에는 오랜 고민이 녹아 있었다.

"일 년 조금 더 남았어."

"다음엔 더 잘할 수 있어요."

"너 공부할 때 걔들은 놀아?"

"그건 그래요."

현실을 직시하는 태하의 쓴소리에 천천히 고개를 끄덕이며 인정하기까지, 이견주는 평소와 다를 바 없이 눈치껏 행동했다. 그러나 낮게 가라앉은 목소리는 전보다 풀이 죽어 있었다.

"대단한 걸 기대한 건 아니야. 이 정도면 잘했어."

"……."

"그래서 재수할 생각은 있어?"

건네받았던 성적표를 되돌려 주자, 움찔하며 이견주의 어깨가 살짝 떨렸다.

"이대로는 안 된다는 걸 가장 잘 아는 사람도 본인일 거 아냐."

"그거 알아요? 조카님은 가끔 남 아픈 델 아무렇지 않게 찌르는 재주가 있어요."

"쓸데없이 탓하자는 게 아니라면, 대답부터 듣고 싶은데."

"유예기간 이 년인 거 알아요. 걱정 끼치는 일 없게 그동안 잘 할게요."

"……홍난주가 그런 얘기까지 해?"

"속물적이지만, 계산속은 부족한 사람이니까요. 아님 머리가 나쁘든가요. 전 그 사람을 닮았나 봐요. 닮고 싶지 않았는데 피라는 게 참 신기해요."

따로 반박의 말은 덧붙이지 않았지만, 이견주의 의견에 동의할 마음은 여전히 생기지 않았다. 홍난주와 이견주처럼 각기 서로 다른 성향을 지닌 모녀지간을 찾아내는 것도 쉽지 않은 일이었다. 그렇다 해서 친부인 정두열을 닮은 것도 아니었다.

여러모로 특이한 케이스였다. 부모 중 어느 한쪽과도 연관 지어 떠오르는 게 없을 정도로, 아니 때때로 이 같은 사실을 잊고 지낼 정도로 이견주는 독립적인 개체로써 존재했다.

"재수를 한다면 삼 년이에요. 삼 년은 길어요."

홍난주가 90억이라는 다소 뜬구름 같은 허황된 꿈에 부풀어 있을 동안, 이견주는 영리하게도 이 년이란 기간에 주목했다. 머리가 나쁘단 이견주의 말에 선뜻 긍정할 수 없었던 이유이기도 했다.

홍난주에게 약속했던 삼성동 상가를 포함해, 권성엽의 재산 일부에 대한 권리가 얼마 전 태하에게 넘어왔다. 홍난주가 알았다면 당장에 화를 내며 길길이 날뛰었을지도 모를 일이었지만, 어차피 결과가 달라지는 일을 없을 테다.

어리석게도 홍난주는 공증의 신빙성에 대해 단 한 번도 의심이란 걸 해 보지 않았다. 이 한 수가 최대의 패착이었다.

"시간 낭비가 싫은 거라면, 스트레스 받지 말고 그냥 과외를 해. 그게 아니라면 꼭 학원이어야 하는 이유라도 있어?"

"사실대로 말해도 되나요?"

바로 직언하지 않고 뜸을 들이는 건, 곤란한 얘기가 남아 있다는 뜻이었다. 이목을 집중시키게 만드는 이견주의 발언이 호기심을 자극했다. 내외하는 사이도 아니고 얘길 들어 주는 거야 크게 어려울 것도 없었다.

"편하게 말해 봐."

"이 집은 저 혼자 사는 곳이 아니잖아요."

"장소의 문제란 거군."

"그 사람도 있고, 또 형부도 있으니까요."

곤혹스럽게 볼을 긁적인 끝에 들려온 이견주의 대답은 태하의 예상치를 한참이나 벗어나 있었다.

나이에 맞게 굴라고 했지만, 여전히 이견주는 투정이나 고집을 부릴 마음은 없어 보였다. 그러나 사실 제멋대로인 어린애를 상대하는 것보다는 어른인 체하는 이견주를 대하는 게 훨씬 더 쉽고

편했다.

"집이 불편한 거면 카페는 어때? 요즘은 다들 그렇게 많이 한다면서."

"음악 소리가 들리면 집중이 안 돼요. 유별나다고 해도 어쩔 수 없고요."

"더 해 봐. 거기에 대한 이유도 있을 거 아냐."

"좀 부끄러운 얘긴데, 음악 들으면 딴짓하는 게 습관이 돼서 그래요."

Rolling Stones의 Paint It Black. Judas Priest의 Painkiller.

이견주가 즐겨 들었다던 음악은 십 대가 좋아할 법한 취향에서 한참을 벗어나 있었다.

아이돌은 물론 R&B나 뉴에이지에도 흥미가 없었고, 시끄러운 하드 록이나 헤비메탈을 즐겨 들었다고 했다.

귓가를 자극하는 하이 톤의 날카로운 보컬.

더블베이스 드럼에서 뿜어져 나오는 묵직한 사운드.

트윈 기타를 통한 리드미컬한 울림.

현실을 회피하는 수단으로써 음악을 이용했다던 이견주의 말은 여러 가지 생각을 하게 만들었다.

사실 이렇게까지 신경 쓸 필요가 없는 일이었고, 모른 척 외면해 버리면 더 편할 일이었다. 그런데도 예정에 없던 제안을 한 건 다분히 충동적인 결정이었다.

"방학이 언제랬지?"

"다음 주 금요일부터예요. 그래도 오전엔 보충 수업 받아야 해요."

"끝나는 시간 맞춰 여기로 와. 과외 선생은 내가 알아봐 둘 테니까."

내민 명함을 조심스럽게 받아 든 뒤로 이견주는 한동안 말이 없었다. 그러자 왜인지 목마름이 깊어졌다.

설마하니 긴장이라도 하고 있는 건가?

사실을 인지했을 땐 그럴 리 없다는 반발심이 먼저 내부를 점령했다. 그러나 이 와중에도 태하는 이견주로부터 들려올 대답에 귀를 기울이고 있었다.

"영문각 권태하 실장. 여기가 조카님 일하는 곳인가 봐요."

"그래."

"하루 이틀도 아니고, 계속 드나들면 분명 신경 쓰이실 거예요."

"아주 안 쓰일 순 없겠지."

숨김없는 솔직한 대답이 이견주를 향했다. 그 직후 이견주의 입가로 온유한 미소가 떠올랐다.

"아니라고 했으면, 조카님 제안 거절하려고 했어요."

"어째서?"

반대의 상황을 가정하는 견주의 말에 되물음을 덧붙였다. 대답을 기다리는 동안에도 궁금증은 쉽사리 해소되지 않았다. 하지만 의외라 할 정도로 설명은 막힘없이 흘러나왔다.

"조카님은 사람을 가장 경계해야 할 때가 언젠지 알아요? 틀린 걸 옳다고 할 때, 맞는 걸 아니라고 할 때예요. 다른 의도가 있단 걸 알면서, 제 발로 호랑이 굴에 걸어 들어가고 싶진 않았거든요. 그리고 또……."

"그리고 또?"

"사실을 알면서도 편의를 봐주기로 한 건, 진심이란 거잖아요."

"……그건 또 무슨 논리야."

"쑥스러워하실 거 없으세요. 단순히 제 생각을 말씀드린 거니까요."

말문이 막히는 경험을 해 본 건 실로 오래간만의 일이었다.

진심.

역설적인 단어로 행위를 치하해 오는 이견주의 말은 분명 잘못된 거짓을 기반으로 하고 있었다. 불분명한 걸 싫어하는 태하로서는 상황을 정정할 필요가 있었다. 그런데도 이유 없이 잠시간 머뭇거리고 말았다.

반박할 타이밍을 놓쳤을 때, 이견주의 입술 사이로 한결 편안해진 목소리가 흘러나왔다.

"좋은 선생님으로 알아봐 주세요. 이왕이면 저 서울대 보내 주실 분으로요."

"……양심은 있는 거지?"

"그럼요."

"웃기긴."

삐뚤어지는 게 당연한 환경에서도 의연하게 제 살길 찾아가는 모습이 어린애치고는 제법이었다. 고분고분하게 굴면서도 강단 있게 원하는 걸 얻어 가는 과정이 이따금 기특하게 느껴지기도 했다.

그래서 묻지 않아도 될 것까지 문득 묻고 말았다.

"이 집에서 홍난주나 아버지가 불편한 거면…… 내가 있는 건 괜찮아?"

"음……. 부담스러워하실 것 같아서 말 안 할래요. 그래도 듣고 잊어 준다면 해 줄 수는 있어요."

"알겠으니까 어디 한번 얘기나 해 봐."

"그러지 말아야지 하면서도, 상대가 내 편이라고 믿고 싶을 때가 있어요. 제게 조카님이 그래요."

욱신거리는 심장의 울림이 무엇을 뜻하는지는 알 수 없었다.

다만 한 가지 확신할 수 있었던 건, 이견주는 학습 능력이 그다지 뛰어난 편이 아니란 사실이었다.

믿지 말라던 태하의 경고에, 믿지 않겠다고 대답했던 건 이견주였다. 일전에 주고받았던 대화로 서로 간에 지닌 입장 차이를 분명하게 확인하고, 확인받았다고 여겼다. 그런데도 믿고 싶다니······.

"듣고 잊어 준다고 했던 약속, 꼭 지키세요."

만약 이 모든 상황이 의도된 행위라면, 그 역시 칭찬받을 만했다. 뛰어난 입담은 아니었을지라도 이견주의 말은 태하의 마음을 조금씩 움직이고 있었다.

처음 이 집에 들어왔을 당시 이견주가 가장 필요로 했던 건 물질적인 부분에서의 도움이었다. 그 부분을 충족해 줌으로써 태하는 양심의 가책을 덜고자 했다.

그러나 어째서인지 시간이 지날수록 성장해 가는 이견주를 지켜보는 것에 대해 알 수 없는 흥미를 느끼게 됐다. 하지만 비양심적이었던 행동에 대한 보상 심리치고는 지나치게 감상에 젖어 버렸다. 불찰을 깨달았을 땐 생각보다 몸이 먼저 반응하고 있었다.

무심코 손을 들어 올리려다 멈칫했다. 성격상 위로엔 별다른 소질이 없었다. 그런데도 기운 내라며 머리를 쓰다듬어 줄 생각을 하고 말았다.

어이가 없군.

스스로의 행태에 실소가 터져 나오는 것을 막지 못했다.

관심을 끄자고 마음먹은 지 며칠 지나지 않아, 우연찮은 기회에 바깥에서 이견주를 보게 되는 일이 생겼다. 그제야 약속 장소가 그녀의 학교인 서문고와 그다지 떨어져 있지 않은 곳이란 걸 깨달았다.

일시에 쏟아져 나오기 시작한 인파 틈으로 이견주가 보였다. 구분 짓는 게 어려울 정도로 다들 비슷한 모습을 하고 있었다. 그런데도 신기하리만큼 단박에 이견주의 위치를 찾아냈다.

"……무겁지도 않나."

단정하게 차려입은 교복 위로 무거워 보이는 가방을 메고, 한 손엔 어김없이 정석이 들려 있었다.

내려서 알은체를 하려다 관둔 이래로, 눈길은 견주가 움직이는 방향을 따라 이동했다. 진하게 선팅된 차 내부는 바깥 상황을 살피기에 부족함이 없었다.

대부분이 무리를 이룬 가운데, 어디에도 섞여 있지 못한 이견주는 홀로 떨어져 걷고 있었다. 여럿이 어울려 이야기를 나누며 걷는 동안에도 물에 뜬 기름처럼 이질적인 존재로 남아 있었다.

시선은 앞을 향하도록 고정해 둔 채 걷는 걸음걸이는 무척이나 규칙적이었다. 시야에서 벗어날 때까지 이견주는 단 한 번도 주변을 둘러보지 않았다.

답답하다.

어디에서 기인된 것인지 종잡을 수 없는 마음이 태하의 심기를 어지럽혔다.

쯧.

짧게 혀를 찬 태하가 시선을 돌렸을 땐 서문서점이란 간판이 눈에 들어왔다. 차에서 내려 서점에 들어가기까지 고민의 시간은 생각보다 길지 않았다.

부정하고 싶었지만, 그럴 수 없다는 것 또한 알고 있었다.

쓸쓸해 보이는 이견주의 뒷모습이 자꾸만 눈에 밟혔다. 그래서 무거워 보이는 정석만큼의 무게라도 덜어 주고 싶었다. 그뿐이었다.

고심 끝에 골라 든 건 너무 어렵지도 쉽지도 않은 문제집 여러 권이었다. 서점을 나왔을 땐 정해진 약속 시간을 조금 넘긴 뒤였다. 시간 계산이 정확한 태하로선 드문 경우였다.

❖

투석을 시작했다고 해서 쉽게 신장이 망가지지는 않는다. 그러나 정두열의 혈액형은 드물게도 Rh-O형이었다. 투석에 대한 심리적 부담감이, 자연스럽게 이식에 대한 갈망으로 이어졌다.

게다가 권성엽보다도 연배가 높은 정두열의 나이는 이제 벌써 일흔둘이다. 세월이 주는 무게에 불안감을 느낄 만한 충분한 시간이었다.

노쇠한 몸에서 하나둘 징조가 나타날수록 능구렁이 같던 정두열의 마음도 조금씩 바빠졌다. 권성엽에게 회유된, 정두열의 최측근인 조기준의 설명에 따르면 비밀리에 다방면에 걸쳐 수소문 중이라 했다.

수술 이후에 나타날 수 있는 거부 반응을 최소한으로 상쇄시킬 목적에 혈육을 최우선으로 하여 검사를 받게 했지만, 결과가 만족스럽지 못한 시점에서 다른 대안을 강구해야만 했다.

혈육에 한정했던 범위는 시간이 지날수록 점차 국내, 나아가 국외로까지 대상을 확대했다. 사람을 소모품 취급하는 정두열의 입장에서 불법적인 루트를 찾는 거야 새삼 어려울 것도, 고민할 가치도 없는 일이었다.

정두열은 중국에서 수술을 받는 것까지 염두에 두고 있었다.

조기준이 전해 온 이야기는 쉽게 다루기 힘든 고급 정보에 속했다. 시기를 가늠하고 있던 권성엽에겐 호재로 작용했다.

소설가 한승원이 쓴 〈해일〉에 보면 '약을 친다' 는 표현이 있다.

관용구로써 약을 친다는 표현은, 속되게 뇌물을 주고받는 행위를 비롯해, 쓸데없이 벌레가 꼬이지 않게 사전에 차단한다는 의미를 포함하고 있었다.

적당한 시기에 이르러 권성엽은 정두열에게 약을 쳤다.

시작은 건강을 염려하는 말로 운을 뗐다.

"기력이 예전 같지 않으니 걱정입니다."

"세월 이기는 장사가 어디 있나. 나이 들면 다 그렇지."

"형님. 이 아우에겐 사실대로 말씀해 주셔도 됩니다."

"권 회장. 대관절 그게 무슨 말인가?"

"형님 고민, 이 아우가 덜어 드리겠습니다."

삼시간에 의심의 눈초리로 바뀐 정두열의 시선에도 아랑곳없이 권성엽은 하던 얘길 꿋꿋이 이어 나갔다.

"심기 불편하게 멀리 움직일 것 없이 형님이 원하는 물건, 이 아우가 잘 골라 조만간 좋은 소식 물어다 드리지요."

"이보게, 권 회장."

"의료 기술이 비약적으로 성장했다고는 하나 그래 봤자 결국 중국은 변방국 아닙니까. 감염 가능성, 그거 무시할 게 못 된다는 거, 형님도 잘 아시지 않습니까."

뜻밖에 듣게 된 권성엽의 얘기에 낭패감 어린 낯빛이 된 정두열이 깊게 침음을 삼켰다. 잡아떼는 것만이 능사가 아니었고, 부정한다고 해서 사태를 수습할 수 없음을 깨달은 탓이었다.

"제가 누굽니까. 형님 의제입니다. 어려울 땐 서로 도와야지요. 형님 뒤통수칠 마음 있었으면 애초에 이 권성엽이가 이런 말을 꺼내지도 않았을 겁니다."

"……그전에 내 하나만 물어봄세. 권 회장에게 이 얘길 넣은 자가 누군지, 그것부터 먼저 말해 보게나."

"조기준이라고, 형님도 잘 알고 계실 겁니다."

"허허……. 기준이가 그랬단 말이지."

"형님께 해가 될 놈입니다. 이쪽 바닥 생리야 다 그렇지 않습니까. 입 가벼운 놈 곁에 둬 봐야 좋은 꼴 못 보는 법이지요."

"권 회장 충고, 내 귀담아 듣겠네."

늙을수록 작은 것도 크게 부풀려 생각한다. 의심이 늘어나면 파고들 틈은 커진다.

쓸모를 다한 조기준을 버림으로써, 정두열의 신임을 얻는 데 성공을 거뒀다.

"그래서 드리는 말씀인데, 형님 핏줄이 다른 곳에서 자라고 있더군요. 부친이 버젓이 살아 있는데 거둬 키우는 게 모름지기 인지상정 아니겠습니까."

"내 핏줄? 그게…… 정말인가?"

"조만간에 자리 한번 마련하겠습니다."

"……내 권 회장만 믿고 있겠네."

"여부가 있겠습니까."

얼마 안 가 조직의 왼팔이었던 조기준은 권력 구도에서 실각되었다.

제4장

아직은 시시한 어린애일 뿐이니까요

"조금 더 턱을 끌어당기고 시선은 정면을 향하게 두세요. 자, 그대로 가만히 계세요. 찍습니다."

숙련된 사진사의 요구에 따라 어색하게 자세를 바꾸고, 여러 컷의 증명사진을 찍는 내내 입가엔 부자유스러운 미소가 감돌았다. 눈앞에 거울이 있어 확인해 볼 수 있던 건 아니었지만 분명 이상한 표정을 짓고 있을 테다.

견주는 자신의 얼굴을 사진으로 남기는 걸 별로 좋아하지 않았다. 매번 보아도 사진 속 자신의 모습이 불행해 보였던 탓이다. 그래서 필요에 의해 사진을 찍고 있는 지금 이 시간이 고욕처럼 느껴지기도 했다. 짧은 시간에 불과했지만 익숙지 않은 일에 잔뜩 진땀을 빼야만 했다.

열여덟 겨울.

방학을 얼마 남겨 두지 않은 시점에서 주민등록증이 발급되었다. 돌이켜 생각해 보면 지난달 13일이 생일이었다. 작년에도, 재작년에도, 또 그 이전에도 그래 왔던 것처럼 홍난주는 이번에도 견주의 생일을 기억해 주지 않았다.

차라리 다행인 건가. 사실을 알았다면 홍난주는 분명 비아냥거리는 말투로 악담부터 늘어놓았을 것이다. 원치 않은 생명의 탄생 앞에서 홍난주의 축복은 늘 견주를 비껴갔다.

너만 태어나지 않았다면!

책임을 전가하는 냉소에 찬 홍난주 비난은 뿌리 깊은 원망을 품고 있었다. 그러나 이제 와 새삼 쓸쓸하다거나 서운한 마음은 생기지 않았다. 불필요한 기대를 버림으로써, 조금 더 상황에 무뎌질 수 있었다.

감정적인 부분에서는 분명 또래보다 성숙한 면모를 갖췄지만 견주의 몸은 아직 다 자라지 못한 아이와도 같았다.

납작한 가슴은 이제 겨우 형체를 갖춰 가고 있었고, 여물지 못한 여린 뼈마디는 아직 성장기임을 말해 왔다. 그래서 예상치 못했던 상황과 맞닥뜨리게 됐을 때의 혼란스러움은 전에 없이 컸다.

평소와는 다르게 오늘따라 이상하게 몸이 늘어지는 기분이었다. 책을 펼치고 있어도 쉽게 집중이 되지 않았다. 피로해진 눈 주변을 손가락으로 꾹꾹 눌러 봐도 상념은 쉽게 잦아들지 않았다.

조금 지친 건가.

사실상 권성엽의 집에 머무르게 된 지난 3월부터 지금까지 신경은 내내 뾰족하게 곤두서 있었다. 사정이 이렇다 보니 몸이 버텨 낼 재간이 없었다. 그래서 단순하게 생각하길 몸살이 오려나 보다 하고 걱정을 했다.

보고 있던 책을 덮고 자리에서 일어난 시간은 평소보다 이른 새벽 1시 무렵. 문득 이상한 기분이 들어 아래를 내려다봤을 땐, 의자 위에서 뚜렷한 혈흔이 발견됐다.

고요하게 가라앉아 있던 눈빛이 세차게 흔들리기 시작했다. 찌르르 올리기 시작한 배에 두 손을 가져다 대자, 근원 모를 두려움이 피어올랐다. 사실을 인지하고 받아들이기까지 적지 않은 시간을 필요로 했다.

"……괜찮아. 괜찮을 거야."

나직이 읊조린 말은 불안의 증거였다. 예상치 못한 상황에서 초경이 시작되었다. 발육이 늦된 견주로서는 처음 겪는 일이었다.

가장 먼저 느낀 감정은 당혹감이었다. 문 하나를 가운데다 두고 연신 교성을 질러 대던 홍난주의 신음에는 일찌감치 익숙해져 있었지만, 정작 이런 방면으로는 무지했다.

뚜렷한 해결책이 없는 상황에서 한참 만에야 정신을 차린 견주는 갈아입을 옷가지들을 챙겨 욕실로 향했다. 딸깍거리며 문을 잠그고 나서야 조금 마음이 진정되었다.

그러나 근본적인 문제는 여전히 해결되지 않고 남아 있었다. 때문에 샤워기를 틀어 찬물로 몸을 닦아 내고, 가지고 들어온 옷으로 바꿔 입은 뒤로도 견주는 좀처럼 욕실을 벗어나지 못했다.

한동안 빈약한 인간관계 속에서 도움을 청할 만한 사람을 떠올려 보았다. 당장에 생각나는 사람은 안타깝게도 홍난주뿐이었다. 그러나 곧 고개를 가로저었다.

"그 사람은 안 돼."

그럼 또 누가 있을까. 날이 밝기를 기다리고 있기엔 사정이 여의치가 않았다. 생각에 생각을 거듭하던 고민은 권태하가 퇴근해 집으로 들어올 시점에 가까워져 종식되었다. 더 지체하면 할수록 선택의 폭은 좁아지게 돼 있었다. 결심은 어렵지 않게 섰다.

살금살금 걸음을 옮겨 일 층으로 내려갔을 땐 열에 들뜬 홍난주의 교성이 들려왔다. 살결이 치받혀 나는 성교엔 헉헉대는 거친 남자의 숨소리도 섞여 있었다. 관음증이 있는 것은 아니었지만, 견주는 이 상황을 나쁘지 않게 받아들였다.

두 사람의 행위가 열락에 젖어 갈수록 묶여 있던 제약은 사라지고 행동반경은 넓어졌다. 그러나 곧 예상치 못했던 난관에 부딪히게 되었다.

"이견주."

몰래 저택을 빠져나온 뒤로 소리 나지 않게 신경 써 대문을 열었을 무렵, 뒤쪽에서부터 차가 멈춰 서는 소리와 함께 최근 들어 익숙해진 낮은 울림이 귓가로 전해졌다. 권태하였다.

하지만 평소 생활 패턴으로 미뤄 봤을 때, 태하가 퇴근해 들어오려면 앞으로 이십 분 남짓한 시간이 더 남아 있었다. 예정에 없던 이른 귀가에 적잖이 당황한 견주가 무의식중에 뒷걸음질을 쳤다. 이어 태하가 차에서 내렸다.

"설마하니 불량 학생 흉내라도 내려는 건 아니겠지? 쪼그만 게 이 시간에 어딜 나가."

"그냥…… 바람이나 쐴까 하고요."

"재미없는 농담이야."

권태하의 오른손에는 반쯤 피우다 만 담배 한 개비가 들려 있었다. 권태롭게 담배 필터를 비틀어 깨문 권태하가 이윽고 머금고 있던 잿빛 연기를 내뱉었다.

언제 맡아도 고약한 냄새다.

담배를 피우는 모습을 직접 목격한 건 이번이 처음이었다. 다만 이따금 마주 보고 대화할 일이 생길 때면 권태하에게선 늘 희미한 담배 냄새가 나곤 했었다.

콜록거리는 기침이 두어 번 이어졌다. 시위는 아니었고 안 좋은 기억이 떠올라서였다.

몇 년 전이었더라? 자세한 날짜는 생각나지 않았지만, 다만 조양수란 이름만은 아직까지도 기억 한편에 선명하게 남아 있었다.

별다른 안주 없이도 소주를 진탕 마셔 가며 종일 비스듬하게 누워 매캐한 담배 연기나 뿜어 대던 게 일과였던 조양수는 몰상식하고 몰지각한 홍난주의 남자들 중에서도 유독 성질머리가 더러웠다.

걸쭉한 가래가 섞인, 반쯤 차 있던 꽁초를 재깍재깍 비우지 않았다는 이유로 화풀이하듯 재떨이를 던지고서도, 흔해 빠진 사과 대신 그 꼴이 우습다는 듯 킬킬대기 바빴다.

'굼뜨기는. 계집애가 느려 터져서 얻다 써먹어.'

관자놀이에서부터 흘러내리기 시작한 빨간 피가 시야를 가리는 순간까지도 조양수는 웃음을 멈추지 않았다. 길게 내린 앞머리를 들어 올리면 반달 모양의 상처가 아직도 그대로 남아 있었다.

앞머리가 조금 벗겨진 조양수는 기본적으로 씀씀이가 구두쇠처럼 쪼잔했다. 그러나 술과 담배에는 돈을 아끼지 않았다. 당연하게도 조양수의 담배 심부름은 늘 견주의 몫이었다.

당시 조양수가 피우던 담배 이름은 말보로 레드였다. 그리고 권태하가 피우던 담배에서도 이와 흡사한 냄새가 났다.

"말보로 레드네요."

"말보로 레드지. 자주는 안 피워."

짙은 어둠 속에서 빨간 불꽃이 타들어 갔다. 덧붙인 권태하의 말이 왜인지 변명처럼 들리기도 했다.

잠시 후 태하가 피우다 만 담배를 검지와 엄지를 이용해 지그시 눌러 껐다. 뜨거울 법도 할 텐데 별다른 표정 변화는 찾아볼 수 없었다.

"피곤하실 텐데 들어가 쉬세요."

"그래서 어딜 간다고?"

애초에 태하는 설득력이 부족했던 견주의 첫 번째 변명을 귀담아듣지 않았다. 애써 아무렇지 않은 척 대화에 임하고 있었지만 이즈음 초조함은 극에 달해 갔다.

한시바삐 이 자리를 벗어나고 싶었다. 다른 생각은 들지 않았고 당장은 이 생각뿐이었다. 그러나 왜인지 태하는 가로막고 있던 앞을 비켜 줄 마음이 없어 보였다.

분명한 목적을 밝히라는 권태하의 요구에 머뭇거림이 길어졌다. 그럴수록 권태하의 눈썹은 보기 싫게 위로 올라갔다.

보다 감정에 솔직해지자면 권태하의 앞에서 여성성을 드러내고 싶지 않았다. 그냥 한 사람의 인격체로서 권태하의 앞에 서 있고 싶었다. 홍난주로 인해 기인된, 의식 밑바탕에 뿌리 깊게 박힌 생각은 이 모든 것들을 더럽고 불결한 것으로 규정짓고 있었다.

아무렇지 않게 넘겨야 한다는 걸 알면서도 까맣게 물든 눈동자는 어느덧 겁을 집어먹고 말았다. 태하가 이 상황을 눈치챌까 봐서 두려웠고, 이런 자신을 꺼리게 될까 봐 조바심이 났다.

"문제가 생기는 건 질색이야."

이어진 대화에서도 권태하는 물러날 기색이 없어 보였다. 지금의 상황을 타개하기 위해선 조금 더 단호해질 필요가 있었다. 그러려면 어느 정도 진실에 가까운 답변을 해야만 했다.

"편의점에 가려고 나왔어요."

"지금 이 시간에?"

"네."

"필요한 게 뭐야."

"괜찮아요. 혼자 갔다 올 수 있어요."

권태하의 의도는 어렵지 않게 구분 지을 수 있었다. 그러나 원하는 걸 대신 사다 주겠단 권태하의 제안은 견주에겐 부담으로 다가왔다. 견주의 부탁을 들어주기엔 권태하는 적합한 대상이 아니었다.

선의를 무시하고 싶진 않았지만 견주는 끝내 그 제안을 거절했다.

"다녀올게요."

꾸벅 인사를 한 끝에 앞만 보고 달음박질을 치기 시작했다. 뛰는 속도가 빨라질수록 겨울의 차가운 바람이 얼굴을 스쳐 지나갔다. 그러나 편의점에 도착했을 무렵엔 등허리가 온통 축축한 땀으로 뒤범벅돼 있었다.

문을 열고 들어간 편의점 안쪽에는 알바로 보이는 이십 대 남자가 카운터를 지키고 있었다. 물건을 고르는 데 허비한 시간은 오 분 남짓으로, 태하의 앞에서와는 달리 계산을 하는 동안에도 부끄럽다는 생각은 들지 않았다.

만 원권을 내밀자 곧이어 거스름돈이 되돌아왔다. 투박한 손길과는 달리 남자는 의외로 섬세한 구석이 있었다.

편의점 로고가 프린트된 투명한 비닐 대신, 검정색 비닐에 싸인 물건을 건네받은 견주가 바깥으로 걸어 나왔다. 그 직후 뜻하지 않은 광경과 조우한 견주가 삽시간에 눈을 둥그렇게 떴다.

왜지.

왜일까.

집 앞에서 헤어졌던 권태하를 이곳에서 다시 보게 되리라곤 생각지 못했었다. 의문이 중첩될수록 눈을 깜빡이는 횟수가 늘어났다. 그러나 아무리 보아도 길목 어귀에 자리를 잡고 있는 건 태하가 맞았다.

날 걱정해서 따라온 건가……?

하나의 추측을 기정사실로써 받아들였을 무렵 불현듯 심장이 옥죄듯이 욱신거렸다. 아무리 생각해 봐도 그 외의 나머지 가정이 떠오르지 않았던 탓이다.

"답지 않게 웬 고집이야."

걸치고 있던 재킷을 벗어 견주의 앞으로 내밀어 오기까지 권태하의 행동은 나무랄 곳 없이 자연스러웠다. 까닭 모를 두려움이 해일처럼 밀려들었다.

"받지 않고서 뭐 해?"

"괜찮아요."

"보는 내가 불편해서 그래. 그냥 걸치고라도 있어."

"저기 혹시…… 뒤에 뭐가 묻었어요?"

"드라이 맡길 거니까 편하게 입어도 돼."

아무렇지 않게 확인 사살을 해 온 권태하가 외면하듯 시선을 반대편으로 돌렸다. 그건 분명한 배려였다.

언제부터인지는 모르겠지만 태하와 함께 있을 때면 종종 감정이 명확하게 구별되지 않을 때가 있었다. 가장 기본적인 싫고 좋음조차.

그리고 이 같은 일들이 반복될수록 혼란함은 가중되었다. 부득불 스스로의 마음을 들여다보려고 애를 써 봤지만 결론은 쉽게 나지 않았다.

마음 붙일 곳을 찾고 있는 건가.

믿지 말라던 태하의 말에도 불구하고 견주는 주어진 환경에 조금씩 적응해 가고 있었다. 권태하가 있는 시간에도 또 권태하와 함께하는 일상에도. 아니라고 했지만 편해진 감정만큼 조금 더 권태하를 가깝게 여기게 됐다.

태하가 건네 온 재킷을 받아 어깨에 걸치자 재킷 끝단이 엉덩이를 덮었다. 혹시라도 값비싼 옷이 더럽혀질까 봐 걱정이 되었지만, 정작 재킷의 주인은 신경 쓰는 기색이 아니었다.

재킷을 벗어 준 권태하는 한눈에 보기에도 얄팍해 보이는 셔츠 하나만 입고 있었다. 눈발이 날리기 시작한 날씨에 더럭 감기라도 걸릴까 봐 걱정이 되었다.

"안 추워요?"

"추워."

"옷, 다시 벗어 드릴까요?"

"됐어. 나보단 네가 더 필요할 거 아냐."

"저기…… 고맙습니다."

"인사치레는 필요 없어. 특별히 신경 써 준 건 아니니까. 단지…… 눈에 거슬렸을 뿐이야. 그뿐이야."

단정 짓듯 내뱉은 권태하의 말은, 왜인지 견주 자신이 아니라 그 스스로에게 하는 말 같기도 했다. 대화는 더 이상 이어지지 못한 채로 중단되었다.

사방이 어두워진 가운데 거리엔 적막한 기운만 감돌았다. 오가는 행인도 없이 보이는 거라곤 어둑발을 밝히는 흐릿한 가로등뿐이었다.

간혹 세차게 불어닥치는 바람 소리가 귓가에서 사납게 윙윙거렸지만, 신기하게도 조금도 무섭지가 않았다. 나란히 걷기 시작한 태하의 규칙적인 발걸음 소리가 마음에 안식을 부여했다.

그래도 나쁜 사람은 아닌 것 같아.

형식적인 틀에 가둬 두었던 태하의 평이 지극히 주관적인 방향으로 바뀌었을 무렵 마음은 조금씩 그를 향해 열리기 시작했다.

아무것도 아니었던 사소한 간섭이 견고하게 쌓아 놓았던 벽을 조금씩 허물었다.

처음으로 마음 안쪽에 자신 말고 다른 사람을 들였다. 나란히 걷는 동안 어쩌면 보통 사람들처럼 행복해질 수도 있지 않을까 하는 생각을 처음으로 해 봤다. 그러나 안타깝게도 권태하의 다정함은 독이었다.

이미 한 차례 권태하는 경고란 걸 했었다. 믿지 말라던 권태하의 말에 믿지 않겠다고 대답했던 건 견주였다. 그 약속을 어겼던 건 불행히도 견주였다.

일분일초가 더디게 흘러가는 것 같았다. 뒤늦게 안도의 한숨을 몰아쉬었을 땐 서늘하게 식어 버린 땀이 등허리를 적시고 있었다.

한꺼번에 밀려들기 시작한 오한에, 휘감듯 두 팔로 몸을 감쌌으나 떨림은 쉽게 잦아들지 않았다. 마음이 전에 없이 술렁거렸다.

침착하게 상황을 수습했다고 믿었지만, 머릿속은 여전히 정돈되지 못한 채 흐트러져 있었다. 다른 날에 비해 유독 밤이 길게 느껴졌다.

가까스로 혼란을 잠재우고 늦은 시간에 잠자리에 들었지만 정신은 깊은 수면으로 빠져들지 못했다.

잠을 설친 이유는 간단했다. 잠자리가 편하지 않아서였다.

잠깐 몸을 뒤척이기라도 할라치면, 하반신에서 전해져 오는 생경한 느낌에 소스라치게 놀라 눈을 뜨는 일이 지루하게 반복되었다.

처음이어서 그래. 나중엔 괜찮아질 거야.

다독이는 말로 스스로를 타일러 봐도 피로해진 감각은 쉬이 휴식에 들지 못했다. 익숙지 않은 몸 상태에 적응하기까진 불면의 시간이 계속될 것 같았다. 예민해진 신경이 줄곧 이 같은 사실을 말해 왔다.

"잠자긴 다 틀렸네."

누워 있는 시간이 길어질수록 자연스레 생각은 한쪽으로 편향되었다. 그때마다 눈앞으로 떠오르는 건 어김없이 권태하의 얼굴이었다.

"……눈치챘겠지?"

크게 숨을 들이마시자 모직에 옅게 밴 말보로 레드의 담배향이 코끝으로 와 닿았다. 타이밍이 맞지 않아 돌려주지 못한 권태하의 재킷은 방 한쪽에 얌전히 걸려 있었다. 운이 좋았던 것인지 구석구석 살펴봐도 피가 묻어나거나 하진 않았다.

다행이다. 이 마음이 앞서야 하는 상황인데도 왜인지 속상하단 생각이 먼저 들었다. 핏기가 가신 창백한 얼굴 위로 고민이 내려앉았다.

태하에게 바라는 건 여전히 아무것도 없었다. 그런데도 시시때때로 마음이 흔들거렸다.

겪어 본 태하의 배려는 다정하지 않았다. 이상한 표현이었지만 그래서 한편으로 더 다정하게 느껴지곤 했다.

이따금 맞닥뜨리게 되는 친절을 멋대로 호의라고 받아들였다.

그러지 말아야지 하면서도, 마음에 위배해 자꾸만 관심이 권태하에게로 쏠렸다. 선을 긋는 권태하의 행동에서 파고들 여지를 찾게 되고, 별거 아닌 말 한마디에 하나둘 의미를 부여하기 시작했을 무렵 동등했던 감정은 조금씩 역전되고 있었다.

willing or not, 싫든 좋든.

like it or not, 좋든 싫든.

사소하지만 점진적인 변화 앞에서 휘말리지 않으려 했던 처음의 결심은 무른 두부처럼 무너져 내렸다. 그러더니 이내 변형되기 시작한 마음이 다른 목소리를 내기 시작했다.

착각하고 싶지 않았는데, 이성에 앞서 감정이 먼저 반응하고 있었다.

정갈하게 차려진 반찬들을 뒤로하고 붉은 빛이 도는 팥밥이 식탁 위로 올랐다. 그러자 이른 아침부터 짙은 화장을 하고 있던 홍난주가 미간을 좁히며 싫은 기색을 내비쳤다.

"아주머니, 아침부터 웬 팥밥이에요. 음식에 신경 좀 쓰셔야겠어요."

"저기 그게…… 태하 도련님께서 드시고 싶다고 하셔서요."

이 말에 가장 먼저 반응한 건 홍난주가 아니라 권성엽이었다.

"태하가 그랬단 말이지?"

"새로 해 올릴까요?"

"그대로 두게나."

"네, 회장님."

한 차례 홍난주의 눈치를 본 아주머니가 뒤늦게 고개를 끄덕이며 대답을 되돌렸다. 단박에 홍난주의 입매가 삐뚜름하게 변했다.

권성엽의 결정이 마음에 들지 않는다는 듯 불만 어린 표정을 고스란히 드러냈지만, 권성엽은 한번 정한 결정을 번복하지 않았다. 그사이 태하가 일 층으로 내려와 주방으로 들어섰다. 당연하다는 듯 식탁에 앉아 수저를 들기까지 권태하의 행동은 무척이나 자연스러웠다.

"웬일이냐. 같이 아침 먹을 생각을 다 하고."

"변덕이라고 해 두죠."

"녀석, 실없기는. 어찌 됐건 먹자꾸나."

무시를 당했다고 여긴 홍난주의 얼굴이 붉게 달아올랐다. 아랑곳하지 않고 권성엽이 먼저 한술을 떴다.

식사는 조용한 분위기에서 시작되었다. 권태하는 내내 아무런 말이 없었다. 사실 원래가 수다스러운 성격과는 거리가 멀었다. 그리고 이런 권태하가 계속 신경이 쓰였다.

마주 보고 앉은 태하의 눈을 전처럼 아무렇지 않게 바라볼 수가 없었다. 감정이 섞여 든 눈빛으로 태하를 의식하는 건 정해진 룰 위반이었다. 위축된 심경을 대변하듯 자꾸만 목이 아래로 숙여졌다.

그러나 견주가 보인 일련의 행동들은, 관심을 두고 지켜보지 않은 이상에야 눈치채지 못할 정도로 아주 미세한 변화만을 품고 있었다. 아이러니하게도 정서적인 불안에 휩싸여 있던 견주의 사정에 가장 기민하게 반응을 보인 건 권성엽이었다.

"처제, 어디가 아프기라도 해? 얼굴이 왜 이렇게 창백해."

"잠을 설쳤더니 조금 피곤해서 그런가 봐요. 걱정 끼쳐서 죄송해요."

"저런. 건강이 최우선인데……. 그러지 말고 당신이 옆에서 잘 좀 챙겨 줘."

"알겠어요. 신경 쓸게요."

"아무렴 하나뿐인 동생인데, 그래야지."

걱정을 입에 담는 권성엽의 말투가 어딘지 모르게 초조해 보였다. 당부의 말을 입에 올리면서도 권성엽의 눈빛은 줄곧 견주를 향해 있었다. 새침한 홍난주의 대답에 대화는 일단락됐지만, 식사가 진행되는 내내 권성엽은 살피는 기색을 지우지 않았다.

얼굴이 따끔거릴 정도로 강렬한 시선이 견주의 일거수일투족을 감시했다. 젓가락이 움직이는 방향을 따라 권성엽의 눈길이 이동했다.

그렇지 않아도 더부룩했던 속이 체한 듯 답답하기까지 했다. 입 안이 까끌까끌하고 입맛이 없었으나 주어진 몫의 음식을 남기지는 않았다.

남으면 버려지게 될 것들.

식사는 평소보다 길게 이어졌다. 그 모습에 기어코 들고 있던 젓가락을 소리 나게 내려놓은 권성엽이 또다시 우려의 목소리를 높였다.

"처제, 정말로 괜찮은 거지?"

"네. 아무렇지 않아요."

"그렇담 다행이지만……. 병원에 안 가 봐도 되겠어?"

"이 정도로는 끄떡없어요."

"건강은 자신하는 게 아니야. 그보다 일전에 박 원장이 처방해 준 약은 빠뜨리지 않고 먹고 있는 거겠지?"

"그럼요. 잘 챙겨 먹고 있어요."

"당연히 그래야지. 다 처제 건강 생각해서 하는 말이야. 내 말 무슨 말인지 알겠지, 처제?"

"네. 매번 감사해요."

성의를 내세운 권성엽이 흡족한 미소를 입가에 걸었다. 반면에 숙면을 취하지 못한 탓인지 견주의 신경은 평소보다 예민하게 곤두서 있었다. 지속적인 권성엽의 관심이 오늘따라 더없이 껄끄럽게 여겨진 것도 이 때문이었다.

반복해 거듭 상태를 확인해 오는 권성엽의 말투는 흡사 추궁하는 빛을 띠고 있기도 했다. 단순한 염려치고는 확실히 지나친 감이 있었다. 권성엽의 행동 하나하나가 찝찝하게 마음에 남았다.

하던 식사를 끝내고 가장 먼저 자리에서 일어난 사람은 태하였다. 잘 먹었다는 흔한 겉치레도 없이 뒤돌아 걷기 시작하는 권태하의 등이 왠지 모르게 야속하게 느껴졌다. 본질적으로 지닌 습성이 다르다는 걸 알면서도 부정할 수 없이 이때의 자신은 권태하에게 끌리고 있었다.

후에 알게 된 사실이지만, 태하의 요구에 의해 차려진 팥밥은 초경을 맞이한 여자아이에 대한 축하의 의미가 담겨 있기도 했다. 그저 그런 속설에 불과했지만, 그래도 축하를 받았다고 믿고 싶었다.

하지만.

차라리 권태하는 무시로써 상황을 일관했어야 했다.

지난밤 다정함을 가장해 옷을 벗어 주지도 말았어야 했다.

걸음을 늦춰 나란히 걷지 않으면 더 좋았을 뻔했다.

아무것도 하지 않고, 그리하여 아무런 기대도 하지 못하도록 만들었어야 했다.

불분명한 권태하의 태도가 불필요한 희망으로 화해 견주의 마음에 작은 싹을 틔웠다.

❖

4교시 오전 수업을 마치는 종소리를 마지막으로 겨울 방학이 시작되었다. 3월 개학 땐 좀 더 치열한 모습으로 이곳을 거닐게 될 것이다. 하지만 그전에 다음 주부터 시작될 보충 수업이 남아 있었다.

1학년 땐 보충 수업에 참석하지 않았었다. 쓸데없는 일에 시간 낭비하지 말란 게 홍난주가 내세운 대외적 명분이었다. 손에서 책과 펜을 빼앗은 대신, 홍난주는 선심이나 쓴 듯 가게에 나와 일을 거들게 했다.

대가 없이 부려 먹으면서도 그게 당연한 줄 아는 여자.

한사코 기를 쓰며 학업을 등한시하도록 종용한 건 필요에 따라 손쉽게 부릴 무임 노동력이 필요해서였지, 그 이상의 복잡한 의미는 지니고 있지 않았다. 지극히 단순했던 홍난주의 논리는 오랫동안 견주의 손발을 묶는 족쇄 역할을 해 왔다.

긴 방학을 염두에 두어서일까. 쓸고 닦기를 반복하는 청소는 다른 때보다 길게 이어졌다. 마무리를 하고 학교를 빠져나왔을 땐 물기에 젖은 손이 빨갛게 변해 있었다.

가방을 멘 어깨를 움츠리고 호호 숨을 내쉬자 하얀 입김이 주변으로 흩어졌다.

참는 것엔 웬만큼 익숙해져 있었지만 이번 겨울은 유독 기온이 영하권에 머무는 날이 많았다. 서늘한 겨울바람이 코끝을 에어 낼 것처럼 가혹하게 불어닥쳤다.

색이 바랜 감색 교복은 한겨울의 시린 추위를 막아 주기엔 역부족이었다. 주변을 둘러봐도 따로 외투를 챙겨 입지 않은 사람은 견주뿐이었다.

교복 위에 걸칠 수 있는 겉옷은 학칙에 따라 색과 브랜드가 이미 정해져 있었다. 개인 재량에 의해 코트를 바꿔 입는 건 엄격히 금지된 사안이었다. 교복은 물려받았지만, 코트는 그러지 못했다.

그래도 사복이 아니어서 다행이다.

교복을 입고 있는 동안엔 타인의 비교 대상에서 얼마간 벗어날 수 있었다. 작은 것에 감사함으로써, 마음에 안온함을 얻을 수 있었다. 홍난주의 가난은 견주와 깊은 상관관계로 얽혀 있었지만, 홍난주의 부유함은 자신과는 하등 상관이 없었다.

매일같이 사들이는 홍난주의 쇼핑 목록엔 견주의 것은 포함돼 있지 않았다. 시시할 정도로 홍난주는 한결같았다.

물론 돈이야 견주 자신도 가지고 있었다. 그러나 필요에 의해 받았던 권태하의 돈을 사적인 용도로 유용하고 싶지는 않았다. 추위를 막아 줄 외투가 간절하긴 했지만 절실하진 않았다. 이미 익숙해진 일, 조금만 더 참으면 그만이었다. 불합리한 사고는 몸을 힘들게 만들었지만 그만큼 마음은 편해졌다.

자존심 때문이라고 말하기엔 이미 많은 것들을 포기하며 살았다. 그럼에도 홍난주와 동급으로 매도당하고 싶지는 않았다. 그리고 이 같은 마음 이면엔 권태하를 의식하는 마음이 짙게 깔려 있었다.

신경이 쓰인다.

하지만 대체 어디까지?

자문 끝에도 스스로를 납득시킬 만한 대답은 나오지 않았다. 권태하에게로 향하는 관심이 커질수록 두려움은 점점 더 덩치를 키워 갔다.

상황을 객관적으로 볼 수 없게 됐을 때 반대로 권태하에 대한 믿음은 커지고 있었다. 그랬기에 걸어서 집으로 오는 내내 스스로가 가진 혼란과 치열하게 싸워야만 했다.

요즘도 매일같이 홍난주는 백화점에 눈도장을 찍고 있었다. 때문에 집엔 낮 시간대 일을 봐주시는 아주머니들 외에 다른 사람은 없을 거라고 내심 생각했었다.

하지만 찬바람을 맞으며 현관문을 열었을 땐 거실 소파에 권성엽이 미리부터 자리를 잡고 앉아 있었다. 예상대로 홍난주는 보이지 않았지만, 대신 그 옆으로 못 보던 사람 한 명이 더 자리를 차지하고 있었다. 연배는 권성엽과 비슷하거나 혹은 더 들어 보였다.

"다녀왔습니다."

"허흠. 마침 잘됐어. 이리 와서 인사부터 드리려무나."

"안녕하세요. 이견주라고 합니다."

헛기침 끝에 반색하며 견주를 이끈 권성엽이 서로 간에 인사를 나누는 자리를 마련했다.

뜻하지 않게 대화를 방해하는 모양새가 됐지만, 일찌감치 자신이 끼어들 자리는 아니란 판단이 섰다. 그래서 간단하게 인사만 나누고 서둘러 자리를 피해 줄 생각이었다. 하지만 어째서인지 견주에 대한 두 사람의 관심은 생각 이상으로 지대했다.

부릅뜬 권성엽의 눈이 무언의 압력을 행사했다. 섣불리 자리를 뜨는 건 허락되지 않았다.

"일전에 말씀드린 그 아이입니다."

"그래……?"

"형님 보시기엔 어떻습니까?"

"애가 너무 허약해 보이는군."

"요즘 애들이 다 그렇지 않습니까. 박 원장 말로는 건강 체질이라니 그나마 다행한 일 아닙니까."

정두열이라 이름을 밝힌 남자가 천천히 견주의 전신을 훑어 내렸다. 언제가 들어 본 적 있던 이름이었다.

아마 사업적인 관계로 얽혀 있다고 했던가.

묘하게 껄끄럽고 기분 나쁜 눈빛이었다.

쇼윈도에 걸린 진열 상품을 보듯, 정두열의 시선은 오래도록 견주에게 달라붙어 떠나질 않았다. 한참 뒤에야 그가 천천히 고개를 끄덕였다. 무엇에 대한 납득인지는 알 수 없었다.

"박 원장이 그렇다면 그런 거겠지."

"너무 심려치 않으셔도 됩니다."

"권 회장 공은 내 잊지 않겠네."

"그럼 전에 부탁드린 그 일은……."

"섭섭한 일 생기는 일 없게 잘 처리해 두겠네."

핵심을 생략한 채 주고받은 두 사람의 대화는 선뜻 그 진위를 파악하기가 어려웠다. 다만 두 사람의 이해관계가 맞아떨어졌다는 것만은 알 수 있었다. 밀약이 성사되는 순간 견주는 하나의 상품으로써 존재했다.

삼거리로 나눠져 있던 길이 하나로 합쳐지는 구간. 이 길을 지나가지 않으면 한참을 돌아갈 수밖에 없다. 하지만 길목 초입에 이르러 정차돼 있는 검은색 차량을 발견하고서부턴 걸음걸이가 부쩍 조심스러워졌다.

이로써 벌써 네 번째다.

우연이라고 치부하고 넘기기엔 애매한 숫자였다.

짙은 선팅에 가려져 안은 볼 수 없었지만 차의 주인이 누군지는 이미 알고 있었다.

권성엽의 의형이라고 소개받았던 자로 이름은 정두열이라고 했다.

일전에 본 적 있던 정두열의 요약한 눈빛을 기억해 낸 뒤론 내내 불길한 기운에 사로잡혀 있었다. 인기척이 느껴지진 않았지만, 차 안엔 분명 사람이 타고 있었다.

덫을 놓고 먹잇감이 걸리길 기다리는 사냥꾼처럼 정두열은 쉬이 모습을 드러내지 않았다. 그러면서도 한편으로는 일부러 존재감을 지우려 하지도 않았다. 몰이를 당하는 사냥감이 된 기분이었다.

이곳을 찾는 정두열의 목적은 여전히 불분명했다. 하지만 그럼에도 불구하고 견주는 이 상황을 위험으로 받아들이고 있었다. 그건 본능이 알려 주는 감이었다.

부지불식간에 머리끝이 쭈뼛 곤두섰다.

숨을 죽이며 걸음을 떼는 동안, 왠지 모를 두려움에 떨어야 했다.

제5장
마누라같이 잔소리는

권성엽이 출근을 하고 하면 그제야 홍난주도 외출을 서두른다. 얌전한 가정주부를 흉내 내며 빈집을 지키고 있기에는 홍난주가 가진 성향 자체가 그다지 가정적이지 못했다.

외출 시 하는 화장은 홍난주가 가장 공을 들이는 부분이었다. 짙은 아이라이너와, 붉은 립스틱은 한결같은 홍난주의 취향이었다. 수수함은 조금도 찾아 볼 수 없는, 새빨갛게 물들인 야해 보이는 입술을 손끝으로 매만진 후에야 홍난주가 만족스런 미소를 지었다.

그러고 나면 정해진 일과처럼 몸치장을 시작한다. 가느다란 목엔 지난번에 산 진주 목걸이가 걸렸다.

거울에 비친 모습을 한차례 확인한 홍난주가 곧이어 양쪽 귀와 손목, 손가락에 각각 화려해 보이는 액세서리를 빈틈없이 착용했다. 마지막으로 값비싼 명품 가방을 손에 들면 비로소 준비는 끝이 난다.

대체적으로 홍난주는 종일 바깥에서 시간을 보내다 권성엽이 퇴근할 무렵이 되어서야 집으로 돌아오곤 했다. 콧소리를 흥얼거릴 정도로 기분이 좋아진 홍난주의 손에는 어김없이 쇼핑한 물건들이 손에 들려 있었다. 하루 중 홍난주가 가장 너그러워지는 시간이었다.

홍난주가 집에 머무는 시간에는 가급적 일 층 출입을 자제했다. 홍난주도 굳이 이 층까지 올라와 견주를 찾지 않았다. 예외가 있다면 권성엽이 퇴근해 집으로 돌아올 때였다.

권성엽이 도착했단 얘기에 하던 공부를 손에서 내려놓은 견주가 문을 열고 나와 계단을 걸어 내려왔다. 현관문 앞에는 미리부터 홍난주가 나와 기다리고 있었다. 어울리지 않게 앞치마를 두른 모습이 여전히 낯설게 느껴졌다.

안방마님 역할에 심취한 홍난주는 오늘도 어김없이 손끝으로 고용인을 부려 가며 멋들어진 저녁을 차려 냈다.

음식을 만드는 동안 홍난주가 하는 일이라곤, 쓸데없는 잔소리를 늘어놓거나 불필요한 타박을 일삼는 것뿐이었다. 아주머니의 수고가 깃든 음식은 늘 그렇듯 권성엽의 앞에 이르러 홍난주의 공으로 탈바꿈될 것이다.

"다녀오셨어요?"

현관문이 열리자 간드러진 홍난주의 목소리가 권성엽의 귀가를 반겼다. 한쪽으로 물러서 있던 견주도 꾸벅 머리를 숙였다.

잠시 후 고개를 들어 정면을 바라봤을 때 권성엽의 입가엔 의미 모를 흐뭇한 미소가 떠올라 있었다. 왠지 모르게 그 미소가 꺼림칙하게 다가왔다. 홍난주의 눈빛이 반짝하고 빛난 건 바로 그때였다.

"그건 웬 거예요?"

"아, 이거."

"혹시 저 주려고 사 온 거예요?"

퇴근해 들어오던 권성엽의 손에는 자그마한 박스 하나가 들려 있었다. 중요 문건이 담긴 서류가방이야 심복인 김 비서가 챙겨 서재에 들여놓을 테니, 사적인 용도의 물건이란 의미였다. 그렇담 견주 자신과는 관련이 없는 것이다.

기대에 찬 홍난주의 눈빛이 들뜬 감정을 숨기지 못했다. 관심을 끄려는 찰나, 뜻밖의 발언이 권성엽으로부터 이어졌다.

"미안하지만 당신 게 아니야."

"제 게 아니라뇨?"

"처제 거야. 이젠 필요할 나이잖아."

"뭔데 그래요?"

"처제, 뭐 하고 있어. 어서 받지 않고서. 늙은 형부 팔 떨어져."

"이리 줘 봐요."

미처 견주가 건네받기도 전에 가로채듯 중간에서 상자를 받아든 홍난주가 조심성 없는 손길로 상자를 열기 시작했다. 견주도 사람인지라 아주 호기심이 없을 수는 없었다. 얼마 지나지 않아 안에 든 내용물이 모습을 드러냈다.

"스마트폰이네요."

"요즘 애들이 많이 쓰는 거라고 하더군."

"학생이 이렇게 비싼 게 뭐 필요해요."

"너무 뒤쳐져도 못쓰는 법이야."

"하지만……."

"내가 해 주고 싶어서 그런 거니까 이 문젠 당신이 양보해. 당신 눈엔 마냥 어리게 보여도 내년이면 처제도 고3이야. 당신도 처제가 밤늦게 다니면 신경 쓰일 거 아냐."

이맛살을 구긴 홍난주가 당장에 못마땅한 기색을 내비쳤다. 그러더니 곧 흥미가 식은 얼굴로 부드럽게 웃어 보였다.

불필요한 입씨름으로 말다툼을 해 봐야 홍난주에겐 득 될 게 없었다. 빠른 시간 안에 머릿속에서 계산을 끝낸 홍난주가 이어 권성엽의 비위를 맞췄다.

"알겠어요. 당신 생각이 정 그렇다면 저도 더 이상 반대 안 할게요. 뭐 하고 있어, 얘. 멀뚱히 서 있지 말고 어서 받기나 해."

성의 없이 아무렇게나 상자를 넘겨준 홍난주가, 까딱이며 고갯짓을 했다. 권성엽에게 감사 인사를 하란 무언의 강요였다.

"고맙습니다. 잘 쓸게요."

"걱정시키는 일 없게, 어딜 나가든 꼭 들고 나가. 그래야 우리도 안심을 하지. 내 말 무슨 말인지 알겠지?"

"네, 형부."

"그래, 그래야지."

흡족한 웃음을 끝으로 권성엽의 관심이 홍난주에게로 옮겨 갔다.

"것보다 맛있는 냄새가 나는데, 힘들게 뭘 또 이렇게 준비한 거야."

"당신 좋아하는 연포탕 끓였어요. 열심히 만들었으니까, 맛없어도 음식 타박하기 없기예요?"

"허허. 언제는 내가 음식 타박한 적 있었나. 당신 솜씨 좋은 거야 내가 다 아는 사실인데 그럴 일이 뭐 있겠어."

"아이 참. 말이 그렇단 거죠. 식겠어요. 얼른 손 씻고 와서 앉아요."

자랑스럽게 늘어놓은 홍난주의 공치사는 그냥 들어 주기 낯 뜨거울 정도로 거짓에 차 있었지만, 이번에도 권성엽은 아무렇지 않게 대꾸를 되돌리며 장단을 맞춰 왔다.

겉으로는 내색하지 않았지만 권성엽도 이 같은 사실에 대해 어느 정도 알고 있는 눈치였다. 우스꽝스러운 이 관계엔 속는 사람은 없고 속이는 사람만이 존재하고 있었다.

잠시 후 간단하게 손을 씻은 권성엽이 자리를 잡고 앉았다. 그 사이 따끈하게 데워진 사케 한 잔이 반주로 식탁 위에 함께 올랐다.

흠, 짧은 헛기침 끝에 권성엽이 음식에 손을 대자, 기대감 어린 눈빛을 한 홍난주가 그의 의중을 물었다.

"어때요?"

"딱 내 입맛에 맞아."

"정말요? 다행이다. 이것도 좀 드셔 보세요."

알맞게 구워진 굴비에서 살점을 떼어 낸 홍난주가 젓가락째로 들어 권성엽에게 권했다. 거절하지 않고 권성엽이 입을 벌려 굴비를 받아먹었다.

다 함께 둘러앉아 저녁을 먹는 내내 홍난주는 한시도 쉬지 않고 입을 조잘거리며 권성엽의 비위를 맞췄다. 비음 섞인 하이 톤의 목소리가 한동안 귀를 따갑게 만들었다. 그러더니 기어코 식사 막바지에 이르러 권성엽으로부터 카드를 받아 내는 데 성공했다. 카드를 손에 쥔 홍난주의 얼굴은 그 어느 때보다 행복해 보였다.

"필요한 게 있음 뭐든 말해. 그 정도 돈하고 능력은 가지고 있으니까."

"세상에 저처럼 행복한 여자는 없을 거예요."

권성엽의 귓가에서 속살대던 홍난주의 목소리는 달콤한 사탕처럼 단내를 풍겼다. 근처에 있던 견주의 시선은 아랑곳도 않고 홍난주가 권성엽의 허벅지를 은근하게 쓸었다.

"험험. 마저 들지."

"연포탕 좀 더 드려요?"

"난 이거면 됐어. 처제나 더 줘."

후루룩 국물을 집어삼킨 권성엽이 맞은편에 앉아 있던 견주를 건너다보았다.

"저도 괜찮아요."

"뭐든 많이 먹어야 건강한 법이야."

"네."

이따금 언뜻언뜻 와 닿던 권성엽의 눈빛을 애써 무시하며 식사를 마쳤을 때 속은 얹힌 것처럼 더부룩하게 변해 있었다.

마지막으로 국물을 한 수저 뜬 권성엽이 숟가락을 내려놓았다. 기다렸다는 듯 홍난주가 옆에서 찬물을 내밀자, 그걸 받아 들고는 벌컥거리며 물을 마셨다. 빈 잔을 내려놓은 권성엽이 자리에서 일어나다 말고 말을 붙여 왔다.

"처제."

"네, 형부."

"아까도 말했지만, 휴대폰 잘 챙겨 다녀."

"네. 그럴게요."

"처제는 뭘 묻든 대답이 빨라서 좋아. 군소리 없는 것 하난 정말이지 맘에 들어."

권성엽이 보인 감정은 분명한 호의였다. 그럼에도 불구하고 왠지 모를 불온한 기운에 사로잡히곤 했다. 때맞춰 홍난주가 눈짓했다. 얌전히 이 층으로 올라가 숨죽이고 있으란 의미였다.

얽듯이 팔짱을 낀 홍난주가 안방으로 권성엽을 이끌었다. 권성엽을 올려다보는 홍난주의 눈빛이 끈적끈적하리만큼 야릇했다.

먹고 남은 빈 그릇을 치우는 건 이번에도 역시나 아주머니들의 몫이었다. 옆에서 도우려고 했지만 단호한 거절이 되돌아왔다.

"그냥 두세요. 이러면 저희가 사장님께 야단 들어요."

이 정도는 저도 거들 수 있어요. 하려던 말은 결국 입 밖으로 꺼내 보지 못했다. 원치 않은 참견이란 건 결국엔 부담일 뿐이었다.

불필요한 고집을 피우는 대신 이 층으로 걸어 올라갔다. 손에는 권성엽이 준 휴대폰이 들려 있었다. 거절의 명분은 많았지만, 거절할 수 있는 위치가 아니었다. 군말 없이 휴대폰을 받아 든 건 자의보단 타의에 가까웠다.

"쓸데가 있으려나."

딱히 휴대폰이 필요하다고 생각해 본 적은 없었다. 재차 머릿속을 헤집어 봐도 사적으로 연락을 주고받을 만큼 친분 있는 이는 딱히 떠오르지 않았다. 있다면 권태하 정도일까.

빈약한 인간관계에 문득 쓴웃음이 나왔다.

생각은 자연스럽게 권태하에게서 건네받은 명함에 미쳤다.

선명하게 떠오른 열한 자리 숫자.

애써 기억하려 한 적도 없지만, 어느 순간 태하의 휴대폰 번호를 완벽하게 외우고 있었다. 놓치고 있던 사실을 깨달은 순간, 가장 먼저 두려운 감정이 앞섰다.

"······이거, 좀 곤란한 상황인 것 같지?"

손가락으로 볼을 긁적인 견주가 상념을 떨치듯 고개를 가로저었다. 태하의 얼굴을 떠올린 것만으로도 심장이 멋대로 뛰고 있었다. 이내 규칙적이었던 호흡이 흐트러졌다.

이럼 안 되는데, 하고 중얼거린 견주가 손에 쥔 휴대폰을 내려다보았다. 전원이 들어와 있지 않은 휴대폰 화면은 여전히 액정이 까맣게 물들어 있었다.

한동안 조심스럽게 휴대폰을 만지작거리던 견주가 마침내 결심했다는 듯 전원 버튼을 눌렀다.

지난번 명함을 건네받았을 당시, 태하는 보충 수업이 끝나는 시간에 맞춰 영문각으로 오란 말로 입장을 정리한 적이 있었다. 그러나 권태하가 준 명함에는 영문각이란 이름 외에 장소를 특징 지을 만한 정보는 들어 있지 않았다.

그래서 내심 생각하길 태하로부터 과외에 대한 추가적인 언급이 있을 거라고 여겼다. 그러나 예상을 깨고 태하는 보충 수업이 시작되는 당일까지도 별다른 언질을 해 오지 않았다.

그냥 단순한 변덕이었던 걸까.

꼭 지켜야 하는 약속이라기보단 오히려 일방적인 통보에 가까웠다. 그사이 권태하의 마음이 변했다면 그걸로 끝인 일정이었다. 결정권이 없던 견주로선 조금 난감한 입장에 처해 버렸다.

불현듯 이전에는 없던 욕심이 내부에서 살며시 고개를 치켜들었다. 권성엽이 건네준 휴대폰은 생각지도 않은 방면에서 욕심을 부채질했다. 손끝이 근질근질거리는 기분이었다.

연락해 볼까?

매시간 쉬는 시간이 되면 이 같은 마음이 견주를 충동질했다. 그러나 수업이 시작되면 갈팡질팡하던 마음은 이내 자중의 목소리를 냈다.

해선 안 되는 건, 하지 말아야 하는 거니까.

권태하에게 먼저 연락을 하는 건 권한 밖의 월권 행위였다. 이 상황에서 견주가 할 수 있는 최선의 선택은 기다림뿐이었다.

때가 되면 뭐든 말이 있겠지. 감정을 억누른 결과 결론은 어렵지 않게 났다.

뜻하지 않았던 방법으로 연락을 받은 건 첫날 진행된 보충 수업이 막 끝났을 무렵이었다.

지잉, 주머니에 넣어 두었던 휴대폰이 처음으로 진동음을 내며 울렸다.

[사람이 갈 거야. 끝나면 교문 앞에서 기다려.]

불확실한 상황을 정리한 건 권태하가 보내온 한 통의 메시지였다. 알려 주지 않은 견주의 휴대폰으로 도착한 권태하의 메시지는 짧고 간결했다.

의자에서 일어서던 견주가 잠시간 그 자리에 멈춰 섰다. 그러곤 지그시 입술을 깨물었다. 어떻게 알았을까, 에 가장 먼저 생각이 미쳤지만 곧 권성엽의 얼굴을 떠올리곤 어렵지 않게 상황을 납득했다.

다시금 시선을 내려 화면을 응시했다. 몇 번이고 지웠다 쓰길 반복한 끝에 결국 저장하지 못했던 이름 대신 보낸 사람 칸엔 열한 자리 숫자가 그 자리를 차지하고 있었다.

지지부진했던 지난 고민은 길지 않은 사이 종식되었다.

조카님.

서툰 손길로 권태하의 번호를 저장했다.

비어 있던 연락처에 처음으로 다른 사람의 이름이 새겨졌다. 익숙지 않은 일에, 한참 만에야 권태하에게 보낼 답장이 완성되었다. 전송 버튼을 눌렀을 땐 손가락이 가느다랗게 떨리고 있었다.

[지금 막 마쳤어요. 조카님도 오는 건가요?]

[아니.]

단문의 메시지 뒤에 곧이어 또 하나가 도착했다.

[이중완 기사가 가 있을 거야.]

일찍이 이 같은 사실을 전해 들었음에도, 교문 앞에서 기다리고 있던 낯선 인영을 발견했을 때 든 감정은 아쉬움이었다.

어렵다는 걸 알면서도, 자신은 권태하에게 특별해지길 원하고 있었다.

"이중완입니다. 모시겠습니다."

주변을 지나치던 아이들의 눈길이 호기심으로 물들었다. 뒷문을 열어 주는 이중완의 행동에 한층 수군거림이 늘어났다.

이중완이 몰고 온 차는, 평상시 권태하가 타고 다니던 마이바흐가 아니었다. 앞 유리가 짙게 선팅된 벤츠 세단은, 일전에 삼거리 길목에 정차돼 있던 정두열의 차처럼 무겁고 음습한 느낌을 풍기고 있었다.

하지만 이중완은 권태하가 직접 보낸 사람이었다. 이 점이 견주의 경계심을 누그러지게 만들었다.

차에 올라타자 에스코트하듯 이중완이 뒷문을 닫았다. 살갗이 따가울 정도로 높았던 주변의 관심이 그제야 차단됐다.

영문각.

일필휘지로 써 내려간 추녀 아래 자리한 현판은 낡았으되 낡지 않았고, 세월의 무게가 가져다주는 예스러운 풍치를 고스란히 간직하고 있었다. 70년대 말 당대 국무총리를 지냈던 이기섭이 직접 적어 넣은 글귀로 한눈에 보기에도 필체가 유려했다.

바깥에서 바라본 영문각은 흡사 교과서에서나 볼 법한 웅장한 외관을 갖추고 있었다. 높은 담벼락으로도 가려지지 않는 넓은 기와집이 마치 조선시대 양반가를 연상케 했다. 앞마당의 너른 터에는 정자가 세워져 있었다.

그러나 흔히 본채로 불리는 영문각 안쪽을 가까이에서 구경해볼 기회는 주어지지 않았다. 견주가 허락받은 곳은 손님이 드나들지 않는 별채, 그중에서도 가장 구석진 곳에 자리를 잡고 있었다.

뒤쪽으로 한참을 돌아들어 간 차가 이윽고 정차했다. 앞서 견주보다 먼저 내린 이중완이 이번에도 뒷문을 열며 편의를 봐주었다.

"고맙습니다."

"아닙니다. 원래 제가 해야 할 일인걸요. 이쪽으로 오세요."

이중완의 안내를 받아 도착한 곳은 아무도 없는 빈방이었다. 제할 일을 다 했다는 듯, 한 차례 고개를 숙여 보인 이중완이 가타부타 말없이 돌아섰다. 얼마간 기다린 끝에 권태하가 모습을 드러냈다.

"점심은?"

"아직 안 먹었어요. 조카님은요?"

"나도 아직이야."

"바쁘셨나 봐요."

"크게 바쁠 건 없지."

"?"

"상 들어온다. 밥이나 먹자."

선뜻 이해가 가지 않던 권태하의 대답에 의문을 제기하려던 찰나, 바깥에서 작게 노크 소리가 들렸다. 때맞춰 미닫이문이 열리며, 한복을 단정하게 갖춰 입은 종업원이 음식이 차려진 교자상을 들여왔다.

소리 나지 않게 내려놓은 교자상 위엔 정갈해 보이는 찬과 두 벌의 수저가 짝을 맞춰 놓여 있었다. 태하와 견주의 것이었다.

뒷걸음질로 물러난 종업원이 미닫이문을 닫고 사라지자, 권태하가 느긋한 태도로 숟가락을 들어 올렸다.

"왜 그렇게 봐?"

"원래 식당은 점심시간이 제일 바쁜 거 아니에요?"

"일반적으로는 그렇지."

권태하의 말이 의미하는 바는 하나였다.

"여긴 아니란 거군요."

견주의 말에 권태하가 미묘한 표정으로 웃어 보였다.

"전에도 생각한 거지만 쓸데없이 눈치가 빨라."

명함에 적혀 있던 권태하의 직함은 실장이었다. 음식으로 먹고 사는 게 업이라고 했지만, 제 입으로 주방에 들어선단 말은 하지 않았다. 미묘한 어감 차이에서 비롯된 착각을 사실로써 받아들였던 건 명백한 견주의 불찰이었다.

뒤늦게 오해를 바로잡았을 땐 한 가지 의문에 사로잡혔다.

그럼 왜 굳이 그때 주방에 들어가 칼을 잡고 음식을 만들었던 걸까.

감칠맛이 도는 김치를 담그고, 간이 딱 맞는 불고기를 볶아 견주의 몫으로 내놓았다. 생각이 지속될수록 의문은 중첩되었다.

아니라고 할 수도 있겠지만, 당시 권태하는 일부러 오해를 사도록 의도하며 행동했었다. 쉽게 정체를 암시하는 오늘과는 반대되는 태도였다.

그러나 곧 이것저것 복잡하게 따지지 않기로 했다. 따져 묻는 순간 다시는 그때의 친절과 조우하지 못할 거란 걸 직감적으로 깨달았기 때문이었다.

"잘 먹을게요."

"의외랄까. 궁금한 게 더 있을 거라고 생각했는데, 내 생각이 틀린 건가?"

"묻고 싶은 건 많아요. 그런데 묻지 않으려고요."

"왜지?"

"어차피 상관없으니까요."

"더 말해 봐."

"사실 관계가 어떻든 거기서 제가 할 수 있는 일은 아마도 없을 거니까요. 그래서 알려 주는 것만 귀담아들으려고요. 알려 주지 않는 건 알아도 모른 척할게요. 조카님 말대로 제가 다른 건 몰라도 눈치 하나는 빠르잖아요."

혈맥을 타고 흐르는 피란 건 옅어질지언정 흔적 없이 사라지지는 않는 법이다.

대외적으로 권태하는 권성엽의 피를 나눈 유일한 자식이었다. 잔인해지려면 얼마든지 잔인해질 수 있단 의미였다.

휘두르려고 한다면 휘둘릴 수밖에 없다. 미리부터 태세를 갖추고 있어도 결국엔 휘둘리고 말 거란 것도 알고 있었다. 뭘 하든 권태하가 하려는 일에 견주의 의사는 중요치 않았다. 이 사실을 일찍이 알고 있었을 뿐이었다.

흐물흐물 녹아내리기 시작한 마음과는 별개로, 눈동자 가득 경계심을 띤 견주의 눈빛이 권태하를 향했다.

"재미없는 대답이군."

"아직은 시시한 어린애일 뿐이니까요."

"……누구도 자기 자신한테 시시하다는 말은 하지 않아. 뭐, 어린애란 건 맞는 말이지만."

어른인 척해서 문제지.

낮게 중얼거린 권태하의 마지막 말은 그간 입버릇처럼 해 오던 말이었다. 생각해 보면 권태하는 일관되게 견주를 어린애 취급하곤 했다. 이따금씩 마주하게 되는 권태하의 상냥함은 어린 견주를 향한 나름의 배려처럼 여겨지기도 했다.

언제까지 어린아이로 남아 있을 수는 없지만 당분간은 이대로도 괜찮지 않을까 하는 생각을 문득 해 보았다. 그러나 맞물려 있던 입술이 위아래로 열렸을 땐 마음과는 전혀 다른 말이 튀어 나갔다. 일종의 치기였다.

"지금 말고, 스무 살이 되면 그땐 어른 대접 해 주세요."

"……그래."

"전 그거면 됐어요. 공부 열심히 할게요."

지금은 시시하지만, 나중엔 훌륭한 어른이 되고 싶거든요.

싱긋 웃으며 못다 한 말을 목 안쪽으로 집어삼킨 것을 마지막으로 식사가 시작되었다.

식사는 대체로 조용한 분위기 속에서 이어졌지만, 이따금 참견처럼 사소한 지적이 뒤를 잇기도 했다.

왜 그것만 집어 먹느냐, 그러니까 살이 안 찐다, 그렇다고 고기만 집어 먹으면 면역력이 떨어진다느니 하는 말들이 귓가를 부드

럽게 자극했다. 결국 이것저것 집어 먹다 보니 기준치 이상으로 과
식을 하고 말았다.

사정이 이렇다 보니 비쩍 마른 몸에 비해 유독 배만 요술 항아
리처럼 불러 있다. 펼친 손바닥으로 장난스럽게 통통 두드리자, 이
모습을 지켜보고 있던 태하의 표정이 오묘하게 변했다. 계면쩍게
웃은 견주가 어깨를 으쓱여 보였다.

"숨 쉬는 것도 힘들어요."

"웃긴 짓은 혼자 다 하지."

"잠깐 걷고 와도 되나요? 멀리 나가진 않을게요."

"아니. 그건 안 돼."

일말의 여지도 두지 않고 단호하게 자른 거절 뒤로 간단한 설명
이 이어졌다.

"여긴 음식보다도 여자의 웃음값이 더 비싸게 팔리는 곳이야.
별채까지 걸음 하는 머저리는 없겠지만, 그래도 미성년자 혼자 돌
아다니게 놔둘 만한 곳은 못 돼. 어딜 가나 눈먼 자들은 있기 마련
이니까. 이 정도면 대답이 됐을 거라고 믿어도 되겠지?"

앞서 나눈 대화를 통해 영문각이 그저 그런 평범한 음식점은 아
닐 거란 생각을 했었다. 더군다나 태하의 퇴근 시간을 고려하면 밤
늦은 시간까지도 영업을 한단 얘기가 성립된다.

역시 예상이 맞는 건가.

확인해 보고 싶은 건 다 확인했으니, 고집은 어렵지 않게 꺾였
다.

알겠다며 작게 고개를 끄덕이자, 잠시 쉬고 있으라며 권태하가
자리를 비켜 줬다. 잠깐 동안 자리를 비운 권태하가 방으로 돌아왔
을 땐, 일면식 없던 남자와 함께였다.

잘 부탁한다며 손을 내밀어 온 남자의 이름은 기승재. 대치동 고액 과외의 큰손이라나 뭐라나. 첫인상보다는 귀에 확 들어오는 분명한 발음이 남달리 머릿속에 강하게 남았다.

소문난 잔치에 먹을 게 없다고 했지만 기승재는 달랐다.

쉽게 풀어 설명해 오는 기승재의 문제풀이 방법은 그간엔 접해 보지 못했던 방식이었으나, 답을 도출해 내는 과정에 있어 군더더기가 없었다. 그리고 그만큼 빠르고 정확했다. 기승재의 수업은 가장 큰 약점이었던 수학에서 빛을 발했다.

자연스럽게 관심은 권태하가 지불할, 기승재가 받을 돈에 모아졌다. 호기심을 이기지 못한 견주가 권태하가 없는 틈을 타 슬그머니 과외비에 대해 물었지만, 아쉽게도 대외비란 답변만 되돌아왔다.

"이름이 이견주라고? 목표가 서울대라고 들었는데, 다른 데 신경 쓸 여유도 다 있고 아직은 공부가 할 만한가 봐?"

"권 실장님이 그래요?"

기승재 앞에서는 일부러 조카님 소리는 뺐다. 따로 태하의 언질이 있었던 건 아니었고, 혼자 판단해 내린 결과 이편이 가장 알맞은 호칭이란 생각이 들었기 때문이었다.

호적상의 두 사람은 단순히 남남으로 존재했다. 친밀하게 주고받는 '조카님'이란 단어는 기실 편의에 가까웠다. 그래서인지 권태하도 여기에 대해선 딱히 별다른 지적을 해 오지 않았다.

"솔직히 말해 지금 실력으론 서울대는 고사하고 인서울도 장담 못 해. 그건 알지?"

"서울대가 무리란 건 알아요. 단기간에 거기까지 바라면 진짜 도둑 심보죠. 하지만 재수도 안 돼요."

"적당히 타협하고 싶지만, 이쪽도 사정이 여의치가 않아서 말이야."

어른의 사정이란 건 십의 구는 결국 돈 문제다.

대체 얼마를 받기로 약속한 거야?

궁금증을 유발시키는 기승재의 화법에 귀가 쫑긋 세워졌다. 그러나 끝내 원하던 대답은 들을 수가 없었다.

"뭐든 적당히는 안 돼. 안 되면 되게 해야지. 그러고도 안 되면 그건 하는 수 없지만, 미리부터 핑계를 만들지는 말자고. 내 말 이해했지?"

"열심히 할게요."

"틀렸어. 열심히 잘해야지. 열심히만 해선 죽도 밥도 안 돼."

"알겠어요. 열심히 잘할게요."

"처음엔 조금 헤맬 수도 있을 거야. 물론 그렇게 되면 내 입장은 좀 곤란해지겠지만. 어쩌겠어. 그러다 보면 또 길이 보이겠지. 만사형통이라고, 가르치는 대로 따라오기만 하면 별문젠 없을 거야."

앓는 소리를 하는 것치고 눈빛만은 자신만만했다. 빤히 들여다본 기승재의 눈동자엔 확신이 서려 있었다. 그건 견주에 대한 믿음이라기보다 스스로가 가진 자신감에 가까웠다.

"진짜 얼마 받기로 한 거예요?"

못 말린다며 기승재가 너털웃음을 터트렸다. 이번에도 금액에 대해서는 함구했다.

방학 내내 비슷한 일상이 반복되었다.

보충 수업이 끝나는 시간에 맞춰 매일같이 이중완 기사가 마중을 나왔다. 어깨선이 딱 떨어지게 양복을 갖춰 입은 이중완은 언뜻 보기엔 일개 운전기사라기보다 중소기업의 사장처럼 보이기도 했다.

"안녕하세요, 아저씨."

"네. 작은 손님 덕분에 저도 무탈합니다."

"눈발이 제법 날리던데 길이 미끄럽진 않으셨어요? 매번 번거롭게 해 드려 죄송해요."

"별말씀을 다 하세요. 강원도에선 이 정도 눈발이야 눈으로 쳐 주지도 않습니다. 길이 얼어붙지 않아서 아직은 끄떡없으니 크게 염려치 않으셔도 됩니다."

"길이 얼어붙지 않았다니 그나마 다행이네요."

코가 매울 정도로 바람이 분 탓에, 코끝이 루돌프처럼 발갛게 달아올라 있었다. 거북이처럼 목을 움츠린 견주가 등받이에 등을 기댔다.

"겨울이 빨리 지나갔으면 좋겠어요."

"작은 손님은 겨울이 싫으신가 보군요."

"싫진 않아요. 그냥 기다려지는 거예요. 겨울이 지나야 봄이 오니까요."

"하하. 그렇긴 하겠군요. 그럼 출발하겠습니다."

이중완이 모는 벤츠 세단을 타고 영문각을 드나드는 동안, 견주는 권태하의 작은 손님으로 불렸다. 더 정확히는 권 실장님의 작은 손님.

설면설면했던 처음과 달리, 이제는 가벼운 사담 한두 마디 정도는 주고받을 만큼 이중완과는 사이가 꽤 가까워졌다.

그러나 기본적으로 이중완은 입이 무거운 편이었다. 불필요한 주제는 아예 언급 자체를 꺼렸다. 때문에 이중완의 입에서 권태하의 이야기가 회자되는 일은 단 한 차례도 없었다.

영문각에 도착하면 권태하와 함께 점심을 먹는다. 이것도 정해진 일과 중 하나였다.

'혹시, 저 생각해서 매번 기다려 준 건가요.'

마주 앉아 밥을 먹는 동안에도 이 같은 사실을 확인하고 싶어 입이 근질거렸다.

속마음을 털어놓는다면 권태하는 어떤 반응을 보일까.

쑥스럽다는 듯 말을 얼버무릴까? 아님 어이없다며 코웃음부터 치려나? 아마도 전자보단 후자의 가능성이 높았다. 권태하의 반응을 점쳐 보는 내내 설핏설핏 웃음이 새어 나왔다.

다 먹은 상을 물리고 나면 환기를 위해 잠시간 창문을 열어 두곤 했다. 권태하가 자리를 뜨고 나면 기승재가 도착하기 전까지 짧지만 혼자만의 시간을 가질 수가 있었다. 협소한 공간 안에서 교류는 한정적이었다. 눈치 보지 않고 대화를 나눌 수 있는 건 권태하와 기승재뿐이었다.

열린 창문 너머로는 영문각 본채가 보였다. 여전히 본채 출입은 허락받지 못했다. 그러나 권태하가 지닌 우려와는 달리 그쪽으로 발을 들이고 싶은 마음은 조금도 없었다.

이따금 바람결에 실려 오는 건 언젠가 맡아 본 적 있는 냄새였다.

홍난주가 풍기던 술집 냄새.

콧잔등을 찡그린 견주가 잔뜩 미간 사이를 좁혔다. 세상에서 가장 질색하는 냄새였다. 사향 냄새를 닮아 있던 화장품 향과 적당히 취기가 오른 술기운이 한데 섞이면 아주 고약한 악취를 만들어 내곤 했다.

저기도 밤이 되면 교태 어린 웃음소리로 가득 차겠지.

똥땅똥땅거리는 가야금 소리가 희미하게 들려왔다. 망설임 없이 창문을 닫자, 상념도 일시에 깨어졌다. 그사이 기승재가 도착했다.

기승재의 가르침은 자는 시간마저 아깝게 만들었다. 그 여파로 체중이 조금 줄어들자, 어딘지 모르게 권성엽이 못마땅한 기색을 내비쳤다.

결국 겨울 방학이 끝나기 전 권성엽의 성화에 못 이겨 다시금 병원을 찾았다. 내원 끝에 병원을 나섰을 땐 견주의 손에는 처방전 대신 처방받은 약이 들려 있었다. 권성엽의 설명으론 몸에 좋은 영양제라고 했다.

그즈음 홍난주로부터 뜻하지 않은 선물 하나를 받았다.

유명 브랜드 로고가 새겨진 가방을 건네주면서도, 어쩐 일인지 홍난주는 그 흔한 생색 한번 내지 않았다.

평소 같지 않다. 뜻 모를 선의에 가장 먼저 의심이 들었다. 살피는 기색으로 홍난주를 바라보자 상한 기분을 감추지 않은 홍난주가 날카로운 투로 성질을 냈다.

"그 표정은 뭐니. 넌 어떻게 된 애가 챙겨 줘도 불만이야."

"불만 같은 거 없어요."

"빈티 나는 몰골로 돌아다는 거 꼴 보기 싫어서 그래. 다 떨어진 가방은 그만 갖다 버리고, 내가 준 걸로 메고 다녀. 아무리 생각이 없어도 그렇지, 그 꼴로 다니는 거 아는 사람들이 보면 뭐라고 그러겠어."

"무슨 말인지 알겠어요. 밖에선 알은체 안 할게요."

"말본새 하고는. 하여간에 귀엽지가 않다니까. 더 할 말 없으니까 그만 올라가 봐."

권성엽의 돈을 물 쓰듯 쓰고 다니는 동안 홍난주의 의식에도 변화가 찾아왔다. 최근 홍난주가 어울리는 부류는 대체적으로 부유한 강남의 사모님들이었다.

내심 상류층에 편승했다고 믿는 것인지 요즘 들어 부쩍 주변 시선에 신경을 곤두세우곤 했다. 그간 관심도 두지 않았던 견주의 신상에까지 주의를 기울일 정도로 드러난 평판에도 공을 들이고 있었다.

그러나 늘 그랬듯 견주에 대한 일시적인 관심은 빠른 속도로 식어 버릴 것이 분명했다.

차갑게 시선을 외면한 홍난주가 이내 휴대폰을 붙들고 통화를 하기 시작했다. 교양 있는 어투로 호호거리며 웃는 웃음은 가식으로 똘똘 뭉쳐 있었다. 저러다 수가 틀리면 으레 비아냥거리는 말투로 사람 속을 뒤집어 놓을 테지.

홍난주와는 오래 부딪쳐 좋을 것이 없었다. 불필요한 충돌로 화풀이 대상은 되고 싶지 않았으니 이쯤에서 자리를 피해 이 층 자신의 방으로 돌아왔다. 손에는 전리품처럼 가방이 들려 있었다.

전에 쓰던 건 검정색의 무난한 색상이었는데 반해, 이번에 홍난주가 사 온 건 색이 화사해 미묘하게 견주의 취향과는 어긋나 있었다. 하지만 디자인만은 세련되고 고급스러워 보였다.

"사람 쉽게 변하는 거 아니란 거 알아. 그렇지만……."

조심스런 손길로 홍난주가 준 가방을 한 차례 쓸어 본 견주가 쓰게 웃어 보였다.

"보는 안목은 있네."

부드럽게 와 닿는 감촉이 꽤나 기분 좋게 느껴졌다.

❖

개학과 동시에 학교엔 활기가 돌았다. 한눈에 보기에도 등하굣길엔 낯선 인파가 대거 섞여 있었다. 갓 중학교를 졸업한, 앳돼 보이는 얼굴엔 하나같이 생기가 넘쳤다. 가슴 위에 달린 파란색 명찰이 총총거리며 발걸음을 옮길 때마다 달랑달랑 흔들거렸다. 혼자 걷는 동안 주위에서 들려오는 조잘거리는 수다가 꽤나 듣기 좋다고 생각했다.

원하는 걸 모두 가지며 살 수 없다는 건 안다. 알면서도 때때로 부럽단 생각이 들었다. 남들에겐 쉬웠지만, 자신에겐 허락되지 않았던 평범한 시간들이 늘 탐이 났다.

"내 욕심이 과한 걸까."

이제껏 그래 왔던 것처럼 포기하면 편하단 걸 안다.

"바보처럼 겁쟁이가 다 됐네."

지금 당장 결론을 내리기보다 좀 더 시간을 두고 차차 생각해 보기로 했다. 꼭 지금이어야 할 필요는 없으니까.

조금 급해진 마음만 빼면, 여느 때와 다름없는 하루가 지나가고 있었다. 아직까진 물러가지 않은 추위가 기승이었지만 한결 가벼워진 옷차림이 봄의 시작을 알려 왔다. 한 달쯤 더 있으면 완연한 봄이 찾아올 것이다.

작은 문제가 불거진 건 그로부터 얼마 지나지 않아서였다.

방학 내내 매일같이 마중 나온 이중완의 여파인지, 학내엔 견주와 관련된 안 좋은 소문들이 돌고 있었다. 말쑥하게 양복을 갖춰 입은 나이 지긋한 이중완의 정체에 대한 추측성 얘기들이 시시때 때로 아이들의 입방아에 오르내렸다.

그러나 어느 한 사람도 견주에게 직접 진실 여부를 물어 오는 사람은 없었다.

소문의 진원지를 찾는 건 애초에 불가능했다. 일일이 찾아가 해 명한다는 것은 더 말이 안 되는 상황이었다. 삼삼오오 자기네들끼 리 모여 수군거리다가 견주가 시선만 보낼라 쳐도 말을 돌리며 얼 버무리기 일쑤였다.

할 일 되게 없네.

신경이 아주 안 쓰일 수는 없었지만, 지난 시간 홍난주의 일로 말미암아 어느 정도 구설수에 오르는 일에는 면역이 돼 있었다.

더욱이 사실이 아닌 뜬소문이란 건 결국엔 시간이 지나면 잦아 들게 돼 있다. 그때까지 제자리에서 착실히 제 할 일만 하고 있으 면 된다.

무시로 사태를 일관하는 동안 견주는 학업에만 열중했다. 집중 하고 있는 동안엔 어떤 말도 귀에 들어오지 않았고, 오로지 책에 적힌 글자만 눈에 들어왔다.

알고 보면 나 좀 공부에 소질 있는 건가?

희희낙락 웃으며 답을 써넣는 동안엔 성취욕에 따른 뿌듯함이 모락모락 피어올랐다. 기지개를 펴며 잠깐 한숨을 돌리는 시간 외 에는 계속해 손이 움직거렸다. 여기저기 샤프가 지나다닐 때마다 사각거리는 필기 소리가 흘러나왔다.

그렇게 새 학기가 시작된 지 삼 주쯤 지났을까. 지나가는 말처 럼 태하가 교우 관계에 대한 얘길 꺼내 왔다.

"친구는 좀 사귀었어?"

"그쪽으론 영 재주가 없나 봐요. 아직 그래요."

"밥은?"

"혼자 먹어요."

"……그래?"

"급식 맛있어요. 걱정 안 하셔도 돼요."

"넌…… 아니다, 됐어. 그만 올라가 봐."

할 말이 남은 것처럼 운을 뗐던 태하가, 하던 말을 마무리 짓지 않은 상태에서 다시금 입을 닫아걸었다. 맞물린 입매가 제법 고집 스러워 보였다.

걱정인 건가?

그럴싸한 결론을 내놓은 뒤론 괜스레 입가에서 웃음이 떠나지 않았다.

"정말이에요. 지금도 나름 괜찮아요."

"그럼 됐어."

가까이에서 마주 보게 된 권태하에게선 익숙한 말보로 담배 향이 느껴졌다. 다만 전보다 향이 진해진 느낌이었다.

"전보다 는 것 같아요."

"뭐가?"

"담배 말이에요."

"뭐, 그런 것 같기도 하고."

"백해무익한 걸 왜 그렇게나 피워 대나 몰라. 담배란 거 맛있어요?"

"습관이야. 어린앤 관심 꺼."

"너무 많이 피우진 마세요."

"마누라같이 잔소리는. 손 내밀어 봐."

"손은 왜요?"

고개를 갸우뚱거린 견주가 요구대로 천천히 손을 내밀자 권태하가 포켓에 들어 있던 말보로 레드와 은색의 지포라이터를 꺼내 그걸 그대로 견주의 손 위에 올려놓았다.

"이러면 됐지?"

이 말을 끝으로 스치듯 권태하가 견주의 곁을 지나쳤다. 아무렇지 않게 돌아선 권태하의 등을 바라보며 무심코 입술을 깨물었다. 조금 전까지만 해도 웃고 있던 얼굴이 와락 일그러졌다.

어떡하지…….

심장이 아니라 마음이 춤추는 것처럼 떨리고 있었다. 손에 들려 있던 물건들 위로 한가득 힘이 실렸다. 그럴수록 혼란함이 더욱 크기를 키웠다.

별거 아냐. 그냥 아무 의미 없이 한 행동이었을 거야.

그렇게 생각하면서도 한편으로는 다른 상황을 가정하고 있었다. 쿵쾅쿵쾅거리는 두근거림이 쉽게 잠재워지지가 않았다.

진실에 가까운 그 마음을 들여다볼수록 겁이 났다. 가만히 눈을 감자 눈꺼풀이 파르르 떨렸다.

감정의 정체는 여전히 뚜렷하지 않았다. 그냥 단순한 호감 정도라면 좋을 것 같았다. 그 이상의 마음을 품기 시작했다는 걸 어렴풋이 느끼면서도 애써 그 감각을 무시했다.

포기해야 할 것들에 욕심을 내는 순간 상처는 필연적으로 따라오게 돼 있었다. 의도치 않은 사이 상처를 키우고 싶지는 않았다. 그런데도 바람에 하느작대는 갈대처럼 마음이 이리저리 흔들리기 바빴다.

한동안은 휴대폰을 손에서 놓지 못했다.

번호를 알고 있는 사람은 홍난주와 권성엽을 포함해 셋이었지만, 휴대폰에 저장된 연락처는 여전히 하나였다.

조카님.

까맣게 물든 액정은 오늘도 반응이 없었다. 어제도 그제도 사정은 비슷했다.

어딜 가나 몸에 지니고 다니라며 신신당부하던 권성엽의 말 때문에 이처럼 집착하게 된 것일까. 아니, 그것 때문은 아니었다.

반항기 가득한 열아홉이라지만 잘 보여야 하는 상대와 그렇지 않은 상대를 구분해 내는 눈썰미 정도는 지니고 있었다. 다만 말 잘 듣는 착실한 어린애 흉내를 내는 건 그들 앞에서만으로도 충분했다. 종일 감시를 받는 것도 아니었고, 보이지 않는 곳에서는 딱히 행동에 대한 제약이 없었다.

때문에 보통 때라면 귀찮고 거추장스러워야 할 물건이었다. 어차피 연락 올 사람도 없었다. 그럼에도 휴대폰을 만지작거리는 손길에서 갈등이 묻어 나왔다.

명서병원 병원장으로 있는 박 원장과 정두열의 잦은 회동 소식이 전해졌다. 그 자리엔 권성엽이 참석할 때도 있었고, 참석하지 않을 때도 있었다. 모종의 일이 진행되고 있음을 직감할 수 있는 대목이었다.

불현듯 갑갑함을 느낀 태하가 목을 조이고 있던 셔츠 윗단추를 두어 개 풀어 헤쳤다. 목 안쪽에서부터 갈증이 느껴졌다.

"······나답지 않은 일이긴 하지."

건조한 눈동자 안에서 흔들림이 감지됐다. 운전대를 잡고 있던 손가락이 몇 차례 바닥을 두드렸다. 잠시 후 액셀러레이터(accelerator)를 지그시 밟자 종전보다 속도가 높아졌다.

새벽 두 시에 가까워 집으로 돌아왔을 땐, 안방에서 헉헉대는 거친 교성이 흘러나오고 있었다. 연이어 더운 숨을 뱉어 낸 권성엽이 어울리지 않은 달큼한 목소리로 사랑을 속삭였다.

"요 예쁜 게 어디 숨어 있다 이제야 왔을까나."

"으응, 멈추지 말고 더 해 줘요. 아직 부족해요."

"어디 그럼 이것까지 맛있게 씹어 먹어 볼 테야?"

"아흑!"

살이 치받칠 때 나는 문란한 마찰음을 뒤로하고 계단을 걸어 올라갔다. 관음증이 있는 것도 아니었고, 더 들어 주기엔 인내심이 그다지 좋지 못했다.

홍난주에 대한 권성엽의 관심은 일회성 관심치고는 생각보다 길게 이어지고 있었다. 평소에도 끼고도는 걸 보면, 남다르게 아끼는 것 같기도 했다.

그러나 이 모든 걸 애정의 척도로 삼기에는 권성엽이 가진 천성이 더없이 비열했다. 이용가치가 다했다는 판단을 내리는 순간 권성엽은 가차 없이 홍난주를 버릴 준비를 할 것이다. 원래가 그런 자였다.

땀에 젖은 눅눅한 옷 대신 편안한 복장으로 갈아입는 사이 문밖에서 뜻밖의 노크 소리가 들렸다. 고개를 들어 시간을 확인한 태하가 대답 대신 손수 문을 열며 방문자를 맞이했다. 예상대로 그 앞엔 이견주가 서 있었다.

문틀에 비스듬히 기대선 태하가 느릿하게 팔짱을 꼈다.

"이젠 내가 좀 만만해졌나 봐?"

"그렇진 않아요. 그럴 일도 없을 테고요."

태하의 물음에 재빨리 고개를 가로저은 견주가 자신의 의사를 분명히 했다.

"방문하기엔 늦은 시간이야. 볼일이 있다면 해 뜨고 난 다음에 해. 뭘 믿고 이렇게 무방비야."

"조카님 저혈압 있잖아요. 아침보단 그래도 이 시간이 대화하기가 나을 것 같아서요. 그리고 질 낮은 장난 같은 거 안 친다고 하셨잖아요."

"퍽이나 내 생각 해 주는군. 하지만 사내란 족속을 너무 믿지 않는 게 좋을 거야."

"그것도 새겨들을게요."

"그래서 용건이 뭐야."

겨울 내내 영문각에서 진행되던 과외는 개학과 동시에 개인 소유의 오피스텔로 자리를 옮긴 뒤였다. 명의는 다른 사람 이름으로 돼 있었지만, 계약금과 잔금은 전부 태하의 주머니에서 나갔다. 그런 만큼 실소유자 역시 태하나 다름없었다.

권성엽의 이목을 속일 수 있는 기간은 삼 개월이 고작이었다. 태하로선 과외를 끝내든지, 자리를 옮기든지 둘 중 하나를 선택해야만 했다.

조금 더 편의를 봐줘서 나쁠 건 없겠지.

결론은 생각보다 쉽게 났다. 사정이 이렇다 보니 개학 이후엔 얼굴 본 횟수가 손에 꼽을 정도로 적었다. 생활하는 시간대도 다르다 보니 집 안에서 마주치는 경우도 극히 드물었다.

간혹 정기적으로 쉬곤 했던 주말에나 드문드문 얼굴을 봤을까?

오늘처럼 견주가 방문을 두드려 오지 않았다면 공백 기간은 더 늘어났을 것이다.

오랜만에 마주 본 이견주의 얼굴은 전보다도 살이 내려 있었다. 그러나 표정만은 어느 때보다 밝아 보였다. 때맞춰 견주가 얄팍한 봉투 하나를 태하의 앞으로 내밀었다.

"이게 뭐야."

"일종의 과외비랄까. 직접 확인해 보세요."

"과외비?"

예상 밖의 발언에 별안간 태하의 눈썹이 사납게 위로 올라갔다.

"물론 돈은 아니에요. 성적표 나왔어요."

"어디 봐."

3학년 중간고사 결과 이견주의 성적은 비약적으로 상승했다.

반에서는 3등, 전교에서는 12등이었다. 기대한 것 이상으로 노력을 했단 게 여실히 드러난 결과였다.

뿌듯한 기색으로 자랑스럽게 내밀어 온 성적표엔 그간 들인 수고와 노력이 담겨 있었다. 변별력이 높은 모의고사 점수는 상대적으로 뒤떨어져 있었지만, 그래도 이 정도면 칭찬받을 만했다.

"제법이잖아."

"저 이러다 진짜 서울대 가는 거 아니에요?"

"뭐가 걱정이야. 가면 가는 거지. 어쨌든 수고했어."

커다란 손으로 머리카락을 흐트러트리자 이견주가 말갛게 웃었다. 숱이 많아 부들부들한 머리카락이 꼭 강아지 털같이 푹신했다.

"손 되게 커요."

요리조리 뜯어보던 이견주의 눈길이 호기심 어린 빛을 띠었다.

그러더니 마냥 신기한 듯 손끝으로 살짝살짝 눌러 보기도 했다.

어떤 때 보면 기감이 발달한 예민한 초식 동물처럼 몸을 사리기 바쁘다가도, 또 어떤 때는 대담하게 느껴질 정도로 당돌한 면이 있었다.

"음식 하는 사람은 손이 큰 게 좋아요, 아님 작은 게 좋아요?"

"뭐든 적당한 게 좋지."

"우문현답이네요."

생각했던 것 이상으로 이견주가 특별해져 있다는 걸 깨닫게 된 건 이 일이 있은 지 얼마 지나지 않아서였다.

다시 봤을 때 이견주의 볼은 빨갛게 물들어 있었다.

선명하게 남은 자국은 누군가 손을 댄 흔적이었다.

감히 누구 얼굴에 손을 대?

한갓 인간일 뿐인데도 감정에 자신하고 있었다. 생각 이상으로 화가 나 버린 스스로의 모습에 태하는 당혹감을 감추지 못했다.

제6장

우리 애, 잘 부탁드립니다

"얼굴이 왜 그 모양이야."

"표 많이 나요?"

"폭 쪄진 호빵 같아."

신랄한 비평과 함께 태하의 눈초리가 가늘게 변했다.

볼품없던 얼굴이 더 못생겨져 버렸다. 시간이 지날수록 기분이 급격하게 나빠졌다.

"에이. 그래도 그 정도까진 아니에요. 영광의 상처랄까. 걱정하지 않으셔도 돼요. 받은 만큼은 되갚아 줬거든요."

"이견주."

"……혹시 화나셨어요?"

재잘재잘 열리던 입술이 슬그머니 다물어졌다. 처진 눈꼬리가 태하의 눈치를 살펴 왔다. 습관처럼 매단 웃음이 신경을 거슬리게 만들었다. 대체 그 꼴을 하고서도 웃음이 나오나. 얼굴을 마주 보고 있자니 문득 속이 뒤틀렸다. 마치 간밤에 술을 진탕 퍼마시기라도 한 것처럼.

단순히 가볍게 마시는 맥주 정도로는 이런 느낌이 들지 않는다. 도수 높은 양주를, 그것도 얼음을 넣어 마시는 언더락이 아니라 스트레이트로 연이어 들이부은 것처럼 속 쓰림이 깊어졌다.

이견주의 지적처럼, 자신은 지금 화가 난 건가.

아니라는 대답을 떠올리지 못한 시점에서 이 말은 사실로써 받아들여졌다. 현실을 직시하는 순간 당혹스러움은 전에 없이 커졌다.

겨우 이런 정도로 화가 난다고?

목적을 위해 아이를 이용하고 있는 주제에, 겨우 **뺨 몇 대** 맞은 일에 화가 난다?

그 순간 복잡하게 연결돼 있던 뇌 회로 속 혈관 하나가 뚝, 하고 끊어져 나가는 소리가 들렸다.

멋대로 휘둘려지고 있는 건가. 곤란해 보이는 눈짓 하나에도 마음이 쓰일 정도로, 그렇게나 형편없이? 대체 언제부터?

차갑게 식은 머리는 여전히 흑백을 뚜렷하게 구분하고 있었다. 그럼에도 마음은 전에 없이 들썩였다.

뱀처럼 차가운 자. 속을 알 수 없는 자. 그랬기에 척을 지고 싶지도, 적으로 돌리고 싶지도 않은 자. 태하를 지칭하는 말들은 하나같이 서릿발처럼 찬 기운을 띠고 있었다.

때문에 설령 부득이한 일로 말미암아 그 스스로가 다치게 되는 상황에 처했다 하더라도 차분하게 응대할 자신이 있었다. 지금처럼 한갓 감정에 휘둘려 일희일비하는 건 지극히 태하답지 않은 일이었다.

그러나 이성적으로 굴자고 마음먹은 순간조차도 감정은 무른 두부처럼 무너져 내렸다. 불같이 치솟아 오른 감정은 사나웠으며, 당장에라도 폭발할 것처럼 거칠었다. 열화에 잠식된 눈과 귀는 줄곧 이견주가 해 올 얘기에 관심을 기울이고 있었다.

생소한 감각이었다. 아주 오랜 기간 까마득히 잊고 있었던 감각. 이런 감정을 느낀 건 정서희가 죽고 난 이후 처음 있는 일이었다.

어느 틈에 이렇게나 깊숙이 파고든 걸까.

상황을 냉정하게 바라보고 있다고 자신했었지만, 사실은 그렇지가 않았단 건가.

조카님, 하고 불러 오는 이견주의 우스꽝스러운 놀음에 동참하고 있는 동안, 생각 이상으로 이견주가 소중해져 버렸다. 계획에 없던 일, 있어서는 안 되는 일, 그런 일이 벌어져 버렸다.

한차례 부서졌던 마음에 새로운 균열이 생겼다. 시작은 눈치채지 못할 만큼 그 흔적이 옅었으나 이내 걷잡을 수 없이 번져 버렸다. 외면하기엔 너무 늦었다.

이제 와 막을 수도 없고, 막는 것도 불가능해져 버린 이 감정은 이견주에 대한 순수한 관심에서 비롯되었다.

"내가 듣고 싶은 건 자초지종이야. 왜 그랬는지, 누가 그랬는지 말해."

"그게…… 학교에서 좀 일이 있었어요."

"그래서 그 일이란 게 뭐야."

곧바로 대답하는 대신 이견주가 음, 하고 잠깐 동안 대화를 지연시켰다. 말하기 곤란한 내용이란 의미였다. 그럴수록 의문은 증폭되었다. 작정하고 때리지 않고서야 저렇게 손자국이 뚜렷하게 남을 리 없다.

말해, 이견주.

일직선으로 뻗어 나간 눈길이 재차 이 같은 뜻을 주지시켰다. 그러나 이번에도 이견주는 속 시원하게 전말을 풀어 놓지 않았다.

"별거 아니에요."

"이러고도 별게 아니라고? 지금 나랑 장난해?"

평소에는 말 잘 듣는 아이 흉내를 내면서도, 가끔은 이렇게 말을 돌리며 논점을 흐릴 때가 있었다. 안 좋은 버릇이지만, 지금은 그걸 따질 때가 아니었다.

아래로 늘어뜨리고 있던 손을 들어 올린 태하가 부어오른 견주의 뺨을 툭툭 건드렸다. 한쪽 뺨만 부풀어 오른 게, 진짜 갓 찜통에 들어갔다 나온 호빵 같았다.

쯧, 혀를 차자 견주의 어깨가 움찔 튀었다.

일방적으로 당한 건 아니라고 했으니, 쌍방이서 다퉜다는 얘기다. 그러나 견주에겐 친구가 없었다. 아이의 성격상 먼저 시비를 붙인다는 건 상상하기가 어려웠다. 어느 정도 불합리한 것도 참고 넘길 줄 아는 아이.

그런 아이가 맞고 들어왔다.

옆에서 먼저 건드리지 않았다면 다툼이 일어날 확률은 지극히 낮았다.

심술궂게 입술 끝을 비튼 태하가 이어 손바닥을 펼치며 견주의 한쪽 뺨을 감쌌다. 신열이 오른 것처럼 따끈했다.

빌어먹을. 건드릴 데가 어디 있다고 애 얼굴을 이 지경으로 만들어 놔.

옅은 욕지거리가 입 밖으로 흘러나왔다. 집 나간 개새끼도 맞고 들어오면 화가 나는 법이다. 하물며 그 상대가 한집에서 얼굴 맞대고 사는 아이다. 흉흉하게 기세가 오른 태하가 다시금 다그쳐 물었다.

"뭐 때문이야. 이유가 있을 거 아냐."

메고 있던 가방끈을 매만지는 손길에서 주저하는 기색이 묻어나왔다. 말할까, 말하지 말까를 고민하는 표정이었다. 그러나 태하는 그냥 이대로 이 사태를 덮고 넘어갈 마음이 조금도 들지 않았다.

"말할 수 없는 거야. 아님 말하기 싫은 거야."

"둘 다 아니에요."

"그럼 왜."

"그냥 좀 쪽팔려서요."

씩 웃는 얼굴이 조금 밉게도 보였다. 뭘 잘했다고 웃어? 신경질적인 반응을 쏟아 내려다 화를 가라앉힌 태하가 차분히 다음 말을 기다렸다. 날 선 추궁은 언제든 할 수 있었다. 지금은 잠자코 해오는 말을 들어 줄 때였다.

"이번에 성적 오른 것 때문에 애들 사이에서 좀 말이 있었나 봐요. 개천에서 용 나는 시대는 이미 지나갔으니까요. 대체 뭘 해서 단기간에 성적을 올렸냐는 게 논란의 요지였어요."

"그래서?"

"애들 하는 말이, 이중완 기사님이 제 애인이래요. 웃기죠?"

"아니. 그건 그냥 질 낮은 농담일 뿐이야."

"보통은 그렇죠. 근데 애들은 아니었어요. 그걸 진실처럼 믿고 있었어요."

불혹을 넘긴 이중완의 나이는 마흔일곱. 견주를 낳은 홍난주보다도 연배가 높았다. 이중완의 막내딸이 작년에 대학에 들어갔다

143

고 했던가. 최소한 아버지뻘로, 고3 여학생의 연애 상대로 갖다 대기엔 지나치게 질이 낮았다.

게다가 이 모든 사실을 차치하고, 이중완은 신의를 저버릴 자가 아니었다. 무엇보다 제 손으로 골라 곁에 붙여 준 이다. 둘 사이가 이상한 방향으로 발전했을 리 없다.

술집에 나가던 홍난주의 영향 때문인지 간혹 이견주는 그런 쪽으로 결벽증 비슷한 반응을 보일 때가 있었다. 하물며 한집에 살게된 이후에도 습관처럼 방문을 잠그던 아이다. 가시를 세운 고슴도치처럼 이견주는 늘 주변을 경계했었다.

이렇게 겁 많은 아이를 두고 원조 교제 의혹이라……

기분 나쁜 기운이 스멀거리며 피어오르더니 곧 전신으로 퍼져나갔다. 납작한 가슴, 메마른 몸, 그야말로 자그마한 아이.

그런 아이를 상대로?

명백한 음해로 가당치도 않은 일이었다.

"조카님이 보내 줘서 타고 다닌 차 말이에요. 왜 그 벤츠 세단이요. 그 차를 아저씨, 아니 이중완 기사님 차로 오해했나 봐요. 그냥 한눈에 보기에도 눈에 띄잖아요. 거기다 매일같이 데리러 왔으니, 이상한 관계라고 지레짐작해서 넘겨짚기도 딱 좋았을 거예요. 홍난주 그 사람, 과거에도 몇 번씩 요란한 차림으로 학교에 왔었거든요. 그래서 제 사정 알 만한 사람들은 거의 다 알아요. 곱게 자란 아가씨도 아니고, 제 주제에 무슨 벤츠냐 이거죠."

고3. 한창 예민할 시기. 그리고 성적이 전부일 나이였다. 두각을 드러낸 이상, 필연적으로 경쟁 상대가 될 수밖에 없었다. 시기와 질투가 당연하다는 듯 따라붙었을 것이다. 그러나 그런 것치고 소문의 질이 지나치게 낮았다.

"그래도 그전까진 이해하고 넘어갈 수 있다고 생각했어요. 하지만 해선 안 되는 말도 있는 거잖아요. 늙고 돈 많은 아저씨랑 사귀면서 받아 낸 용돈으로 공부해서 좋으냐니, 말 같지도 않아서 더 들어 주기 힘들었어요. 입에 걸레를 문 애들이 저더러 걸레라고 하는데, 다른 건 다 참아도 그건 참으면 안 되는 거잖아요."

견주가 잠시 숨을 고른 뒤 희미하게 웃으며 말을 이었다.

"아쉽게 선수는 빼앗겼지만, 때린 건 제가 더 많이 때렸어요. 걔가 제 뺨 때릴 동안 전 머리채를 잡고 흔들었거든요. 두 손으로요. 꺅꺅 비명을 질러 대는 게 꼭 오리 같았어요. 머리털을 죄다 뽑아 놓으려다 말았어요. 선생님이 들어오셨거든요."

말을 끝낸 아이는 무의식중에 두 손을 등 뒤로 숨겼다. 무심결에 나온 아이의 행동이 무언가를 숨기려는 동작처럼 석연치가 않았다.

"어디 봐 봐."

설마, 하는 생각에 손목을 잡아채자 견주가 놀란 표정을 지어 보였다. 동시에 태하의 이맛살이 종잇장처럼 구겨졌다.

붉은색 물감을 칠해 놓은 듯, 손바닥 위에 한일자로 그어져 있는 붉은 실선 자국은 얇고 탄성 있는 물건이 만들어 낸 흔적이었다. 가령 회초리 같은 매라든가.

"조용해야 할 자습 시간이 떠들썩했거든요."

"다 같이?"

"저만요. 본보기는 한 명이면 충분하니까요."

현실의 부당함을 이야기하면서도 이견주의 눈빛은 조금도 흔들리지 않았다. 익숙해질 대로 익숙해져 무뎌져 버린 자의 눈. 초연해 보이는 이견주의 깊은 눈은 이미 많은 것을 포기해 본 특유의 눈빛을 하고 있었다.

마치 이 모든 게 당연한 일인 양, 늘 겪어 왔다는 듯, 새삼스러울 것도 없다는 듯이 아주 담담한 투로 사실 관계를 말해 오는 이견주의 모습은 일견 아무렇지 않은 것처럼 보이기도 했다.

그러나 상처받지 않았을 리 없다. 그저 참고 있는 것이리라. 마땅히 그래야 하는 일인 것처럼, 불합리한 상황을 애써 수긍한 척 혹은 체념한 척. 왜냐면 그게 덜 상처받는다는 걸 본능적으로 알고 있어서였다.

너 바보야? 이런 말은 하지 않았다. 대신.

"네 잘못이 아냐."

찡그리듯 이견주의 눈가에 잔뜩 힘이 들어갔다. 때맞춰 못다 한 말을 덧붙였다.

"잘했어."

"……."

"잘했어, 이견주."

"……저도 그렇게 생각해요."

나직이 읊조리며 해 온 목소리는 물기에 젖어 있었다. 다만 그 울림만큼은 분명하고 맹렬했다. 가까이에서 바라본 아이는 패잔병처럼 어깨를 늘어뜨리지도 않았고, 고개를 숙이지도 않았다. 빳빳이 치켜든 목은 마치 고고한 학처럼 기개가 넘쳤다.

"나 대신 묻고 화내 주는 사람이 있다는 거, 그거 되게 많이 행복한 것 같아요. 그렇게 말해 줘서 고마워요."

시릴 정도로 눈이 아프다.

태양처럼 빛나는 아이가 온통 혼을 빼놓았다.

늘 보아 오던 얼굴, 낯설 것 없는 일상. 그런데 지금은 왜 이렇게 다른 걸까. 왜 이렇게 눈앞의 존재가 빛이 나는 걸까. 풀리지 않는 난제를 받아 든 것처럼, 그 해답은 쉽게 떠오르지 않았다.

평생 이해하지 못할 거라고 생각했는데, 치맛바람 날리는 학부모의 심정이 이 순간 어느 정도 이해가 갔다.

이런 일까지 해 보리라곤 생각지 않았는데. 사법연수원 출신이란 게 무의미해지는 순간이었다. 권성엽의 안목도 영 틀리지 않았던 게, 검사로서의 투명한 도덕성을 기대하기에 태하는 그다지 적합한 대상이 아니었다.

이견주가 다니는 학교를 찾아 돈 봉투를 내밀기까지, 망설임의 시간은 그리 길지 않았다. 그즈음 아이의 얼굴은 평소대로 돌아와 있었고, 붉은 자국이 나 있던 손도 제 색을 되찾았다.

"적진 않을 겁니다."

"허허, 이것 참. 이러시면 제가 곤란합니다."

"성의니 넣어 두세요. 필요하다면 이쪽으로 연락 주시면 됩니다."

기존에 내민 봉투 위에 지갑에서 빼낸 명함 한 장을 올려 두었다. 눈치껏 느지막하게 집어 든 명함으로 시선이 옮겨 갔을 무렵 돌연 남자의 얼굴에서 놀라움이 떠올랐다.

"여긴……!"

"가 본 적이 있으신가 보군요."

"그게…… 모임차……."

뒷말을 흐린 남자가 우물쭈물 하던 말을 얼버무렸다.

교사 월급이라고 해 봤자 예상할 수 있는 수준을 크게 넘어서지는 못했다. 반면 일개 교사가 걸음 하기에 영문각의 문턱은 지나치

게 높았다. 말이 모임이지, 결국은 접대라는 소리였다. 퀴퀴하게
썩은 냄새가 주변에서 진동을 했다.

"시간 내서 한번 들러 주시면, 대접은 서운치 않게 해 드리겠습
니다."

"허허. 영문각이라……. 견주에게 이렇게 훌륭한 친척이 있었군
요."

앞서 한차례 해 왔던 의례적인 거절의 말과는 달리, 슬그머니
손을 뻗어 돈 봉투를 집어 든 남자가 이내 그것을 품 안으로 갈무
리했다. 분명한 의도가 있는, 대가성을 가진 돈. 뇌물의 성격을 띤
촌지가 그렇게 남자의 품속으로 사라졌다. 그러나 탐욕 어린 눈빛
은 더 많은 것을 기대하고 있었다.

백태 낀 혀로 입술 겉면을 길게 핥아 올린 남자가 성급히 마른
침을 넘기자 목울대가 잘게 떨렸다. 어느 틈엔가 남자의 태도가 저
자세로 돌변해 있었다. 본론을 꺼낸 건 이다음 일이었다.

"아이 손에 상처가 있더군요."

"두 번 다시 그런 일 없을 겁니다. 제가 보증합니다."

"지저분한 소문이 도는 일도 없어야 합니다. 이번처럼 사실이
아닌 일로 문제가 생긴다면 그냥 두고 보지는 않을 겁니다."

"아무렴 그래야지요. 더 신경 쓰겠습니다."

경고처럼 한마디 한마디를 보낼 때마다 남자의 허리가 아래로
굽실거렸다. 처음 이곳에 발을 디뎠을 때보다 한층 태도가 비굴하
게 변해 있었다. 자신을 낮춰 예예, 거리는 행동이, 이 같은 일이
처음이 아니었음을 말해 왔다.

주변을 파 보라고 시키면 꽤나 재미있는 결과가 나올지도. 그걸
약점 삼아 협박이라도 해 볼까. 사나운 생각을 하면서도 겉으로는

웃음을 지우지 않았다.

"우리 애, 잘 부탁드립니다."

✧

"답답하지도 않나. 칙칙하게 왜 커튼은 전부 내리고 있어."

"그냥요. 그래야 공부가 잘 돼서요."

"취향 한번 촌스럽긴."

노크도 없이 멋대로 문을 열고 들어선 홍난주가 힐끔거리는 눈초리로 한동안 배회하듯 방 안 이쪽저쪽을 구경했다. 그러다 혼잣말처럼 중얼중얼거리며 품평을 입에 담기도 했다. 대체로 반응은 부정적이었다.

하는 태도로 미뤄 보아 딱히 용건이 있는 것 같진 않았다. 하지만 별다른 이유 없이 여기까지 걸음 했을 리도 없었다.

대체 뭐가 문제지?

방문 목적을 가늠하는 사이, 돌연 홍난주의 입에서 의미심장한 한마디가 흘러나왔다.

"너도 동생이 있으면 좋겠지?"

예상치 못했던 질문 하나에 덜커덕, 심장이 내려앉았다.

동생이라니?

심부에서 싹을 틔운 의심이 곧 하나의 가정을 만들어 냈다.

설마 아이를 가진 건가?

뜨거운 숨결이 스며든 높다란 교성을 밤마다 내지르던 홍난주의 지난 행적이 그 순간 뇌리를 스쳐 지나갔다. 권성엽은 늙었지만 홍난주는 아니었다. 아이를 낳는 건 여자였다.

갓 마흔을 넘긴 홍난주는 여자로서 한창 아름다울 나이였다. 누군가의 엄마가 되기에도 부족함 없는 나이.

이내 음습한 생각이 머릿속에서 똬리를 틀었다.

가능성은 농후했다.

만약 그렇담 태하와의 관계는 어떻게 되는 걸까?

복잡한 계산에 지끈, 두통이 몰려들었다.

그냥 모른 척 넘겨 버릴까?

하지만 상황을 회피하는 건 어떠한 순간에도 도움이 되지 않는 일이다. 뭐든 확실히 해 둘 필요가 있었다. 닫아건 입매가 삐뚜름하게 변했다. 한참을 뜸들인 끝에야 견주가 질문 하나를 건넸다.

"아이…… 가지셨어요?"

"아직은 아냐. 아니지만 곧 그렇게 될 거야."

고고하게 턱 끝을 치켜든 홍난주의 자신만만한 표정이 마치 이 같은 얘길 기정사실화하고 있었다. 일렁이는 눈 안엔 자신감이 들어차 있었다.

"두고 봐. 무슨 수를 써서라도 나, 그 사람 아이 낳을 거야. 낳아서, 보란 듯이 호적에도 올릴 거야. 그땐 그깟 상가 건물 안 받아도 그만이야."

뿌듯한 얼굴로 부푼 가슴을 내밀고 아직 나오지도 않은 얄팍한 아랫배를 천천히 쓰다듬기까지, 홍난주가 지닌 감정 변화는 뚜렷한 곡선을 그리고 있었다. 그건 하나의 희망 사항이라기보다는 개인의 영달을 꾀하는 강력한 바람과도 같았다.

평상시 권성엽은 홍난주에게 퍽이나 다정했다. 아무렇지 않게 그녀의 말에 귀를 기울이고, 피하지 않고 눈을 맞춰 오는 권성엽의 행동은 흡사 사랑에 빠진 남자처럼 보이기도 했다. 몹시도 사랑스럽다는 듯, 홍난주를 바라보던 권성엽의 눈빛은 매번 부드럽게 풀어져 있었다.

그리고 이 같은 권성엽의 관심은 홍난주에게 이르러 강력한 무기가 되었다. 당당함이 깃든 홍난주의 태도는 버림받지 않을 거란 확신에서 비롯되었다.

"……좋을 대로 하세요."

어차피 내 의견이 필요했던 건 아니었을 테니까. 뒷말을 집어삼킨 견주가 곧이어 시선을 아래로 내렸다.

홍난주에게 있어 어린아이란 건 늘 손이 가야만 하는 거추장스런 존재였다. 그래서 지금껏 견주는 홍난주가 아이들을 체질적으로 싫어한다고 생각했다. 그러나 그건 단순한 착각에 지나지 않았다.

행복한 표정으로 아이의 탄생을 이야기하는 홍난주가 처음으로 보통의 어머니같이 보였다.

홍난주가 싫어하고 미워했던 건 그냥 아이가 아닌, 뜨내기 사내의 씨를 받고 태어난 어린 이견주 자신이었다. 그럼에도 견주는 홍난주에게서 태어날 아이가 불행해지는 것은 원치 않았다. 아이는 행복해질 권리가 있었다.

다만 홍난주가 진짜 아이를 가졌다고 하더라도, 축하한다는 말 같은 건 할 수 있을 리 없었다. 홍난주의 발언이 이어진 건 바로 그때였다.

"너한테 효도하란 말 안 해. 아니, 넌 효도 안 해도 돼."

"……."

"놀란 얼굴 할 거 없어. 그 정도 양심은 나도 있으니까."

그러니까 내가 변할 걸 기대하지 마. 홍난주의 눈빛이 마치 이 같은 얘길 해 오는 것 같았다. 하지만 이제 와 양심이라니. 이런 건 정말이지 당신답지 않잖아. 사소하게나마 과거의 잘못을 인정해 오는 홍난주의 말이 견주로 하여금 많은 생각을 하게 만들었다.

"말해 두겠는데, 난 네가 싫어."

쉽게 내뱉은 홍난주의 말은 특별한 울림을 간직하고 있었다.

비꼬거나 빈정대지 않고, 비아냥거림도 섞이지 않은 그녀의 목소리는 그 자체로 진실임을 말해 왔다.

괜찮아. 달라지는 건 없어.

상투적인 자기암시가 이 자리를 버티고 설 수 있는 원동력이 돼 주었다.

"……그런 건 이미 알고 있어요."

"이상해. 내가 낳긴 했어도 넌 조금도 날 닮지 않았어. 왜일까. 내가 만난 사내들 중에 너 같은 눈을 가진 사내는 없었는데."

넌, 사람을 미치게 하는 눈을 가졌어.

이 말을 끝으로 홍난주는 한동안 말을 아꼈다. 견주는 맞물려 닫힌 얄팍한 홍난주의 입술에서 오래도록 눈을 떼지 못했다.

이상한 건 자신이 아니라 홍난주였다.

솔직한 심경을 말하자면, 커서 효도하란 불필요한 말로써 속을 긁는 게 더 홍난주다운 행동이었다. 비난이나 조롱이 배제된 속 깊은 대화를 나눠 본 건 이번이 처음이었다. 그건 조금 특별했고 또한 아주 기묘한 경험이기도 했다.

대화는 서로의 입장을 재확인하는 선에서 마무리 됐다. 때문에 현실은 변함없이 그대로였고 바뀐 것도, 뚜렷하게 결론이 난 것도 없었다. 그럼에도 마음 한편이 조금 가벼워진 기분이 들었다.

하지만 동생이라니…….

만약 홍난주와 권성엽의 사이에서 아이가 태어난다면, 남남에 불과했던 권태하와도 연결 고리가 생기게 되는 셈이다.

가족.

어렵사리 이 단어를 떠올렸을 무렵 견주의 얼굴 위로 그늘이 내려앉았다. 정체 모를 뜨거운 기운이 왈칵 목울대를 타고 올랐다. 그러나 애써 이 감정을 모르는 척 외면했다.

태어나게 될 아이는 홍난주를 닮았을까.

아님, 권성엽을 닮았을까.

자신은 닮지 않으면 좋겠다.

그리고 권태하를 닮았으면 더 좋을 것 같았다.

실상 아랫도리가 방만한 것치고 권성엽은 뒤처리가 깔끔했다. 공식적으로 권성엽의 호적에 오른 자식은 의외로 본처에게서 본 권태하뿐이었다. 따로 혼외 자식이 존재하는지에 대한 여부까지는 확인할 방법이 없었지만, 적어도 드러난 사실 관계는 흠잡을 곳 없이 깨끗했다.

취향이 한결같단 권태하의 말 역시 사실이었다.

일부러 보려고 해서 본 건 아니었지만, 사진을 통해 본 권태하의 친모 정서희는 홍난주와 첫인상이 놀라울 정도로 닮아 있었다. 언뜻 스치듯 보았을 뿐인데도 홍난주의 사진이 아닐까 하는 착각이 들었을 만큼 두 사람의 외양은 매우 흡사했다.

홍난주가 분에 넘치는 꿈을 꾸기 시작한 것도 바로 이 때문이었다.

사랑받는 아내의 역할을 부여받은 동안, 어느 순간 그 역할에 심취해 있었다.

성우 하나로 캐피탈의 전신(前身)은 성우 실업으로 이름은 그럴 듯했지만, 고리대금을 기본으로 한 사채 사업장이었다. 적지 않은 돈이 개입된 만큼 이권은 복잡하게 얽혀 있었다. 그 끈은 정관계로도 은밀히 닿아 있었다.

빌린 돈을 갚지 못한 이들에게 권성엽은 사형집행인과도 같았다. 가끔을 죽여 달라 매달려 오는 이들도 있었으니 딱히 틀린 표현도 아니었다.

권성엽이 집행인이라면 권성엽이 거느린 자들은 무자비한 약탈자였다. 상냥한 얼굴로 이자를 이야기하던 게 언제였냐는 듯, 약속된 기일을 넘길라치면 더럽혀진 구둣발로 위협도 서슴지 않았다.

주먹깨나 쓴다는 뒷골목 양아치처럼 건들건들 주먹을 흔들어 보이면, 사람들은 눈물 콧물 다 뺀 얼굴로 머리를 조아리기에 급급했다. 협박이 섞인 회유는 피해 갈 수 없는 관문이었다.

그럴 때면 상대방은 하나같이 비슷한 말들로 처지를 읍소해 왔다. 늙은 노모가 있어요. 먹여 살려야 할 처자식이 있어요. 인정에 호소해 온 말들은 그 자체로 가련했으나, 애당초 자비를 기대한다는 것 자체가 모순이었다.

봐 달란 말은 고리대금업자에게 있어 상극과도 같은 말이었다.

며칠만 말미를 더. 이 말을 뱉음으로써 고객이었던 신분은 완벽하게 뒤집어진다. 바뀐 위치를 받아들이고 현실에 순응하기까지의 시간은 그다지 오래 걸리지 않았다.

천하에 상종 못 할 버러지 같은 인사들.

악에 받친 말들을 대놓고 지껄일 정도로 배짱 있는 이들은 몇 되지 않았다. 대부분은 필사적인 표정으로 일신의 안위를 도모하는 데 더 사활을 걸었다.

천편일률적으로 갖춰 입은 검은색 양복, 짧게 자른 머리카락, 무리 지어 몰려다니는 것만으로도 사람들은 슬금슬금 자리를 피해가기 바빴다. 와하하, 웃는 웃음도 때론 훌륭한 위협이 되었다.

하나같이 고혈을 짜내 이룬 것들.

이렇게 축적된 부는 권성엽을 자만하게 만들었다. 세상에 돈이면 가지지 못할 것이 없다고 여길 정도로. 돈으로 사람 마음도 살수 있다고 믿을 만큼. 그만큼 그는 돈의 위력을 맹신했다. 그러나그 믿음은 쉽게, 아주 쉽게 부서지더라.

Revenge is a dish best served cold.

복수는 식혀 먹어야 더 맛있는 음식과 같다는, 영화 〈킬빌〉의명대사처럼 죽음을 목전에 둔 정서희의 복수는 차갑고 고요하게시작되었다.

'태하, 당신 아들 아니에요.'

유언과도 닿아 있던, 그렇기에 진실이라고 믿게 만들었던 말 한마디로 모든 행복을 부숴 놓은 채 그녀는 아름답게 생을 달리했다.

일순간 태하의 입매가 잔뜩 비틀렸다.

어느 쪽도 사랑할 수 없게 만들어 놓고.

미안하단 얘기 같은 거 하지 않는 편이 더 나았다.

제 손으로 꺾은 꽃, 그 꽃을 탐했던 대가로 권성엽은 그토록 자만했던 마음에 씻을 수 없는 상처를 남겼다.

악의 끝은 어디에나 있었다.

늦거나 빠르거나 단지 그 차이일 뿐이었다.

부친인 권성엽은 뼛속까지 악인에 가까웠다. 사랑에 빠지지만 않았다면, 오히려 더 그다운 일생을 누리고 있었을는지도. 굵직하게 흘러내리던 눈물은 그와는 어울리지 않았다.

정서희는 선했을지언정 태하에게만은 악했다.

그럼 자신은 어떤가.

지난한 생각 끝에 고소가 터져 나왔다.

불행을 야기했던 권성엽의 돈. 꽃같이 피어나던 정서희의 삶을 아무렇게나 짓밟아 버리고 태하의 마음마저 무참히 부숴 놓았던, 추악한 욕망의 덩어리이자 권성엽의 모든 것이나 다름없던 그 돈을 공중분해함으로써 그가 설 자리를 남겨 두지 않으려고 했다.

정의로운 이유 같은 건 없었다.

태하 역시 자선 사업가 같은 기질은 타고나지 못했다.

일 처리를 하는 과정에 있어 몇 차례 국고환수 같은 방법을 떠올려 본 적은 있었지만, 꼭 그래야 한다는 기준선은 정해 두지 않았다. 달리 필요한 일에 사용되어진다면 그 역시 나쁜 결말은 아니었다.

다만 권성엽은 많은 돈을 가져선 안 되는 부류였다. 그가 가진 돈은 필연적으로 주변의 불행을 불러왔다.

만약 권성엽이 하루 벌어 하루 먹고 사는 평범한 월급쟁이였다면, 정서희의 인생은 많은 부분 달라졌을 테다. 비록 자신은 태어나지 못했을지라도 그녀의 삶은 행복했을 것이다.

그랬다면 다 닳은 심지처럼, 흩어져 가는 불꽃처럼, 생명이 꺼져 가던 그녀 옆엔 권성엽의 자식이 아니라 사랑하는 남자의 아이가 곁을 지키고 있었을 것이다. 마지막으로 눈을 감기 전 그녀는 쓸쓸한 얼굴을 하고 있었다.

절연.

어머니라는, 부모라는 이름을 버림으로써 정서희의 복수는 비로소 그녀의 손에 의해 완성되었다.

정서희의 복수는 타당했다. 그러나 그 탓에 태하는 더 이상 사람을 믿을 수 없게 돼 버렸다. 무자비한 폭력에 노출돼 있는 내내 권성엽은 그 상황을 더욱 충동질하기 바빴다.

마땅히 그래야 한다는 듯. 그 정도로는 분이 안 풀린다는 듯. 살심 가득한 표정으로 잔인한 폭력을 주문했다. 알량한 핏줄, 차라리 아니었으면 더 좋았을지도. 머릿속에선 온통 이 같은 생각뿐이었다.

권성엽의 자식이란 꼬리표를 스스로 떼어 내리라 마음먹은 순간부터 그는 철저히 혼자였다. 이 탓에 태하도 적당히 악당이 될 수밖에 없었다. 하지만 이 모든 게 핑계란 것 정도는 알고 있었다.

목적을 위한다는 명분 아래, 위험에 노출된 아이를 그대로 방치했다.

권성엽과 정두열의 뜻대로 일이 성사되게 놔두진 않겠지만, 모든 일에는 만약이란 경우의 수가 존재한다.

만약에.

만에 하나.

그 가정이 뒷덜미를 섬뜩하게 만들었다. 아무것도 아니었던 일들이 이제 와 위험으로 받아들여졌다. 의식하지 못한 사이 팔뚝엔 솜털이 바짝 솟아 있었다. 뻣뻣하게 굳은 얼굴 위로 긴장의 흔적이 떠올랐다.

두려움을 느끼고 있는 건가.

언제부터라고 특정 지어 말할 순 없지만, 생각 끝에는 늘 이견주가 닿아 있었다.

괴롭힘을 당하지는 않을까. 밥은 잘 먹고 다니는 건지. 하루 종일 혼자 있다 보면 심심하지는 않은지. 공적인 업무를 수행하면서도 때때로 이 같은 생각을 떠올리곤 했었다.

시간을 공유하는 사이 일상은 특별해져 있었다. 이견주의 일거수일투족은 어느새 관심의 대상이 돼 있었다. 그때서야 비로소 두꺼운 장막에 가려 보이지 않았던 진실이 실체를 드러냈다.

"소중한 것이 다시 생길 거라곤 생각지 못했는데……."

나직이 내뱉은 태하의 말은 그 반대 상황을 가정하고 있었다. 믿을 수 없게도 지금 우선순위가 변하고 있었다. 그렇지만.

"생각보다 나쁜 기분은 아니야."

오히려 비실, 웃음이 새어 나왔다.

낮 시간대라 비어 있던 오피스텔 내부를 한 바퀴 둘러본 태하가 문을 열고 나섰다. 몇 시간 후면 늘 그랬듯 또 다른 주인이 이곳을 찾을 테다.

지하 주차장에 도착했을 무렵, 변심에 대한 불안을 감지하기라도 한 듯 때맞춰 권성엽으로부터 전화가 걸려 왔다. 뜻하지 않은 대화로 인해 통화가 좀 길어지긴 했지만, 곧 액정이 까맣게 물들었다. 태하가 등을 돌리자, 근처를 맴돌고 있던 그림자도 서둘러 자취를 감췄다.

경각심을 일깨워 온 건 예기치 못한 방향에서였다.

장시간 숙이고 있던 고개를 들어 올렸을 때 우연히도 시선이 맞닿았다. 당시 기승재의 눈빛은 한곳에 정지해 있지 못한 채 좌우로 크게 흔들리고 있었다.

습관처럼 싱긋이 웃어 보이자, 머쓱한 표정을 지은 기승재가 서둘러 아래로 눈을 내리깔았다. 의도적으로 시선을 회피했다는 것은 전해지는 느낌만으로도 쉽게 눈치챌 수 있었다.

새삼스럽다는 생각이 들긴 했다. 그러나 곧 아무렇지 않게 펼쳐 두었던 책 위로 관심을 돌렸다. 기승재가 말을 붙여 온 건 좀 더 시간이 흐른 다음이었다.

"저기⋯⋯."

"네?"

"저기, 그러니까 말이야⋯⋯."

"따로 하실 말씀이라도 있으세요?"

"그게⋯⋯ 아냐, 아무것도. 그냥 문제 풀다가 헷갈리는 거 있음 바로바로 말하라고."

어색한 표정으로 하던 말을 얼버무리고, 서둘러 화제를 돌리는 모습이 미심쩍은 기분을 들게 만들었다. 순간 기묘한 기시감이 느껴졌다. 떠올려 보면 방금 전과 같은 일은 오늘이 처음이 아니었다.

정확한 날짜를 언급하긴 어려웠지만, 기승재의 태도에서 이상 징후를 감지한 건 며칠 전부터였다. 지난번에도 기승재는 뭔가 할 말이 있는 것처럼 운을 뗐다가 무거운 얼굴로 입을 닫아걸었었다.

벌써 몇 차례나 반복되고 있는 일상. 더 이상 모른 척 유야무야 넘겨 버린다는 게 불가능해진 시점에서, 불편할 정도로 기승재의 행동이 신경 쓰이기 시작했다.

아무래도 공부와는 상관없는 문제 같지?

기승재의 본분은 견주를 가르치는 것이었다. 지적도, 충고도 아무렇지 않게 해 올 수 있는 위치였다. 그런데도 말하길 주저한다는 건 공부 외적인 부분, 그러니까 사적인 것과 관련해 할 말이 있단 얘기였다.

더는 모른 척 두고 볼 수 없다고 여긴 건, 기승재의 얼굴 위에 떠올라 있던 감정을 읽어 낸 직후의 일이었다.

우려, 혹은 걱정.

이곳에서 기승재가 눈치를 볼 만한 인물은 딱 한 사람뿐이었다.

입을 열지 못하는 건 권태하 때문인 건가?

현재 오피스텔 안엔 단둘밖에 남아 있지 않았지만, 안에서 일어나는 일들은 설치된 보안카메라를 통해, 바깥에서 대기 중인 이중완의 휴대폰으로 빠짐없이 전송됐다.

혹시라도 있을 불미스러운 일을 미연에 방지할 목적으로, 과외 중에 일어나는 특이 상황은 고스란히 태하에게도 보고되었다. 보호할 책임이 있는 보호자로서 당연히 취해야 할 조치란 게 태하가 내세운 대외명분이었다.

하던 과외가 마무리되고, 오피스텔 문을 열고 나오는 타이밍에 맞춰 기승재의 휴대폰 번호를 물었던 건 명백한 의도를 지닌, 이를테면 하나의 계산된 행동이었다.

"괜찮다면 선생님 번호 알려 주세요. 모르는 거 있음 여쭤 봐도 되죠?"

"상관없어. 하지만 특별 수당은 더 받아야겠는걸?"

"얼마나요?"

"농담이야. 아침만 피하면 돼. 아침엔 눈앞이 비몽사몽일 정도로 쥐약이거든. 보통은 새벽까지 깨 있으니까 막히는 거 생기면 언제든 연락해. 어디, 휴대폰 이리 줘 봐."

휴대폰을 건네받은 기승재가 빠르게 그의 번호를 입력했다. 통화 버튼을 누르자 기승재의 휴대폰에 반짝, 불빛이 들어왔다. 무음으로 설정해 둔 듯 벨소리나 진동은 느껴지지 않았다. 짧은 시간 서로의 휴대폰 번호가 교환됐다.

"이러면 됐지?"

"귀찮게는 안 할게요."

"아까 한 말은 그냥 농담한 거라니까. 부담 가지란 소리 아니었어."

알겠다고 고개를 끄덕였지만, 그래도 영 마음이 쓰이는 건지 기승재가 기어코 한마디를 덧붙여 왔다.

"뭐든 물어봐도 좋으니까, 대학만 좋은 데 가자. 그게 서울대면 더 좋고. 그땐 맛있는 밥 한 끼 정도는 밖에서 사 줄게."

"밥은 제가 사 드려야죠."

"네가?"

"비싼 걸로 드셔도 돼요."

"어쭈? 학생이 무슨 돈이 있어서? 용돈 받은 걸로 사는 건 내쪽에서 사양이야."

"알바하면 되죠. 알바해서 받은 돈으로 사 드릴게요."

"좋아. 그건 나쁘지 않지. 약속한 거다?"

"네."

"그보다 진짜 얼마 안 남았어. 시간 없어도 평소에 운동도 좀 하고. 아파서 골골대면 지금까지 한 노력 말짱 다 도루묵이란 거 알지? 그때까지 건강…… 잘 챙겨."

또다. 또다시 그 눈빛이다.

걱정이 스며든 기승재의 눈동자는 다른 무언가를 말하고 싶은 듯 기이한 열망에 차 있었다. 그러나 이번에도 그는 뒷말을 삼키는 쪽을 선택했다.

건강을 잘 챙기란 기승재의 말은, 언뜻 들어 별다를 것 없는 흔한 인사처럼 느껴지기도 했다. 그러나 미묘한 어감의 차이에서 오는 모종의 껄끄러움은 여전히 남아 있었다. 이 말을 입에 올렸을 당시 기승재는 분명 망설이고 있었다.

연락이 올까?

기승재의 연락처를 요구한 건 필요에 의해서였지만, 표면적으로 드러난 것과는 달리 직접적으로 연락을 취하기 위한 수단 때문은 아니었다. 굳이 따지자면 연락을 받기 위한 명분을 준 것에 더 가까웠다.

개인적인 연락처를 교환함으로써, 둘 사이의 가교 역할을 해 왔던 권태하의 영향력이 축소되는 결과를 낳았다. 굳이 과외 시간이 아니더라도 마음만 먹는다면 언제든 연락할 길이 열렸다. 자연스럽게 행동반경은 넓어질 수밖에 없었다.

"……표정으로 봐선 아마 좋은 얘긴 아니겠지."

기승재의 입이 한결 편하게 열릴 환경을 제공함으로써 숨기고 있던 속사정을 전해 듣고자 했다. 그리고 그 판단은 정확하게 들어맞았다. 번호를 교환한 지 며칠이 지난 시점에서 견주의 휴대폰으로 문자 메시지 하나가 들어왔다.

[권태하 실장님, 너무 믿지 않는 게 좋을 거야.]

보낸 사람 이름은 기승재 선생님. 나열된 숫자 대신 저장해 둔 이름이 떴다. 일전에 받은 권태하의 메시지를 제외한다면, 타인에게서 받은 두 번째 문자 메시지였다.

의도를 가늠해 보는 사이 미간엔 뚜렷한 줄이 생겼다. 드러난 주어와 목적어는 분명했지만, 숨은 뜻을 헤아리기는 쉽지 않았다. 정확한 이유는 여전히 오리무중이었다.

내리깔고 있던 시선을 들어 올려 시간을 확인했을 때, 시곗바늘은 이제 막 새벽 한 시를 지나가고 있었다. 아직 태하가 퇴근해 들어오기 전이었다.

좋은 분이에요. 쓰던 문장을 지우고 이내 새로운 문장을 완성했다.

지나친 확신은 간신히 열리려 하는 기승재의 입을 닫아걸게 만들 수가 있었다. 그건 원하던 결과가 아니었다.

[나쁜 분은 아니세요.]

[무슨 관계인 건지는 여전히 잘 모르겠지만, 그 사람이 너한테 소중한 사람이란 것 정도는 내 눈으로 봐서 알아. 하지만 상대방도 같은 마음일 거란 생각은, 견주 너 혼자 하는 착각일 수도 있어. 넌 어린애지만 그 사람은 어른이야.]

보낸 답문에 대한 반응이 부정적으로 되돌아왔을 때, 하던 생각은 조금 더 깊어졌다. 어떤 말을 하면 좋을까. 어떤 말을 해야 기승재의 속마음을 더 들을 수가 있을까. 생각 끝에 견주는 앞서 보냈던 답문과 비슷한 내용의 문장을 하나 더 입력했다.

이번엔 아까보다도 더 표현이 두루뭉술했다. 받아들이는 사람에 따라 해석의 여지가 충분한 문장이었다.

[그래도 아주 나쁜 분은 아니에요.]

[그런 사람이, 애 몸에 칼을 댈 생각을 하고 있어?]

기승재가 보내 온 마지막 대화 내용을 기점으로 띄엄띄엄 주고받던 문자는 더 이상 이어 갈 수가 없게 돼 버렸다. 망설임 없이 통화 버튼을 누르자 규칙적인 신호가 귓가에 울렸다.

신호는 길게 이어졌다. 받을 생각이 없다는 건가. 기다림이 길어졌을 즈음 극적으로 통화가 연결됐다.

일순간 식은땀이 등허리를 타고 내렸다. 하지만 서로 간에 말을 아끼는 바람에 한동안은 적막한 정적만 유지됐다. 시간이 정지된 것처럼 그 시간이 아주 느리게 흘렀다.

후우, 후우.

건너편에서 들려오는 상대의 깊은 숨소리에 조급함은 점차 극에 달해 갔다. 먼저 소리 내 묻지 않는다면 기승재의 입이 결코 열리지 않을 거란 걸 찰나지간에 확신했다. 다행히 목소리는 떨려 나오지 않았다.

"선생님이 말씀하신 그 애가 혹시 전가요?"

— ……

"제가 들어야 할 말이 더 남아 있다는 거 알아요. 말해 주세요."

침묵하던 기승재의 입이 한참 만에 열렸을 무렵, 그의 입에서 전혀 뜻밖의 인물이 거론되었다.

수없이 많은 가정 중, 이번 일과 관련해 단 한 번도 결부시켜 생각해 본 적 없던 이름.

— 정두열이라고 알아?

"……선생님이 그 이름을 어떻게 아세요?"

— 안다는 거군. 그럼 그 사람 신장이 안 좋아 투석하고 있단 건, 그건 알아?

"아뇨. 그 얘긴 처음 듣는 얘기예요."

— 이식을 준비한다더라.

"선생님……?"

고뇌가 녹아 있는 깊은 한숨 소리가 마음속 깊은 곳에 자리해 있던 불안 심리를 부추겼다. 그러자 불현듯 예전에 느꼈던 기분 나쁜 감정이 삽시간에 되살아났다.

'애가 너무 허약해 보이는군.'

'박 원장 말로는 건강 체질이라니 그나마 다행한 일 아닙니까.'

물건에 대한 품평을 늘어놓듯, 견주를 눈앞에다 둔 채로 나누던 정두열과 권성엽의 대화가 머릿속을 온통 헤집어 놓았다. 무엇보다 견주를 소개시킬 당시 권성엽은 정두열을 향해 '일전에 말씀드린 그 아이'란 표현을 사용했었다.

순간 감전이 된 것처럼 온몸이 부르르 떨렸다. 생각은 삼거리 길목에 정차돼 있던 정두열의 차에까지 미쳤다. 그사이 의심은 다양한 방향으로 뻗어 나가고 있었다.

그럴 리 없어.

상황을 부정하는 순간, 기승재의 입에서 판결문과도 같은 선고가 내려졌다.

— 그 이식, 네가 해 줘야 할지도 몰라.

쿵 하고 심장이 아래로 떨어졌다. 선생님이 잘못 알았을 거예요. 하고 싶은 말은 많았지만 그전에 먼저 확인해 봐야 할 게 남아 있었다.

"……전 모르는 일이에요."

— 내심 그럴지도 모를 거란 생각은 하고 있었어.

"그렇지만 제 동의 없이는 불가능한 일이란 것 정도는 알아요."

— 아니.

확신이 서린 기승재의 목소리는 흔들림 없이 단호했다. 혹, 숨을 들이켜는 순간 일시에 호흡이 정지했다.

— 겉으로 보이는 게 전부가 아니야. 그 사람은, 권태하 실장님은 돈으로 사람을 움직이는 데 거리낌을 가지지 않는 부류야. 애당초 보통 사람들과는 사는 세계가 달라. 너와도 나와도 다른 세계에 속해 있어.

"……이 일에 권태하 실장님도 연관이 돼 있다는 건가요?"

— 아마도.

"어디까지…… 선생님은 어디까지 알고 계시는 거예요?"

입술이 좌우로 벌어지는 시점에 맞춰 목소리 끝이 형편없이 갈라져 나왔다.

— 정확한 사정까진 알 수 없어. 그냥 우연한 기회에 엿듣게 된 것뿐이니까. 전부도 아니고 일부분이야. 내가 들을 수 있었던 건 권태하 실장님 입에서 나오는 일방적인 통화 내용밖에 없었어. 상대가 해 온 얘길 직접 듣지 않은 이상 전부를 안다는 건 현실적으로 불가능해. 단지…… 그게 위험한 일이란 것 정도는 알 수 있었어.

"이 말을 하기까지 많은 고민이 있었단 거 알아요. 그래서 묻는 거예요. 왜…… 제게 이런 말씀을 해 주시는 건가요. 선생님은 저보단 권태하 실장님과 가까운 분이라고 생각했거든요."

— 남보다 강한 의협심 같은 건 없어. 그래도 그냥 사람이니까.

"사람……."

— 사실을 털어놓기까지 갈등이 없었다면…… 그래, 그건 거짓말이겠지. 보고 들은 얘길 함부로 입 밖으로 꺼냈다간, 내 신변에도 좋지 못한 일이 생길 것 같았거든. 그런 건 아주 별로라서 말이야.

괜한 참견으로 인해 입장이 곤란해지는 것만큼은 사양하고 싶었다며, 솔직한 심경을 터놓는 기승재의 억양은 잔뜩 고무돼 있었다.

— 그냥 전처럼 아무것도 못 보고, 아무것도 못 들은 척 받을 돈만 받아 챙기면 그만이라고 생각했어. 처음엔 그게 맞는 거라고 나름대로 결론을 내리기도 했어. 네 말처럼 내 고용주는 네가 아니라 권태하 실장님이니까.

"그런데 왜……."

— 말했잖아. 아무리 돈이 좋아도, 난 사람이야. 이대로 못 본 척 상황을 넘겨 버리면, 평생 꿈자리가 뒤숭숭할 것 같았거든. 이제 와서 내 입으로 이런 말을 하는 것도 그렇지만, 과외 받는 거 다시 한 번 생각해 봐. 성적이나 대학도 중요하지만, 그 사람 곁에서 멀어지는 게 너한텐 더 절실해 보여.

"미리 말하지 못한 게 있어요. 저요. 권태하 실장님과 같은 집에 살고 있어요."

— ……뭐?

되묻는 기승재의 음성에서 떨치지 못한 놀라움이 섞여 나왔다. 당연하다시피 대화는 잠시간 중단되었다. 계속된 기승재의 침묵엔 혼란이 잠재돼 있었다.

어쩌면 지금 그는 쉽게 입을 연 것에 대해 후회란 걸 하고 있을는지도 모른다. 늦지 않게 같은 편이란 믿음을 심어 줄 필요가 있었다. 해야 할 말을 고르는 건 어렵지 않았다.

기승재가 지니고 있던 패를 모두 드러내 보인 이상, 견주 자신도 솔직해져야 할 때였다.

"권태하 실장님 아버지와 저희 어머니가 사실혼 관계에 있어요."

— ……당장은 그 집에서 나올 수 없단 얘기지?

"선생님 말씀이 맞는 거라면……."

말하는 도중 아랫입술을 아플 정도로 깨물었다. 기승재의 말이 사실이라고 가정할 시, 답은 한 가지로밖에 축약되지 않았다.

"그래도 나와야죠."

가급적이면 이른 시일에.

— 단순히 내가 상황을 오해하고 있는 걸 수도 있어. 하지만 조심해서 나쁠 건 없으니까……. 그 사람, 너더러 이용 가치란 말을 했었어.

"무슨 말인지 알겠어요. 과외 그만두는 건 생각해 볼게요."

— ……그래도 공부는 계속해야 해.

"그럼요. 걱정해 줘서 고마워요. 약속한 밥, 꼭 사 드릴게요."

— 끝까지 애늙은이같이 굴기는……. 이럴 땐 화라도 내. 그편이 정신 건강에도 더 이로우니까. 이미 잠자긴 다 틀린 것 같지만, 억지로라도 자 둬. 그래야 생각할 기운도 나는 거니까.

"오늘 일, 감사했어요."

— 사실은 아직도 잘한 건지 확신은 서지 않아. 대신 어느 정도 속은 후련해. 그 탓에 넌 생각이 더 많아졌겠지만. 이젠 진짜 그만 끊자.

이 말을 끝으로 이십 분 남짓한 시간 동안 이어 오던 통화가 마침내 종결되었다.

"……선생님을 학교에서 만났으면 더 좋았을 거예요."

한 번도 분에 넘칠 정도로 많은 것을 바라 본 적이 없었다. 이따금 생각날 때 따뜻한 목소리로, 사소하게나마 말을 걸어 주는 것만으로도 충분하다고 여겼다. 하나의 가정에 불과했지만, 기승재라면 분명 그런 선생님이 됐을 것 같았다.

통화를 끝낸 직후 기승재의 휴대폰 번호를 지웠다. 받은 문자 메시지도 모두 삭제했다. 내일, 아니 모레쯤…… 그조차 너무 이르다면, 다음 주쯤…… 혹은 그다음 다음 주에라도 기승재와 하던 과외를 그만둬야겠단 말을 꺼내 볼 생각이었다.

이유를 묻는다면 뭐라고 대답할까. 아직 거기까진 생각이 떠오르지 않았다. 다만 어떤 경우든 기승재에게까지 화가 미치는 일은 없게 해야 했다. 설령 기승재가 알려 온 정보가 엉터리라 할지라도, 이건 견주가 마땅히 해야만 하는 기승재에 대한 최소한의 배려였다.

지금은 어느 쪽도 확신할 만한 게 없었다. 다만 이번 일로 권태하를 믿지 못하게 돼 버린 것만은 분명한 사실이었다.

하지만…… 그럼에도 믿고 싶었다. 그 간극을 좁히기 위해 안간힘을 쓰다 보니, 그렇지 않아도 예민해져 있던 신경선이 너덜너덜 닳아 없어지는 기분이 들었다.

생각이 진행될수록, 무거운 돌을 얹어 놓기라도 한 것처럼 가슴 위쪽이 답답하게 변해 갔다. 뒤늦게 잠자리에 들어 잠을 청해 봤지만, 장시간 해외 비행을 끝내고 돌아온 사람처럼 의식은 쉽게 수면에 들지 못했다. 불면에 시달리는 사이, 계단을 걸어 올라오는 묵직한 발걸음 소리가 들렸다.

문을 잠갔던가?

처음 이곳에 들어와 뜬눈으로 밤을 지새웠던 그날처럼 경계심은 극에 달해 있었다. 결국 새벽이 될 때까지도 눈을 붙이지 못했다. 머릿속에선 줄곧, 지난날 권성엽이 해 왔던 말들이 아무렇게나 활개를 치고 있었다.

건강을 챙기라던 권성엽의 당부.

병원 검사를 권유하던 다정한 말.

권성엽은 유독 건강을 염려하는 말을 안부처럼 내뱉곤 했었다. 생각이 진행될수록 두려움이 해일처럼 밀려들었다.

"누구 마음대로……. 누구 마음대로 멋대로 내 몸에 칼을 댄다는 거야."

이불을 걷고 일어난 견주가 지난번에 병원에서 처방받아 먹고 있던 영양제를 쓸어 담듯 가방 안으로 쏟아부었다. 내일 약국에 가져가 직접 확인해 볼 생각이었다.

답답함이 가시지 않자, 다시 이불 속에 들어가 눕는 게 꺼려졌다. 창문을 열자, 새빨간 태양이 주변을 물들이며 멀찍이서 떠오르고 있었다.

담배. 그래, 담배가 있었지.

일전에 태하에게서 건네받은 뒤로 줄곧 맡아 두고 있던 담배를 떠올린 순간, 그간 한 번도 경험해 보지 못했던 새로운 충동이 견주를 부채질했다.

이윽고 서랍 문을 열자 은색의 지포라이터와 말보로 레드가 모습을 드러냈다. 덜덜덜 떨리는 손으로 지포라이터의 휠을 돌리는 순간 주변으로 불씨가 튀며 작은 불꽃이 만들어졌다. 담배에 불을 붙이기까지 망설임은 없었다.

"콜록, 콜록."

채 몇 모금 넘기지도 않았는데 잔기침이 터져 나왔다. 불필요한 소리가 바깥으로 흘러나가기 전에 한 손으로 입을 틀어막자, 종래엔 폐부까지 들썩거렸다.

담배가 맛없어서 그래.

조악한 변명을 덧붙이는 사이 생리적인 눈물이 눈가를 타고 내렸다.

"정말이야. 담배가 맛없어서 그런 것뿐이야."

모든 건 단순한 정황일 뿐으로 아직은 확실하게 정해진 것이 아무것도 없었다. 그럼에도 불구하고 시간이 지날수록 흔들림은 커져 갔다.

울지 마. 울지 마. 제발 울지 마. 그 사람이…… 그 사람이 들을지도 몰라.

무슨 일이냐고 물어 와도 되돌릴 대답 같은 건 준비돼 있지 않았다. 그러니까 이 상황을 들키지 말아야 했다.

끅끅, 울음을 눌러 참는 순간까지도 생각은 권태하게 닿아 있었다. 그러는 동안 마음은 점차 무너지고 있었다.

감정을 숨겨야 한다는 걸 알면서도 결심은 때때로 파도에 부딪쳐 깨지는 포말처럼 흔적도 없이 흩어져 버렸다. 멀미를 하는 것처럼 속이 울렁거렸다.

"……조카님."

물기 젖은 애원이 벽 너머에 있을 태하를 향했다. 실수를 눈치채고 입을 꾹 다물었을 땐, 이미 얼굴은 새파랗게 질려 있었다.

사람, 아무나 함부로 믿지 마.

순간 창문 너머에서 번개가 반짝였다. 천둥이 우르르 내리쳤다. 기다렸다는 듯 소낙비 같은 비가 쏟아져 내리기 시작했다.

일기예보에 비가 온다는 말은 없었다. 방금 전 창문을 열어 바깥을 확인했을 때만 하더라도 비가 내릴 징후는 보이지 않았다. 그런데도 비가 내렸다.

어느 누구도 예측하지 못했지만, 그래도 비는 내렸다.

"왜 나야."

입안을 겉돌기만 하던 말을 속삭이듯 토해 낸 직후 몸이 사시나무처럼 떨리기 시작했다. 대답이 돌아오지 않을 걸 알면서도 눈은 줄곧 권태하가 있을 벽 너머를 향해 있었다.

종일 아무 일도 손에 잡히지가 않았다. 그러나 지금은 그 어느 때보다도 상황을 객관적으로 바라보고 접근해야 할 때였다. 이럴수록 냉정해져야 해. 다독이는 말로써 간신히 흐트러진 마음을 바로 세웠다.

수업이 끝나자, 평소처럼 정문에서 기다리고 있을 이중완을 피해 후문을 이용해 학교를 벗어났다. 가방 안에는 교과서나 문제집 대신 달그락거리는 약통이 들어 있었다.

몸에 좋은 영양제란 권성엽의 설명은 완전히 틀린 말은 아니었다. 다만 약은 하나같이 신장과 관련된 의약품들이었다.

눈물은 더 이상 나지 않았다.

집 안으로 들어선 직후, 도둑고양이처럼 몰래 숨어들어 권태하의 방을 뒤졌다. 다행히 잠겨 있거나 한 곳은 없었다.

혹시라도 눈치채는 일 없게, 다른 쪽은 최대한 건드리지 않았고 필요한 서류만 골라 슬쩍슬쩍 그 안을 들쳐 봤다. 그러는 동안에도 살피듯 시선은 힐끔힐끔 문을 향하곤 했다. 세차게 뛰는 박동 소리에 귀가 다 따가울 지경이었다.

공여자 검사, RH-, 정두열, 공천, 그리고…… 서류를 넘기던 견주의 눈동자 안으로 일순간 의아함이 떠올랐다. 검사 대상자를 알 수 없는, 단순히 A와 B로만 표시돼 있던 유전자 검사 결과지엔 A와 B가 친자 관계란 사실이 명확하게 기입돼 있었다.

"……이게 다 뭐야."

생각은 더 나아가지 못한 채 잠정 중단되었다. 감당하기 힘든 현실과 조우하게 될까 봐, 두려움이 들었기 때문이었다.

한꺼번에 너무 많은 것을 알아 버렸다. 무언가를 더 채워 넣기엔 여력이 남아 있지 않았다. 잠시 후 도망치듯 집을 빠져나왔다.

외출하기 좋은 날씨가 아닌데도 거리는 온통 시끄러운 소음들로 가득 차 있었다. 걷다 서기를 반복하다, 다리가 아파 올 즈음 확인하지 않고 올라탄 버스가 마침내 종점에서 멈춰 섰다. 우르르 사람들이 내리고, 가장 마지막에서야 견주도 버스에서 하차했다. 잦아들었던 비가 또다시 흩뿌리고 있었다.

아침에 나올 때 쓰고 있던 우산은 학교에 그대로 남아 있었다. 챙겨 나올 정신이 없었다. 금세 젖어 들기 시작한 머리카락에서 물방울이 떨어져 내렸다.

만날 사람도, 갈 만한 곳도 떠오르지 않았다.

정해 둔 방향 없이 발길을 옮기다 보니, 문득 낡고 오래된 고서점이 눈에 들어왔다. 이끌리듯 그 안으로 들어간 뒤로 오래도록 한 권의 책에서 눈을 떼지 못했다.

「요망한 별주부야. 내 말 잠깐 들어 보아라. 포대기 속에 있는 어린아이가 장부를 훼방 놓을 줄 뉘 알았으랴. 그야말로 범 모르는 하룻강아지요, 수레 막는 쇠똥벌레로구나…….

자라 말하되, 너는 우물 안 개구리로다…….

토끼는 본시 간사한 짐승이라. 흐지부지하다가는 잃어버릴 염려가 있을 듯하오니, 원컨대 대왕은 잃어버리지 마옵시고 어서 급히 잡아 간을 내어 지극히 귀중하신 옥체를 보중케 하옵소서…….

토끼 혼자 하는 말이, 무너져도 솟을 구멍 있다 하나, 참 나야말로 속수무책이구나…….

옛말에 일렀으되 지혜로운 자 천 번 생각하는데 한 번 실수할 때가 있고, 우매한 자가 천 번 생각하는데 한 번 잘할 때가 있다 하였는지라.

이러므로 미친 사람의 말도 성인이 가리어 들으시고 어린아이 말도 귀담아 들으라 하오니, 대왕의 지극히 밝으신 지감(知鑑)으로 세세히 통촉하여 보시옵소서.

만일 소신의 배를 갈랐다가 간이 있으면 다행이나 정말 간이 없고 보면 물을 데 없이 누구를 대하여 간을 달라 하오리까……

발칙 당돌하고 간사한 요놈. 네 내 말을 들어라 하니, 천지 사이 만물 가운데에 사람으로 금수까지 제 배 속에 붙은 간을 무슨 수로 꺼내었다 집어넣었다 하겠는가? 요놈 언감생심 어느 존전이라고 당돌히 거짓을 아뢰느냐……

별주부전, 작자미상」

군데군데 어려운 한자가 표기돼 있긴 했지만, 널리 알려진 구전 설화였던 터라 내용을 파악하는 데 크게 어려움을 겪을 정도는 아니었다. 다만 예전이라면 가볍게 읽어 넘겼을 얘기임에도 지금은 감회가 다르게 다가왔다.

페이지를 넘기는 내내 땀에 젖은 손이 자꾸만 아래로 미끄러져 내렸다.

표지가 뜯겨져 나간 필사본은 오래되고 귀퉁이가 닳아 있었다. 돈을 받고 팔 만한 상품이 아니라며 가격 책정에 난색을 표하던 서점 주인에게 기어코 값을 지불하고 책을 구매했다.

가방에 있던 약병은 모두 꺼내 분리수거함에 던져 넣었다. 대신 젖지 않게 감싼 책을 가방 안쪽에 보관했다.

그사이 토끼의 입장에 서서 생각이란 걸 한번 해 보았다.

만약 토끼에게 꺼내 쓸 수 있는 간이 두 개가 있었다면, 토끼는 그 간을 별주부에게 스스럼없이 양보할 수 있었을까.

나라면 그럴 수 있을까.

"곤장도 아까워. 나라면…… 허튼 생각 못 하도록 멍석말이를 주문했을 거야. 별주부 이 나쁜 놈……. 넌 깡패보다도 더 나빠."

내리감은 눈꺼풀이 새의 날갯짓만큼이나 세차게 떨렸다. 떨림에 반응이라도 한 듯 주머니 안쪽에 들어 있던 휴대폰이 진동 소리를 내며 울렸다.

알면서도 그 떨림을 무시했다. 한참을 빙 둘러 돌아 집에 도착했을 무렵엔 평소라면 퇴근 전일 태하가 자리를 지키고 있었다. 아깐 보지 못했으니 그사이 돌아왔단 얘기였다.

"사람 걱정되게 전환 왜 안 받아."

"몰랐어요."

담담하게 되돌린 대답 안엔 진실은 하나도 들어 있지 않았다. 정말로 걱정하긴 한 건가요. 꾹 눌러 참은 말이 따지듯 나갈 뻔했다.

마주한 상태에서 바라본 권태하는 조금 화가 난 얼굴을 하고 있었다. 순간 입술을 앙다물었다.

헷갈리는 건 이제 그만하고 싶었다.

"이중완 기사한테 연락받았어. 온다 간다 말도 없이 대체 어딜 다녀온 거야?"

"답답해서요. 바람 좀 쐬고 왔어요."

"이 날씨에? 답지 않게 불량 학생 흉내는."

"그러게요. 저 같은 모범생이 별일이죠?"

"……무슨 일 있는 건 아니지? 안색이 왜 그렇게 안 좋아."

"그냥…… 고3 우울증 같은 건가 봐요. 곧 괜찮아질 거예요. 늘 그랬거든요."

"공부가 잘 안 돼서 그래?"

"반쯤은요."

대답과 동시에 서늘한 기운이 이마에 와 닿았다.

"열은 안 나는데?"

"말했잖아요. 아픈 데 없어요."

"그러지 말고, 이번 기회에 한약 한 제(劑) 먹어 둬. 미리 먹어 둬서 나쁠 건 없어."

"……약은 됐어요."

자조처럼 떠오른 웃음엔, 까라질 듯 희미한 체념이 섞여 있었다. 그러나 그 체념은 이내 다른 모습으로 변모해 가기 시작했다.

상처 입히고 싶다.

불쑥 그런 마음이 들었을 때 입가에 띤 미소가 한층 더 짙어졌다. 이어 준비해 둔 말을 꺼냈다.

"형부가 사 주신 것만으로 충분해요."

"……."

"비싼 거겠죠?"

"……그렇겠지."

"분명 몸에도 좋은 걸 거예요. 절 생각해 줘서 사 주신 거거든요."

아니라고 말해.

"처음엔 무서운 분이라고 오해했었어요. 하지만 다정한 분이란 거, 이젠 알아요. 친절하고, 상냥하고…… 또, 정의로운 분이죠."

어서 빨리 아니라고 말해.

염원이 담긴 한 가닥 기대는 곧 조각난 편린처럼 변해 유실되었다.

"네가 그렇게 느꼈담 그런 거겠지."

이런 대답을 바란 건 아니었다.

조카님은 거짓말도 수준급이에요.

한껏 끌어당겨진 입은 여전히 웃고 있었지만, 눈은 고요하게 가라앉아 있었다.

"열심히 챙겨 먹을게요."

이미 버려 버렸지만. 이 말은 끝까지 하지 않았다.

"정말로 어디 아픈 건 아니지?"

"걱정 말아요. 건강 체질이에요."

아프다는 말 같은 거 할 수 있을 리 없다. 억지로 떠밀려 병원을 찾는 일 같은 건 이제 두 번 다시는 안 할 생각이었다. 아니. 떠올리고 싶지도 않은 끔찍한 기억이 돼 버렸다.

"마음이 급해질 시기인 건 알아. 그래도 조급해 말고 그냥 지금처럼만 해. 지금도 잘하고 있어."

"그렇게 할게요."

"뭐 필요한 건 없어? 용돈이 부족한 거면 편하게 말해."

"필요한 것도 없고 용돈도 충분해요. 대신 지금 말고, 3월에 진해로 벚꽃 구경 가요."

"벚꽃?"

"군항제요. 저 거기 한 번도 안 가 봤거든요. 피곤하면 운전은 제가 대신 해 드릴게요. 대학 가기 전엔 운전면허 딸 거거든요."

"그 차 가격이 얼마나 하는 건지 알고는 하는 말이지?"

"안전 운전 할게요. 아무리 그래도…… 사람 목숨값보다 비싸진

177

않을 거 아니에요."

"그야 당연하지."

"그럼 됐어요."

태하의 눈을 바라보며 천천히 고개를 끄덕였다. 벚꽃 구경을 가
자는 약속이 지켜질 확률은 낮아 보였지만, 그냥 다녀온 셈 치기로
했다.

아이는 때때로 무언가를 알고 있는 것처럼 의미심장한 질문을
해 올 때가 있었다. 그럴 때면 왠지 모를 껄끄러움에 아이의 눈치
를 살피게 됐다.

설마 아니겠지.

있을 수 없는 일이라고 치부하다가도, 문득문득 의심이 작은 싹
을 틔웠다.

정말로 아무것도 모르고 있는 걸까?

이 같은 의문에도 매번 안심하라는 듯 웃어 보이는 아이의 얼굴
이 싹을 틔운 의심을 불식시켰다.

그러나 보이는 것이 전부라고 믿고 있는 동안, 아이는 조금씩
성장해 어른이 돼 가고 있었다.

제7장
오래 보면서 살아

　이식과 관련한 일은 전적으로 명서병원 병원장으로 있는 박정호 원장이 도맡아 처리해 왔다. 정두열의 신임과 신뢰를 동시에 얻고 있는 자로, 오랜 기간 정두열의 주치의 역할을 겸하고 있었다.

　일신의 안위를 넘어 믿고 목숨을 맡긴 자.

　그런 만큼 박정호는 철저하게 정두열에 종속된, 이른바 정두열의 사람처럼 보였다. 그러나 그 이면엔 또 다른 이해관계가 복잡하게 얽혀 있었다.

　옛말에 열 길 물속은 알아도 한 길 사람 속은 모른단 말이 있다.

　쉬쉬하며 숨겨 온, 약점이나 다름없던 정두열의 건강 상태를 바깥으로 옮긴 최초의 밀고자는 다름 아닌 박 원장이었다. 정확한 순서를 바로잡자면 심복이었던 조기준의 변심 이전에, 박정호의 배신이 먼저 이뤄졌단 의미였다.

　태하가 관심 밖에 위치해 있던 박정호에 대해 주시하기 시작했던 건, 그가 내놓은 검사 결과에 의심을 품으면서부터였다.

그 많던 정두열의 자식 중, 정말로 단 한 명도 조직이 일치하는 자가 없었을까?

'이번에도 이식은 불가능할 것 같습니다.'

그는 대단히 안타까운 눈빛을 하고 있었다. 걱정이 스며든 눈빛은 그 자체로 진심임을 피력해 왔다. 하지만 피를 이어받은 부모 자식 간의 신장이식은 비교적 거부 사례가 적었다. 확률론적으로 보자면 어딘지 분명 석연치 않은 부분이 있었다.

생각 끝에 뒤를 파 보기 시작했고, 오래지 않아 태하는 진실과 마주 볼 수 있었다. 예감은 틀리지 않았다. 박정호는 정두열에게도 또한 권성엽에게도 줄곧 거짓을 고하고 있었다.

하지만 왜?

풀리지 않은 의문에, 대놓고 그 연유를 물었던 적이 있었다. 받아들이는 입장에서는 협박처럼 들렸을 태하의 말에, 박정호는 한동안 말없이 굵직한 눈물을 쏟아 내기만 했었다. 그런 뒤에야 숨겨져 있던 내막에 대해 전해 들을 수 있었다.

'이맘때쯤이었지. 고라니라도 친 줄 알았더니, 창문 너머로 보니 웬 여자 신발이 보이더군. 단박에 술이 확 깨지 뭔가. 다행히 새벽 시간대라 사람이 없었기에 망정이지, 안 그랬음 뒤처리하느라 골치가 아팠을 거야. 꽤 오래 기다려 받은 신차였는데, 폐차를 시킨 건 좀 아쉽더군. 그래서 어떻게 했냐고? 그야 그대로 길가에 내버려 뒀지. 숨이 끊어진 걸 확인은 했냐고? 사람 참. 그럴 정신이 어디 있었겠어. 가만 있자, 그게…… 경기도 양평이었나?'

박정호가 들려준 이야기는 정두열의 악행에 대한 대리고백의 형식을 띠고 있었다. 동시에 뺑소니 사고로 세상을 뜬 그의 딸과도 무관치 않은 내용이었다.

미제로 남은 딸의 죽음 뒤엔 악마 같은 정두열이 버티고 있었다. 이미 오래된 일. 아닐 수도 있고 단순한 정황 증거에 불과할 수도 있었지만, 사건의 시기와 장소가 짜 맞춘 듯 맞아떨어졌다.

그리고 더 시간이 지나선 피해자가 누구인지는 중요하지 않게 됐다. 사람 가죽만 뒤집어썼을 뿐, 그는 짐승보다 못한 자였다. 가까이에서, 가장 가까운 곳에서 악행에 대한 증거를 찾아 그 죄에 대한 대가를 물으리라. 그것이 박정호가 내린 결론의 핵심이자 사건의 전말이었다.

어찌 됐건 이 일을 계기로 박정호는 정두열과 권성엽의 사이를 오가며 위험한 외줄타기를 하기 시작했다. 때론 간자 역할도 서슴지 않았다. 그러나 모두의 편이란 건 결국 어느 한쪽의 편도 아니란 말과도 같았다. 또 실제로도 그러했고.

잠시 후 그런 그가 태하를 향해 한 가지 거래를 청해 왔다.

'그자는 죽어 마땅한 자네. 하지만 난 사람을 살리는 의사라네. 내 손에 피를 묻히는 건 죽은 내 아이도 원하는 일이 아닐 걸세. 하지만…… 가끔 의사도 오진을 할 때가 있다네. 의사는 신이 아니고, 사람은 누구든 실수를 하기 마련이니까.'

그리고 나도 사람이지.

목이 쉰 듯한 쇳소리 끝엔 가까스로 분노를 억누른 파괴적인 감정이 묻어 있었다.

드러난 것과는 달리 이식 부적합 판정을 받았던 정두열의 자식들 중 극소수를 제외한 나머지 대부분이 이식 가능한 상태였다. 박정호의 관심을 끈 건 소수의 파이였다.

본처 소생의 적장자인 정이택은 회유하기엔 위험 소지가 높았다. 정원재는 그곳에 남아 따로 해 줘야 할 일이 있었으며 정이문은 나이가 너무 어렸다.

정두열의 눈을 속이는 데엔 필요에 따라 대역을 세우는 게 가능했지만, 동시에 권성엽의 이목까지 속이려면 반드시 정두열의 핏줄을 이어받은 자라야 했다.

거짓을 숨기는 가장 좋은 방법은 절반의 진실 속에 거짓을 섞어 놓는 것이다. 고민에 해결책을 마련해 준 건 태하였다.

대체적으로 이식이 적합한지를 판단하기 위해 실시하는 검사 중 문제가 되는 건 임파구 교차 검사였다.

임파구 교차 검사는 수여자의 혈청 내에 이미 공여자의 임파구에 대한 세포 독성 항체가 존재하는가를 판정하는 검사다.

방법은 수여자의 최근 혈청과 공여자의 T 및 B 임파구 사이에 직접 교차 반응을 하여 세포독성 항체가 임파구를 파괴하는지 여부를 본다. 양성이면 초급성 거부 반응을 일으키므로 절대로 이식 불가였다.

이 검사에서 이견주는 양성 판정을 받았다.

처음부터 이식이 불가능한 조건이었다. 중간에서 일이 잘못돼 계획이 틀어지게 되는 일이 있더라도, 최악의 시나리오는 피해 갈 수 있었다. 이 계획은 최소한의 안전을 전제로 하고 있었다.

그러나 상대는 권성엽과 정두열이었다. 방심하는 사이 다른 쪽으로 불똥이 튈 여지는 여전히 남아 있었다. 분풀이 상대로 연약한 아이만큼 적격인 대상은 없었다. 좀 더 아이의 안전에 주의를 기울이 필요가 있었다.

'조심해서 나쁠 건 없으니까.'

나아가 박정호는 과거에 태어났더라면 책략을 꾸미는 책사(策

士)나 모사(謀士)가가 어울렸을 것이다. 현재 이식이 가능한 정두열의 자식들 중 대부분은 모종의 이유를 들어 해외로 출국한 상태였다.

갖은 핑계를 대서라도 정두열의 이식이 무사히 끝날 때까지 제 발로 돌아오는 일은 없을 것이다.

일 처리 과정에 있어 박정호는 늘 신중에 신중을 기했다. 그리고 그만큼 철두철미했다.

겉으로 드러나길 박정호는 대단히 권력 지향적인 인물이었다. 그러나 겉보기와는 달리 그는 법 없이도 살 만큼 선한 사람이었다. 평상시 간교해 보이는 박정호의 눈빛은 일부러 그렇게 보이도록 의도한 것이었다. 적당한 허물은 주변의 경계를 무너뜨리게 만들었다.

얼마 전부터 정두열의 신장 기능이 20% 미만으로 떨어졌다. 투석만으로도 문제가 없다는 표면적인 진단과는 달리 몸이 먼저 위협을 느끼고 있을 시기였다.

그러나 이식과 관련해 박정호는 단 한 번도 조력자로서 존재한 적이 없었다. 그는 심판자였다. 가장 가까운 곳에서 정두열의 죽음을 지켜보고 있었다.

처음부터 양립할 수 없는 사이였다. 편을 나누는 건 애초에 무의미한 일이었다.

마주 앉은 채 말없이 침묵하고 있던 박정호의 입이 열린 건 바로 그때였다.

"……거의 다 왔단 말이지."

"구속 영장이 발부되면 곧바로 검찰 조사가 있을 예정입니다. 정두열은 실형을 피하기 어렵겠지만, 후에 제 부친은 형이 감형될 겁니다."

"감형이라. 결국 그 일은 그리하기로 마음먹었나 보군."

"최소한의 도리라고 생각하면 한결 받아들이기 편하실 겁니다."

"그러고 보면 참 피라는 게 신기하지 않은가. 시시때때 사람의 이성을 흐리게 만드는 힘을 가지고 있으니 말이야. 하긴 혈육의 정이란 게 어디 그렇게 한순간 마음먹는다고 해서 쉽게 끊어지는 것이던가. 이해하네. 정의란 사람마다 다 같지는 않은 법이니까. 다만 전에 약조했던 대로 뒷마무리는 확실하게 부탁함세."

"그 점은 염려치 않으셔도 됩니다."

사색에 잠긴 듯 잠시간 눈을 내리감고 있던 박정호가 뒤이어 가만히 고개를 끄덕였다.

"한편으로 생각해 보면 그만한 형벌도 없지 싶네. 모든 걸 다 내려놓고 빈손으로 세상을 살다 보면, 자네 부친도 세상 무서운 걸 알게 되겠지. 그렇게만 된다면 그것도 과히 나쁜 결과는 아닐 테지. 그럼 권 실장만 믿고 있겠네."

권성엽이 검찰 조사를 받고 있는 동안, 권성엽의 재산 전부를 다른 명의로 세탁할 생각이었다. 문제의 소지를 남겨 두지 않기 위해 이미 오래전부터 공들여 온 일이었다. 준비는 이미 끝나 있었다.

특히나 이번 사건이 공론화되면, 손발이 묶인 정두열도 자연스럽게 함정에 빠졌다는 걸 눈치채게 될 확률이 높다. 그러나 새로운 신장 공여자를 찾기까지는 녹록지 않은 과정이 그를 기다리고 있을 예정이었다.

그동안 절차에 따른 법의 심판이 정두열의 죄를 물을 것이다. 시간은 그에게 어떤 답을 줄까.

수사는 사법연수원 시절 인연을 맺은 이덕환 부장 검사가 맡기로 했다. 정원재로부터 건네받은, 정두열의 뇌물수수 정황이 담긴 장부는 엊그제 전달을 끝마쳤다.

"가족이 염려된다면 몇 년 정도 외국에 나가 계시는 것도 한 가지 방법이 될 겁니다."

"의논해 보겠네."

"그럼 일어나 보겠습니다."

때맞춰 떨림에 가득 찬 손이 태하의 손을 맞잡아 왔다.

"고맙네."

"이렇게 인사 들을 일 아닙니다."

"그렇지 않네. 다방면에서 애를 써 줬다는 거 내 어찌 모르겠는가. 정말이지 고맙게 생각하네."

과분한 인사였다. 생각지도 못한 부분에서 선수를 빼앗긴 뒤론 표정 관리가 되지 않았다. 일순간 굳어 버린 얼굴 위로 미세한 흔들림이 감지됐다.

고맙다니.

지난 시간을 되짚어 봐도 이런 인사를 받을 만큼 무언가를 해 준 기억은 없었다. 그럼에도 불구하고 박정호의 감사에는 진심이 들어 있었다. 정리되지 않은 생각들이 머릿속에서 어지럽게 떠다녔다.

"제가 좀 더 정의로운 사람이었다면, 박 원장님께도 도움이 됐을 겁니다. 그 점은 죄송하게 생각하고 있습니다."

"이제 와 그런 걸 따져 무엇하나. 각자의 사정에 맞춰 최선의 선택을 했으니, 잘잘못을 논하는 것도 우스운 일이지. 게다가 이기적이었던 건 나 역시 크게 다르지 않았네. 이견주라고 했나. 그 아이에겐 꼭 좀 미안했다고 전해 주게나. 어른들 이기심으로 인해 겪지 않아도 될 괜한 고생을 시켰으니, 뭐라 할 말이 없어. 그 아이, 다치지 않게 자네가 끝까지 지켜 주게나."

위험한 줄다리기를 끝낼 시기가 점차 다가오고 있었다.

❖

법으로 정해진 학교의 연간 수업 일수는 최소 190일 이상. 그중 삼분의 일을 초과하여 결석하게 되면 유급이 결정된다. 대부분 191일에서 193일 정도 수업이 진행되는 걸 감안하면 결석이 허용되는 기간은 63일 남짓 되었다.

수능이 치러지는 11월까진 어렵더라도, 졸업을 하려면 일단 가을까진 학교에 나가야 했다. 곧 여름을 목전에 두고 있지만, 엄연히 계절이 다르다.

길어질 만큼 길어졌던 해도 조금 더 짧아져야 하고, 초저녁까지도 기승일 더위도 한풀 꺾여야 한다. 딱 기분 좋을 만큼의 서늘한 바람이 불어올 때까지, 그때까진 버텨야 졸업이 가능했다.

할 수 있을까? 그 정도 욕심은 내도 괜찮지 않을까?

툭 불거진 안일한 마음 하나가 잠시 하던 생각을 멈추게 했다. 그러나 곧 고개를 가로저었다.

"……그래도 가을은 너무 멀어."

시간을 계산하고 날짜를 따지는 사이, 책을 덜어 낸 가방 안엔 여분의 옷이 하나둘 그 자리를 대신 차지했다. 부피는 커졌지만, 무게는 줄어들었다.

비상시를 대비해 가방 맨 아래 깊숙한 곳엔 언젠가 태하에게서 받았던 용돈을 봉투째로 넣어 두었다. 많다고 생각했던 돈이 상대적으로 적게 느껴지는 순간이었다.

더 달라고 해 볼까?

픽, 웃음이 나왔다. 그냥 해 본 생각이었으면 좋았을 텐데, 어느 사이엔가 실현 가능성을 점치고 있었다. 기지를 발휘했다고 자평하기엔 적선을 받는 기분일 것 같아 그냥 관두기로 했다. 해묵은 감정을 털어 내듯 머리를 흔들며 상념을 떨쳤다.

챙겨야 할 것이 더 이상 생각나지 않았다. 애초에 필요 이상으로 많은 것을 가져 본 적도 없었다. 이곳에서 온전한 제 물건은 몇 되지 않았다.

행동은 최대한 평상시처럼 보이려고 노력했다. 이즈음 변화를 겉으로 드러내선 안 된다는 의식이 팽배해져 있었다. 빌미를 제공한 순간, 무서운 일이 닥칠 것만 같았다.

등하교 시간은 평소 때와 달라진 게 없었다.

제시간에 집을 나와 정해진 시간에 귀가했다. 여느 때와 다름없이 식탁에 둘러앉아 같이 아침도 먹었다. 전처럼 밥을 넘기는 게 쉽지는 않았지만 내색 않고 젓가락을 움직였다. 그럴 때면 예의 못마땅함이 섞인 홍난주의 잔소리가 날아들었다.

'넌 어떻게 된 애가 며칠은 굶은 것처럼 허겁지겁 밥을 먹니? 누가 보면 내가 굶기는 줄 알겠어.'

그마저도 평범한 일상에 가까운 풍경이었다.

어려울 거라고 생각했던 형부 소리도 드문드문 나왔다. 불필요한 간섭에도 곧잘 웃어 보였다. 너무 아무렇지 않아서, 가끔은 이런 스스로가 낯설게 느껴지기도 했다.

다만 착한 아이 흉내를 내는 동안에도 건조하게 메말라 있던 눈만은 내내 경계심을 풀지 않고 있었다.

심란해진 마음을 반영하듯 공부에 대한 관심은 예전 같지 않았다. 아주 손을 놓은 건 아니었지만, 다른 쪽으로 신경을 쓰느라 진도는 계속 제자리걸음이었다. 의욕만으로는 불가능한 일도 있었다. 현실을 받아들이고 인정했을 땐 투명한 눈물이 눈에서 툭 떨어져 내렸다.

바보같이.

많아진 생각, 양분된 마음, 양 갈래로 나눠져 버린 모든 것들. 생활은 전반적으로 엉망이 돼 있었다. 그걸 아닌 척 숨기려다 보니 무리를 하게 됐고, 결국 심리적인 부담으로까지 이어졌다.

읍!

매스꺼워진 속이 또다시 울렁거렸다.

마지막으로 속을 비워 낸 지 채 세 시간도 지나지 않았다. 그땐 위액밖에 나오지 않았었다. 위벽이 따끔따끔거리는 게 날카로운 물건, 가령 손톱 같은 것이 아무렇게나 할퀴고 지나간 것처럼 속이 쓰렸다.

"먹는 게 싫어지는 날이 오리라곤 생각해 본 적 없는데……."

손바닥으로 가슴을 쓸어내리자 다행히 속 쓰림이 조금 잦아들었다. 하지만 최근 들어 토하는 횟수가 잦아지고 있었다. 그래서인지 먹는 것에 비해 몸은 점점 더 말라 갔다.

조금 지친 건가.

이제 겨우 열아홉. 앞으로 살아갈 시간의 반의반도 걸어오지 않았는데 벌써부터 버겁다는 생각이 들었다.

상황에도, 처한 현실에도.

아직 과외를 그만두겠단 말은 꺼내지 못했다.

"내일은 꼭 해야지."

쥐고 있던 플라스틱제 펜을 잘근 깨물자, 이미 엉망이 돼 있던 펜대 윗부분이 너덜거렸다. 반복해 씹은 흔적은 숨기지 못한 불안의 증거였다.

핼쑥한 얼굴로 펜을 내려놓은 뒤론 더 이상 책에 시선을 주지 않았다. 곧이어 초조함 깃든 눈길로 방문을 응시했다. 잠겨 있단 걸 알면서도 발길이 또다시 그쪽으로 향했다.

이러다 인간 불신에 걸릴지도.

잠겨 있던 문을 열었다 또다시 잠그고, 강박증처럼 몇 번을 반복해 확인한 후에야 하던 행동을 멈출 수 있었다. 피곤해진 몸을 이끌고 잠자리에 들어가 누웠지만 전날처럼 잠은 오지 않았다. 게다가 왜인지 오늘따라 태하의 퇴근이 늦어지고 있었다.

눈이 부셨음에도 불은 끄지 않았다. 일부러 의도를 했다기보단 무의식에 가까운 행동이었다. 의식이 깨어 있단 걸 어필함으로써 주변에 대한 경계를 게을리하지 않았다.

생각이 깊어질수록 정신은 찬물을 뒤집어 쓴 것처럼 깨났다. 신경쇠약 직전까지 예민해진 신경이 줄곧 수면을 방해했다. 째깍거리며 규칙적으로 움직이는 초침조차 듣기 싫은 소음처럼 느껴졌다.

시끄러, 시끄러, 시끄러워!

이불을 머리끝까지 끌어 올려 뒤집어썼지만, 마음속 불안은 줄어들지 않았다. 그렇게 얼마쯤 지났을까. 침묵을 뚫고 낯선 인기척이 찾아들었다. 권태하가 퇴근해 들어온 시간은 새벽 세 시를 훌쩍 넘긴 뒤였다.

계단을 걸어 올라오는 걸음걸이가 평소답지 않게 흐트러져 있었다. 불규칙하게 쿵쿵대는 발자국 소리에서 그가 술에 취했음을 짐작해 볼 수 있었다.

누구와 마신 걸까? 설마 정두열은 아니겠지?

작은 것 하나에도 확대 해석을 할 정도로 불신의 늪은 깊어져 있었다. 예상치 못한 상황과 맞닥뜨리게 된 건 얼마 지나지 않아서였다.

곧바로 방으로 들어갈 거란 예상을 깨고, 뜻밖으로 권태하가 방문을 두드리며 말을 걸어왔다.

"안 자는 거면 잠깐 나와 봐."

대답을 미루는 한편, 잔뜩 숨죽인 상태에서 살금살금 걸어가 방문에 귀를 바짝 갖다 댔다. 깨어 있단 걸 들키지 않을 자신은 있었다.

혹시라도 나중에 태하가 물으면.

'불을 켜놓고 깜빡 잠들었었나 봐요.'

이처럼 그럴듯한 대답도 준비해 놓았다. 그러나 침묵을 견디지 못하고 먼저 입을 연 건 견주였다.

"⋯⋯뭐 때문에 그러세요."

목소리가 잠겨 나왔다.

"줄 게 있어서."

"⋯⋯."

"잠시면 돼."

"⋯⋯잠깐만 기다리세요."

심호흡 끝에 문고리를 잡았을 땐, 한겨울 추위와 맞닥뜨린 사람처럼 온몸이 덜덜 떨리기 시작했다. 그러나 막상 태하와 마주 보고 섰을 땐 떨림은 거짓말같이 잦아들었다.

기다렸다는 듯 훅 퍼져 나온 술 냄새. 그리고 뒤이어 코끝으로 와 닿은 건 기름진 치킨 냄새였다.

"치킨이네요."

"치킨이지."

"저 먹으라고 일부러 사 오신 거예요?"

"일부러라고 하긴 그렇고, 그냥 정신을 차리고 보니 지갑을 꺼내 계산을 하고 있더라고. 웃기지? 왜, 별로 좋아하는 게 아냐?"

"좋아해요. 그렇지만……."

불현듯 가학적인 감정이 내부에 자리를 잡았다. 그러더니 이내 그 마음이 덩치를 키웠다. 전부터 속이 불편하긴 했지만 이미 그건 부차적인 문제로 밀려나 있었다.

가능하다면.

아주 불가능한 게 아니라면, 멋대로 휘둘러도 좋을 인형 따위가 아니란 걸 보여 주고 싶었다.

"지금은 생각이 없어요."

뚜렷한 의사를 내세운, 최초의 거절이었다.

"괜한 짓을 한 건가."

생각보다 까다로워, 하고 말하는 것 같은 눈빛이었다. 고요하게 뛰고 있던 심장은 어느새 세차게 내달리고 있었다.

이대로라면 심장이 버텨 내지 못할 것 같아.

귓가에 울리는 빠른 고동이 삽시간에 체온을 높였다. 때맞춰 서늘하게 식은 땀방울이 뒷목을 적시기 시작했다. 그냥 무섭다는 생각만 들었다.

날카롭게 가시를 세운 채 상대를 상처 입히기 위해 입을 여는 자신이.

어떤 말에도 상처 입지 않을 것같이 구는 그가.

결국엔 나만 상처 입고 끝날 것 같아서, 그래서 무섭고 두렵단 생각만 들었다.

"내키지 않는 거라면 하는 수 없지. 하지만 이건 어쩐다."

술에 취한 권태하는 평소보다 말이 많았다. 멀쩡해 보였지만, 풀풀 풍겨져 나오는 술 냄새가 보이는 것 이상으로 많은 술을 마셨음을 말해 오고 있었다.

"내가 먹기엔 술독에 빠진 속이 영 받아 주지 않을 것 같아서. 버릴 수도 없고…… 아니, 버려야 하는 건가?"

생각을 지속할 사이도 없이 질문이 먼저 입 밖으로 흘러나왔다.

"버리실 건가요?"

"먹을 사람이 없다면 그래야겠지?"

상황과 스스로의 처지를 겹쳐 보기 시작하면서 마음속에서 거센 반향이 일어났다. 대수롭지 않게 되돌린 태하의 대답이 순식간에 마음을 바꿔 먹게 만들었다.

"주세요."

여기까지 말했을 때 권태하의 눈을 바라봤다. 술기운이 서린 그의 눈은 어딘지 모르게 고요하게 가라앉아 있었다. 그런 뒤에야 아무렇지 않게 손을 내밀었다.

"아직 식지도 않은 거잖아요. 정 못 먹을 것 같으면 나중에 뒀다가 먹을게요."

그러니까.

"버리지 마세요."

그러지 않으려고 했는데, 아무렇지 않게 담담하게 요구하려고 했는데 의식하지 못한 사이 눈물이 툭 하고 떨어져 바닥을 적셨다.

에이씨.

작은 투정 뒤로, 급하게 문질러 닦은 손등 위로, 금세 짠 물기가 묻어 나왔다. 그 손을 뒤로 숨기며 그냥 웃어 보였다.

아무것도 아니에요. 진짜 별거 아니에요. 방금 지은 헤픈 웃음 엔 그런 의미가 들어가 있었다.

"먼지가 들어갔나 봐요."

"너……."

주변에 심상치 않은 기류가 형성됐다. 다소 힘이 들어간 손길로 태하가 거칠게 머리칼을 쓸어 올렸다. 뚫어져라 바라보는 눈길엔 사람을 위축되게 만드는 힘이 실려 있었다.

야단을 맞는 어린애처럼 저도 모르게 눈치를 보게 됐다. 그러나 곧 풀 죽은 어깨에 잔뜩 힘을 줬다.

잘못한 게 없으니 떳떳하지 못할 것도 없다. 어긋나 있던 시선 을 맞췄을 무렵 눈빛은 제련된 강철처럼 좀 더 단단하게 변해 있 었다.

"뭐가 문제야. 아님 이번에도 아니라고 할 생각이야?"

"정말 아무 문제 없어요."

"근데 왜 표정이 그래. 왜 힘들어 죽을 것 같단 얼굴로 웃고 있 어. 단순히 공부가 힘들어서 그래? 그 정도로 스트레스 받을 거면 내년도 생각해 봐. 목표를 낮추는 게 어렵다면 그편도 나쁘지 않 아. 안 되는 걸 몰아붙여 봐야 너만 힘들어. 기회는 또 있어."

"말했잖아요. 내년은 늦어요."

"다시 안 볼 사람처럼 선 긋는 건 여전하지."

눈에 띄게 굳어진 표정에서 화가 났단 걸 느낄 수 있었다. 아닌 게 아니라 눈썹이 보통 때보다 한참이나 위쪽으로 올라가 있다.

"혹시…… 서운해서 그래요?"

아닐 걸 알면서도 이렇게 물었다. 하지만 돌아온 대답은 전혀 뜻밖으로 긍정의 뉘앙스를 띠고 있었다.

"그럴지도."

"네?"

"뭘 그렇게 놀라. 그러니까 넌 아니란 거네?"

"음…… 뭐…… 꼭 그렇단 얘긴 아니에요. 하지만 그런다고 달라지는 게 있나요?"

태하의 방에서 본 서류들을 떠올리는 순간 맞물리듯 입술이 앙다물어졌다. 입술 안쪽이 금세 해어졌다.

'저, 더 봐 줄 거예요? 여기, 더 있어도 돼요? 계속 이렇게 살 수 있는 거예요? 그런 거…… 안 되는 거잖아요.'

쏟아 내지 못한 말들을 억지로 눌러 참은 결과, 얼굴 위쪽으로 열기가 몰렸다. 안 그러려고 했는데 마지막에 가서는 날카롭게 추궁하는 어조를 띠고 말았다. 그리고 그에 대한 대답은 한참 만에야 들을 수 있었다.

"누가 그래?"

"?"

"달라지는 게 없다고, 누가 그래?"

찬물을 끼얹은 것처럼 일대가 조용하게 변했다. 야트막하게 내쉬는 숨소리조차 어느 틈엔가 멎어 있었다. 숨이 차오를수록 생각이 복잡하게 얽히기 시작했다. 하지만…… 단순히 오해라고 일축하기엔 이미 많은 것을 듣고, 많은 것을 본 이후였다.

"그냥 제 생각이에요."

잔뜩 갈라진 목소리는 제가 듣기에도 이상했다. 음음, 목소리를 가다듬는 사이 반대로 태하가 잠시간 생각에 잠겨 들었다.

살피는 기색으로 그 모습을 관찰했다.

뭔가를 고민하는 표정.

그리고 마침내 무언가 깨달은 얼굴이 되었다.

"있어."

"!"

"달라지는 건 분명 있어. 게다가…… 지금처럼 이렇게 사는 것도 별로 나쁘진 않아."

날벌레 소리 같은 게 귓가를 괴롭히기 시작했다. 윙윙거리며 떠다니는 소리가, 마치 꿀벌의 움직임을 닮아 있었다. 맹렬하고 거침이 없었다.

어느덧 움켜쥔 손 주변이 하얗게 변색됐다. 이윽고 조금 자라 있던 손톱이 살갗을 파고들었다. 아픔은 느껴지지 않았다.

"진짜…… 그렇게 생각해요?"

"인정에 이끌려 움직이는 거 별로 재미없어. 그리고 어린앤 딱 질색이야. 그렇지만 넌 다르잖아."

"뭐가, 어떻게 다르단 거예요?"

"글쎄. 순종적인 것처럼 굴면서도 한편으로 맹랑한 거? 네네, 하면서도 결국 하고 싶은 말은 다 하는 거?"

차곡차곡 쌓이기 시작한 기대감이 어느덧 야트막한 산을 이뤘다.

"결정적으로 또 그게 귀엽게 보이는 거?"

어깨를 으쓱이는 동안 권태하의 입가에선 미소가 떠나질 않았다.

뭐야, 이 남자. 설마 술주정하는 건 아니겠지?

가늘게 좁혀 뜬 눈에 의심의 기운이 한 자락 어렸다.

"놀리는 거 아니죠?"

"전혀."

그럼 진심이란 얘기였다.

"너, 사람 웃기는 재주 있어. 보고 있으면 재밌기도 하고. 그 조카님 소리도 익숙해지니까 뭐, 그것도 들어 주기 나쁘지 않아. 그러니까 오래 보면서 살아."

높낮이 구분이 어려울 정도로, 굴곡 없이 평탄했던 권태하의 말투는 거짓을 고하는 자리완 어울리지 않았다. 말랑말랑한 마시멜로처럼 그 어감이 무척이나 달고 부드럽게 느껴졌다. 저도 모르게 토끼처럼 귀가 쫑긋쫑긋거렸다.

오래 보면서 살자니.

아무렇지 않게 툭툭 내뱉듯 건네 온 말들이 견주의 가슴에 닿아 하나의 의미가 되었다. 잔잔했던 마음에 거친 파문이 일었다.

혹시 마음이 변하기라도 했단 걸까? 계획을, 없었던 것처럼 되돌리기라도 하려는 건가?

착각, 오해 따위의 단어가 머릿속을 둥둥 떠다녔다. 그사이에도 생각은 위에서 아래로 흐르고 있었다.

확인해 보고 싶다.

흙탕물처럼 변해 버린 마음 안쪽을 들여다보고 그 안에서도 정말 물고기가 살 수 있는지, 아니면 그 반대인지, 직접 눈으로 확인해 보고 싶었다.

그래서 권태하의 말처럼 정말로 달라지는 게 있다면, 만약 그렇다면, 그 말을 한번 믿어 보고 싶었다. 이게 솔직한 견주의 속내였다.

그러지 마.

막을 사이도 없이, 바뀔 리 없다고 여겼던 결심이 일순간 형체도 없이 무너져 내렸다. 서둘러 다잡기 시작한 마음 한쪽으로 안주하고 싶단 생각이 스며들었다. 이 순간, 오래된 화석처럼 딱딱하게 굳어 가고 있던 단단한 껍질이 한 꺼풀 벗겨져 떨어져 나간 기분이 들었다.

그래도 지금껏 빈말을 꺼낸 적은 없었으니까. 뭐든 해 온 말은 지켰으니까.

수없이 많은 이유 중에서도, 그 어느 것도 앞서지 못했던 것은 진짜 '내' 마음이었다.

그래도 믿고 싶다.

이 상황을. 어쩌면 거짓말일지도 모를 그의 말을.

시간이 부족한 것과는 별개로, 당장에 모든 걸 결정짓기엔 사안이 중대하단 인식 정도는 가지고 있었다. 그러나 그 사실을 알면서도 권태하의 말에 정당함을 부여하고 말았다.

해소되지 못한 불안감은 여전했다. 그런데도 다 자라지 못한 마음은, 섣부른 말 한마디에도 맥없이 흔들거렸다.

성마른 침이 꼴깍 목 너머로 넘어갔다. 순간 잘게 목울대가 울렸다.

"그 얘긴, 앞으로도 이렇게 잘 지내보잔 거죠? 지금까지처럼 기본은 지키면서요?"

"그래. 기본은 지키면서."

소속감을 느껴 본 적은 없었다. 그래서 늘 어딘가에 섞여 있지 못하고, 따로 겉도는 느낌을 받을 때가 많았다.

혼자가 편할 때도 있었지만, 그래도 가끔은 뙤약볕처럼 따갑게 내리쬐는 폭염을 피해 쉬어 갈 수 있는 그늘을 가져 보고 싶었다.

그 그늘이 태하라면 더할 나위 없이 좋을 것 같았다.

간신히 중심을 이루고 있던 마음이 한쪽으로 급격히 주저앉았다. 일으켜 세우기엔 너무 늦었다.

"나중에…… 나중에 딴말하기 없기예요. 술 취해서 그랬다고 말 돌리면 저 화낼 거예요. 저 화내면 엄청 무서워요. 농담 같죠? 농담 아니에요. 대신, 약속 지키면 커서 효도할게요."

"효도? 그건 또 무슨 말이야."

"그 사람은 필요 없대요. 그러니까 그거 조카님한테 할게요. 빼놓지 않고 생일도 챙겨 주고, 가끔 영화도 같이 봐 드릴게요. 전부터 묻고 싶었는데, 조카님도 친구 없죠?"

해맑게 웃으며 건넨 얘기에 그가 기막힌 얼굴로 입술 끝을 끌어올렸다.

"지금 그 표정, 성격 되게 나빠 보여요."

"기어오르는 걸 봐주겠단 얘긴 안 했던 것 같은데? 그리고 친구 있어."

"정말요?"

"……."

"친구 없음…… 제가 친구도 돼 드리려고 했는데, 그럼 그건 관둘게요."

"……적당히 웃기고, 졸린 것 같으니까 그만 들어가 자."

잠시면 된다는 대화는 이미 길어질 대로 길어져 있었다. 놓치고 있던 사실을 지적받고서야, 여닫히던 눈꺼풀의 움직임이 느려져 있단 걸 깨달았다. 눈을 비비자 거짓말처럼 잠이 밀려들었다.

"거봐. 들어가 자라니까."

손을 휘휘 저어 보인 태하가 등을 돌렸다. 찰나지간 제때 가누지 못한 몸이 휘청 흔들렸다. 부축하듯 그 팔을 붙잡았다.

"으, 술 냄새. 웬 술을 이렇게나 드셨어요."

"그럴 일이 좀 있었어. 그래도 정신은 멀쩡하니까 걱정 안 해도 돼."

"술주정뱅이 걱정을 왜 해요. 그냥 구박하는 거예요. 구박."

차갑다는 느낌과 함께, 예고도 없이 태하의 손이 그녀의 뺨을 건드렸다. 내려다보는 눈빛이 그 어느 때보다도 따사로웠다.

"왜 안 피해?"

그러게요. 왜 안 피했을까요. 여전히 무섭고 두려운데 왜 믿어 봐도 괜찮지 않을까, 하는 생각을 해 버린 건지. 오랜 고민 끝에도 찾지 못한 해답에 그냥 웃어 보이기만 했다.

"할 말 없으면 웃는 거, 너 그거 습관이야."

"고칠게요."

"그러라고 한 소리 아냐. 참. 수능 끝나고 운전면허 따면, 연수 시켜 줄 테니까 그런 줄 알아. 진해 가려면 고속도로 타야 되는 건 알지?"

"운전, 정말 제가 해서 가요?"

"그럼? 목숨 맡기고 타고 싶지는 않으니까, 그때까진 익숙해져 야 돼."

그전에 보험부터 미리 넣어 둬야 하나? 하고 중얼거린 그가 뒤 이어 그래야겠다며 고개를 주억거렸다. 흥얼거리는 음성이 마치 노래하듯 기분 좋게 들렸다.

추호의 의심도 없이, 당연히 그럴 거란 믿음이 담긴 권태하의 말은 예정된 미래를 이야기하고 있었다.

그런 거 이미 포기해 버렸는데……. 그런데도 자꾸 욕심이 났다.

"있잖아요. 먼저 한 약속 안 지키면 바보, 똥개, 말미잘보다 못한 사람이래요."

"바보? 똥개? 말미잘? 예시로 든 게 왜 하나같이 그 모양이야."

"그래야 안 어길 거 아니에요."

"왜, 그냥 아메바라고 하지."

"그럼 그것도 포함해서요. 유치하다고 해도 어쩔 수 없어요. 그래도 안 바꿔 줄 거예요."

"뭐…… 그러든가."

닿았던 접촉면이 떨어지고 이윽고 문을 연 태하가 안으로 걸어 들어갔다. 곧이어 문 닫히는 소리가 들렸다. 그러나 태하가 시야에서 사라진 이후에도 한동안 견주는 그 자리를 떠나지 못했다.

벚꽃이 피는 건 완연한 봄. 이르면 3월의 막바지, 늦으면 4월의 초입. 수능이 끝나고도 한참 뒤의 일이었다.

"약속 꼭 지켜 줘야 해요. 안 그럼 제가 정말 삐뚤어질 것 같거든요."

눈앞이 흐릿하게 번져 갔다. 눈가가 습윤하게 젖어들었지만, 그래도 아까처럼 눈물이 흘러내리거나 하진 않았다.

다 괜찮을 거야.

확답을 받은 거나 다름없으니 다 괜찮을 거야.

방으로 돌아가 이불 속으로 파고든 직후 기절하듯 잠에 빠져들었다.

다음 날 아침, 눈을 뜨자마자 가방에 든 옷을 빼내고 다시 그 안에 책을 채워 넣었다.

식은 치킨 냄새가 이상하리만큼 식욕을 자극했다.

제8장

변하지 않을 것 같았는데,
그 마음이 변하더군요

　이상한 일은 이뿐만이 아니었다. 다른 때와 마찬가지로 아침 식
사에 불참했던 태하가, 무슨 이유에서인지 식사가 끝날 무렵 모습
을 드러냈다.

　채 여덟 시도 되지 않은 시각. 늦은 퇴근 시간을 감안하면 기상
시간이 턱없이 일렀다. 일이 바쁜 건가? 등교하듯 때맞춰 출근을
하지 않는 이상에야 한창 이 층에서 자고 있을 시간대였다.

　아닌 게 아니라 깔끔하게 갖춰 입은 차림새가 전반적으로 외출
을 염두에 두고 있는 것처럼 보이기도 했다. 그러자 관심은 모두
태하에게로 쏠렸다. 때 이른 등장에 가장 먼저 반응을 보인 사람은
이번에도 역시나 권성엽이었다.

　"이 시간엔 어쩐 일이냐."

　"일어나는 것까지 허락받아야 하는 겁니까."

　"까칠한 걸 보니 아침인데도 영 매가리가 없는 것 같진 않구나."

훑듯 권성엽의 눈길이 태하의 위아래를 살폈다.

"따로 볼일이 있는 것 같긴 하다만, 그래도 기왕지사 일어났으니 아침이나 먹자꾸나."

"생각 없으니 신경 쓰실 것 없습니다."

아무렇지 않게 냉장고 문을 연 태하가 빈 컵에 찬물을 따랐다. 찰랑거리며 차오르기 시작한 물의 양이 곧 한계 수위에 다다랐다.

넘칠 것 같은데, 라고 생각한 순간 다행히 물을 따르던 손길이 멈췄다. 표면장력으로 인해 볼록하게 솟아오른 수면이 위태로울 만큼 아슬아슬해 보였다. 하지만 그중 태하가 마신 물의 양은 딱 한 모금이었다.

이미 술기운이 가신 얼굴.

지난밤과는 다르게 느껴지는 분위기가 한층 냉랭했다. 새삼 전날의 기억이 되살아났다. 더 정확히 하자면 전날이라고 할 것도 없었지만. 그래 봤자 겨우 몇 시간 전.

곧이어 슬그머니 내리깐 눈으로 태하의 눈치를 살폈다. 어제 일 기억나나요? 이 말이 묻고 싶어 입이 근질거렸다. 조바심 어린 마음에 저도 모르게 입술 끝이 달싹 움직였다.

그러나 이 자린 태하와 단둘이 있는 자리가 아니라 권성엽과 홍난주가 함께하는 자리였다. 자유롭게 발언권을 행사할 수 있는 여건이 아니었다. 그 상황에서 먼저 말을 붙여 온 것은 태하였다.

"적당히 다 먹은 거 같은데, 그만 일어나지?"

"저요……?"

"마침 시간도 남았겠다……."

태하가 잠시간 뜸을 들였다. 싸늘하게 식어 있던 그의 눈동자에 뚜렷한 열기가 어렸다. 위쪽으로 치우쳐 있던 눈꼬리가 조금 아래로 내려가며, 날카로웠던 인상이 한결 유하게 변했다. 그 모습이 꼭 눈웃음을 치는 것처럼 보였다.

"태워다 줄게."

물끄러미 바라보고만 있자 그가 키홀더를 흔들어 보였다. 그러자 반대편에 앉아 있던 권성엽의 표정이 심상치 않게 변했다. 불편한 심기를 드러내듯, 곧 껄껄해진 목구멍에서 가래 끓는 듯한 그렁거리는 목소리가 흘러나왔다.

"……할 말이 있으니 서재로 건너오려무나. 일전에 시간이 맞지 않아 하지 못한 얘기, 그 얘길 마무리 짓는 게 좋을 것 같구나."

"다녀와서요. 얘긴, 그때 와서 듣겠습니다."

"시간 많이 뺏지 않으마."

"기다리세요. 제 볼일이 먼저입니다. 뭐 하고 섰어. 가방 들고 나와."

"권태하!"

벼락같이 내지른 호통에 섞여 나온 건 위험스런 경고였다. 비정상일 정도로 뒤틀린 권성엽의 입매가 금방이라도 험악한 말을 쏟아낼 것처럼 흉흉한 기세를 내뿜었다. 한눈에 보기에도 분위기가 심상치 않게 돌아가고 있었다. 불똥은 자연스럽게 견주에게도 튀었다.

"태하와 할 얘기가 남았으니까, 처제 먼저 나가 봐. 태워 주는 건…… 그래. 김 비서가 대신하면 되겠군."

"그럴 필요 없습니다. 이제부터 등하교 제가 시켜 줄 겁니다."

"……이중완이를 시키는 것도 아니고, 네가 직접?"

"말씀드렸지 않습니까. 그렇게 할 겁니다."

이 말을 끝낸 직후 권태하가 눈짓했다. 아마도 가방을 가져오란 얘기 같았다. 그러나 섣부르게 움직일 수 있는 상황이 아니었다.

혼자 갈 수 있어요. 내내 입가에 맴돌던 말은 결국 안쪽에서 사장되었다.

그사이 분위기 파악을 못 한 홍난주가 못마땅한 얼굴로 권성엽의 소맷부리를 잡아끌었다. 원치 않은 일로 말미암아 훼방을 받은 것처럼 표정이 좋지 못했다.

"별일도 아닌데 그냥 가게 둬요. 혈압도 좋지 않은데, 자꾸 이렇게 언성을 높이면 건강에도 안 좋대요. 그러니까…… 여보?"

여기까지 말했을 때, 권성엽이 홍난주의 손목을 탁 쳐 냈다. 놀란 홍난주의 눈이 둥그렇게 떠졌다.

"당신은 가만히 있어. 당신이 상관할 일 아냐."

"전 그냥 걱정이 돼서……. 알겠어요."

명확하게 선을 긋는 권성엽의 발언에 한없이 위축된 홍난주가 지그시 입술을 깨물었다. 업신여김을 당했다고 여긴 듯, 분을 참는 동안에도 발갛게 달아오른 목덜미는 제 색으로 돌아오지 않았다.

결국 얼마 지나지 않아 굳은 얼굴을 한 홍난주가 자리를 떴다. 문 닫히는 소리가 유독 크게 느껴졌다.

쯧, 혀를 차는 소리에 맞춰 권성엽의 눈썹이 사납게 꿈틀거렸다. 무거워진 공기에 몸이 짓눌릴 것 같았다. 숨죽인 채 사태를 관전하는 동안에도 기싸움은 팽팽하게 이어졌다.

어느 한쪽도 물러설 기세가 아니었다. 계속될 것 같던 균형을 깨뜨린 건 권성엽의 입에서 나온 의미심장한 말 한마디였다.

"정 회장 말이, 이번 가을을 넘기진 않을 거라고 하더구나."

획 고개가 돌아갈 뻔했던 걸 가까스로 참아 넘겼다. 본능적인 판단에 따른 방어기제에 가까웠다.

지금의 심정을 말하자면.

딱 기절할 것 같다. 이 생각이 지배적이었다.

어쩌면 그럴지도 모를 거란 예상을 해 보긴 했지만, 그땐 단순한 의심 차원에 지나지 않았다. 하지만 지금은 달랐다. 이번 일에 권성엽까지 얽혀 있다는 걸 확인받은 순간 암담한 현실에 평정심을 유지하기가 힘들었다.

들켜선 안 돼. 어떤 것에도 반응해선 안 돼.

때맞춰 권성엽의 시선이 견주의 얼굴 위로 내려앉았다. 무언가를 살피는 기색. 감정을 추스른 끝에서야 가까스로 웃어 보일 수 있었다.

아무것도 몰라요. 필사적인 노력은 다행히 권성엽을 방심하게 만들었다. 의심을 상당량 덜어 낸 결과, 이에 대한 반대급부로 더 많은 얘길 가까이에서 전해 들을 수가 있었다.

"질질 끌 것 없다는 전제하에 여름이 적격이긴 하다만, 정 회장 수완이 명성만큼은 아닌가 보더구나. 골칫거리 같은 내부 문제가 정리되는 대로 시간을 잡는다 하니, 그리 알고 있거라. 하긴······ 회복하는 시간까지 생각하면 상처가 덧나는 계절보단 그편이 나을지도 모르겠구나."

권태하가 아닌 견주를 보며 해 온 얘기.

뭔가를 가늠하듯 턱을 쓸어 올리는 행동이 거부감을 불러일으켰다. 흡사 값어치를 따지는 듯한 행동이었다. 나무토막처럼 빳빳이 굳어 있는 동안, 마치 거래 가능한 상품이 된 것 같은 기분을 지울 수가 없었다.

"가을. 그래, 가을이 딱 적당할 것 같구나."

먹잇감을 눈앞에 둔 승냥이처럼 성엽의 눈빛이 번들거렸다. 누런 이를 드러낸 권성엽의 입가로 흡족한 미소가 걸렸다.

감당할 수 없을 정도로 스트레스 지수가 치솟았다. 사정을 모르는 타인이 들었다면 단순히 흘려 넘겼을 수도 있었겠지만, 적어도 견주에게 정두열은 금기어였다. 정두열의 이름이 언급된 시점에서부터 몸은 오한이 든 것처럼 차갑게 식어 있었다.

싫다. 싫고 두려운 감정이 해일처럼 밀려들었다. 당장에라도 자리를 피하고 싶었지만, 눈에 보이지 않는 사슬이 온몸을 칭칭 휘감고 있는 형국이었다. 자의로는 한 발자국도 움직일 수가 없었다.

상황을 반등시킬 타개책이 필요했다. 하지만 어떻게? 혼란함을 잠재우는 사이에도 억지웃음을 멈추지 못했다.

그런데…… 왜, 태하는 아무 말이 없는 걸까.

설마, 지금의 침묵이 의미하는 바가 권성엽이 해 온 말에 대한 동조는 아닐 테지?

솜털이 삐쭉삐쭉 서기 시작하더니 종국엔 팔뚝 위로 소름이 오소소 돋아났다. 부쩍 더워진 날씨 탓에 얼마 전부터 바꿔 입기 시작한 하복이 신경 쓰여 견딜 수가 없었다. 드러난 팔의 상태를 보았다면 분명 이상하게 여겼을 것이다.

시선을 마주 보고 있는 게 어려운 지경에 이르자 슬그머니 고개를 아래로 떨궜다. 잔떨림이 온몸을 휘감아 오기 전에 얼른 흐트러진 마음을 추슬러야만 했다. 제발. 필사적인 독려 끝에 겨우 딛고 선 발아래로 힘을 줄 수가 있었다.

그러나 진창에 발을 담그고 있기라도 한 것처럼 자꾸만 발밑이 무너져 내리는 느낌이 들었다. 순간 나직한 울림이 귓가로 와 닿았다.

"가을이든 겨울이든, 아버지가 생각하는 그런 일은 없을 겁니다."

거짓말같이 떨림이 잦아들었다.

수없이 많은 기도와 기원에도 어쩌지 못했던 그 떨림이, 신기하리만큼 빠르게 자취를 감췄다.

"그 얘긴, 없던 일로 할 생각입니다."

"대관절 그게 다 무슨 소리야."

"마음이 변했다고 해 두죠."

"너……!"

"변하지 않을 것 같았는데, 그 마음이 변하더군요."

온유한 눈빛이 견주의 얼굴 위로 내려앉았다. 그에 감응하듯 부르르, 몸이 떨렸다. 경악에 찬 음성이 그 뒤를 이었다.

"그건 절대 안 될 말이야!"

"절대? 그런 게 세상에 있던가요. 자세한 얘긴 다녀와서 드리겠습니다. 지금은 더 바쁜 일이 있어서요."

부드럽게 손목을 쥐어 끌어당기는 손은 크고 단단했다. 가로막듯 앞을 막아선 태하로 인해 순식간에 권성엽의 시야에서 분리됐다.

"늦었어. 얼른 등교할 준비부터 해."

태하의 재촉에 가방을 챙겨 메고 집을 나서는 순간까지도 멍한 기분을 떨치지 못했다. 등 뒤에서 느껴지는 권성엽의 눈빛은 변함없이 차가웠지만, 이상하게도 전처럼 두렵게 느껴지지는 않았다.

역성을 든단 느낌이 들 정도로 확실하게 자신의 편을 들어 줬다.

누가 뭐래도 권태하는 이 집에서 권성엽의 뜻을 거스를 수 있는 유일한 존재였다. 가끔은 권성엽이 먼저 지고 들어갈 때도 있었다. 그런 단 한 명이 제 편을 들어 줬다. 저지선으로 남겨 뒀던 마지막 경계심이 이 순간 와르르 무너졌다.

지켜 줘야 할 대상, 보호받아야 할 존재. 그런 느낌을 받았다. 그 사람에게, 권태하에게 있어 아주 소중한 존재가 된 것 같은 그런 기분이 들었다.

사람 마음처럼 간사한 게 없다더니.

비실, 웃음이 새어 나왔다.

진짜구나. 진짜로 나 봐 주려는 거구나.

그렇게 생각하자 재잘대는 종달새처럼 뭐든 말을 붙이고 싶어 안달이 났다. 종종걸음으로 뒤따라 차에 올라탄 직후엔 수다를 멈추지 못했다. 지난번에도 그랬던 것처럼, 이번에도 태하는 견주의 손이 닿기 전에 대신해 먼저 안전벨트를 채워 줬다.

"저기 말이에요. 다음 주 주말엔 제가 세차해 드릴게요."

"세차를?"

"네. 맡겨 주시면 잘할게요."

"안 돼."

"안 돼요? 왜 안 돼요?"

"그냥 안 돼."

"에이. 그러는 게 어디 있어요. 비싼 차 흠집 날까 봐서 그래요? 조심할게요."

"그 손목으로?"

가지런히 모아 무릎 위에 얹어 둔 손목을 한차례 힐끔거린 태하가 거절 의사를 분명히 했다.

"됐으니까, 먹는 거나 잘 챙겨 먹어. 어린앤 많이 먹는 게 남는 거야."

부드럽게 핸들을 감아 돌린 태하가, 뒤이어 잊은 게 있다는 듯 입을 열었다.

"치킨 말고, 뭐 좋아해?"

"치킨도 좋아해요. 어제 사 주신 것도 맛있었어요. 그…… 혹시 기억 안 나는 건 아니죠?"

"그 정도로 취하진 않았어."

가장 듣고 싶었던 대답을 들은 뒤론 남아 있던 작은 의심조차 지워 버릴 수 있었다.

"그럼 혹시 저 귀엽다고 한 것도 기억나요?"

"……."

"네?"

"……그보다 맛있었다니? 그건 또 언제 먹은 거야?"

기본적으로 태하는 말을 길게 늘어뜨려 얘기하는 걸 싫어했다. 대신 뭐든 정확한 걸 좋아했다. 그래서 지금처럼 말을 돌리는 태하를 보는 건 무척이나 신기한 경험 축에 속했다.

아무래도 이 이상은 무리인 것 같지?

듣고 싶은 얘긴 아직 남아 있었지만 이쯤에서 물러서기로 마음먹었다. 낼 수 있는 최대한의 용기는 이미 모두 써 버린 뒤였고, 욕심내지 않아도 함께할 시간은 앞으로도 남아 있을 테니까 조급해하는 대신 지금의 여운을 더 즐기기로 했다.

나중에, 지금보다 더 시간이 지나서 어른이 되면, 술을 가르쳐 달라고 해 볼까? 그때 가선 꼭 다시 얘기해 달라고 졸라 봐야지.

후일을 기약하는 것을 끝으로 태하가 해 온 질문에 대한 답을 되돌렸다.

"아침 먹기 전에요. 물론 밥도 한 그릇 다 비웠어요. 두고 봐요. 이제 키 클 일만 남았어요."

"별로 그럴 것 같진 않지만…… 뭐, 상관없으려나?"

차를 타고 움직이는 동안에도 드문드문 대화가 이어졌다. 대개는 소소한 일상을 주제로 하여 얘길 풀어 놓으면, 태하가 그 얘길 들어 주는 식이었다.

간혹 대화가 이어지지 못한 채로 잠시간 끊어질 때도 있었지만, 어색하기보단 그 시간이 몹시도 따사롭단 생각을 해 봤다.

잠시 후, 서문고 앞에 차가 정차했다.

"지각할 정도로 늦은 건 아니지?"

"그럼요. 안 늦었어요."

"들어가 봐."

채워진 안전벨트를 풀자 압박감이 해소되며 다소간 답답했던 느낌도 사라졌다. 아쉽지만 헤어져야 할 시간이었다.

사실 땡땡이를 치자고 해 보려다 그냥 관뒀다. 다시 생각해도 그다지 좋은 생각은 아니었다. 괜스레 미적대다 시간만 잡아먹을 것 같아 한차례 태하를 일별한 뒤 차에서 내렸다.

"내일 뵐게요."

"내일?"

"조카님 퇴근 시간은 새벽이잖아요. 지금 헤어지면 빨라도 퇴근 때나 돼야 다시 볼 수 있을 거 아니에요. 그러니까 내일이죠."

"계산이 그렇게 되나? 뭐, 그럼 내일 보든가."

등을 보이며 걷기 시작한 이후에도 태하의 차는 한동안 교문 앞을 떠나지 않았다. 저도 모르게 자꾸만 뒤를 돌아보게 돼, 정신을 차렸을 땐 걷는 속도가 현저하게 느려져 있었다. 교실에 도착하기까지의 시간이 평소보다 한참은 더 걸렸다.

교문을 통과해 들어가는 아이들은 대부분 비슷한 모습을 하고 있었다. 그러나 그 속에서도 견주는 주변과 구분되는 뚜렷한 특색을 가지고 있었다. 오늘뿐만 아니라 전에도 이 비슷한 느낌을 받은 적이 있었다.

헤어짐의 시간이 어쩐지 아쉽게만 느껴졌다.

이런 마음이 읽히기라도 한 듯, 까만 뒤통수를 보이며 걷던 자그마한 머리가 문득문득 태하를 뒤돌아봤다. 그럴 때면 어딘지 모르게 안심한 듯한 표정을 지어 보이곤 했다.

무의식중에 손을 들어 올리려다 멈칫한 태하가 피식, 웃음을 지었다. 일일이 인사를 받아 주는 건 그답지 않은 일이었다. 하지만 곧 아무래도 상관없단 생각을 하게 됐다.

"이런 것도 나쁘진 않겠지."

오래 보면서 살자던 말은 진심이었다. 뒤늦게 정차해 있던 차를 출발시켰을 땐, 눈앞으로 어엿한 사회인이 된 견주의 모습이 그려졌다.

가느다란 몸에 살이 조금 더 붙으면 지금의 모습은 찾아보기 어려울 만큼 화사하게 피어날 것이다. 지나치게 마른 탓에 외관상 볼품없어 보일 뿐 기본적으로 이목구비는 단정했다.

하지만 아직은 먼 미래의 일이다.

그전에 일률적으로 갖춰 입은 교복을 벗고, 교정이 아닌 대학 캠퍼스부터 걷게 될 테지. 어쩌면 그사이 그럴듯한 애인이 생길지도 모를 테고…… 거기까지 생각했을 때 불현듯 기분이 나빠졌다.

고작해야 스무 살 안팎. 선배라고 해 봤자 간신히 군대나 다녀왔을까? 무엇보다 그 나이 또래의 남자들이란 다소 치기 어린 면이 있었다.

"그 정도로는 부족해."

겉만 번지르르한 녀석은 견주와 어울리지 않았다. 그 과정에서 상처를 입는 건 태하 자신이 못 봐준다.

감히 누가 누구에게 상처를 줘?

단순히 하나의 가정일 뿐인데도 내부에서 강한 반발심이 들끓었다.

좀 더 괜찮은 상대여야 한다. 힘들면 기댈 수 있고, 차분히 상황을 살필 줄도 아는, 손쉽게 이 아이의 진가를 알아줄 그런 상대. 그런 의미에서 연하보다는 연상이 나았다.

하지만 이상하게도 견주의 곁에 어느 누구를 세워 놓아도 그녀가 아깝단 생각만 들었다. 그러다 태하는 그 옆에 다른 사람 말고 저를 한 번 세워 보았다. 생각 이상으로 괜찮은 그림에 만족스런 미소가 떠올랐다.

"……이런 감정을 느끼는 건 욕심이 나서겠지."

그에게 있어 이견주는 참 신기한 존재다. 휘둘리지 말자고 다짐한 순간조차 멋대로 휘둘려지고 있었다. 그런데 그게 또 싫은 기분은 아니어서 더 신경 쓰이게 만든다.

따지자면 담백한 말투는 취향이었다.

종종 피하지 않고 맞춰 오는 눈도 마음에 든다.

제멋대로 굴지 않는 어른스러움은 장점 중 하나다.

다른 걸 떠나, 다른 이유를 막론하고, 이견주는 태하의 마음 가장 깊숙한 곳까지 파고든 유일한 사람이었다.

이전에도 또 앞으로도 일어나지 않을 일.

지금은 어리지만 더 나중에 누군가를 좋아하고 사랑하게 된다면, 그건 다 자란 이견주이지 않을까 하고 어렴풋이 미래를 그려

봤다. 그런 의미에서 이견주는 조금 특별했다.

감정을 하나로 특정 지을 수는 없지만 그래도 제게 이 아이가 소중해졌다는 것만큼은 부정할 수 없는 사실이 돼 버렸다.

"수능이 며칠 남았더라."

기다리다 보면 언젠가는 다 크겠지. 아름다운 내면을 가졌으니, 분명 그가 욕심낼 만큼 바르고 곧게 자랄 것이다. 그 시간이 몹시도 기다려졌다.

반했다는 말을 아직은 하지 않아.

그래. 적어도, 아직은.

그럼에도 나는 네 성장이 몹시도 기대가 되었다.

잘 자라.

잘 자라서, 그냥 나한테로 와. 다른 데서 헤매지 말고.

문득 이런 생각을 해 봤다.

◈

"괜찮으면 밥 같이 먹어."

서교연이 이 같은 얘길 해 왔을 때, 그 대상이 자신을 지칭하는 거라곤 생각지 못했다. 그래서 대답할 타이밍을 놓치고 말았다.

"별로 내키지 않아서 그래?"

되묻는 목소리가 한층 조심스럽게 변했다. 그제야 견주는 한차례 제 주변을 둘러 봤다. 거리를 가늠해 봤을 때, 아무리 봐도 서교연과 가장 가까운 곳에 위치해 있는 건 다름 아닌 견주 자신인 것 같았다. 시선을 들어 올리자 시선 끝엔 서교연이 서 있었다.

긴장감 서린 얼굴. 약간의 초조함마저 엿보이는 교연의 결연한 태도가 그녀가 대답을 기다리고 있음을 알려 왔다.

　정말로…… 나란 말이야?

　벼락같은 깨달음과 함께, 놀란 표정을 지우지 못한 견주가 손끝으로 자신을 가리켰다.

　"나…… 말이야?"

　"혼자 먹는 거, 별로 맛없잖아. 그러니까 같이 먹어."

　처음엔 의심을 했다. 그리고 곧 그게 아니란 걸 깨달았다. 단순히 떠보기 위한 수작이나 겉치레에 불과했다면, 이렇게까지 필사적인 눈빛으로 의견을 물어 오지는 않았을 것이다.

　예상치 못한 상황에 어안이 벙벙해졌다. 바로 어제까지만 하더라도 남처럼 데면데면하게 굴던 사이였다. 그간의 관계를 되짚어 봐도 특별한 연관성이나 접점을 찾기 어려웠다.

　이쯤 되니 이유가 궁금했다. 학교에서 차지하는 제 위치를 생각하면, 선뜻 다가와 말을 붙이기엔 분명 어려운 면이 있었다.

　"괜찮겠어? 그러니까 저기, 나…… 왕따잖아?"

　"안 괜찮을 건 뭐야. 그리고 나 혼자 생각 아냐."

　대표로 왔다던 서교연이 고개를 돌려 한쪽 방향을 가리켰다. 어색하게 손을 흔들어 보이는 인영은 다 합해서 셋. 서교연까지 포함하면 모두 네 명이었다.

　"네 잘못 아니란 거 알면서도, 지금껏 모른 척해서 미안. 그때 많이 아팠지?"

　"그때라니……?"

　"윤서한테 뺨 맞은 거 말이야. 괜한 화풀이란 거 알면서도 그냥 못 본 척해 버린 거 내내 마음에 걸렸어. 늦었지만 미안."

　"네가 사과할 일 아냐. 그리고 이미 다 잊었어. 그보다…… 나

때문에 입장 곤란해지는 일 생기는 거 아냐?"

멀찌감치 떨어져 있던 윤서의 표정이 심상치 않게 변해 가고 있었지만 교연의 태도는 여전히 단호했다.

"윤서가 무서워서 입 다물고 있었던 거 아냐. 귀찮은 일에 휘말릴까 봐 그게 싫었던 거지. 근데 이젠 그런 거 안 따지려고. 배고파. 싫은 거 아니면 같이 가서 밥 먹자."

잇단 교연의 권유에 못 이기는 척 식판을 들고 자리를 옮겼다.

"어서 와."

비어 있던 자리에 착석하는 순간 부드러운 울림이 귓가를 터치했다.

어떡하죠, 조카님. 저 먹을 복이 터졌나 봐요. 이러다 키가 콩나물처럼 커 버릴 것 같아요.

턱밑까지 차오른 숨만큼이나 벅찬 기분이었다. 음음, 잔기침으로 목을 가다듬은 뒤 국물을 한 수저 떠 입가로 가져갔다. 설탕을 탄 듯, 단맛이 입안으로 퍼졌다.

점심을 먹고 난 후엔 처음으로 학교 매점에 들렀다.

태하가 준 돈으로 음료수 다섯 개를 샀다.

나눠 먹는 기쁨이 생각보다 훨씬 더 기분 좋은 일이란 걸 알게 되었다.

❖

"과외 말이에요. 11월까진 신세를 져야 할 것 같아요. 곰곰이 생각해 봤는데, 집에서 나갈 게 아니라면 이편이 선생님께도 피해가 덜 갈 것 같아서요. 난처할 일 생기지 않게 중간에서 처신 잘

할게요."

"그게 무슨 말이야?"

"권태하 실장님이 저더러 오래 보며 살재요."

"너 설마…… 그 말만 믿고 그냥 이대로 사태를 두고 보기만 하겠단 얘긴 아니지?"

그렇게 됐어요, 란 견주의 말에 기승재의 표정이 급격하게 어두워졌다. 이어진 기승재의 목소리엔 우려가 차 있었다.

"달콤한 사탕발림일 거란 생각은 안 해 봤어? 중간에서 낌새를 알아차렸다면, 그럴듯한 말로 구슬리려고 들 수도 있어."

"번거로운 거 싫어하시는 분이에요. 만약 그랬다면 회유보단 다른 방법을 썼을 거예요."

"하지만……."

"다른 건 몰라도 그거 하난 확실하게 말씀드릴 수 있어요."

흔들림 없는 표정으로 확신을 입에 담는 순간, 기승재의 얼굴 위로 그늘이 내려앉았다.

"그래도 이건 정말 아닌 것 같은데……. 다시 한 번만 더 생각해 봐. 너, 분명 후회할 거야. 다른 것도 아니고 그…… 신장이라잖아. 설마 두 개쯤 되니 하나 정도는 양보해도 된다고 생각하는 건 아니겠지?"

"에이. 그 정도까지 바보는 아니에요."

"그러면 뭘 망설이는 거야."

눈가를 찡그린 기승재가 답답함을 토로했다. 구김이 간 이맛살은 퍼질 줄을 몰랐다.

"봄까지는, 그래도 봄까지는 욕심내 보려고요."

"그러다 위험해지면? 그땐 너무 늦어."

"안 괜찮을 수도 있겠지만, 그래도 믿어 보려고요."

"마음, 안 바꿀 생각이구나."

설득이 들어 먹히지 않은 시점에서, 기승재가 핵심을 짚어 왔다.

"너 이러는 거 권태하 실장님 때문이야? 그 사람이 너한테 어떤 의미인 줄은 잘 모르겠지만, 그래도 다시 한 번 생각해 봐."

"저, 의심도 많고 웬만해선 사람도 잘 안 믿어요. 근데…… 세상 혼자서 살아갈 순 없는 거잖아요. 여기서 도망치면, 평생 늙어 죽을 때까지 사람 못 믿을 거 같아서요. 늙어서 고독사하는 건 웬만하면 사양하고 싶거든요. 비빌 언덕 하나쯤은 가지고 있고 싶기도 하고요."

거기다 돈도 많으니 금상첨화지 않느냐고 웃으며 얘길 마쳤을 때, 기승재의 표정은 한층 심각하게 변해 있었다.

"농담 말고."

"그냥 그러고 싶어요. 대단한 이유 없이, 그냥 믿어 주고 싶어요."

실재하는 모든 불안감을 뒤로한 채, 그냥 마음이 움직이는 대로 가 보기로 했다. 결심을 뒤집을 수 없음을 알아차린 것인지 일순간 기승재의 입에서 옅은 탄식이 새어 나왔다.

"후…… 이래서야 서울대가 문제가 아니잖아. 내 학생 중에 너 같은 바보는 없었는데 말이야."

"뭘 염려하는지 알아요. 걱정시키는 일 없게 잘할게요."

"그 말, 정말로 믿어도 되는 거지?"

"약속할게요. 위험해지면 뒤도 안 돌아보고 도망칠게요. 저 달리기 잘해요. 단거리도, 장거리도 빨라요."

"그런 말이 아니잖아."

다정한 투는 아니었다. 딱딱하게 굳어 나온 말은 오히려 호된 꾸지람에 가까웠다. 그랬음에도 기승재가 해 온 말이 듣게 좋게 느껴졌던 이유는 따로 있었다.

비난이나 힐난은 터럭만큼도 섞여 있지 않은 기승재의 말은 거지반 견주에 대한 걱정으로 이뤄져 있었다.

"고맙습니다. 정말로 고맙게 생각하고 있어요."

"인사는 됐어. 대신, 도움 필요하면 언제든 연락해. 전에 알려 준 번호 알지?"

"네."

기승재가 알려 준 번호는 현재 휴대폰에 저장돼 있지 않았다. 이미 한차례 지워 버렸던 번호. 하지만 빠짐없이 머릿속에 외워 두고 있었다. 다시 되묻는 번거로움은 생략됐다.

고개를 끄덕이자, 이에 동조하듯 기승재도 나직이 고개를 끄덕였다.

조카님.

조카님한테 감사해야 할 게 하나 더 늘었지 뭐예요.

기승재 선생님, 소개시켜 줘서 고맙습니다.

너무 행복해서, 불안한 그런 날이었다.

❖

평소처럼 과외를 끝내고 집으로 돌아왔을 땐 집엔 홍난주 혼자뿐이었다.

"다녀왔습니다."

보통 때와 다름없는 인사에 홍난주가 힐끔, 곁눈질로 견주를 바라봤다.

"밥은?"

"먹었어요."

"알았으니까 그만 올라가 봐."

거실 소파에 자리를 잡고 앉아 있던 홍난주의 손에는 책자 하나가 들려 있었는데, 신도시 부동산 개발에 대한 투자보고서란 홍보 문구가 유독 눈에 띄었다.

제대로 알아보고 있긴 한 걸까?

한참 열을 올리며 다니던 백화점 쇼핑이 시들해질 즈음 홍난주는 부동산 투기로 관심을 돌렸다. 강남 계모임에 들면서 생긴 변화였다.

책자를 들여다보던 홍난주의 눈빛이 그 어느 때보다 반짝였다.

일확천금을 노릴 수 있을 거란 주변의 달콤한 속삭임에 부쩍 희망에 들떠 있는 모습이었지만…… 글쎄? 그게 생각처럼 쉬울까?

한없이 충동적인 홍난주의 성격을 생각하면 여전히 미덥지 못한 부분이 있었다. 하지만 어차피 저와는 상관없는 일이었다. 견주의 간섭을 그냥 두고 볼 홍난주도 아니었고, 그렇담 신경을 끄는 게 최선이었다.

이 층 계단을 걸어 올라가는 견주의 발걸음에 망설임은 남아 있지 않았다. 간단하게 씻고 나와 책상에 앉은 뒤론 자연스럽게 책을 펼쳤다.

"그래도 할 건 해야지. 시험이 얼마 남지 않았으니까 힘내자."

이내 사각거리는 필기 소리가 귓가를 간지럽혔다. 하지만 어딘지 모르게 마음이 들떠 좀처럼 진도가 나가지 않았다.

얼마쯤 시간이 지났을까.

연습장 위로 어지럽게 써 내려간 수학 수식 맨 마지막에, 내용과는 전혀 상관없는 단어 하나가 자리를 잡았다.

권태하.

힘주어 꾹꾹 눌러쓴 이름을 조심스럽게 손끝으로 쓸어 보았다. 손길이 닿는 곳마다 흐릿한 번짐이 생겼다.

권태하, 권태하, 권태하, 권태하.

단 한 번도 쉽게 허락된 적 없지만, 그럼에도 무수히 되뇌어 봤던 이름.

"태하, 권태하……."

읊조리듯 그의 이름을 소리 내 불러 보았다.

입가로 달라붙는 어감이 무척이나 달다고 생각했다.

아, 진짜.

책상에 머리를 콩, 찧었다. 그러나 상념은 여전히 남아 있었다. 이래서야 오늘은 공부가 될 것 같지도 않았다.

하아.

작게 토해 낸 한숨 사이로 희미한 미열이 피어올랐다.

밤이 깊어 갈수록 태하의 얼굴이 머릿속에서 떠나질 않는다. 단순히 집중력 문제가 아니란 것쯤은 스스로가 가장 잘 느끼고 있었다.

그의 눈, 그의 반듯한 콧날, 굳게 다문 입술.

의식하지 않았음에도 눈앞으로 태하의 모습이 자연스럽게 연상됐다.

'……아무래도 좀 위험한 상황인 거 같지?'

그간엔 없던 취향이 생기고 말았다. 그리고 그 기준은 전부 태하로부터 기인했다.

권태하, 권태하, 권태하.

또다시 머릿속이 태하의 이름으로 가득 찼다.

이쯤에서 하던 생각을 멈추고, 주의를 환기시킬 필요가 있었다. 그러나 이 같은 다짐에도 불구하고 계속해 생각은 태하의 그늘을 벗어나지 못했다.

냉정할 정도로 딱 자른 말. 여지를 두지 않던 단호한 태도. 그럼에도 가장 가까이에서 견주의 사정을 돌보아 주었던, 다정했던 그때의 잔상을 못내 떨쳐 버리지 못했다.

인지하지 못한 사이 추억할 일들이 산더미만큼이나 높게 쌓여 버렸다. 어느 틈에 이렇게까지 마음을 허락한 걸까.

달라진 것은 없다고 생각했지만 사실은 그렇지가 않았다.

첫 만남에서 느꼈던 불편함 역시 이제는 사라지고 없다.

대신, 바라보고 있는 것만으로도 행복해지는 사람이 생겨 버렸다.

익숙지 않은 감정이었다. 더 정확히는 처음에 가까웠다. 처음이란 단어가 가지는 느낌은 언제나 새로웠다.

제 마음인데도 제 마음 같지가 않았다.

한 사람으로 인해 세상이 달라 보인단 말은 믿지 않았었다. 보통은 듣기 좋은 말이라고 치부해 버렸을 테니까. 하지만 지금이라면, 다른 대답을 할 수 있을 것 같았다.

태하를 향한 마음은 온통 긍정적인 기운으로 가득 차 있었다.

이게…… 좋아한다는 감정인 걸까?

그러니까 그냥 말고, 이성적인 관점에서의 관심을 가지고 있는 게 아닐까 하는 생각을 문득 해 봤다.

지금 견주에게 있어 가장 가까운 사람은 단연코 태하였다.

'나를 최우선으로 해 줬으면 해. 다른 누구보다 나를!'

불씨가 튀듯 사방으로 뻗어 나간 작은 욕망 하나가 내부에 자리를 잡더니 이내 그 크기를 키웠다.

무섭다. 두렵다. 어쩌려고 이래.

야단도 치고 달래도 봤지만 드러난 효과는 미비했다. 오히려 감정을 들추는 촉매제가 됐다.

규칙적으로 뛰고 있던 심장박동이 삽시간에 엇박자를 타기 시작했다. 그러더니 이내 목덜미가 발갛게 달아올랐다. 그사이 소유, 독점 따위의 단어가 머릿속을 어지럽게 떠돌아다녔다.

바보, 바보 멍청이!

헷갈릴 게 따로 있지, 이런 감정은 애초에 좋아하지 않으면 생길 수 없는 것들이었다.

좋아한다.

좋아해, 좋아해.

누가? 누구를?

혼란스러웠던 마지막 질문에 대한 답은 태하에게로 닿아 있었다. 결론은 어렵지 않게 나왔다.

한껏 달아오른 열기를 가라앉히려고 연신 손부채질을 했지만, 울렁이는 마음은 쉽게 진정되지 않았다. 숨겨 두었던 진심을 들키기라도 한 듯 한동안 제멋대로 쿵쾅거리기 바빴다. 그러다 앞으로의 일을 미리 그려 보곤 곧 시무룩한 표정이 되었다.

"……하지만 그건 안 되는 거잖아."

왜?

선을 그으려다 말고 지그시 입술을 깨물었다.

누구를 속이고 싶은 건데.

내리깐 눈을 천천히 들어 올렸을 땐, 감추려 했던 제 마음을 낱낱이 들여다볼 수 있었다.

지레 겁먹고 물러서는 건 많이 해 봤다. 그러니까 한 번쯤은 욕심을 내 봐도 되지 않을까?

태하에게 가지는 감정은 단순히 연애 대상으로서만 국한돼 있지 않았다. 그보다는 훨씬 더 복잡한 이해관계로 얽혀 있었다.

곁에 있고 싶고, 머물고 싶고, 함께하고 싶고, 함께 미래를 얘기하고 싶다. 나아가 일상의 평범함마저 공유하고 싶었다.

처음.

첫정.

그리고…… 첫사랑.

아무도 말해 주지 않았지만, 이 순간 견주는 자신의 첫사랑이 시작됐다는 걸 깨달았다.

열아홉의 견주는 어렸지만, 곧 스무 살이 될 것이다. 미래란 예측 불가능한 것으로, 포기하지 않고 기다리다 보면 제게도 기회가 닿을지도 모른다.

꼭 말아 쥔 손에 힘이 들어갔다.

그리고 그날 밤, 처음으로 태하가 꿈에 나타났다.

꿈속에서 서툰 입맞춤을 시작한 것은 태하가 아닌 저였다. 말랑하게 눌리는 감촉에 화들짝 놀라 눈을 떴을 땐 아침이 밝아 오고 있었다.

❖

수없이 겪어 왔던 인간관계에 대한 불신. 어느 순간부터 사람을 도구로만 보게 됐다. 그게 잘못된 걸 알았을 땐 이미 많은 것이 변해 있었다.

가장 소중했던 걸 제 손으로 망가뜨리고 난 다음에야, 감정이 지니는 무게에 대해 알게 되었다.

서류를 처리하고 있는 동안에도 휴대폰에선 전화가 빗발쳤다. 그걸 며칠간 무시했더니 단단히 화가 난 표정을 한 성엽이 기어코 문을 부술 듯 집무실로 들이닥쳤다.

"대체 뭐하자는 게냐."

노기로 얼룩진 얼굴이 자초지종을 듣고자 했다.

"앉으세요."

짧게 끝내기엔 서로 간에 지닌 견해 차이가 분명했다. 이야기가 길어질 것을 대비해 의자에서 일어난 태하가 중앙에 위치해 있는 손님 접대용 소파로 자리를 옮겼다.

변심을 밀고한 건 그 자신이었다.

"그 아이가 제게 소중해진 것 같아요."

"누구…… 설마 이견주 그 아이 말이더냐."

"달리 또 누가 있나요."

침음을 삼킨 성엽이 잠시간 말을 아꼈다. 그런 뒤에야 하나의 결론을 내놓았다.

"그래. 남자라면 그럴 수도 있지. 너도 이제 여자를 알 나이지."

"여자."

건조한 웃음이 입가로 떠올랐다.

"단순히 그런 거라면 더 좋았을 텐데요. 아버지에게도 또 저에게도."

"아니란…… 게냐?"

"이미 말씀드렸지 않습니까."

"안 될 말이야. 모든 일에는 순서란 게 있어."

"순서를 따지는 건, 아버지 방식이 아닐 텐데요."

"⋯⋯!"

"관악구 공천, 아버지 차지가 되는 일은 없을 겁니다."

강한 힘이 들어간 손길이 거칠게 탁자를 내려쳤다. 원목의 단단한 재질로 만들어진 탁자의 위치가 삽시간에 옆으로 밀려나며 방향이 틀어졌다.

"쓸데없는 소리! 쉽게 입에 올릴 일이 따로 있지, 그 일에 사활을 걸었단 걸 몰라 하는 얘긴 아니겠지?"

"뇌물 수수, 로비 정황. 여당 공천이 마무리되기 전에 야당 소속 의원에게 자료가 넘어갈 겁니다. 정 회장이 손을 쓸 수 없는 윗선까지. 그 윗선까지 줄을 댈 생각입니다."

영문각을 넘겨받은 이래로 운영을 허투루 해 온 적은 단 한 번도 없었다. 그사이 기회가 닿았다면, 자리를 만들어 회동을 갖는 것도 불가능한 일만은 아니었다. 이점을 분명히 해 둠으로써 발언에 신빙성을 더했다. 이어 담담한 목소리가 권성엽을 향했다.

"공론화되기 전에 물러나는 편이 보기에도 좋을 겁니다."

정치에 뜻을 두기 전에, 성엽은 과거 그가 걸어온 행적들을 정리하는 시늉이라도 했어야 했다. 전부가 불가능했다면 적어도 일부라도.

불법을 행사해 모은 재산도 재량껏 베풀어 가며, 부하처럼 거느린 이들과도 선을 긋고, 꼿꼿하게 세운 허리도 가끔은 숙여 가며 지난 잘못에 대해 용서를 구했다면, 조금쯤은 그를 따뜻한 눈으로 바라볼 수 있었을까.

결국엔 아무것도 손에서 놓지 못할 거면서. 그게 불가능하단 걸 안 시점에서 일찌감치 무리한 욕심은 버려야 했다.

정치는 법과도 무관하지 않았다. 치외법권에서 살아온 권성엽이 탐내기엔 지나치게 무거운 자리였다.

그의 부정, 그의 부도덕함.

최소한의 성의는 보이길 바랐지만 그조차도 기대 밖이었다.

권성엽이 간과한 최대 불찰은 태하를 가까이에 둔 채 일을 진행해 온 안일함이었다.

"너 이 녀석 정말……!"

"미련 두지 마세요. 더 큰 걸 잃게 될 겁니다."

"누구 마음대로? 일을 그르치려는 걸 이대로 두고 볼 성 싶으냐!"

"그 성미에 평화롭게 해결을 보려 하진 않으려 할 테고, 무력을 동원한다면 이번에도 누군가는 다치게 되겠군요. 그리고 그 누군가는 아마도 제가 될 확률이 높겠고요. 뭐, 그런 건 별로 중요하지 않으려나요."

시니컬한 태하의 말에, 처음으로 성엽의 눈동자에서 세찬 흔들림이 감지됐다.

"대체…… 이제 와 자충수를 두려는 이유가 뭐야. 아니면 아직도…… 내가 그리 원망스러운 게냐."

"다른 이유보다 그 애가 웃으면 신기하게도 여기가 들썩거리더군요."

태하의 손이 가슴께를 툭툭 건드렸다.

"집에 들어가는 게 싫지 않다. 어머니 그렇게 가고 처음으로 그런 마음이 들더군요."

고개를 들어 올려 눈앞에 앉아 있던 이를 바라보았다. 깊게 패인 주름 때문인지 평소보다 부쩍 나이가 들어 보였다. 거무죽죽 죽은 피부가 피로함을 한층 부각시켰다.

웃는 모습을 본 게 마지막으로 언제였더라. 새삼스레 그런 게 궁금해졌다. 반목을 거듭하는 사이, 어느 틈엔가 딱딱하게 굳은 얼굴로만 그를 대하게 됐다.

어머니 일만 아니었어도. 그런 마음으로 성엽의 접근을 막아서기보다 좀 더 책임감을 가지고서 그의 잘못을 이야기하고 그의 변화를 요구했더라면, 지금의 삭막한 관계와는 또 다른 형태를 띠고 있지 않았을까. 불가능하단 걸 알면서도 문득 그런 생각을 해 봤다.

"남들처럼 평범하게 살아 보는 것도 괜찮지 않을까 하는 생각을 해 봤습니다. 집이 따뜻한 것도 나쁘진 않더군요."

"······가족 놀이가 너무 길었나 보구나."

"그 가족 놀이, 아버지도 꽤나 즐겼던 걸로 압니다. 그게 아니라면 제 눈이 틀리기라도 했단 겁니까?"

"······그것과 이건 별개 문제야."

좁힐 수 없는 거리. 벌어질 대로 벌어진 틈. 그 간극을 재확인하는 것으로 소모적인 대화는 일단락되었다.

돌이켜 생각해 보면 이때도 안전을 기할 기회는 한차례 더 남아 있었다.

더 확실하게 해 두자면, 이식 불가능한 견주의 상황을 낱낱이 고해바치는 것으로써 잠재적으로 내재된 화를 피해 갈 수 있었다. 이식이 불가능한 시점에서 견주의 이용가치는 0으로 수렴하게 돼 있었다.

하지만 그렇게 되면 신변 정리 중인 박정호 원장이 위험해질 수가 있다.

시기상조.

정두열이 이식 일로 가을을 염두에 두고 있다면, 아직은 때가 아니었다. 곧 검찰 조사가 있을 테고, 안전이 확보되는 선에서 마무리 지을 일만이 남아 있었다.

하지만 안일한 생각을 비웃듯, 이튿날 오후 성엽이 싸늘한 주검이 되어 돌아왔다.

"데리러 갈게."

— 지금요?

"교문 앞에 차가 가 있을 거야."

— 조퇴하란 거죠?

"그래."

— 저기…… 무슨 일 있어요……?

"와서 얘기해. 얘기가 길어."

알겠어요, 란 대답을 마지막으로 통화는 끊어졌다. 감정을 억누른 끝에 하던 대화는 무사히 끝낼 수 있었지만, 사나워진 심경을 대변하듯 고쳐 잡은 휴대폰은 거세게 떨리고 있었다.

빌어먹을.

이를 악물자 기다렸다는 듯 건조한 입술 겉면이 사선으로 갈라졌다. 비릿한 피 맛이 입안 가득 번졌다.

모든 게 혼란스러웠다.

갑작스런 사태, 갑작스런 성엽의 죽음.

주먹을 움켜쥔 채로 뒤죽박죽된 일의 순서를 정리하기 시작했다.

마주 오던 트럭이 성엽이 타고 있던 차를 덮쳤다. 운전석에 앉아 있던 김 비서를 비롯해 두 사람 모두 그 자리에서 즉사했다. 확인 결과 브레이크를 밟은 흔적은 보이지 않았다. 혼란한 틈을 타 운전자는 자취를 감췄고, 트럭은 버려졌다.

한낮에 벌어진 대담한 범행. 모자를 깊숙이 눌러쓰고 있었지만, 누군지 못 알아볼 정도는 아니었다. 그전부터 안면이 있는 자였다.

주변 CCTV를 확보해 분석한 결과, 한때 성엽의 편에 서서 일을 도모하다 배신자로 낙인찍혀 조직에서 실각된 바 있던 조기준의 소행으로 밝혀졌다. 그전까진 정두열의 최측근이었던 자.

필요에 의해 거뒀다 쓸모가 다하자 버렸던 대가가 결국 이런 식으로 되돌아와 성엽의 숨통을 조여 놓았다.

'그래 봤자 제깟 놈이.'

비웃듯 성엽이 이 같은 말을 입에 올렸을 당시엔, 하찮은 벌레 취급하듯 조기준을 가소롭게 여겼었다. 세상일에는 항상 의외성이 존재하는 법인데, 그 사실을 간과하고 말았다. 그 결과 싸늘한 주검이 되어 태하의 품으로 돌아왔다.

눈물을 보이지도 못하게 만들어 놓고 기껏 이런 모습으로!

차갑게 식은 눈 안으로 붉은 핏발이 들어섰다.

당신이란 사람, 정말이지 끝까지 구제불능이다.

뜨거운 기운이 왈칵 목울대를 타고 올랐다.

감정에 자신했다. 그게 얼마나 사람을 무력하게 만드는 줄도 모르고.

병상에 누워 있던 성엽의 몸은 하얀 천으로 둘러싸여 있었다.

덮인 천을 얼굴 아래로 끌어 내리자, 실체를 확인하기 어려울 정도로 짓뭉개진 성엽의 안면이 모습을 드러냈다. 무거운 탄식이 터져 나왔다. 그때서야 비로소 죽음이 실감 났다.

태생부터가 이기적인 사람, 생을 달리하는 순간까지도 그 습성은 잔인할 정도로 변하지 않았다.

화해도, 용서할 기회도 주지 않고 가 버리다니…….

이런 식의 결말을 원한 건 아니었다.

금방이라도 폐부가 뜯겨 나갈 것처럼 거친 숨이 차올랐다.

설마하니 이번 일에 정두열도 가담돼 있는 건 아니겠지?

섬뜩한 의심이 들자 학교에 있을 견주의 안위가 걱정되었다. 만약 일을 벌인 몸통이 정두열이라면 견주의 신변부터 확보하려고 들 테다. 자세한 내막을 알지 못하는 정두열에게 그보다 시급한 일은 없을 테니까.

상황은 급박하게 돌아갔다.

상주로서 자리를 지키고 있기엔 처리해야 할 일이 곳곳에 산재해 있었다. 검은 양복을 걸쳐 입는 것만이 태하가 취할 수 있는 유일한 애도였다.

까닥 잘못하다간 계획했던 일 전부가 어그러질 수 있었다. 세세하게 모든 걸 챙길 여력이 없었다. 그러나 견주의 신변에 위험을 느낀 시점에서 태하는 직접 나서서 움직이는 편을 택했어야 했다.

다른 사람을 시킬 게 아니라, 적어도 이중완을 보내서라도 견주의 안위를 살피게 하는 게 제대로 된 순서였다. 그러나 그러지 못했기에 이때의 결정은 후회로 남을 수밖에 없었다.

성엽이 죽은 그날, 아이의 모습도 함께 종적을 감췄다.

중간에서 아이를 빼돌린 공모자의 입에서 조기준의 이름이 나왔을 땐 심장이 터져 나갈 것처럼 사납게 날뛰었다.

신중을 기하기엔 아이의 생사가 불투명한 상황이다. 한시라도 빨리 조기준을 찾아내야 한다. 당장은 이 생각뿐이었다. 위기의식이 팽배한 현 상황에서 조기준이라면 박 원장을 통하기보단 다른 루트를 찾으려고 들 확률이 높았다.

그 과정에서 숨겨 왔던 진실이 밝혀지기라도 한다면, 신장이 문제가 아니라 다른 쪽으로의 위협 가능성도 배제할 수 없게 된다. 가령 목숨이라든가.

순간 뒷목이 서늘하게 변했다.

급기야 생각은 주머니에 들어 있던 군용 나이프에까지 미쳤다. 항간에 조기준은 칼을 다루는 솜씨로도 정평이 높았다. 일본도를 모으는 게 취미일 정도로 애착을 가지고 있다고 했던가.

인정하기 싫은 현실이 머릿속을 장악했다.

사람의 손에 길이 든 칼날은 생각 이상으로 날카로웠고, 그에 반해 사람의 몸은 생각보다 연약했다.

최악의 경우, 조기준의 칼이 견주를 향할지도 모른다.

칼엔 눈이 달려 있지 않았고, 조기준은 사람을 해치는 데 망설임이 없는 자다. 불필요하단 판단이 서면 어떤 식으로든 처리하려고 들 것이다. 추측보단 확신에 가까운 결론이었다.

그전에 찾아야 돼.

초조함이 발끝을 타고 올라, 이윽고 전신으로 퍼져 나갔다.

두려운가.

떨림이 자문에 대한 대답을 대신했다.

생각이 아주 없는 게 아니라면 양쪽 모두에게 척을 지는 건 최대한 피하려고 들었을 테다. 시기적으로는 정두열과 접선을 갖는 때를 노리는 게 가장 현실적인 방안이었다.

이득 없이 움직일 자는 아니니, 적어도 한 번쯤은 모습을 드러낼 때가 있을 것이다. 다각도로 촉각을 곤두세우는 한편으로 동원할 수 있는 세력을 최대한 동원해 다방면으로 조기준의 뒤를 쫓았다.

그로부터 얼마 후, 삼우제가 끝나는 때에 맞춰 검찰 조사가 시작되었다. 예상치 못한 방향에서 일이 터진 건 바로 그즈음이었다.

구속 영장이 발부되기 바로 직전, 호텔방으로 불러들여 관계를 갖던 콜걸의 몸 위에서 정두열이 사망하는 일이 발생했다.

공식적인 사인은 심장마비.

제 버릇 남 못 준다고, 평상시 여색을 탐하던 버릇이 정두열의 생사 여부를 결정지었다. 자중할 거란 기대는 애초에 하지도 않았지만, 이런 어처구니없는 모습으로 맞닥뜨리게 되리라곤 미처 예상치 못했었다.

축배를 들듯 여자를 곁에 끼고 만찬을 즐겼을 땐 그만한 사유역시 존재했을 것이다. 정두열에게 시간과 여유를 제공해 준 이는 분명 조기준일 테다. 하지만 정두열은 상황을 오판했다. 노쇠해진 몸이 버텨 내지 못한 시점에서 결국 탈이 났다.

한 치 앞도 모르는 게 세상일이라더니.

신장 기능이 현저히 떨어진 상태에서 이뤄진 과도한 성교가 결국 정두열을 나락으로 이끌었다. 피를 나눈 아이의 희생을 강제하면서까지, 그토록 목숨에 집착하던 이답지 않은 허무한 죽음이었다.

누구도 예상하지 못한 일.

그로 인해 사건은 예기치 못한 방향으로 치닫고 있었다.

자중지란처럼 들고 일어난, 사분오열 갈라진 정두열 쪽 내부 문제에 대한 수습은 긴밀한 공조 끝에 정원재가 맡아 처리했지만, 견주의 행방을 손에 쥔 조기준은 완벽하게 모습을 감춘 뒤였다.

위치 추적기가 달려 있던 휴대폰은 경기도 가평에 있는 상천 저수지 부근에서 신호가 잡힌 것을 마지막으로 연락이 두절됐다. 정황상 시선을 따돌릴 유인책으로 쓰였을 공산이 컸다.

휴대폰이 버려졌다면 저수지 밑에 가라앉아 있을 확률이 높았다.

녹조가 낀 저수지의 물을 빼는 작업이 시작됐다. 수중 펌프와 양수기가 총동원됐다. 휴대폰 수거 따위가 목적은 아니었다. 한나절 만에 저수지가 바닥을 드러냈을 때, 비로소 태하의 입에서 안도의 한숨이 흘러나왔다.

아직까지는 무사하다.

사나운 생각을 떨쳐 낸 뒤로 조기준의 시각에서 사건을 보려고 노력했다. 사건의 본질에 보다 가깝게 다가서기 위해선 반드시 상대의 의도를 읽어야만 했다.

밀항선 쪽으로는 일찌감치 손을 써 두었다. 국제선이 뜨는 항공사마다 사람을 심어 추이를 살폈다. 그러는 사이 성엽에 대한 살인 혐의로 조기준의 출국 금지 명령이 떨어졌다. 하지만 실마리를 찾는 데엔 여전히 난항이 계속됐다.

쉽지 않을 거란 각오는 하고 있었다. 그러나 그 기간이 예상보다 길어지고 있었다.

❖

사십구재가 치러지는 날은 아침부터 먹구름이 잔뜩 꼈다. 그러더니 얼마 지나지 않아 비가 내리기 시작했다.

흩뿌리듯 지나가는 소나기였으면 했지만, 한번 굵어진 빗줄기는 잦아들 기미가 보이지 않았다.

시야 확보가 되지 않을 만큼 창 너머로 빗물이 흐릿하게 번지자 와이퍼의 움직임이 빨라졌다. 차 뒷좌석에 앉아 바깥을 내다보고 있던 태하의 눈매가 일순간 날카롭게 변했다.

여전히 조기준의 행방은 오리무중이었다.

지지부진한 수사력. 진척을 보이지 않는 상황이 마치 미로처럼 답답함을 유발했다. 보이지 않는 벽을 향해 대화를 시도하는 기분이었다.

상황을 어렵게 만든 건 정두열의 죽음이었다. 예상치 못한 정두열의 죽음이 아이를 찾는 데 악재로 작용했다. 자칫 잘못 협상에 있어 값어치가 없단 판단을 내리기라도 한다면……. 으드득, 맞물린 잇새에서 소름 끼치는 마찰음이 새어 나왔다.

어디에 있든 반드시 찾아내 아이를 제 품으로 데리고 오리라, 재차 스스로에게 맹세했다. 반드시!

굳은 얼굴 위로 한 가닥 결심이 떠올랐다.

하루 이십사 시간 중 깨어 있는 시간은 채 몇 시간도 되지 않았다. 두어 시간 남짓한 시간 동안 수면에 들고 나면, 몸은 물 먹은 솜처럼 무겁게 젖어 있기 일쑤였다.

어제도 꿈에 아이가 나타났다. 더 정확히 말하자면 아이가 사라지고 난 이후 하루도 빠짐없이 악몽을 꾸고 있었다.

악몽. 그게 정말 악몽이긴 한 건가?

자조 섞인 비릿한 미소가 입가에 떠올랐다.

아이는 늘 이쪽을 바라보며 웃고 있었다.

다 괜찮다는 듯, 별일 없다는 듯. 떼를 써 본 적 없는 아이니 어쩌면 참고 있는 것인지도 모른다. 그 감각이 너무 선명하고 현실적이라 가수면 상태에서도 휘젓듯 공중으로 손을 뻗곤 했다.

오래 보자고 했다.

위험을 감지했을 당시, 입으로 조퇴를 말할 게 아니라 학교 밖으로 나오지 못하게 막는 게 우선이었다.

거기 있어. 기다려. 다른 사람 말고, 내가 데리러 갈 때까지.

당부를 입에 담는 한편으로 학교에 아이의 신변 보호를 요청했더라면 결과는 달라졌을까.

가장 안전한 곳을 제 손으로 벗어나게 만들었다. 그릇된 판단 하나가 결국 아이의 안전을 위협하는 시발점이 됐다.

더 바쁜 일. 핑계에 밀려 매일 등하교를 시켜 준다는 말은 결국 말뿐인 공언으로 끝이 났다. 답례로 세차를 해 준다던 견주의 목소리가 내내 귓가를 떠나지 않았다.

시간이 흘러가는 게 무섭다. 처음 이 같은 마음이 들었을 때, 인간이 얼마나 보잘것없고 나약한 존재인지를 되돌아보게 됐다.

모든 게 뜻대로 될 거란 안일함. 그 오만한 마음가짐과 자만.

사색이 길어질수록 말아 쥔 손아귀엔 한가득 힘이 실렸다. 손등 위로 검푸른 핏줄이 두드러졌다.

날짜가 경과할수록 지난 시간이 후회로 얼룩지고 있었다. 이대로 영영 손에서 놓쳐 버릴까 봐, 두렵단 생각이 들었다.

잠시 후 산길로 접어들었던 차가 멈춰 섰다.

앞서 차에서 내린 이중완이 우산을 펼쳐 들자 투두둑투두둑, 빗방울 떨어지는 소리가 산중턱 절간의 고요함을 깨뜨렸다. 걸음을 옮길 때마다 구두 위로 흙탕물이 튀어 올랐다.

입을 떼 말을 하는 사람은 없었다.

무겁게 내려앉은 침묵. 한꺼번에 불어닥친 바람에 주변의 나무들이 휘이익 귀곡성을 내며 뒤흔들렸다. 바람 소리가 거세지자 앞머리카락이 날리며 시야를 가렸다.

차라리 잘된 건가.

권성엽은 평생 음지에서 살아온 사람이었다. 밝은 건 그와는 거리가 멀었다. 쌓은 선업을 치하하기보다 악업을 덜어 내는 자리니 어쩌면 이편이 어울릴는지도.

사위가 어두워진 가운데, 봉록사의 큰스님인 법문의 주재하에 죽은 이의 명복을 비는 의식이 이어졌다.

법당 안에 들어가 치성을 드리는 인원은 태하를 비롯해 몇 되지 않았다. 그중엔 홍난주도 포함돼 있었다.

당연한 권리를 주장하듯, 홍난주는 태하와 함께 가장 상석을 차지하고 앉았다. 이따금씩 흐느낌 섞인 서러움을 토해 내며, 준비해 온 손수건으로 눈가를 찍어 누르기도 했다. 짙게 한 눈 화장이 번져 보였다. 이곳에서 눈물을 보인 유일한 이였다.

홍난주가 말을 붙여 온 건 의식을 끝낸 직후의 일이었다.

"저기…… 태하 군도 알다시피, 그이가 내게 공증해 준 게 있어요."

눈물을 닦아 냈던, 눅눅하게 젖어 있던 손수건은 여전히 홍난주의 손에 들려 있었다. 차게 식은 태하의 눈이 감흥 없이 홍난주를 건너다봤다. 이어 애탄 음성이 그 뒤를 이었다.

"약속했던 이 년은 채우지 못했지만, 그래도 도의란 게 있어요. 삼성동 상가, 내 명의로 돌려 줘요."

"그 공증, 누가 해 줬습니까?"

"태하 군?"

"아버지의 사람이 해 줬을 겁니다."

어리둥절한 홍난주를 앞에다 둔 채 무심한 투로 본론을 꺼냈다.

"사문서 위변조 정도는 눈 하나 깜짝하지 않고 해치울 자들이죠."

"그……그러니까 그 말은……."

"이 년을 채웠더라도, 삼성동 상가가 그쪽 몫이 되는 일은 없었을 겁니다."

"!"

"새삼 몰랐단 얼굴이군요. 그 사람, 내 아버지는 누군가에게 신뢰를 주기엔 한참은 부족한 분이라고 생각했는데, 당신에겐 아니었나 봅니다."

"마, 말도 안 돼!"

세차게 쏟아지던 빗소리마저 뚫을 듯, 날카롭게 소리를 키운 비명이 홍난주의 입에서 흘러나왔다. 창백하게 질린 안색이 곧이라도 쓰러질 것처럼 위태로워 보였다.

"의심이 든다면 다른 쪽으로 확인해 보셔도 됩니다."

결과는 변함없겠지만. 삼성동 상가는 이미 태하의 명의로 그 소유가 넘어와 있었다. 덧붙이듯 나온 마지막 말에, 빠르게 손익 계산을 마친 홍난주가 필사적인 눈빛으로 태하를 올려다보았다.

절실함과 절박함이 뒤범벅된 탐욕.

물기가 가신 홍난주의 눈엔 슬픔 대신 다른 감정들이 빼곡히 들어차 있었다.

"그, 그러지 말고 태하 군. 좋은 게 좋은 거라고, 태하 군이 나좀 봐줘요. 혼인신고만 안 했다 뿐이지, 그이 아내나 마찬가지였어요. 그간 한집에서 얼굴 맞대고 가족으로 산 정도 있으니, 그러니까 태하 군……."

그나마 소송을 입에 담을 정도로 멍청하진 않았다. 대신 인정에 호소한 애원이 계속해 이어졌다.

여자 혼자 몸. 생활이 걸려 있는 만큼 돈돈거리는 것도 어느 정도 이해는 갔다.

하지만 이견주 그 아이는? 당신 딸은?

생사도 모르는 이 상황에서, 정말이지 할 말이 그것뿐인가?

"당신 딸 이견주. 그 아이 소식은 궁금하지 않은가 보군요."

"……딸이라니…… 그게 무슨 말이에요."

"뭐, 적당히 동생이라고 해 둬도 상관은 없지만, 내가 듣고 싶은 건 다른 쪽 대답입니다."

"……물론 궁금해요. 하지만 그 문젠 내가 손쓸 수 있는 부분이 아니니까……. 아! 혹시 연락이 닿기라도 했나요? 대체 그동안 어디 있었대요? 지금 때가 어느 땐데, 아무리 철이 없어도 그렇지……. 얼굴 보게 되면 잘 알아듣게 야단칠게요. 분명 질 나쁜 애들이랑 어울려 다니느라 그랬을 거예요. 한창 친구가 좋을 나이잖아요."

친구. 그것도 여러 날 함께 밤을 지새울 만큼 친한 친구.

쉽게 내뱉은 무성의한 대답에 화조차 나지 않았다.

혼자 먹는 급식도 맛있다고 하던 그 애에게 함께 어울려 놀 만한 친구란 게 있었던가.

한날한시에 벌어진 권성엽의 죽음과 이견주의 실종.

겹치듯 일어난 갑작스런 사태로 인해 설령 사고가 마비되었다 하더라도, 아이를 챙기는 건 부모의 몫이었다.

실종 신고를 미뤄 둔 일과 관련해, 어느 정도 다른 내막이 있을 거란 의심 정도는 품고 있을 줄 알았다. 그러나 그조차 괜한 기우였다.

홍난주는 이견주의 부재를 단순 가출 정도로 인식하고 있었다. 불필요하게 진실을 숨기는 건 그만두기로 했다.

대화의 포문을 연 건 정두열의 정체를 밝히는 것에서부터였다.

친부.

이식.

실종.

굵직한 주제가 화두에 오를 때마다 홍난주의 얼굴색이 시시각각 달라졌다. 핏기가 가신 채 파랗게 질렸던 얼굴이, 시간이 지나면서 표백제를 푼 것처럼 하얗게 들뜨기 시작했다.

"농담이……."

파들파들 떨리기 시작한 몸을 두 손으로 감싼 홍난주가 이윽고 뒷걸음질을 쳤다.

"농담이 지나쳐요."

흔들림 없는 태하의 눈이 그녀를 주시했다. 휘청, 무릎이 꺾이며 홍난주의 몸이 앞쪽으로 기울어졌다. 도움 없이 가까스로 땅을 딛고 선 뒤에야 그녀가 떨림을 머금은 입술을 달싹여 왔다.

"……사실이란 말이군요. 그럼 견주는, 견주는 어디에…… 서, 설마 죽은 건."

"거기까지."

싸늘한 눈빛에 경고가 담겼다.

"더 하면 참아 줄 수 없을 것 같으니까, 거기까지만 하세요."

"우리 견주, 우리 견주가……."

우리라니. 하찮고 너절한 울림에 냉소가 터져 나왔다. 감히 홍난주가 입에 담을 단어가 아니었다. 그러나 이 자리에서 홍난주와의 관계를 완벽하게 정리할 마음은 가지고 있지 않았다.

"집을 비우는 건 상관하지 않겠습니다."

아이가 돌아왔을 때, 반겨 주는 사람이 한 명이라도 더 있다면 그것만으로도 홍난주가 가지는 가치는 충분했다. 이 말을 끝으로 등을 보이며 돌아섰다.

사흘 뒤, 생각을 정리할 시간이 필요하다던 홍난주는 돈 될 만한 물건들을 챙겨 자취를 감췄다. 패물이며 가방 할 것 없이, 심지어 유품으로 남아 버린 성엽의 물건에까지 손을 댔다.

언젠가 정리를 해야겠단 생각은 가지고 있었지만, 적어도 이런 시기에 이런 방식은 아니었다.

결국 쓸데없는 참견이었단 건가.

머무르고 싶은 만큼 머무르라고 했지만, 처음부터 불필요한 배려였던 모양이다.

이런 상황이라면 아이를 버렸다는 게 맞는 거겠지.

아이만 찾는다면, 홍난주에 대해서도 너그러워질 마음을 가지고 있었다. 그러나 그 시간조차 견디기 힘들었던 듯, 결국은 이런 모습으로 마지막을 알려 왔다.

홍난주의 노림수에 있어 태하의 방도 예외가 될 순 없었다. 무질서하게 어지럽혀진 것들 가운데 값비싼 시계들의 모습도 보이지 않았다.

아무렇게나 헤집어 놓은, 엉망이 된 집 안에서 유일하게 멀쩡한 곳은 이견주의 방 하나뿐이었다.

방문을 열자 가지런히 정돈된 책상이 가장 먼저 눈에 들어왔다. 전반적으로 차분한 분위기로, 어수선한 느낌은 들지 않았다. 하지만 방 안 어디를 둘러봐도 값나가는 물건은 보이지 않았다. 홍난주가 왜 이곳만은 예외로 남겨 두었는지 이 순간 충분히 납득이 갔다.

그대로 문을 닫아 두고 돌아설까 하다가 중간에 마음을 바꿔 발길을 안쪽으로 돌렸다. 주인이 자리를 비운 책상 위엔, 켜켜이 쌓아 정리해 둔 책만 맥없이 빈자리를 지키고 있었다. 관심을 끈 건한 권의 책이었다.

표지가 뜯겨져 나간 필사본.

무심코 얄팍한 종이 한 장을 들췄을 때 저도 모르게 숨을 훅, 들이켜고야 말았다.

별주부전.

아무렇지 않게 넘겨 버려도 될 평범한 책 제목 하나에, 신경이 끝 간 데 없이 예민하게 곤두섰다.

왜 이런 게 여기에…….

일시에 심장박동수가 증가했다. 책장을 넘기는 속도가 급격하게 빨라졌다. 그러나 이내 그 속도가 반감됐다.

공부할 때의 버릇인 듯, 형광펜으로 밑줄을 그어 놓은 단락 아래로 아이의 필체로 보이는 메모가 낙서처럼 끄적거려져 있었다. 근처에 있던 다른 연습장의 필적과 대조해 본 결과 아이의 글씨체가 맞았다.

「토끼에게 꺼내 쓸 수 있는 간이 두 개가 있었다면, 토끼는 그 간을 별주부에게 스스럼없이 양보할 수 있었을까. 무섭다.」

벼락같은 깨달음이 태하의 안일함에 일침을 가했다. 둔탁한 둔기에 머리를 얻어맞은 기분이었다.

"……알고, 있었구나."

스산한 바람이 혼란스런 틈을 타 마음속으로 파고들더니, 이내 광포하게 변해 태하를 공격하기 시작했다.

허윽, 허윽.

심장이 고장 난 것처럼 제멋대로 들썩거렸다. 쥐어짜듯 가슴으로 손을 가져간 이후론 제대로 된 숨을 내쉬기가 어려웠다.

서늘한 통증. 폐부를 찌르는 듯한 고통.

정신을 좀먹기 시작한 생각이 그의 전신을 뒤흔들어 놓았다.

이유가 궁금했다.

감춰져 있던 진실 여부와는 상관없이, 사실을 알았다면 이곳에 남아 있을 이유가 없었다. 어려도 그 정도 사리 분별은 할 줄 아는 아이였다.

그런데 왜.

줄곧 의문에 사로잡혀 있던 그에 대한 궁금증은 기승재의 방문을 받고 난 후에야 비로소 해소되었다.

"단순 실종이란 권 실장님 말씀, 전 믿지 않습니다."

불안을 잠재우려는 행동처럼 기승재는 한시도 마주 잡은 두 손을 가만히 두지 않았다.

"견주, 어디 있습니까."

기승재는 견주의 실종에 태하가 연관돼 있다고 굳게 믿고 있었다. 직감적으로 기승재가 더 많은 얘길 알고 있을 거란 확신이 들었다. 얼마 지나지 않아 확신은 곧 하나의 실체가 되어 그 모습을 드러냈다.

"필요한 걸 받아 갔다면 그 아인 제자리에 돌려놓으세요. 수능이 얼마 남지 않았습니다. 자는 시간마저 아껴 가며 공부할 정도로 열심이었단 거 권 실장님도 잘 아시지 않습니까."

"필요한 걸 받아 갔다……?"

"이미, 알고 있지 않습니까."

악문 잇새를 뚫고 나온 비난조의 추궁이 태하를 향했다.

"우연찮게 권 실장님 통화 내용을 들었습니다. 그러니까 어디 있는지 말씀해 주세요. 부탁드립니다."

"……기승재 씨 당신이었군요. 그 아이에게 사실을 흘린 사람이."

"위험하다고 경고했어요. 그런데도 믿고 싶다고 했어요. 그 아인, 당신을 믿어 주고 싶다고 했어요."

이곳에 온 이래로 기승재의 눈빛은 한곳에 고정돼 있지 못한 채 계속 흔들거리고 있었다. 흡사 보복이라도 당할까 두려워하는 눈빛이었다. 이 자리에 오기까지의 과정이 쉽지 않았음을 말해 주는 대목이었다.

성인 남성인 기승재조차 두려워 마지않는 자리였다.

다 자라지 못한 아이 입장에서야 말할 필요도 없다. 그런데도 늘 견주는 웃으며 말을 붙여 왔다.

조카님.

이명처럼 귓가로 내려앉은 부름이 거센 반향을 불러일으켰다. 조여들듯 심장이 욱신거렸다. 숨이 쉬어지지가 않았다.

수능 한파가 몰아친 당일. 수능은 결국 결시 처리됐다. 수능 다음 날인 11월 13일은 견주의 생일이기도 했다. 함께 살면서도 단한 번도 챙기지 못했던 생일이 그렇게 지나가 버렸다.

조기준은 여전히 정체를 감추고 있었다. 마음의 여유가 없어진지는 이미 오래되었다. 살이 빠진 탓에 전체적인 인상은 사건 전보다 날카롭게 변해 있었다.

위아래로 갖춰 입은 검은 양복이 한층 위험스런 기운을 풍겼다. 자연스럽게 이러한 분위기가 주변의 접근을 제한했다.

뉴스에선 올겨울 추위가 기승일 거란 소식이 전해졌다. 추위는 사람 마음을 얼어붙게 만드는 힘을 가지고 있었다.

도피하기엔 최악의 계절.

이대로는 안 된다는 위기의식이 태하의 마음을 사납게 담금질했다.

찾을 수 없다면, 역으로 찾아오게 만들어야만 했다.

수소문 끝에 홍난주가 거주한다는 남양주시 주소를 알아내 만남을 가졌다. 이미 끝난 인연을 이어 붙여서라도 해야 할 일이 있었다.

"어, 어떻게……."

여기저기 어지럽게 늘어놓은 빈 술병이 인상을 찌푸리게 만들었다. 코끝으로 와 닿는 눅눅하고 퀴퀴한 냄새.

그냥 보기에도 남루한 방이다.

가져간 가방이나 옷가지들은 보이지 않았다. 팔아 치웠다면 전셋집 정도는 구할 수 있을 거라고 생각했지만, 하고 있는 행색을 보니 그마저도 탕진한 모양이었다.

"그러니까, 그게 말이야…… 내가 그러려고 그랬던 건 아니야.

나, 나도 속았어. 그 땅을 사 놓기만 하면 금세 가격이 몇 배로 뛴 단 말에 당시엔 앞뒤 가릴 겨를이 없었어. 저, 정말이야."

예상치 못한 태하의 방문에 사색이 된 홍난주가 말을 더듬으며 조악한 변명을 늘어놓기 시작했다. 그러나 불필요한 일에 시간 낭비할 마음은 조금도 가지고 있지 않았다. 발뺌하기 바쁜 홍난주의 앞에 거액이 든 돈 봉투를 내밀었다.

"한 가지 해 줘야 할 일이 있습니다."

금액을 확인한 직후 홍난주가 놀란 표정을 지어 보였다. 탐욕 어린 눈빛으로 고개를 끄덕이기까지 긴 시간을 필요로 하지 않았다.

잠시 후, 신분증과 도장을 챙겨 든 홍난주와 함께 구청을 찾았다. 구청에 들어가기 직전에 세 사람이 더 합류했다.

견주를 대신할 대역 하나, 이를 입증할 증인 두 명이었다.

불현듯 지난날 해 왔던 성엽의 말이 머릿속에서 떠올랐다.

'넌 나를 닮았어.'

사법 고시만 패스했다 뿐이지, 성엽의 말처럼 애초에 검사에 어울릴 만한 인재는 아니었다. 위법, 편법에 능한 건 성엽만이 아니었다.

만 18세. 부모나 후견인의 동의가 있다면 혼인신고도 가능한 나이.

아이에 대한 적합한 영향력을 행사하기 위해서는 보다 긴밀한 관계가 될 필요가 있었다. 당사자의 의사를 배제한 채, 태하의 호적에 견주의 이름이 올랐다.

권태하의 아내 이견주.

이건 숨바꼭질하듯 꽁꽁 숨어 버린 조기준에게 보내는 일종의

245

경고 메시지였다. 아이의 목숨을 탐내는 순간 평생 적으로 맞서야
할 거란 경고. 또한 그 이면엔 협상의 여지 역시 남아 있음을 직접
적으로 드러내고 있었다.

하루라도 빨리 모습을 드러내. 원하는 게 있다면, 그게 뭐든 지
불할 용의가 있으니까.

아이만 무사하다면, 다른 건 아무래도 상관없었다.

제9장

나, 너무 무서워요

"권 실장님 분부로 모시러 왔습니다."

예상과 달리 교문 앞까지 견주를 마중 나온 사람은 이중완이 아니었다. 안면이 없던 터라 한차례 고개를 갸웃하긴 했지만 곧 별다른 의심 없이 차에 올라탔다.

조퇴를 하기에 앞서 태하로부터 미리 연락을 받은 상황이었다. 전화상으로 느껴지던 태하의 분위기는 어딘지 모르게 바빠 보였고, 이 같은 상황을 반영하듯 대신해 나왔다던 남자 역시 지시받은 명령을 이행하듯 자연스럽게 견주를 뒷좌석으로 인도했다.

"잘 부탁드릴게요."

눈에 익은 차종과 번호판이 남은 경계심마저 흐려 놓았다. 따로 의심할 여지는 찾지 못했다. 다만 중완의 경우와는 다르게 함께 움직이는 동안 이어진 침묵이 조금 불편하게 다가왔다.

붙임성이 있는 성격도 아니었고, 처음엔 그냥 이대로 앉아 가려고 했다. 하지만 곧 마음을 바꿔 먹었다.

자주는 안 보더라도 통성명 정도는 하는 게 예의지 않을까 하는 생각에 먼저 말을 붙였다. 그러나 성함이 뭐예요, 라고 물어봤을 때 남자는 침묵하는 편을 택했다.

못 듣고 지나칠 정도로 작은 목소리는 아니었기에 잠깐 고개가 갸웃거려졌다.

과묵한 사람인가 보네.

귀찮게 굴기보다, 그냥 입을 다무는 것으로써 상황을 마무리 지었다.

지루함에 시선은 자연히 바깥을 향했다. 평일 낮 시간대라 그런지 거리엔 사람이 거의 보이지 않았다.

스쳐 지나가는 풍경을 바라보고 있자니, 마음이 차분히 가라앉는 기분이 들었다. 그러나 평온했던 분위기는 불쑥 난입해 온 불청객에 의해 금세 깨어졌다.

차가 출발하고 난 후 십 분쯤 지났을까? 사거리 횡단보도 앞 정지 신호에 걸린 차가 잠시간 멈춰 섰다. 때맞춰 뒷문이 열리며 낯선 인영이 옆자리를 차지하고 앉았다. 사전 계획된 일처럼 정말이지 순식간에 벌어진 일이었다.

"반가워, 이견주 양. 결국 이런 식으로 보게 됐네?"

시선이 마주쳤을 당시, 남자의 입가엔 섬뜩한 미소가 걸려 있었다. 갑작스런 상황에 놀란 견주가 도움을 청하기 위해 다급히 고개를 운전석으로 돌렸다.

읍!

순간 억센 손길에 의해 코와 입이 틀어막혔다. 미리 준비해 온 듯한 하얀 천에서 맡아 본 적 없는 이상한 약품 냄새가 났다. 사실을 인지한 순간 의식이 흐릿하게 변했다.

"출발하지."

인사이드 미러를 통해 운전석의 남자가 천천히 고개를 끄덕이는 광경이 포착됐다. 명령을 받아 움직이는 하수인처럼, 곧 아무 일 없단 듯 차가 부드럽게 출발했다. 짙게 선팅된 차 안의 사정까지 관심을 두는 사람은 없었다.

기억은 거기서 끊어졌다.

정신을 잃었다 눈을 떴을 땐, 의외의 장소에 누워 있었다.

무거워진 눈꺼풀을 억지로 들어 올리자 오랜 숙취에 시달린 사람처럼 머리가 지끈지끈거렸다. 날카롭고 뾰족한 바늘이 예민해진 신경을 아무렇게나 찔러 대는 느낌이었다.

제발 가만히 좀 있어!

정신이 없는 와중에도 범죄에 휘말렸단 인식 정도는 가지고 있었다.

이상한 약품 냄새를 맡고, 그 직후 정신을 잃었다. 약물의 여파는 쉽게 수그러들지 않았다. 무기력하게 변해 버린 팔다리가 움직임을 방해했다.

으읏!

감각이 깨날수록 머리털이 쭈뼛쭈뼛 곤두서며 섬뜩한 기분에 사로잡혔다. 의아할 정도로 주위가 조용한 느낌이었다. 주변에선 어떤 인기척도 느껴지지 않았다. 차라리 귀가 멍할 정도로 시끄러웠다면 이 정도로까지 불안에 떨진 않았을 테다.

대체 지금 주변에서 무슨 일이 일어나고 있는 거지?

어딜 둘러봐도 온통 새하얀 벽뿐이었다. 익숙지 않은 낯선 장소에, 직감적으로 안 좋은 상황에 처했다는 걸 알아차렸다.

애써 눌러 잠재운 불안감이 다시금 스멀스멀 고개를 치켜들었다. 시선은 한군데 고정돼 있지 못한 채 끝없이 흔들렸다.

별일 없을 거야.

마음을 다잡는 한편, 숨죽인 채로 걸음을 옮겼다.

방 한쪽에 딸려 있던 화장실은 사방이 막혀 있는 구조였다. 빠져나갈 수 있는 공간은 보이지 않았다. 아쉬움을 뒤로한 채 처음 있던 자리로 되돌아왔다.

휴대폰이라도 수중에 있었으면 좋으련만, 범인이 바보가 아닌 이상 그런 걸 버젓이 남겨 뒀을 리 없었다.

창문 하나 없는 이상한 곳. 결국 맞은편에 위치해 있던 거대한 철문을 통하지 않고서는 나갈 수 없단 결론이 나왔다.

혹시나 하는 생각에 조심스레 문고리를 당겨 봤지만 역시나 미동은 없었다. 문은 안이 아닌 바깥에서 잠기는 구조로 돼 있었다.

유일하게 바깥과 연결된 곳은 철문 아래로 나 있는 용도를 짐작하기 어려운 작은 구멍뿐이었다. 깊게 생각에 잠길 시간도, 오래 망설일 여유도 없었다.

서둘러 무릎을 꿇어 가며 얼굴을 구멍 가까이로 최대한 가깝게 밀착시켰다. 필사적인 몸부림으로 인해 금세 얼굴 주변으로 보기 싫은 생채기가 생겼다.

"도와주세요."

돌아오는 대답은 없었다.

"여기, 사람 있어요!"

동그랗게 말린 주먹이 잠겨 있던 문을 연신 두드려 댔다. 손톱이 닿자 기기긱거리는 기이한 소리가 났다.

"이봐요. 거기 아무도 없어요?"

목소리는 형편없이 갈라져 나왔다. 그러다 문득 두려워져 부르르 몸을 떨기도 했다. 다행히도 울음은 간신히 참아졌다. 눈물을 보이는 순간 탈진할 때까지 울어 버릴 것 같아서, 그래서 억지로라도 참았다.

시간이 지날수록 삐뚤빼뚤 갈라지기 시작한 손톱 끝이 잔인한 현실을 일깨워 왔다.

누구라도 좋으니.

어떤 말이라도 괜찮으니까.

이런 마음으로 묵묵부답인 상대를 향해, 끊임없이 바깥과 대화를 시도했다. 그럴수록 싸늘하게 내려앉은 침묵이 더 크게 다가왔다.

대체 뭘 어쩌자는 거야. 비틀어진 입매. 사납게 치우친 눈썹. 그럼에도 숨길 수 없었던 불안이 눈동자 속에 고스란히 녹아 있었다.

"원하는 게 뭐야. 말로 해. 말을 해야 알 거 아냐!!"

바락바락 악을 쓰며 발길질하듯 문을 걷어차길 수차례.

조심스러웠던 음색이 점차 원색적인 비난을 띠기 시작했다.

문 열어! 문 열란 말이야!

혼자 감당하기 벅찬 두려움이 무겁게 어깨를 짓눌렀다.

조카님, 조카님. 무서워요. 나, 너무 무서워요.

기댈 곳도, 매달릴 곳도 없는 상황에서 생각은 자연스럽게 태하에게로 흘러갔다. 그러다 흠칫 놀라며 시선을 떨구고 말았다.

믿을 수…… 있는 걸까. 다른 때도 아닌 지금 이 상황에서도?

견주를 가장 괴롭게 만든 것은, 이번 일에 있어 권태하를 배제하고 생각할 수 없는 작금의 현실이었다.

이래서야 피아(彼我) 구분이 되지 않는다.

달콤한 말을 앞세워 마음을 뒤흔든 것도 태하였고, 그 이면에 무서운 일을 계획했던 것도 그였다.

대체 어디까지가 진실이고, 어디까지가 거짓인 걸까.

신장…… 신장 때문인 걸까?

그런 건 너무 비참하잖아.

이쯤에서 하던 생각을 멈추려고 했지만 마지막에 가서는 늘 태하의 얼굴이 떠올랐다.

살려 주세요.

왜 나만.

상충된 서로 다른 이해가 뒤죽박죽 섞이기 시작하자 때맞춰 심장의 울림이 거세졌다. 잔뜩 쉬어 버린 목에선 색색거리는 숨소리만 간신히 흘러나왔다. 성대 결절이 온 것처럼 목이 따끔거렸다.

잠시간 눈을 감았다 뜨자, 이내 현실과 비현실의 경계가 흐릿하게 변했다.

정신을 잃었다 깨어난 이후론 온통 불명확한 것투성이였다. 당장 시간이 얼마나 지났는지조차 가늠이 되지 않았다. 시간을 특정지을 만한 물건이 아무것도 남아 있지 않단 사실이 초조함을 증폭시켰다.

주변을 둘러봤지만 메고 있던 가방은 어디다 두었는지 보이지 않았다. 다행히 옷은 입고 있던 그대로였다.

주머니에 손을 집어넣자, 뜻밖의 물건 하나가 손에 잡혔다. 학생이 가져선 안 되는 물건이었지만, 지금은 그런 걸 따질 때가 아니었다.

본능적으로 그걸 침대 밑에 숨겼다. 그대로 두면 빼앗길 것 같단 생각이 스치듯 머릿속을 지나쳤다.

감성에만 휘둘리던 마음이 조금씩 이성을 되찾아 가고 있었다.

대체 여긴 어디인 걸까.

처음엔 감옥 같단 생각을 했다.

그다음엔 병원이 아닐까 하는 의문을 품었다.

둘 모두 일반적인 경우는 아니었다. 전자라면 소명의 기회가 남아 있을지 모르겠지만, 후자라면 불법 감금을 당한 상황이었다.

여기까지 생각이 정리됐을 때 희미한 발자국 소리가 들려왔다.

묵직하고 둔탁하기보단 한결 가볍고 가뿐한 걸음걸이였다. 곧 예민해진 감각이 하나의 결론을 내놓았다.

여자다.

남자의 걸음걸이라고 가정할 시 체격이 왜소한 사람도 해당될 수 있겠지만, 이 경우 선명하게 들리는 구두 소리가 걸림돌이 됐다.

바닥과 마찰할 때마다 또각또각 소리가 울렸다. 닿는 면적이 작으면서도, 제법 굽 높은 구두를 신고 있을 때나 들을 수 있는 소리였다.

급해진 마음을 반영하듯, 문 두드리는 속도가 빨라졌다. 아픔을 느낄 틈도 없었다.

"이봐요! 내 말 안 들려요? 여기 사람 있어요. 사람이 갇혀 있단 말이에요!"

핏기가 가신 얼굴이 더욱 필사적인 빛을 띠었다. 그러나 비명처럼 높다랗게 울려 퍼진 외마디 외침에도 상대의 반응은 미온적이었다.

제발, 제발, 제발!

가까워진 발소리가 멀어지게 되면 또다시 혼자가 된다. 그런 상황이 되는 것만은 피해야 한다.

쿵.

이번에는 손이나 발이 아니었다. 있는 힘껏 몸을 부딪쳐 가며 존재감을 드러냈다. 제발 알아봐 달라고, 이대로 지나치지 말아 달라고. 순간 상대방의 발걸음이 기적처럼 멎었다.

혹시……!

숨을 흡, 들이마신 견주가 얼굴을 문 가까이로 가져다 대며 혹시나 들려올 상대의 이야기에 귀를 기울였다. 그러나 원하던 대답 대신 하단부에 뚫려 있던 구멍을 통해 네모난 플라스틱제 상자 하나가 들어왔다.

배가 고프다고 생각해 본 적은 없었다. 그런데 냄새를 맡는 순간 허기가 몰려들었다. 익숙한 냄새에 뚜껑을 열자 한 끼 정도를 해결할 수 있는 밥과 반찬이 들어 있었다.

하지만 왜 굳이 이런 방식을 사용해 음식을 전달하는 걸까?

얼굴을 보지 말아야 하는 특별한 이유라도 있는 걸까?

그게 아니라면……!

구멍의 용도를 짐작한 순간 와락, 얼굴이 일그러졌다.

잠잘 수 있는 침대.

씻을 수 있는 물과, 생리 현상을 해결할 수 있는 화장실.

바깥에서부터 들여오는 음식.

밀실이나 다름없는 공간.

완벽하게 고립되었다는 것을 안 순간, 심장이 쿵 하고 아래로 떨어졌다. 볼일이 끝났다는 듯, 발소리가 멀어지고 있었다.

가둬 키워지는 짐승처럼 통제를 받고 있었다.

배고픔을 참을 수 없는 지경에 이르러 식어 있던 음식에 손을
댔다. 썩 나쁜 맛은 아니었지만 문제는 그게 아니었다. 잠이 올 상
황이 아닌데도 또다시 의식이 흐릿해지고 있었다.

씨이.

욕지거리가 턱밑까지 차올랐다.

"사람 가지고 장난치고 있어……."

뒤늦게 정신을 차렸을 땐, 입고 있던 교복 대신 환자복 비슷한
복장으로 바뀌어져 있는 걸 발견했다.

의식이 없는 상황에서 옷이 갈아입혀졌다는 것은 다른 사람의
손을 타지 않고서는 불가능한 일이었다. 누군가 이곳에 들어온 사
람이 있었다.

거의 반사적으로 상의를 끌어 올려 가슴 부근을 확인했다. 그런
뒤에야 안도의 한숨을 내쉬었다. 상처 없이 깨끗한 몸이 사나운 생
각을 잠재웠다.

욕실에도 거울은 없었다.

"야박하게 굴긴."

하지만 눈에 보이는 부분만 살펴봐도 온몸은 멍투성이였다.

얼룩덜룩 꼭 바둑이 같다.

빨갛고 파랗고. 어느 것은 색이 거의 빠져 희미하게 자국만 남
아 있기도 했다.

아픈 건 싫었다. 자해도 취향에 맞지 않았다. 그런데도 매번 몸
에서 상처가 가실 날이 없었다.

처음엔 오기가 생겼다. 멀리서 희미한 발자국 소리만 들려와도

몸을 부딪혀 가며 애원했다. 애원하고, 부탁하고, 나중엔 거친 소리도 아무렇게나 뱉어 냈다.

대개 이런 경우, 보통의 사람이라면 어떤 방식으로든지 반응이 있기 마련이었다. 그러나 상대는 늘 이런 견주를 감흥 없이 대했다.

마치 늘 겪어 오던 일인 것처럼.

정해진 매뉴얼에 따라 움직이며 오랫동안 교육을 받은 티가 났다.

반복되던 일상에 익숙해지기 시작했을 즈음, 상황을 객관적으로 바라볼 수 있는 여유를 찾게 되었다. 정신병동, 아마도 도심이 아닌 외곽에 위치해 있는 정신요양시설일 확률이 커 보였다.

한동안은 구멍을 통해 들어오는 음식을 자의적으로 거부했다. 하지만 곧 상황에 순응하게 됐다.

죽고 싶지 않아서.

살아서 이곳을 나가고 싶어서, 그래서 주는 건 뭐든 먹었다. 어떤 날은 괜찮은 날도 있었지만, 가끔은 속이 뒤집어질 정도로 토할 때도 있었다. 음식 탓인지, 아님 정신적인 문제인 건지조차 잘 구분이 가지 않았다.

몸이 안팎으로 혹사당하는 기분이었다. 아물 사이도 없어, 상처는 덧나고 있었다. 아픔에 익숙해지는 것이 두려워지고 나서부턴, 불필요한 일로 스스로를 괴롭히는 일은 그만두기로 했다.

이즈음 어렴풋하게나마 시간을 구분 지을 수 있게 되었다.

바깥에서부터 주기적으로 음식을 들여오는 횟수 중, 유독 그 텀이 긴 때가 있었다. 그 시간을 수면에 드는 밤이라 추정한다면, 그 다음 음식이 지급되는 때가 아침이었다.

대화 상대가 없다 보니 혼잣말도 부쩍 늘었다. 대답이 돌아오지 않을 걸 알면서도 꾸준히 말을 걸었다.

어떤 때는 상냥한 투였다가, 심기가 틀어지면 고약한 말도 내뱉었다. 그리고 나면 늘 미안하단 사과를 습관처럼 덧붙이곤 했다.

그 말이 진심이라기보단 밉보일까 봐서 불현듯 걱정이 됐기 때문이었다. 한두 평 남짓 되는 그 작은 방 안에서도, 하루에도 몇 번씩 마음이 오락가락했다.

"오늘 날씨는 어때요? 많이 더워졌죠?"

질문의 형식을 띠고 있긴 했지만 여느 때와 마찬가지로 답을 바라고 한 질문은 아니었다. 상황을 가늠하는 건 이번에도 견주의 몫이었다.

그리고 어느 날부터인가 천장에 설치된 에어컨을 통해 바람이 흘러나오기 시작했다. 그래서 여름인 줄 알았고, 더 이상 바람이 흘러나오지 않자 가을이 된 거라고 생각했다. 그러나 계절감을 뚜렷하게 느끼게 된 건 겨울에 이르러서였다.

바닥에서 찬 기운이 올라왔다. 여름을 지낼 때와는 사정이 달라져 있었다. 기온이 떨어진 게 몸으로 느껴지는 상황에서도 따뜻한 바람은 나올 기미를 보이지 않았다.

보온을 기대하기 어려운 얄팍한 옷가지와, 무게감 없는 이불 하나가 겨울을 나는 유일한 방한 도구였다. 그러나 이것만으로는 추위를 막기에 역부족이었다.

낮은 그래도 견딜 만했지만 밤은 아니었다.

이불 하나만 더 주면 안 돼요? 안 되면 옷이라도 넣어 주세요. 이 같은 부탁을 수도 없이 입에 올렸지만, 단 한 번의 편의도 견주에겐 허락되지 않았다.

인류애까진 바라지 않았지만, 기본적인 인정머리도 없었다.

진짜 사람 나쁘다.

악담을 퍼붓는 와중에도 맞물린 이가 딱딱 부딪쳤다.

빨지 않은 이불에선 고약한 냄새가 났다.

따뜻한 물이라도 나오면 좋을 텐데.

아쉬움을 달래며 찬물로 세수를 하고 나면, 하루 종일 바들바들 떠느라 어깨가 다 아플 지경이었다.

가둬 키우는 짐승 따위가 아닌데. 햇볕이라도 좀 쬐게 해 주지.

호호, 불어 낸 입김이 사방으로 흩어졌다. 열악한 환경상 감기라도 걸렸다간, 곧바로 폐렴으로 발전해 버릴 것 같았다.

다람쥐 쳇바퀴 돌듯, 좁은 방을 반복해 오갈 때면 가끔 벽이 날 향해 돌진해 오는 것 같기도 했다. 정신이 피폐해진다는 걸 느끼면서도 할 수 있는 것은 아무것도 없었다.

"청소라도 할게요. 저 청소 진짜 잘해요. 원하는 거 없어요. 그냥 청소라도 시켜 줘요."

협상을 하자는 게 아니었다. 그냥 바깥에서 불어오는 시원한 공기라도 한번 쬐게 해 달라며 통사정하는 중이었다. 그러나 여자는 이번에도 대답을 피했다.

멀어지는 발걸음 소리에도 눈물은 나오지 않았다.

일부러 심호흡을 크게 내쉬어도 봤지만 효과는 미비했다. 가슴에 묵직한 돌을 얹어 놓기라도 한 것처럼 답답함은 여전히 그대로였다.

이곳을 나가게 되더라도 죄는 짓지 말아야지.

한 공간에 갇혀 있는 건 정말이지 딱 질색이었다.

할 수 있는 것도 해야 하는 것도 없는 무료한 시간은 대체적으로 그녀가 지닌 의문을 해소하는 데 사용되어졌다. 생각이 많아지고 있었다.

왜 찾지 않는 걸까. 왜 이대로 방치만 해 두는 걸까.

목적이 있어 가뒀다면, 어떤 식으로든지 반응이 있어야 할 시간이었다.

그런데 왜. 대체 왜. 왜…… 왜…….

꼬리에 꼬리를 문 생각은 명쾌한 해답을 내리기보다 또 다른 의문을 양성하며 끝이 났다.

그사이 없던 버릇이 생겼다.

길어진 손톱 끝을 잘근잘근 깨물기 시작했다. 아픈 건 싫었지만 가끔은 벌레가 기어 다니는 것처럼 온몸이 가려울 때가 있었다. 이따금 불안감을 잠재우지 못하면 날카로운 손톱이 보기 싫은 흉터를 남기곤 했다.

더 시간이 지나선, 차라리 제 손으로 신장을 꺼내 주고 싶단 생각까지 했다.

퇴색되어 가는 모든 것들.

단절된 세상은 생각을 하나로밖에 넓혀 가지 못했다.

정신이 무너져 내리고 있는 게 느껴졌다.

고장 난 인형처럼, 서서히 망가져 가고 있었다.

《술은 팔지 않습니다.》

영문각 현판 아래 이 같은 안내문이 걸렸다. 새벽까지 이어지던 영업도 밤 열 시 정도로 마감 시간을 앞당겼다.

주방과 서빙 쪽의 인력을 제외한 나머지 부분에서 대거 물갈이가 됐다. 술을 팔지 않는 음식점에 상품화할 수 있는 여자는 필요하지 않았다. 술을 따르던 여자는 단 한 명도 남겨 두지 않고 내보냈다. 웃음을 팔아 얻을 정보는 이제 더 이상 남아 있지 않았다.

정재계 고위층에게만 열어 두었던 문을 일반인에게도 개방했다. 값비싼 메뉴 대신, 적당한 금액대의 음식이 메뉴판에 새롭게 등장했다.

전과 같은 특별 대접을 바라던 사람들은 일찌감치 발길을 끊었다. 다만 대한그룹의 계호균 회장을 비롯해 대산의 정태석 회장 일가 등 몇몇은 꾸준히 걸음을 했다. 바뀐 분위기가 오히려 더 마음에 든다는 듯, 가끔은 음식 맛이 좋단 말로 너스레를 떨어 오기도 했다.

겉으로 드러난 매출은 올랐지만 전체적인 손익 분기점을 따지자면 정보를 다룰 때보다야 한참은 못 미치는 수익이었다. 그러나 돈은 문제가 아니었다.

혹시라도 아이가 이곳을 혼자 찾았을 때, 제약 없이 자유롭게 드나들 수 있는 환경을 만들어 놓는 게 우선이었다. 문전박대당하는 일이 없도록 미연에 방지하자는 차원이었다.

쓸데없는 헛수고일 수도 있었다. 그러나 이렇게라도 해야지만, 사나워진 감정을 조금이나마 다스릴 수가 있었다.

집은 물론 과외를 받던 오피스텔의 비밀번호 역시 그대로였다. 그러나 장기간 주인이 자리를 비운 방 안은 온기를 잃은 채 서늘한 공기만 들어차 있었다.

지지부진했던 수사가 급물살을 타기 시작한 건, 종적을 감추고 있던 조기준의 행방을 유추할 수 있는 단서를 찾아내면서부터였다.

"원양어선을 탔단 말이지. 조기준이 확실해?"

"얼굴을 본 사람이 있답니다. 출항 전 마지막으로 그물 손질 일을 한 노인인데, 가방 하나 없이 빈 몸으로 승선한 게 이상해 눈여겨본 기억이 남아 있다더군요. 턱에 자상이 있는 것까지 일치합니다."

"장소는?"

"포항에서 출발하는 연승어선입니다. 위조 여권을 이용해 부원으로 승선한 걸로 보입니다. 그런데…… 이쪽에서 사람을 내려 보내기 전에 이미 배가 떴던 모양입니다."

배를 이용한 밀항 루트는 수백 개에 이를 정도로 그 길이 다양했고, 밀항 방법 역시 수없이 많았다. 일부는 돈을 받고 서류를 빌려주는 게 관행처럼 돼 있어, 기초 안전교육 없이 승선하는 것도 큰 무리는 아니었다.

포항이라면 낚싯배를 타고 섬에서 섬으로 이동한 다음, 위장 조업 원양어선에 승선해 먼 바다로 나간 뒤 외국 선적을 이용했을 가능성이 높았다.

가장 먼저 머릿속에 떠오른 건 중국이었다. 그러나 희박하지만 다른 가능성 역시 배제할 수 없었다.

무엇보다 이미 해외로 밀입국했다면 일이 더 복잡하고 어려워질 수밖에 없는 상황이었다. 그러나 세밀하게 준비를 하기엔, 정두열의 죽음 자체가 급작스러웠다. 분명 어디든 빈틈이 남아 있을 것이다.

역발상으로 사건을 되짚는 가운데, 반길 만한 희소식이 전해졌다.

"더 정확한 건 배가 들어와 봐야 알 것 같습니다."

"그 말은……?"

"조업을 나가는 배에 그대로 올라탄 모양입니다. 만나 본 선주 말로는 고기잡이 외에 불법적인 방법으로 차익을 남기는 일엔 일체 손대 본 적이 없다며 얼굴을 붉히더군요. 아닐 경우 목을 걸겠다 호언장담했으니, 허튼 수작만 부리지 않았다면 아직 조기준이 그 배에 타고 있을 가능성이 높습니다."

중간에 배에서 내릴 수 없는 상황이라면 결국엔 한국 땅을 밟을 수밖에 없단 얘기가 성립된다.

그럼 아이는? 아이는 어디 있는 거지?

도주로를 확보해 두지 않은 상태에서 배에 올라탄 상황 자체가 조기준의 입장에서는 돌발적인 변수였을 것이다.

계획에 없던 일. 정두열의 죽음이 심리적 부담감으로 작용한 그 상황에서 아이를 처리할 여유까지 있었을까?

아니. 어쩌면.

의견은 양분됐지만, 촉박한 시간에 목숨을 취해 처리하기보단 어딘가에 두고 혼자 움직였을 가능성에 무게가 더 실렸다.

태하의 손이 불끈 쥐어졌다.

만약 자신이 조기준의 입장이었더라면 어떤 방식으로 사태를 무마하려고 들었을까.

하나, 가는 마당에 뒷일을 생각하지 않고 움직이는 악수를 두진 않았을 것이고 둘, 돌아올 때를 대비해 목숨을 구명할 줄 하나는 남겨 두고 갔을 것이다.

비록 아주 사소한 것일지라도.

그게 아이의 안전이길, 이 순간 태하는 간절히 소원했다.

살아만 있으면 돼.

시기적으로 계산해 보면, 견주를 제 호적에 넣으면서까지 보냈던 경고 메시지는 조기준에게 닿지 않았을 거란 결론이 나온다. 이 사실이 불안 요소로 작용했지만, 한 번의 살인과 두 번의 살인은 죄질에서부터 차이가 난다.

태하의 주변엔 온통 긍정적인 기운이 휘몰아치고 있었다.

괜찮을 거란 다짐은 스스로를 납득시키기 위한 합리화였다. 기필코 그래야 한다는 필사적인 명제.

때마침 맞물린 잇새 사이에서 으드득, 이 갈리는 소리가 흘러나왔다.

뭐라 해도 아직은 일방적인 가정일 뿐이었고, 당사자가 아닌 이상 수를 읽어 내기엔 분명 한계가 있었다. 확실한 결과를 얻기 위해선 조기준을 만나야 한다.

연승어선의 부원으로 승선할 경우 계약 기간은 보통 1년 6개월에서 2년 정도. 아이가 사라진 지 벌써 1년이란 시간이 지나가고 있었다.

조기준이 돌아올 때까지 마냥 시간을 재고 있을 여유가 없었다.

"선박 소속은?"

"동우 수산에 속한 진양호로, 남인도양에서 조업 중이라고 합니다."

"가까운 나라는?"

"호주입니다."

위치를 확인했으니 망설일 이유는 없었다.

"현지에서 배를 띄울 준비를 해 둬."

"……배를 말입니까?"

"하루가 됐건, 이틀이 됐건, 아니 단 몇 시간이라도 먼저 아이를 찾는 게 우선이야. 그러니까 무슨 수를 써서라도 배를 띄워. 그리고⋯⋯."

알겠다며 고개를 숙이던 남자의 머리 위로 하나의 당부가 더 이어졌다.

"선주에겐 무례했단 말과 함께 사과 인사 정도는 대신 해 줘. 일이 끝나는 대로 이쪽에서 찾아뵐 테니까."

"네."

선주라고 해도 결국엔 험한 배의 일꾼들을 상대하는 자리다. 산전수전 다 겪은 이의 입이 쉽게 열렸을 리는 없을 테고, 제 목까지 걸겠단 말이 나왔을 정도면 대화로 해결하기보단 다소 거친 방법이 동원됐다고 봐야 했다.

무력은 때론 진실을 말하게 하는 힘을 가지고 있었지만, 결국엔 그 화가 돌고 돌아 그 스스로에게 돌아오게 돼 있었다. 그러나 태하는 방법이 잘못됐단 질타 대신 사죄의 말을 입에 담았다.

잘못된 걸 알면서도 눈을 감았다. 이성적으로 모든 일을 처리하기엔 사람 목숨이 달려 있는 일이었다.

아이만 찾을 수 있다면, 수백 번 수천 번이라도 무릎을 꿇을 생각이었다.

❖

눈앞에서 아지랑이가 피어올랐다. 목덜미를 타고 땀방울이 흘러내렸다.

덥다.

하염없이 천장을 올려다봤지만, 역시나 찬바람은 나오지 않았다.

시설 한번 되게 후지네.

말려 죽일 속셈이 분명하다. 아님 스크루지 영감처럼 희대의 짠돌이던가.

근검절약도 정도껏이어야지, 높아진 습도에 머리가 어질할 정도였다. 분명 작년 여름엔 이렇게까지 박하진 않았는데.

계절이 문제가 아니라면 혹시라도 사정이 변한 건가. 내가 알지 못하는 어떤 변화가 내 주변에서 일어나고 있는 걸까. 문득 그런 생각이 들었다.

기억에서 잊히기라도 한 것처럼 벌써 여러 계절을 혼자서 나고 있었다.

개인적으로 원한을 산 일은 없었다. 사주를 받고 움직였다면 권성엽이나 정두열, 혹은…… 권태하 정도로 대상을 압축해 볼 수 있었다. 하나같이 돈이 부족한 사람들은 아니었다. 그런데도 마치 돈 안 되는 손님 대하듯, 억지로 떠맡은 짐 취급이었다.

하다못해 선풍기라도 들여놔 주지. 아님 부채라도. 그것도 안 되면 그냥 시원한 얼음물 한 잔이라도.

포기해야 하는 것이 늘어 갈수록, 바라는 것도 점점 더 소박해지고 있었다.

바다에 가 보고 싶단 마음이 강으로 바뀌고 졸졸 흐르는 냇가로 변하기까지 심경 변화는 뚜렷한 곡선을 그리고 있었다. 나중엔 그냥 몸을 푹 담글 욕조 하나만 있어도 행복할 것 같았다.

좁은 화장실엔 샤워기 하나만 덜렁 달려 있었다. 그마저도 수압이 변변찮았다.

"하긴, 이게 어디야."

손부채질을 대신할 만할 걸 찾아 주변을 둘러보자 다 먹고 씻어

놓은 빈 용기가 눈에 띄었다. 그거라도 들고 부치니 조금 나은 것
같기도 했다.

원래 음식을 먹고 난 빈 용기는, 다시 구멍으로 밀어 넣으면 상
대가 수거해 가는 식이었다. 하지만 언젠가부터 그 일을 그만두고,
차곡차곡 주변에 쌓아 두기만 했다.

벌레가 들끓는 것을 염려해 씻는 것엔 오래도록 공을 들였다.
어차피 이 안에선 딱히 할 만한 일도 없었고, 심심할 때 소일거리
정도는 됐다.

결벽증이 의심될 만큼 씻고 또 씻는 건 용기뿐만이 아니었다.

반찬은 대체로 김치가 전부일 때가 많았는데, 밥 먹기 전엔 정
해진 일과처럼 반찬을 헹구고, 한데 뭉쳐져 있던 밥알도 풀어질 때
까지 씻었다. 그런 다음에야 입으로 가져갔다.

음식에 약이 섞여 있을 가능성을 여전히 배제하지 못했고, 그런
생각을 하며 먹은 밥은 늘 탈이 났다. 위장이 뒤틀리면 하루 종일
진땀을 빼기 일쑤였다. 맛을 포기하는 대신 심리적인 안정을 택했
다.

픽, 웃음이 나왔다.

지옥이 바로 곁에 있는데도, 오늘 먹을 밥을 걱정하는 처지라니.

인간은 적응의 동물이라더니. 딱히 이 말도 틀린 말은 아니었다.

사람 살 곳이 못 되는 곳에서도 그럭저럭 살아지긴 했다.

꽉 막힌 사방엔 열기가 빠져나갈 틈조차 없었다. 산소가 부족하
다고 느낄 만큼 뜨거웠던 여름이 지나자 또다시 찬바람이 불기 시
작했다. 곧 두 번째 겨울이 다가왔다.

❖

궁지에 몰렸을 땐 눈앞에 보이는 것에만 집착했다.

바닥을 울리던 청량한 발걸음이 기대를 심어 주면, 언제 그랬냐는 듯 번번이 희망이 꺾이곤 했다.

현실을 인정하기까지 적지 않은 시간을 필요로 했다. 혹시나 하는 마음, 그 이면으로 스며든 헛된 바람, 염원, 소망, 원이 전부 무참히 짓밟힌 뒤에야 깨달았다.

아, 저 사람은 내 말에 귀를 기울여 줄 생각이 없는 거구나. 그냥 날 감시하기 위해 존재하는 거구나. 아주 간단한 사실관계 하나에, 그간 그렇게나 집착했던 스스로가 우스울 지경이었다.

매일같이 기다렸던 발자국 소리를 무감하게 넘길 수 있게 됐을 무렵, 다른 곳으로도 신경을 돌릴 수 있는 여유가 생겼다. 그 결과 물을 바라보고 있던 견주의 눈빛이 순간 반짝 빛났다.

방 안엔 플라스틱제 용기가 잡동사니처럼 켜켜이 쌓여 있었다. 그렇지 않아도 좁았던 공간이, 이제는 아예 답답하다 못해 갑갑하게 느껴질 지경이 돼 버렸다. 그러나 전부 쓸데가 있었다.

적당한 시기에, 시기적절한 방법으로.

생각이 진행될수록 머리는 차갑게 식어 갔다.

폐쇄 공간을 지켜보는 제2의 시선이 있나 재차 주변을 둘러본 후에야 마음을 놓았다.

감시 카메라 설치 여부는 확인할 수 없었다.

있을 수도 있고, 없을 수도 있다. 그러나 한 가지만은 확신할 수 있었다.

적어도 관심을 가지고 이 방을 지켜보는 눈은 없다는 것.

최근엔 자포자기한 것처럼 얌전한 환자 흉내를 내고 있는 중이었다. 필요할 때 적절한 반응을 이끌어 내기 위해선 최대한 말썽을 부리지 않아야 했다.

얼마 뒤 흔들리던 결심이 바로 섰다.

침대 밑으로 손을 쑥 집어넣자, 이곳에 올 당시에 넣어 두었던 물건이 손에 집혔다. 안도감과 함께 콜록, 마른기침이 터져 나왔다.

바깥에서 들여온 유일한 내 것.

언젠가 태하로부터 넘겨받았던, 먼지가 쌓인 지포라이터를 손에 쥔 순간 견주의 눈빛이 반짝 빛났다.

방이 빨갛게 변했다. 몸이 뜨겁다는 생각이 들었다.

방 안의 유일한 목재였던 침대와 겨울을 지새울 이불이 형체 없이 그을려 가고 있었다. 주변은 탈 것투성이였고, 곧 기분 나쁜 냄새가 사방으로 흩어지기 시작했다.

찢어질 것처럼 내지른 비명에, 다급한 구둣발 소리가 들렸다. 평상시와 달리 느긋한 걸음걸이가 아니었다.

속으로 숫자를 서른일곱까지 셌을까.

마침내 하단에 나 있던 구멍을 통해 처음으로 가느다란 여자의 손가락이 아닌 다른 신체부위가 모습을 드러냈다.

하얀 눈자위. 검은 눈동자.

시선이 마주쳤다고 생각했다.

이토준지의 공포 만화처럼 그 장면이 무척이나 괴기스러웠다.

안쪽 상황을 살피던 상대의 눈에 이윽고 경악이 서렸다. 이곳에 감금당한 이래 처음으로 희열을 느꼈다. 열쇠를 찾는 것처럼 달그락거리는 소리가 들렸다. 숨죽인 채 문이 열리길 기다렸다.

배 갑판대에서 떨어져 머리를 다쳤다던 조기준을 뭍으로 데려왔다.

기억에 혼선을 빚은 조기준의 입이 열리기까지 하루하루 피가 마르는 기분이었다. 아이가 사라지고 난 후 두 번째 겨울이 지나가고 있었다.

제 손으로 조기준을 치료하란 명령을 내리기까지 고민이 아주 없었던 것은 아니었다. 숱한 고뇌와 갈등에도 떨쳐 버리지 못했던 얄팍한 핏줄에 대한 정이, 미련처럼 남아 버린 그 서늘한 감정이, 한번 내렸던 결정을 수차례 번복하기에 이르렀다.

평온한 안식은 조기준에게 어울리지 않는 사치였다.

그럼에도 불구하고 조기준의 안전은 아이의 안위와도 직결돼 있는 문제였다. 그사이에서 태하는 상처 입은 짐승처럼 괴로워했다.

단순 범행에 가담한 정도가 아니라, 손에 피를 묻히며 살인을 한 자다.

다른 누구도 아닌 권성엽을. 자신의 부친을.

성엽이 저지른 악행에 대한 죗값은 치러 마땅하다. 하지만 적어도 이런 방식으로는 아니어야 했다.

매시간 이성과 감성이 첨예한 대립을 이뤘다.

목을 비틀어 버릴까.

그럼 아이의 행방은 누구에게서 듣지?

감정이 사납게 술렁일 때면 그날은 물 한 모금도 목 안쪽으로 넘기지 못했다.

칼날처럼 날카로운 시간을 견뎌 내는 동안, 태하는 점점 감정

없는 기계처럼 변해 가고 있었다.

웃는 것을 잃어버린 남자는 매일이 무표정이었다. 아이가 봤더라면 아마 재미없는 사람이라고 속삭댔을지도 모르겠다.

봉합되지 않은 상처에도 불구하고 최후의 최후는 결국 아이의 안전이 우선이었다.

조기준에겐 최고의 의료진을 붙였다. 격리된 독방에서 치료를 받게 하고, 그 문 앞을 장정 두 명을 시켜 지키게 했다. 감시가 목적이었다.

사정이 이렇다 보니 하루에 들어가는 병원비만 해도 꽤 됐다.

알고 있느냐고 묻고 싶었다.

적선도 아까운 상대에게 아량을 베풀어야 하는 지금의 심경을. 자신이 느끼고 있을 이 참담함을. 알고 있느냐고 묻고 싶었다.

계속될 것 같았던 피폐한 시간은 다행히 봄이 오기 전에 끝이 났다. 정신을 차린 조기준의 입에서 마침내 자생원이란 정신요양 시설의 이름이 흘러나왔다. 생사 확인이 불분명했던 아이의 안전이 확인된 순간이었다.

"뭐, 뭐든 다 말할 테니, 그러니까……."

어눌한 목소리로 살려 달라고 말하는 조기준을 향해 달콤한 밀어처럼 낮게 속삭였다.

"죽이지는 않아."

살아도 산 것 같지 않은 시간이 기다리고 있겠지만.

조기준에 대한 처분은 아이를 찾고 난 다음에, 무사한 걸 제 눈으로 확인한 다음에 결정해도 늦지 않았다. 신변을 확보한 이상 조기준이 빠져나갈 구멍은 그 어디에도 남아 있지 않았다.

지체 않고 곧장 자생원으로 향했다. 시간이 무척이나 더디게 흘렀다. 그러다 어느 순간부터 바깥 풍경이 익숙한 장면으로 바뀌기 시작했다.

기시감을 느낀 태하가 이를 악물었다.

차라리 지금 향하는 곳이 자신의 눈길이 미치지 않았던, 전혀 알지 못하는 뜻밖의 장소였더라면 이처럼 무기력한 기분은 느끼지 않아도 됐을까.

언젠가 와 본 적 있는 눈에 익은 길이 태하를 더 힘들게 만들었다. 가평에 위치한 상천 저수지 부근을 지날 땐 심장이 불규칙하게 날뛰었다.

아이의 휴대폰 신호가 마지막으로 끊어졌던 곳.

자생원은 상천 저수지가 자리해 있던 곳에서 채 20km도 떨어져 있지 않은 가까운 거리에 위치해 있었다. 저수지 물을 퍼내고 돌아서던 그때의 모습이 뇌리에서 지워지지 않았다.

우습게도 행적을 파악할 목적으로 족쇄처럼 채운 휴대폰이 오히려 시야를 가리는 방해물이 됐다. 신호가 끊어진 시점에서 아이의 흔적이 완벽하게 지워졌다고 착각했다. 맹신의 결과는 쓰디쓴 자책이 되어 돌아왔다.

자업자득.

불순한 동기를 비웃듯, 한참을 돌고 돈 뒤에야 비로소 시작점으로 되돌아왔다. 보이는 것에만 집중한 나머지 거기에 발목이 붙잡혀 보기 좋게 걸려 넘어진 꼴이었다.

잠시 후, 줄줄이 늘어서 뒤따르던 차들이 곧 자생원 안쪽으로 진입했다.

태하를 필두로 모두 차에서 내렸다.

제10장

제가 좀 못되게 굴 수도 있어요

"원장님께선 지금 자리에 안 계세요. 무슨 일 때문에 그러시나요? 제가 책임자예요. 저한테 말씀하시면 돼요."

출타 중이란 원장 대신 중년의 여자가 책임 소재를 대신하고 나섰다. 심상치 않게 돌아가는 분위기를 읽은 듯 음색엔 조심스러움이 묻어 나왔다.

"아이를 찾고 있습니다."

지갑에서 빼낸 사진 한 장을 상대의 눈앞으로 내밀었다. 교복을 입고 찍은 사진은 재학 당시 아이가 학교에 제출했던 증명사진으로, 아이가 사라지고 난 후 되받아 가지고 온 것이었다.

성엽과의 합가가 결정된 이후 홍난주는 필요 없어진 물건 대부분을 처분하고, 빈 몸이나 다름없는 상태로 논현동 집에 들어와 살림을 차렸다.

쉽게 버렸던 과거 물건 중엔 아이의 흔적이 담긴 사진 역시 포함돼 있었다. 정말이지 질릴 정도로 무책임한 여자였다.

"이곳에 맡겨졌다는 얘길 듣고 왔습니다."

들이닥치듯 자생원을 찾은 이래로 내부의 공기층은 무겁게 가라앉아 있었다.

초대받지 않은 불청객 흉내를 내는 동안 원치 않은 위압감이 조성됐다. 압도된 분위기 속에서 상대의 입은 자연스럽게 열렸다.

"그 환자는 지금 여기 없어요. 저기 그러니까…… 얼마 전 시설에 불이 났었어요. 안에서 불길이 치솟는 걸 보고 놀라서 문을 열어 줬더니 괘씸하게도 샤워기 줄로 목을 조르더라고요. 주말이라 직원들 대부분이 비번이어서, 시설에 남아 있던 요양 보호사는 당시 저 혼자뿐이었거든요. 뒤늦게 정신을 차렸을 때 그 앤 이미 사라진 뒤였어요."

아이를 찾았다고 여긴 순간 사건은 다시 원점으로 되돌아갔다.

"아이가 사라졌다면, 왜 지금껏 신고를 하지 않은 겁니까."

"그게…… 여기에 맡겨질 당시 작성했어야 할 개인 신상명세서가 누락이 돼 있어서……. 제대로 절차를 밟은 정기 입소자가 아닐 경우 편의상 미등록 처리하는 게 관행이거든요. 며칠만 맡아 달라던 보호자가 여태 나타나지 않는 바람에 이쪽도 손실이 컸어요."

등록되지 않은 비정기 입소자.

암암리에 내부적으로 불법이 자행되고 있음을 실토하면서도 여자는 그 사실을 눈치채지 못한 듯 설명을 늘어놓기에 급급했다.

특별히 횡설수설하는 기색은 보이지 않았다. 질문에 대한 답을 미리 준비라도 해 둔 것처럼 대답은 막힘없이 나왔다. 없는 얘길 지어냈다고 생각하기엔 한결같이 상황을 조리 있게 풀어 설명해 오고 있었다.

하지만 인가와 멀리 떨어진 산 중턱에 위치해 있는 자생원은 버스도 다니지 않을 만큼 외진 곳에 자리를 잡고 있었다. 지형이 익숙지 않은 상황에서 주변의 도움 없이 아이가 이곳을 벗어나려면 확실한 도주로가 확보돼 있어야 했다.

"혹시 근처에 등산로가 있습니까?"

"정비가 잘 돼 있진 않지만, 있긴 해요. 저 아래 낙산사에 다니러 오시는 손님들이 종종 이용하는 코스예요."

"낙산사?"

"절이에요. 스님은 몇 분 계시지 않지만요. 아, 만약 눈에 띄었다면 이쪽으로 연락이 왔을 거예요. 입고 있던 복식을 봤다면 분명 알아차렸을 테니까요."

끝을 향해 달려왔다고 생각했지만 마지막에 가서 막다른 골목으로 내몰린 기분이었다.

잡힐 듯 잡히지 않는다. 숨바꼭질하듯 숨어 버린 아이를 이번에는 어디서부터 찾으면 될까.

피로해진 눈두덩을 손가락으로 꾹꾹 찍어 눌렀다.

지친 것은 아니었다. 다만 막막해진 상황에 무엇을 먼저 해야 좋을지 당장은 가늠이 서지 않았다.

무사하다면, 어떤 식으로든지 무사만 하다면 다른 누구보다 자신에게로 먼저 와 줬음 했다.

과한 욕심이란 걸 알면서도 가끔 그런 꿈을 꿔 봤다. 어느 날 문득 아무 일 없었다는 듯 아이가 제 품으로 돌아오는 그런 꿈.

떨어져 있는 동안 더 애틋해져 버린 견주의 얼굴이 자연스럽게 눈앞으로 떠올랐다. 무엇을 바라서 이 자리까지 온 건 아니었다. 지금은 그저 시설을 벗어났다는 아이가 별 탈 없이 지내고 있기만을 바랄 뿐이었다.

빈 몸으로 나갔을 아이가 어딘가에서 고생하고 있을 거라 생각하니 마음 한구석이 묵직하게 가라앉았다.

그래도 살아 있다는 걸 확인했으니 아주 소득이 없는 건 아니었다. 보호자 동의 없이 이뤄진 불법 감금에 대한 책임은 경찰에 인계해 법으로 물을 생각이었다. 일단은 아이를 찾는 일이 더 급선무였다.

혹시나 하는 마음에 낙산사로 다음 행선지를 정한 태하가 몸을 돌리자, 뒤따르던 이들도 침묵한 채 걸음을 돌렸다. 신경을 거스르게 만든 한숨 소리가 들려온 건 바로 그때였다.

'하아, 다행이다.'

작은 탄식 속에 섞여 나온 감정은 차라리 안도에 가까웠다. 다행? 뭐가 다행이란 거지? 순간 태하의 걸음이 멈칫했다.

불안한 눈빛으로 당시 상황에 대해 주저리주저리 늘어놓던 40대 중반의 여자 요양 보호사 말을 진실이라고 믿었던 이유는 단 하나였다.

이 상황에서 거짓을 고할 리 없다는 안일한 판단.

등을 돌려 다시금 여자를 봤을 때, 여자는 지레 찔린 듯 화들짝 놀란 표정으로 시선을 피하기 바빴다. 마치 숨기고 있던 진실을 들킬까 봐 두려움에 떨기라도 하는 듯.

가늘게 좁혀 뜬 태하의 눈초리에 의심이 어렸다.

짧게 주고받은 대화 몇 마디만으로 사람의 심성까지 유추해 내기란 사실상 불가능에 가까운 일이었다.

단지 수더분하고 순박한 얼굴은 선한 인상으로 기억에 남았다.

쌍꺼풀 없이 아래로 처진 눈꼬리, 아주 높지 않게 솟은 콧대, 두

튬해 보이는 입술, 전체적으로 이목구비가 흐릿했다. 언뜻 봐서는 선량하게 보이기도 했다. 유순한 말솜씨와 어우러지는 순간 그것이 단순한 착각이 아닌 진실이라고 믿게끔 만들었다.

삽시간에 머릿속에서 시끄러운 경종이 울려 댔다.

눈앞의 것에만 집중해 주변을 둘러보지 못했다. 불찰을 깨달은 이후엔 사소한 것 하나에도 관심을 두며 주위를 살폈다.

자생원은 정신요양시설이었다. 태하의 방문으로 인해 지금은 열려 있는 입구 쪽의 단단한 철문도 평상시엔 잠겨 있을 가능성이 높았다.

불이 난 틈을 타 도망쳐 나왔다던 아이가, 이곳을 통과해 바깥으로 빠져나갈 수 있는 확률은 과연 얼마나 될까.

섬뜩한 가정 하나가 머리를 스쳐 지나갔다.

만약 여자가 거짓을 밀고한 거라면?

돌이켜 생각해 보면 말투에서 느껴지던 미묘한 위화감은 이뿐만이 아니었다.

여자는 아이를 향해 괘씸하단 표현을 사용했었다. 반면 사라진 아이에 대한 걱정 같은 건 조금도 내비치지 않았다.

빌어먹을.

똑같은 우를 반복해 범할 뻔했다.

만약 이번에도 아이를 눈앞에다 두고 돌아서는 상황이라면, 그것만큼 최악인 일도 없었다. 시간이 좀 더 걸리더라도 제 눈으로 확인을 했어야 했다. 더 늦기 전에 지금이라도.

최소한의 예의를 차렸던 말투는 이내 하대로 돌아섰다.

"하나만 묻지."

"뭐, 뭘 말인가요?"

갑작스런 질문 하나에 여자의 안색이 창백하게 질렸다.

"여기 있을 동안, 당신은 단 한 번도 그 아이가 정상이란 걸 의심해 본 적 없었나?"

"그게…… 말을 섞어 본 적이 없어서……."

"아이가 벙어리 행세라도 했단 건가?"

"규칙상 환자와는 개인적인 이야기를 주고받을 수 없게 돼 있어요. 월급 받으며 다니는 직장이에요. 위에서 내려온 지시는 무조건 따를 수밖에 없는 입장이란 것도 좀 헤아려 줘요."

"말을 붙여 왔어도 상대를 안 했단 얘기로군."

"어쩔 수 없었어요."

자기변명뿐인 대답이 전부였다. 그때마다 여자의 동공이 흔들렸다. 겁에 질린 듯한 여자를 눈앞에 둔 지금, 태하가 하얀 이를 드러내며 웃었다.

"원장을 찾아 데려와."

"알겠습니다."

돌아가는 상황이 심상치 않음을 느낀 탓인지 여자가 파들파들 몸을 떨기 시작했다.

가볍게 눈짓하자, 이곳을 함께 찾은 검은 양복의 사내들이 여자의 양쪽 팔을 단단히 붙들었다.

"왜, 왜 이러세요."

"글쎄. 왜 이런다고 생각하지?"

"그건……."

"이견주, 어디 있어."

"말, 말씀 드렸잖아요. 전 정말 그것밖에 아는 게 없어요. 계속 이런 식이면 경찰, 경찰을 부를 거예요."

"원한다면 그 신고, 내가 대신 해 주지."

담담한 말투로 건넨 태하의 말에 여자의 어깨가 흠칫 떨렸다. 비단 동의를 구해 왔을 타이밍에서 그녀는 입을 닫아거는 편을 선택했다.

"상대를 잘못 골랐어. 협박은 그렇게 하는 게 아니야."

시시한 변명을 들어 주기 위해 만든 자리가 아니었다. 진실과 거짓을 가리는 데에 많은 말은 필요치 않았다.

"당신에게도 가족은 있겠지?"

"……."

"소중한 사람이 상처 입는 걸 본 적 있나?"

주머니에 들어 있던 군용 나이프를 꺼내 들었다.

"당신은 내게 아이가 이곳에 없다고 말했어. 하지만 해명과 달리 만약 아이가 여기 이곳에, 이 장소에 있는 거라면……."

달칵거리는 소리와 함께, 날카로운 칼날이 여자의 눈앞으로 내밀어졌다.

"당신이 소중하다고 믿는 그 사람들이 다치게 될 거야. 당신의 그 섣부른 거짓말로 인해."

"!"

"뒤져."

"잠시만! 잠시만요!"

사형 선고처럼 떨어진 태하의 말에, 옴짝달싹 못한 채로 붙들려 있던 여자의 얼굴이 사색이 됐다. 그러나 성급함이 녹아든 애탄 부름도 태하의 마음을 움직이지는 못했다.

차가운 시선이 여자를 내려다봤다. 마지막 경고였다. 다행히 여자는 아주 어리석지는 않았다.

"사, 살려 주세요. 잘못했어요. 3층. 3층 맨 끝 방에 있어요. 열쇠, 열쇠도 드릴게요. 그러니까 제발…… 전 그냥…… 위에서 시키는 대로 했을 뿐이에요. 정말이에요. 그냥 시키는 대로만 했을 뿐이에요. 저도 피해자예요."

짤그락거리는 소리와 함께 열쇠가 태하의 수중으로 넘어왔다. 그 순간 아무것도 들리지 않고, 아무것도 보이지 않게 됐다.

앞으로 한 걸음 떼자, 홍해가 갈라지듯 모두가 약속이나 한 것처럼 길을 터 주었다. 눈앞엔 어떠한 방해물도 남아 있지 않았다.

뚜벅뚜벅 걷다가, 나중엔 계단을 내리 서너 개씩 뛰어넘었다. 불규칙하게 변해 버린 심장의 울림이 서늘한 자극제가 됐다.

3층. 맨 끝 방.

"……이견주."

목소리가 잠겨 나왔다. 돌아오는 대답이 없자 마음이 한층 더 바빠졌다.

"있으면 대답 좀 해. 대답해, 이견주."

두꺼운 자물쇠 구멍에 열쇠를 끼워 넣는 손길에서 조급함이 묻어 나왔다. 땀범벅이 된 손이 자꾸만 아래로 미끄러지며 제 역할을 하지 못했다.

몇 번의 실패가 반복됐다. 그런 후에야 굳게 맞물려 있던 틈새가 헐겁게 벌어졌다.

흡!

거칠게 몰아쉬던 숨마저 정지했다.

사방이 조용해진 가운데, 힘주어 문을 밀자 끼이익 소리를 내며 마침내 좁은 실내가 눈앞으로 모습을 드러냈다.

어디야. 어디 있는 거지.

빠르게 움직거리는 눈동자가 필사적으로 견주의 흔적을 찾았다. 순간 툭 하고 심장이 떨어졌다.

좁고 가냘픈 어깨.

천천히 눈을 들어 올려 시선을 마주해 오기까지의 시간이 영겁처럼 길게 느껴졌다. 반듯한 이마 아래 자리 잡은 특유의 오목조목한 이목구비가 태하의 혼을 온통 빼놓았다. 길고 긴 기다림에 종지부를 찍는 순간이었다.

"이견주."

현실감이 없다고 생각했다. 당장은 눈부심이 심해 제대로 눈을 뜨기조차 어려웠다.

골똘히 생각에 잠긴 듯한 아이가 이내 무언가를 깨달았다는 듯이 콧잔등을 찡그렸다. 깨알처럼 박혀 있던 주근깨가 덩달아 춤추듯 움직였다.

"아!"

작은 감탄과 함께 그 뒤로 이어진 작은 끄덕임.

"꿈이라고 생각했어요. 그런데…… 정말 조카님이었네요……."

간신히 어깨에나 닿을까 했던 이견주의 키는 헤어질 때 봤던 그대로였다. 수포가 잡힌 팔은 제때 치료를 받지 못해 흉이 져 있었다. 색소침착으로 인해 더러는 색이 원래의 제 색보다 짙어진 부분도 보였다.

정리되지 못한 머리카락 끝에선 그슬린 흔적이 발견됐다. 시설에 불이 났었단 얘긴 적어도 거짓은 아니었던 모양이다.

"오랜만이에요."

평지풍파를 겪은 아이는 전보다 한결 어른스러운 면모를 풍기고 있었다. 떨어져 있는 시간이 길었음을 온몸으로 실감했다.

"있죠. 원하는 거, 지금 드릴 수 있는데…… 그거 지금 드리면
안 되나요?"

핏발이 들어선 붉어진 두 눈으로 아이의 이곳저곳을 확인했다.
위태로울 정도로 가느다란 몸, 뼈마디가 드러나 보일 정도로 야윈
몸. 그러나 다른 어느 것보다 지친 표정으로 웃고 있는 아이의 얼
굴이 태하의 마음을 사납게 할퀴고 지나갔다.

"안 돼요?"

"……."

"아직도 더 기다려야 해요? 기다리기 힘든데. 그냥 지금 가져가
면 안 되나요?"

균열이 생긴 것처럼, 금이 가기 시작한 아이의 표정이 조금씩
일그러지기 시작했다.

"나가게만 해 줘요. 뭐든지 다 할게요. 달라는 것도 다 줄게요.
여긴…… 더 있고 싶지 않아요."

억누른 감정으로 애써 담담하게 얘길 꺼내 놓았던 게 언제였느
냐는 듯, 형편없이 떨리기 시작한 손이 매달리듯 태하의 소맷부리
붙들고 늘어졌다.

새장에 갇힌 어린 새의 날갯짓처럼 그 모습이 애처롭게 보였다.

괴로움이 태하의 얼굴을 타고 내렸다. 아이가 가져가라는 게 무
엇인지 모르지 않아서, 그 대상이 무얼 지칭하는지 너무나도 잘 알
아서, 그래서 더 참담한 기분이 들었다.

차라리 적개심 어린 눈빛으로 비난을 입에 담았더라면.

절반의 진실을 알고 있던 아이에게 나머지 절반의 진실을 말해
줄 시간이 마침내 도래했다.

"……정두열은 죽었어."

"죽었다고요?"

"그래. 정두열은 죽었어."

아이를 안심시킬 목적으로 내뱉은 말이 의도치 않게 아이를 불안하게 만드는 기폭제가 됐다.

"그럼…… 형부는요……?

"……."

영리한 아이는 태하의 침묵이 의미하는 바를 빠르게 캐치했다.

"마, 말도 안 돼요."

새파랗게 질린 얼굴 위로 당혹감이 서렸다. 그러더니 일순간 표정이 와락 일그러졌다.

"그럼, 전 이제 필요가 없어진 거군요."

마치, 버림받은 표정이었다.

설마하니 쓸모를 다했다고 여긴 것일까. 그런 게 아니라고 말하려고 했다. 그러나 꽉 막힌 목이 제 기능을 하지 못했다.

"저, 여기 계속 남겨 둘 거예요? 그 말 하러 오신 거예요?"

나름의 결론을 내린 뒤로는 눈동자의 흔들림이 눈에 띄게 커졌다. 사력을 다해 옷을 잡아끌던 손이 불안감을 잠재우지 못한 채 속절없이 아래로 추락했다.

죄인은 태하 자신인데 고통은 여전히 아이의 몫이었다.

말려 죽일 수 있는 건 나무나 풀만이 아니었다.

시들해진 꽃처럼 절망에 빠진 아이를 위해 죄를 지었던 남루한 손을 내밀었다.

"그런 거 아냐."

"……아니에요?"

불신을 자초한 건 그였다. 에둘러 하는 설명은 아이의 불안감을 해소시키는 데 하등 도움이 되지 못했다. 보다 직선적이고 직접적인 말로써 태하가 지닌 감정을 구체화했다.

"이견주."

"……."

"그냥 내가 개새끼였어."

"……."

"내가 개새끼라서, 내 감정만 소중해서, 주변 사람 다치는 건 생각지도 못했어."

어긋나 있던 시선이 하나로 합쳐졌다.

"네 잘못 아냐. 내가 다 잘못한 거야. 그러니까 집에 가자."

"집……."

"그래, 집."

"저…… 그럼 여기 더 안 있어도 되는 거예요?"

"업어 줄까? 아니, 업혀."

무릎을 꿇고 앉아 등을 내주었다. 뿌리치지 못할 제안이란 것쯤은 이미 알고 있었다. 간절함이 녹아든 투로, 줄곧 이곳을 벗어나고 싶다고 애원하던 아이에겐 더없이 달콤한 제안이었을 테니까.

일부러 상황을 선택하게 만들었다. 그렇게 해서라도 자신은 아이에게 덜 나쁜 사람이고 싶었다.

한참 만에야 견주가 태하의 목에 살며시 팔을 둘러 왔다. 머뭇대며 감겨드는 손길이 몹시도 가냘파 화가 났다. 무게감이라곤 느껴지지 않는 가벼운 몸이 반대로 마음을 무겁게 짓눌렀다.

"미워요. 조카님은 미운 어른이에요."

"그래."

"그런데도 기다렸어요. 오지 않을 거라고 생각하면서도 매일같

283

이 기다렸어요."

살며시 각도를 기울인 견주의 얼굴이 목덜미에 닿았다. 따뜻한 온기가 등 너머로 전해졌다. 오싹한 느낌과 함께 몸에 전율이 일었다.

"와 줘서 고마워요."

사람 마음이 참 간사하다며 재잘거리던 아이의 음색은 소낙비를 맞은 것처럼 흠뻑 젖어 있었다.

"다시는 못 볼 줄 알았는데…… 그런 거, 이젠 포기해 버리려고 했는데……."

축축해진 등을 애써 외면하는 동안 흐느끼듯 아이의 들썩임이 커져 갔다.

예전에도 그랬지만 참는 데 익숙한 아이는 감정을 드러내는 데에 서툰 구석이 있었다.

소리 내 울지도 못하는 그 서러움이, 떨어져 있는 동안에 겪었을 아이의 고충이, 태하의 심장을 난도질했다.

"나야말로 고마워. 무사히 잘 견뎌 줘서, 이렇게 얼굴 다시 보게 해 줘서 고마워."

계단을 걸어 내려오는 동안 태하의 목을 휘감고 있던 견주의 두 팔에 한가득 힘이 실렸다. 아이를 찾았다는 게 그제야 실감이 났다.

잠깐만요, 하고 속삭여 온 목소리에 걸음을 멈춰 선 것은 1층에 도착해서였다. 물기 가득한 견주의 시선이 이윽고 여자를 향했다.

"나 알죠?"

"……."

"우리 지난번에 보고, 이번이 두 번째죠?

"……."

"그때 목 조른 건 좀 괜찮아요? 대신 뺨은 실컷 맞아 줬으니까 화 풀어요."

사과가 목적이 아니란 건 차갑게 식어 있던 아이의 말투에서 쉽게 유추해 볼 수 있었다.

"그 비싼 목소리, 오늘도 안 들려줄 건가요?"

고요한 질타가 흘러 흘러 여자에게로 닿았다. 냉소에 찬 견주의 태도에 뒤늦게 여자의 입이 열렸다.

"……일부러는 아니었어요. 변명처럼 들릴지는 모르겠지만, 시설 규정상 환자와는 사적인 대화를 나눌 수가 없게 돼 있어서…… 그래서 그랬던 거예요."

"이거 알아요? 이곳에서 내가 보고 겪은 지옥은 전부 당신이었어요. 따뜻한 말 한마디면 됐는데…… 당신은 끝내 그걸 허락해 주지 않더라고요. 단 한 번도 말이에요."

"……그건 미안하게 생각해요."

느지막하게 꺼낸 미안했단 여자의 말에, 견주가 고개를 가로저었다.

"사과가 듣고 싶어서 꺼낸 말 아니에요. 그냥 궁금했어요. 얼마나 마음이 강해야 그 비명 소리를 무시하고 넘길 수 있는 건지, 내내 그게 궁금했거든요. 그런데 이젠 알 것 같아요."

높낮이가 느껴지지 않을 정도로 평탄한 어조에 책망은 깃들어 있지 않았다. 단순한 사실관계만을 나열하듯 객관적인 논조였다.

"그냥 당신이 나쁜 사람이라서, 도덕성을 기대할 수 없을 만큼 인성이 바닥이라서, 상황을 외면할 수도 있었던 거였어요. 다른 이유를 찾을 필요도 없이 그게 진실의 전부였어요."

이어 태하의 목덜미에 다시금 얼굴을 묻은 아이가 속삭이듯 갈

길을 재촉했다.

"가요. 여기 더 있기 싫어요."

법망을 피한 불법적인 시설 운영에는 손쉽게 눈을 감은 주제에 유독 아이에게만은 엄격한 잣대를 들이대며 그것을 강요했다. 논리의 부재였다. 범법자가 준법자 행세를 해 봤자, 설득이 들어 먹힐 리 없었다.

조금만 더 너그러웠다면.

그런 아쉬움이 남는 순간이었다. 그랬다면 이곳에 머무는 동안 아이의 생활은 덜 고달팠을 테다. 마음 줄 곳 없는 작고 협소한 공간이 견주에게 허락된 유일한 자유였다.

규정을 내세우면서 해 온 합리화는 단순한 자기변명에 지나지 않았다. 핏발이 들어선 눈동자가 여자를 향했다.

시설은 곧 문을 닫게 될 테다.

이대로 버젓이 운영하게 내버려 둘까 봐서.

정도껏도, 어중간한 타협이란 것도 없다. 아이의 자유를 빼앗은 지난 시간에 대한 대가를 빠짐없이 물을 생각이었다. 가진 모든 걸 동원해서라도.

다음에 만날 땐 법정이 되겠지. 법은 평등했으나, 가진 자의 편일 때가 더 많았다. 법은 당신에게 어떤 답을 내릴까.

때마침 원장의 소재지를 파악하기 위해 나섰던 이들이 돌아왔다. 곁엔 풍채가 좋은 매부리코의 중년 남성도 함께였다. 그러나 에워싸듯 서 있는 건장한 사내들 틈바구니에 껴 있어서 그런지 실제보다 체격이 한층 왜소해 보였다.

제때 몸을 가누지도 못한 남자가 비틀댔다.

코를 찌르는 악취.

풀풀 풍기는 술 냄새에 인상이 찌푸려졌다. 대낮부터 거나하게 낮술이라도 걸친 건지, 술기운으로 인해 달아오른 얼굴이 벌겋게 물들어 있었다. 행여 고약한 취기가 아이에게로 옮겨 갈세라 몇 걸음 떨어져서 섰다.

"사람을 대하는 예의가 없기로서니……. 대관절 무슨 일이기에 사람을 이리 오라 가라 하는 거요? 아, 글쎄, 이 손부터 놓으라니까. 내가 누군 줄 알고 이따위 행패야! 당신들, 깡패야?"

훈계에 가까운 야단이 호통처럼 쏟아졌다. 대답은 태하가 아닌 다른 쪽에서 나왔다.

"시끄러운 게 싫으시면 입막음하겠습니다."

"놔둬. 곧 큰소리칠 입장이 아니란 걸 알게 될 테니까."

제압하는 손길에 힘을 더하자, 원장의 입에서 으으거리는 앓는 소리가 흘러나왔다. 갑작스러운 상황에, 아직 사태 파악이 되지 않은 원장이 연신 눈알을 굴리며 주변을 살폈다. 이에 피하듯 여자의 눈길이 발끝을 향했다. 의도를 읽어 내지 못한 남자가 반색하며 알은체를 했다.

"여보! 이놈들한테 봉변당하고 그런 건 아니지?"

직원으로 채용된 일개 고용인치고는 발언권이 세단 생각을 해 본 적이 있었다. 그런데 이런 내막이 숨겨져 있을 줄이야.

첫인상의 기억은 이미 휘발돼 사라진 지 오래였다. 용의주도한 범죄자처럼, 여자는 여러 가면을 바꿔 써 가며 상황에 대처하고 있었다.

표정으로 보아하니 끝까지 잡아뗄 생각이었던 모양인데, 그만큼 켕기는 게 많단 반증이기도 했다. 일이 재미있게 돌아가고 있었다.

"몰랐는데……."

한쪽 입꼬리가 위로 끌어당겨졌다.

"아아!"

절망에 빠진 여자의 입에서 장탄식이 흘러나왔다.

"당신이 원장의 아내였던 모양이지."

똑같은 사람이 되고 싶지 않아 참고 있을 뿐, 머릿속에선 이미 수차례 사나운 생각들이 휘몰아친 뒤였다.

대신.

기필코 유죄판결을 받게 만들어 주지. 집행유예가 아닌 실형으로, 반드시. 좁은 공간에 갇혀 있는 동안 아이가 느꼈을 고통의 반의반쯤은 당신들도 느껴 봐야 하니까. 그게 공평한 거니까.

이 순간 태하는 생각했다.

선택에 있어 선과 악을 구분 짓는 건 결국 제로섬 게임과 같다고.

자신은 선인도 악인도 아니었다.

그래서 최선보다는 차선을, 최악보다는 차악을 택하며 살아왔다. 우아한 용서 같은 건 모른다. 마지막 기회마저 저버린 자들에게 나눠 줄 기회는 더 이상 없었다.

얼마 후, 축적된 재산을 정리하는 것을 시작으로 일 처리에 착수했다. 악착같이 모았을 재산도, 그렇게 쌓아 올렸을 부도, 그들에겐 사치였다.

정해진 순서처럼 태하가 견주를 찾은 지 얼마 지나지 않은 시점에서 자생원은 문을 닫았다.

❖

차에 올라타 자리를 잡고 앉자, 태하가 입고 있던 슈트 상의를 벗어 제 몸에 둘러 주었다. 고맙다는 감사의 인사나 괜찮다는 사양의 말은 모두 생략했다.

춥다.

히터가 켜진 내부는 제법 따뜻하게 데워져 있었지만 떨림은 좀처럼 잦아들지 않았다. 두 팔로 몸을 감싼 뒤에야 줄곧 궁금해했던 질문 하나를 입에 올렸다.

"오늘이 며칠이에요? 저요, 거기 있는 동안 날짜 가는 것도 모르고 지냈어요."

"⋯⋯2월 13일. 화요일이야."

"그렇구나. 아직 2월이구나."

움직이는 차 안에서 한동안 말없이 바깥 구경으로만 시간을 보냈다. 바깥의 찬 기운과 안쪽의 더운 공기가 만나 유리창에 뽀얀 김이 서릴 때면 뽀드득 소리가 날 때까지 문질러 닦기도 하면서.

움직거리던 손을 멈추자 주변엔 곧 낮게 내쉬는 숨소리밖에 남아 있지 않게 됐다.

한참을 달린 차가 마침내 서울로 진입했다. 그때부터는 구간마다 이어지는 정지 신호에 맞춰 멈춰 서기를 지루하게 반복했다. 얼마 안 가 또다시 신호등이 빨간색으로 바뀌었다.

창문을 조금 열자, 매캐한 공기가 섞여 들어왔다. 그조차도 반가운 기분이었다.

사람 참 많다.

매섭게 불어닥친 찬바람에도 겨울 거리는 인파로 넘쳐났다.

동글동글한 눈사람처럼 겹겹이 옷을 껴입은 아이가 부모의 손을 잡은 채로 종종걸음을 쳤다. 두꺼운 코트를 걸치거나, 선호하는 취향에 따라 유명 브랜드의 점퍼를 갖춰 입은 이들도 왕왕 보였다. 분주하게 오가는 발걸음에 새삼 신기한 기분이었다.

마치 다른 세상 같다.

격리돼 있는 동안 가장 그리웠던 걸 꼽자면 단연코 사람 냄새였다.

시선을 잡아끈 건, 한 무리의 아이들이었다.

삼삼오오 모여 움직이는 아이들 손엔 하나같이 화려한 꽃이 들려 있었다. 재잘거리던 수다의 내용까진 알 길이 없었지만, 들뜬 표정에서 기분 좋은 분위기가 감지됐다.

졸업 시즌인가 보네.

어설픈 화장으로는 가려지지 않은 앳된 얼굴마다 행복이 피어 있다. 어쩐지 그리운 느낌이 들었다. 분명 자신과는 상관없는 풍경이었는데도, 문득 그런 기분이 들었다.

와글와글, 법석법석.

소리가 춤을 춘다.

닫혀 있던 감각이 깨나는 순간, 저도 모르게 귀를 쫑긋쫑긋거렸다. 정지해 있던 차가 움직이기 전까지 시선은 온통 바깥에 빼앗겨 있었다.

저런 풋풋함이 내게도 있었을까.

벌써 스물 하나. 두 번의 겨울을 혼자 지내는 동안 까마득하게만 여겨졌던 어른의 반열에 올랐다. 그러나 자라지 못한 마음은 여전히 열아홉 그때에 머물러 있었다. 그 사이에서 벌어진 간극을 좁히기가 쉽지 않았다. 줄곧 다물어져 있던 견주의 입이 조금씩 열렸다.

"졸업식에 참석하고 싶었어요. 친구가 생겼거든요."

나직하게 꺼내 놓은 이 말은, 알아 달란 투정보다는 가져 보지 못한 것에 대한 아쉬움에 가까웠다.

"누구라도 괜찮으니 꽃을 사 오면 좋을 것 같단 생각을 했었어요."

한 번도 받아 본 적 없지만 꽃이 예쁘단 사실은 알고 있었으니까.

평범하게 살고 싶었다. 남들처럼. 더도 덜도 말고 딱 그만큼만.

졸업식 때 나란히 서서 손가락으로 브이를 만들고, 치즈— 하는 말에 맞춰 사진도 찍고, 근사한 곳 말고 허름한 중국집에 들러 자장면도 나눠 먹으면서, 그런 소소한 행복을 느끼면서 살고 싶었다.

"공부, 다시 해야지."

"그래야죠. 수능은 내년에도 있으니까요."

고백하자면, 나는 이 말에 당신이 아프길 바랐다.

당신이 수도 없이 내게 해 왔던 이 말이, 당신에게 닿아 하나의 의미가 되길 바랐다.

고요한 눈이 태하를 향했다.

"근데, 조금 쉰 다음에요. 제가 좀 지친 것 같아요."

"……급할 건 없으니까. 천천히 생각해 보자."

아픈 듯 웃는 태하의 표정에서 그가 상처 입었단 것을 알아차렸다. 그러자 가학성을 닮은 희미한 쾌감이 몸을 타고 올랐다.

미안해요. 내가 나쁜 어른이 돼 버려서.

닿지 못할 사과를 속으로 웅얼거린 후에야 하던 대화를 마무리 지었다.

차에서 내려 걸어가겠다는 아이에게 다시 등을 내줬다. 다행히 이번에도 군말 없이 답삭 체중을 옮겨 실었다.

"집엔 누가 있어요?"

성엽이 세상을 등진 거라면, 홍난주는 어디에 있느냐는 반문이었다. 아이가 알고 싶어 하는 답을 쉽게 내주었다.

"지금은 아무도 없어."

"그렇구나."

"혹시나 그 사람, 홍난주가 보고 싶은 거라면…… 데려다줄게."

"아뇨."

일말의 고민도 없이 곧바로 나온 짤막한 단답식의 대답에서 아이의 마음이 다했음을 알아차렸다.

"그래."

"졸려요."

'씻고 자야 하는데 손가락 하나 까닥하기 싫어요.' 라고 말한 아이는 금세 쌕쌕거리는 소리를 내며 잠에 빠져들었다.

힘이 빠져나간 손이 힘없이 아래로 툭 떨어졌다. 떨어질세라 업고 있던 아이를 추슬렀다. 그러자 늘어진 머리카락이 목덜미를 간질였다.

어린애는 체온이 높다더니.

맞닿은 부분의 열기가 기분 좋은 안식을 제공했다.

열아홉에 헤어져 재회하기까지 떨어져 있는 동안 스물한 살의 이견주는 어른이 되었지만, 서른한 살의 태하가 바라보는 시각에서는 여전히 작고 어린, 아이처럼 보였다.

조심스럽게 소파에 내려놓은 뒤, 제 무릎 위로 견주의 얼굴을 올려 두었다.

역시 너무 말랐다.

순박해 보이던 여자의 얼굴을 떠올리자 불현듯 살심이 일었다.

표정 변화 없이 능수능란하게 거짓을 고하던 여자에게서 양심을 바란다는 것 자체가 헛된 기대였는지도. 그 상황에서 아이의 밥이라고 해서 제대로 챙겨 먹였을 리 없다.

시간을 두고 천천히 뜯어볼수록 나뭇가지처럼 바짝 마른 아이가 마음에 쓰여 괜스레 손을 들어 올려 얼굴을 쓸어 보았다. 조심스럽게 닿던 손길이 이내 대담하게 변했다.

펼친 검지로 볼을 꾹 찍어 누르길 수차례, 말랑하게 눌리는 느낌과 함께 곧게 뻗은 콧대로까지 손길이 미쳤다.

거기까지만. 거기서 멈춰.

그만하란 마음속 강한 만류에도 불구하고 그 아래 껍질이 일어나 있던 입술 겉면을 매만졌을 땐 왠지 모르게 심장이 옥죄어 드는 기분이 들었다.

기어코 만져 봐야지만 그 느낌을 아는 어린아이처럼 내내 호기심 어린 관심을 거두지 못했다. 그러자 작은 뒤척임도 없이 곤히 자고 있던 아이의 눈이 느릿하게 깜빡이기 시작했다.

"저, 잤어요?"

"조금."

아쉽다는 생각을 하면서 들어 올렸던 손길을 아래로 끌어 내렸다.

"씻어야 한다면서."

"음…… 5분만 더 누웠다가요."

"씻겨 줄까?"

물끄러미 바라봐 오는 시선에서 오해를 샀다는 걸 깨달았다.

"아니 그러니까 내 말은, 그냥 얼굴이나 손 정도만."

"왜요?"

질문을 받았지만 준비해 둔 대답은 없었다.

"그냥 예전처럼 대해 줘요. 부담 갖고 대하는 거 싫어요."

친절이 거부당했을 때, 그러한 거절이 얼마나 쓴 감정을 생성해 내는지 미처 알지 못했다. 속이 쓰리는 걸 넘어, 마음이 진탕 헤집어졌다.

예전처럼.

선을 긋는 이견주의 태도가 태하를 서운하게 만들었다. 다정하게 대하지 못했던 지난 시간에 대한 아쉬움이 밀려들었다. 그 감정은 후회와 닮아 있었다.

"괜한 참견이었다면 미안."

"그 안에 갇혀 있는 동안 말이에요, 성격 다 버려 놨나 봐요. 저 좀 재수 없죠?"

"그렇게 생각해 본 적 없어. 그리고 제 목소리를 낼 수 있게 된 건 좋은 일이니까."

그런가요, 라고 말한 아이가 희미하게 웃어 보였다.

"욕조에 몸을 담그고 싶어요."

"물 받아 줄게."

"아뇨. 그것도 제가 해요."

"하고 싶은 대로 해."

잠시간 골똘히 생각에 잠겨 있던 견주가 이내 고개를 갸웃거렸다.

"화 안 나세요? 버릇없이 구는 거 못 봐주는 성격이었잖아요."

"이제부턴 봐주려고."

"미안해서 그래요? 안 그래도 되는데⋯⋯."

말투가 부정적 어감을 띠고 있다고 해서, 그 내용까지 부정적인 건 아니었다.

"제가 좀 못되게 굴 수도 있어요. 그래도 참아 줄 수 있어요?"

알겠다며 고개를 끄덕였을 때 놀랍게도 아이가 와락 품 안으로 안겨 들었다.

"거짓말이에요. 사실은, 아주 많이 보고 싶었어요."

떨림에 가득 찬 그 한마디에 가슴이 무너져 내렸다.

씻고 올게요, 란 말을 마지막으로 욕실에 들어간 지도 벌써 삼십 분 남짓. 밀려드는 걱정과 비례해 신경은 온통 욕실 너머를 향해 있었다.

시간이 경과함에 따라 초조함은 수위를 높여 갔다. 잠시 후 자리에서 일어선 태하가 불규칙한 손길로 욕실 문을 두드렸다. 그러나 희미한 물소리 외엔 별다른 반응이 되돌아오지 않았다. 허락도 맡지 않은 문을 억지로 열기까지 고민의 시간은 그리 길지 않았다.

"이견주."

샤워기에서 쏟아져 내리는 차디찬 물줄기가 냉기를 만들어 내고 있다. 욕실의 온도가 바깥 기온 못지않게 내려가 있었다.

버튼 하나만 누르면 언제든 식은 몸을 덥혀 줄 따뜻한 온수가 준비돼 있었다. 그런데도 결국 이 모양이었다. 눈앞으로 펼쳐진 상황에 그가 아플 정도로 주먹을 쥐었다.

"왜 이러고 있어."

옷도 벗지 않은 채 욕조에 들어앉아 물줄기를 맞고 있는 아이. 무릎을 세운 채 그사이로 얼굴을 숙이고 있던 견주가 태하의 부름에 그제야 고개를 든다. 고집스럽게 다물린 입술이 새파랗게 질려 있었다.

심장이 미친 듯이 뛰었다.

그렇지 않아도 약해져 있는 몸. 왜 제 몸을 혹사시키느냐고 탓이라도 하고 싶었다. 그러나 지금의 자신은 그럴 수 있는 자격조차 가지고 있지 못했다.

"그러는 조카님은 왜 여기에 있어요. 들어오라고 한 적 없어요."

"……감기 들어."

"안 그래도 금방 나가려고 했어요."

이 말이 거짓이거나 혹은 거짓이 아니라 하더라도 판단을 내릴 수 있는 근거는 아무것도 나와 있지 않은 상황이었다. 그래서 더 초조한 심경이었다.

"내 손 잡아."

도움 없이 혼자 몸을 일으키려는 견주를 향해 손을 내밀었다. 다행히 내민 손을 거절하지는 않았다. 다만 찬 기운에 노출된 손은 얼음장처럼 차갑게 변해 있었다.

"시위하는 거 아니에요. 그냥 실감이 안 나서 그랬어요. 화나게 했다면 사과할게요."

화가 난 것은 아니었다. 어쩌면 이해란 것도 할 수 있을 것 같았다. 하지만…… 그러지 않았으면 더 좋았을 텐데 하는 아쉬움이 남는 것도 사실이었다.

제 손으로 해 줄 수 있는 게 있다는 건 어떤 느낌일까. 지금의 자신은 무기력했다.

젖은 머리카락에서 떨어진 물방울이 이내 바닥과 닿아 흔적을 남겼다. 곧 곤란한 듯 견주가 볼을 긁적였다.

"왜 그러고 섰어."

"소파가 젖을까 봐서요. 비싼 거잖아요."

"이리 와."

"그래도……."

"이러면 됐지?"

마른 수건 한 장을 더 가지고 나온 태하가 서툰 손길로 물기를 대신 닦아 내기 시작했다.

"내일은 머리부터 다듬으러 가자."

"같이 가 주시려고요?"

"내키지 않은 거면 밖에서 기다려도 되고."

"별로 안 싫어요. 그보다 수건 이리로 줘요. 제가 할게요."

"잠시면 돼. 고개 숙여 봐."

부드러운 손길로 물기를 제거하는 동안 이견주는 말 잘 듣는 아이처럼 얌전히 고개를 숙인 채 머리를 맡겼다. 동글동글한 두상이 만지는 재미를 더했다.

"간지러워요."

"거의 다 됐어."

"관리하기 귀찮은데 짧게 자를까 봐요."

머리칼을 헤집는 태하의 손길에 한차례 목을 움츠린 견주가 소소한 불평을 털어놓았다. 그러면서도 한편으로는 아쉬운 듯 긴 머리카락을 끌어당겨 보기도 했다. 그을린 자국이 여전히 눈에 밟혔다.

물기가 다 말랐을 즈음 견주의 입에서 성엽의 이야기가 흘러나왔다.

"형부가 돌아가셨단 얘긴 어떻게 된 거예요? 사고였어요?"

"조금 복잡한데, 그래도 듣고 싶어?"

"네. 뭐든 들을래요. 너무 길면 간단히 요약해서 말해 주면 되잖아요."

당찬 요구에 문득 고민이 들었다.

얘길 풀어 설명하는 동안 어떤 표정을 짓고, 어떤 얼굴로 아이를 봐야 할지에 대한 고민. 그런 고민이 밀려들었다.

잘못 살아온 지난 시간에 대해 참회하는 자리였다. 가해자의 입장에서 자기 연민은 어울리지 않았다.

시각을 달리한다거나, 사건을 가공해 재조명할 필요는 없었다. 뭐든 강요하고 싶지 않았다. 그러려면 당사자가 아닌 제삼자의 입장에서, 주관이 배제된 객관적인 지표로만 대화를 이끌어 가야만 했다.

슬픔을 드러내는 건 반칙이었다.

파도처럼 일렁이는 감정은 대부분 잠재운 뒤였다. 그럼에도 미처 씻어 내지 못한 잔재가 남아 있었다. 후우, 깊게 내쉰 호흡으로 흐트러진 마음을 바로 세웠다.

"……마주 오던 트럭이 차를 덮쳤어. 조기준이라고, 정두열의 측근이었던 자가 운전대를 잡고 있었어."

"설마…… 고의로 그런 거예요?"

태하가 무겁게 고개를 끄덕였다.

"어쩌다가요?"

"배신하고 돌아온 자에게 신의를 저버리는 짓을 했거든. 사람도 헌신짝처럼 버릴 수 있다고 믿던 사람이었으니까. 막다른 골목에 내몰리면 쥐도 고양이를 무는 법인데, 스스로 자만한 나머지 그 사실을 간과하고 말았어."

"바보 같은 사람이었네요."

"그래. 바보 같은 사람이었지."

이견을 달 여지가 없는 견주의 말에 태하가 선뜻 동조하고 나섰다.

"많이…… 아팠을 것 같아요. 그래도 아버지니까."

"그랬던 것 같기도 하고. 사실은 잘 모르겠어."

"솔직하지 못하긴. 제 눈치 안 봐도 돼요. 당연한 일이잖아요. 어쩔 수 없는 일이란 거 알아요. 그 정도로 어리진 않아요."

달싹거리던 견주의 입술에서 눈을 떼지 못했다.

당연하단 울림이 주는 감정은 격렬했다.

태하에게 있어서 그것은 단 한 번도 받아 보지 못한 최초의 위로였다. 아무에게도 터놓지 않았던 정서희의 일을 풀어 설명하기까지, 시간은 그리 오래 걸리지 않았다.

중심을 잡으려 했다. 처음의 다짐처럼.

그러나 관대한 아이의 봐주기 앞에서 결심은 조금씩 형체를 잃어 갔다.

사감이 섞여 들기 시작한 일방적인 대화에도 견주는 별다른 말 없이 들어 주기만 했다. 가끔은 알겠다는 듯 고개를 끄덕이기도 하면서.

어두운 밤처럼 깊어진 새까만 눈동자가 천천히 여닫힐 때면 자신도 모르게 말소리가 빨라지곤 했다. 결국 하고 싶은 말을 모두 끝냈을 무렵엔 숨이 턱까지 차올랐다. 그런 뒤에야 견주의 목소리를 들을 수 있었다.

삼가 고인의 명복을 빕니다.

집중하지 않았더라면 흘려듣고 말았을 혼잣말에 가까운 중얼거림.

아이의 독백을 몰래 엿듣는 기분이었다.

태연을 가장하고 있었지만 사실은 몹시 놀란 상태였다.

"착한 척하자는 건 아니에요. 그럴 주제도 못 되고요. 그렇지만…… 다른 사람 말고, 권태하란 사람을 위해서 오늘 하루 명복을 빌어 줄게요."

아이가 어떤 마음으로 이 같은 얘길 했는지는 끝끝내 알 수 없었다.

"누군가를 미워하는 건 내일부터 해도 되는 거니까요."

다만 이 순간 구원을 받았단 것만은 알 수 있었다.

어째서 이렇게나 강한 것일까.

그냥 자그마한 아이일 뿐인데도. 대체 어째서.

이기심이 빚어낸 불행 앞에서도 아이는 의연했다. 현실을 직시해 화를 내야 하는 상황이었다. 그런데도 선뜻 태하를 위한 위로의 말을 건네 왔다.

그때서야 비로소 깨달았다.

일찍 어른이 될 필요가 없다고 했지만, 사실은 어른이 되길 강요하고 있었던 것이 그였다는 걸.

몸을 움직여 서로 간에 떨어져 있던 거리를 조금 더 좁혔다. 슬픔을 억눌러 참은 아이를 위해, 태하는 남은 얘길 해 줄 의무가 있었다.

"널 납치해 자생원에 감금한 게 그 조기준이었어."

"정두열의 지시가 아니라요?"

견주의 얼굴 위로 의아함이 떠올랐다. 잠시 후 잊고 있던 사실을 기억해 낸 듯 목소리를 높였다.

"얼굴, 본 적 있는 것 같아요. 차를 타고 가는데 중간에 모르는

사람이 올라탔어요. 이상한 약품 냄새에 정신을 잃고 깨 보니 거기
였어요."

얼마나 무섭고 두려웠을지 지금 당장은 짐작조차 가지 않았다.

"섣부르게 다른 쪽에 붙으려다 일찍이 눈 밖에 난 자야. 다시
줄을 대려면 계기가 필요했을 거야."

"그게 저란 거군요."

성엽의 일과 관련해 수배가 떨어질 거란 걸 조기준이라고 해서
몰랐을 리 없다. 이를 입증하듯 범죄에 능통한 조기준은 사전에 이
러한 상황까지 염두에 두고 움직였다. 이목을 속일 목적에 자생원
을 택한 건 조기준 나름의 안전 장치였던 셈이다.

일을 도모하기에 앞서 은밀하게 정두열에게 접근해 합의를 이끌
어 내기까지 아이의 존재는 숨겨야 하는 협상 카드였다.

성엽이 죽은 마당에, 정두열로서는 거절할 이유도 명분도 없었
다.

아마 처음부터 길게 가둬 둘 생각은 아니었을 것이다. 실제로
자생원에서 견주를 받아들일 당시, 조기준은 며칠만 부탁한다는
단서를 달았다고 했으니까. 다만, 정두열의 죽음은 조기준으로서도
미처 예상치 못했던 우연한 사건이었다.

급하게 배를 타느라 필요 없어진 아이의 존재를 귀찮은 짐 취급
하며 그대로 방치했다. 그러는 사이 아이는 영문도 모른 채 자생원
에서 발이 묶여 버렸다.

"조기준의 입장에선, 네가 동아줄 같은 존재였을 테니까."

"그럼 정두열은 왜 죽었나요."

"심장마비."

숨을 고른 태하가 이어 말했다.

"호텔에서 죽은 채로 발견됐어."

"호텔······."

"여자를 샀고, 몸에 무리가 갈 만한 일을 했어. 그게 다야."

아플 정도로 견주가 입술을 깨물었다.

"궁금하게 있어요. 왜 하필 저였어요? 저, 그 사람하고, 정두열이란 사람하고 뭐였어요?"

가장 받고 싶지 않았던 질문이었다.

피해 가거나 부딪히거나 둘 중 하나였다. 선택의 갈림길에서 거짓을 떠올린 건 아이가 상처받지 않길 바라는 마음에서였다.

궤변에 가까운 부조리한 논리였지만 그래도 이것만은 몰랐으면 했다.

"······아무것도 아니었어."

진실의 언저리에서 태하는 또다시 주저하고 말았다. 그러나 이내 실수를 눈치챘다.

고심이 배어든 태하의 목소리는 지나치게 낮았으며 또한 지나치게 무거웠다.

흘려 버리기엔 너무 많은 것들을 담고 있었다.

조금 더 가벼웠어야 했다.

말투도 표정도.

동요하지 않는 목소리였으면 더 좋았을 뻔했지만, 그조차도 지키지 못했다. 결국 한참을 뜸 들인 끝에 나온 말은 상대방에게 있어 어떠한 설득력도 얻지 못했다.

"혹시 딸이에요?"

"······."

"딸이군요. 시설에 있는 동안 생각하고 또 생각해 봤어요. 근데 그때마다 결론은 늘 하나였어요. 조카님 방에 있던 유전자 검사 결과지, 그거 제 거였죠?"

함께 사는 동안 이견주는 잠시 그곳에 머무는 손님인 양 행동했다. 정해진 체류 기간을 채우고 나면 떠날 외인처럼, 내내 그런 분위기를 풍겼다.

그래서인지 매사에 조심스러웠고, 멋대로 구는 법도 없었다.

지나와 생각해 보면 단 한 번도 불편하단 느낌은 받지 못했다. 이 층은 자신과 이견주의 공동 공간이었지만, 한편으로는 그렇지 않기도 했단 의미였다.

아이는 주변에 폐가 되는 일을 극도로 꺼려했다. 보이지 않는 곳에서의 배려는 전부 태하를 위한 것이었다. 사생활적인 측면에서의 터치는 물론이거니와 태하의 영역을 침범하는 일도 드물었다.

이따금 두어 번 들리는 노크 소리가 생활 소음의 전부였다.

그랬던 아이가 허락받지 않은 채 태하의 방문을 열고 함부로 타인의 물건에 손을 댔다는 얘길, 지금 자신의 앞에서 해 오고 있었다.

미안하단 말은 하지 않을 거란 아이의 다부진 태도가, 그 절박함이 못내 태하의 속을 쓰리게 만들었다.

부정할 수 없게도 의심을 심어 준 건 태하였다.

정정해야 했다. 불신의 늪이 깊어지기 전에, 이제라도.

더 이상의 기만은 관계를 악화시킬 뿐이었다. 판단을 내리는 건 자신이 아니라 견주의 몫이었다. 자기중심적인 사고에 가려 잠시 그 사실을 간과하고 말았다.

"그래, 맞아. 네가 맞고 내가 틀렸어."

"이 사실, 엄마도 알고 있었나요?"

"아니."

"그 사람이 제 친부란 것도요?"

"그것도."

"최악이네요."

대답 직후, 힘주어 쥐고 있던 수건이 견주의 발치 아래로 툭 떨어졌다.

"줄곧 거짓말을 하고 있다고 생각했어요. 그 사람 말이에요. 엄만 남자 없이 살 수 없는 사람이었어요. 그래도 엄마니까, 내 친부가 누군지 정도는 알고 있을 거라고 생각했었어요. 알면서도 숨긴 건 그냥 말하기도 부끄러울 정도로 형편없는 사람이어서, 그래서 그런 거라고 여겼었어요. 바보같이."

엉망이 된 손톱 끝을 잘근잘근 깨문 견주가 자리에서 일어섰다.

"답답해요. 바람 좀 쐐야겠어요."

"손 이리 줘."

"괜찮아요. 나중에 깎을게요."

완곡한 거부에도 부드럽게 손목을 잡아끌었다.

아!

힘없이 끌려온 아이가 무릎 위에 풀썩 주저앉았다. 버둥대는 아이를 한 팔로 안아 단단히 붙들었다.

등에서 아이를 내려놓은 뒤로, 줄곧 닿고 싶단 생각을 했었다.

사실은 더 닿지 못해 안달이 났다.

싫어할지도 모른다. 그런 생각을 하면서도 내키는 대로 아이의 몸을 꽉 껴안았다. 희미한 비누 냄새가 났다. 그것만으로도 부족해 좁다란 어깨에 얼굴을 올려놓으며 턱을 괬다.

오랫동안 햇빛을 보지 못한 하얀 목덜미가 시야에 들어왔다.

순간적으로 태하의 얼굴이 일그러졌다. 떨어져 있는 동안 겪었을 아이의 고생이 눈앞으로 그려진 탓이다.

"내려 줘요."

"불편해서 그래?"

"그냥 무거울까 봐서요."

"그런 이유라면 이대로 있어."

"……엉덩이가 배길지도 몰라요. 사실은 그것 때문에 신경 쓰여요."

음식을 하던 태하의 등 뒤를 기웃거릴 정도로, 견주는 먹는 걸 좋아했었다. 물론 그런 것치고는 체구가 작았지만.

하지만.

그때보다도 더 마른 몸.

자라지 못한 키.

제법 클 거라고 생각했었다. 이따금 여자아이는 꽤 오랫동안 성장하기도 하니까.

부서질 것처럼 연약한 체구에, 이번에는 화가 나기보다 서글퍼졌다. 생각 끝에 지난날 치킨을 받아 들며 해 왔던 견주의 말이 떠올랐다.

'버리지 마세요.'

처지에 빗대 해 온 애원조차 눈치채지 못할 정도로 무신경의 끝을 보여 줬다. 맨 정신도 아닌, 술 냄새를 풍기며 해 온 약속 하나에 걸었을 기대가 얼마나 컸을지 지금 당장은 짐작조차 가지 않았다.

사실을 알면서도 남기로 결정했을 땐 어떤 마음이었을까.

참을 수 없이 괴로운 심경이었다.

말뿐인 충고, 현실성 없는 조언, 가볍게 내뱉었던 일상의 모든 언어까지. 모든 걸 내 입장에서만 봤다.

악문 듯 턱에 힘이 들어갔다.

"조직, 일치 안 했어."

"무슨…… 말이에요?"

"피가 이어져 있었지만, 이식은 불가능했단 뜻이야."

"그러니까 지금 무슨 말을 하고 있는 거예요? 더 자세히요. 하나도 이해가 안 돼요."

이제부터는 견주가 모르는 이야기였다.

아니, 애초에 미리 알렸어야 할 내막이란 게 더 맞는 표현일지도. 때마침 저녁 여섯 시를 알리는 종이 울렸다. 일찌감치 해가 떨어진 바깥은 이미 어둑발이 내려앉은 뒤였다.

폴폴 내리기 시작한 눈발이 이내 불어오는 바람에 의해 사선으로 흩날렸다.

"네?"

기다림을 이기지 못한 아이의 서툰 재촉이 이어졌다.

혼란에 빠진 아이를 설득시키기 위한 대의명분치고는 초라한 변명. 그 변명을 한번 해 볼까 했다.

"1학년 가을쯤에 학교에서 하는 신체검사 말고, 병원에서 무료로 진행했던 종합검진 받은 적 있지?"

"네. 그런 적 있었어요."

"그때 이식 부적합 판정이 나왔어."

병원 검사 자체도 중간에서 태하의 입김이 들어간 결과였다. 병원 측에서 일체 비용을 받지 않기로 하고 진행한 것으로 알려져 있었지만, 사실 그 이면엔 다른 계약이 존재하고 있었다.

물론 이 과정에서 견주의 동의는 받지 않았다. 사실 이때만 하더라도 태하는 두 사람의 인연이 이것으로 끝인 줄 알았다.

정두열의 핏줄이 맞긴 했지만, 이식이 불가능한 시점에서 만약의 사태를 고려하지 않아도 됐다. 그러는 사이에도 권성엽은 은밀히 정두열의 주변을 캐며 정보를 물색 중이었다.

세상에 영원한 비밀은 존재하지 않았고, 자신이 찾아낸 걸 그라고 해서 찾지 못할 리 없었다. 성엽의 손길이 미칠 경우를 대비해 미리 손을 써 두려는 의도였으나, 검사 결과 다행히 위험에 대해 경고할 필요성이 사라져 버렸다.

그러나 박정호가 합류한 시점에서 상황은 정반대로 바뀌었다.

"그러고 나서 일 년 뒤, 네가 이 집으로 들어왔어. 나중에 아버지 성화에 못 이겨 병원 갔던 건 아마 기억날 거야."

"명서병원이었어요."

"거기서야. 거기서 검사 결과가 조작됐어."

"잠깐만요. 정리가 잘 안 돼요. 저 병원 갔을 때 원장이란 사람이 마중을 나왔어요. 형부하고도 무척 친해 보였어요. 사업적으로 얽힌 것 같단 느낌도 들었어요."

"그때 본 사람이 아마 박정호 원장일 거야."

"……형부 편 아니고, 조카님 편이었어요? 언제부터요?"

"처음부터."

"말도 안 돼."

새된 비명 소리가 상황을 부정했다. 그러나 이것이 진실이었다. 태하는 다음 말을 신중하게 골랐다.

"검사를 받은 정두열의 자식들 대부분이 적합 판정을 받았지만, 넌 아니었어. 의심을 사지 않는 선에서, 잠시 눈을 돌릴 대용품이 필요했어."

"왜…… 왜 그렇게까지 해야 했는데요? 그렇게까지 해서 얻는 게 뭐였는데요?"

"검찰 수사가 진행될 때까지 시간이 필요했어. 안일한 생각이었지만, 이식이 불가능한 시점에서 다칠 일도 없을 거라고 여겼어. 그거 믿고 일 진행했어. 그런데…… 내 판단이 틀렸어."

하나의 사건이 일어날 수 있는 가능성, 그러니까 확률로 미래를 예측하는 건 결국 무의미한 자기만족에 지나지 않았다.

미래에 대한 예측에는 1과 0사이의 수도 존재하지만, 결국 현실에서는 일어난 사건 1과 일어나지 않은 사건 0이 존재할 뿐이었다.

막연한 믿음이 착각을 불러일으켰다.

자책과 회한이 묻어난 목소리는 무겁게 가라앉아 있었다. 나름의 원칙을 내세웠지만 그조차 자기 합리화였다. 따지고 보면 대단한 이유 같은 것도 없었다.

"……그럼 박 원장이란 사람은요? 협조를 했다면, 이유가 있었을 거 아니에요."

"애초에 이식에 회의적인 입장이었어."

"그리고 또요."

"개인적으로 원한을 가지고 있었어."

그러면서도 박정호는 기본적으로 의사로서 가지는 프라이드가 강했다. 처음부터 그는 이식 과정에서 발생하는 불법을 눈감아 줄 생각이 없었다.

사실관계를 명확히 하자면, 견주뿐만 아니라 검사를 받은 대상 전부가 자신이 이식과 관련돼 있다는 걸 모른 채로 검사를 받았다.

사람의 몸을 구성하는 두 개의 신장 중, 정두열이 원한 건 건강한 쪽이었다.

"만약에 말이에요. 제가 이식 적합 판정을 받았다면, 그럼 어떻게 되는 거였어요?"

"일이 마무리될 때까지 해외 출국을 권유했겠지. 다른 사람들에게 그랬던 것처럼."

"다른 사람들? 이식 적합 판정을 받았다던, 그 사람들 말이에요?"

"그래. 서류를 맞추는 건 박정호 원장이 맡아 처리했어. 불필요한 피해를 줄이려면 이편이 가장 확실한 방법이었으니까."

이용 가치가 다했다고 믿는 순간 자연스럽게 정두열과 권성엽의 관심도 멀어졌다. 이들의 이목을 피해 일을 도모하는 건 그렇게 어렵지 않았다.

"하지만 그 사람이 허락하지 않았을 거예요."

"사실을 알았다면, 홍난주에게 말할 생각이었어?"

"……아뇨. 안 그랬을 거예요."

한차례 고개를 가로저은 아이가 이내 알겠다는 듯 머리를 주억거렸다.

"그럼 저…… 무사히 돌려보낼 생각이었어요?"

"결국 이렇게 돼 버렸지만."

"그렇구나."

무릎에 앉힌 아이의 다리가 달랑달랑 움직였다. 마주 볼 수 없는 위치에서 겹치듯 앉아 있어, 아이의 표정이 어떤지는 알 수 없었다. 다만 그 감정은 읽어 낼 수 있었다.

"싫어해야 맞는 거라고 생각했어요. 그런데 싫어지지가 않아서 마음이 불공평하다고 생각했었어요. 다행이에요. 제가 벌레가 아니라 사람이라서요."

투명한 눈물이 바닥을 적셨다.

손바닥으로 아이의 눈을 감싸며 시야를 가렸다. 그러자 델 듯한 뜨거움이 밀려들었다.

"배고파요. 고기 사 주세요. 저녁으로 고기가 먹고 싶어요."

"그래."

"불판에 올려서 구워 먹어요. 굽는 건 조카님이 하세요."

"그러지 뭐."

"곁들여 먹을 버섯도 있으면 좋을 것 같아요. 계란찜이나 된장찌개도요."

"두 개 다 시켜."

"나가서 먹게요?"

"그게 싫으면, 내가 해 줘도 되고."

원하는 건 뭐든 다 해 줄 테니까.

그러니까, 그만 울어.

흠뻑 젖어 버린 손은 더 이상 아무런 도움도 되지 못했다.

얼마 먹지도 못한 아이가 배를 통통 두드렸다.

"더 먹고 싶은데……."

내리깐 시선은 여전히 잘 익은 고기에 머물러 있다.

"안 들어가요."

겨우 그 정도로? 그램 수로 따지자면 식당에서 내놓는 정량의 1인분에도 못 미치는 양이었다. 의아함에 잘 구워진 고기 한 점을 집어 아이의 앞 접시로 내려놓았다.

"그럼 하나만 더요."

못 이긴 척 받아 든 고기를 견주가 조금 곤란한 듯 바라본다. 하지만 지켜보는 태하의 시선을 의식해서인지 이내 새처럼 입을 벌려 뜨거운 김이 가시지 않은 고기를 천천히 씹기 시작했다.

괜한 권유였나?

표정이 좋지 못하다고 생각한 순간 견주가 다급히 자리에서 일어섰다.

잠시만요, 하고 자리를 비운 아이가 다시 돌아왔을 땐 얼굴이 창백하게 질려 있었다. 태하의 눈이 노골적으로 살피는 기색이 됐다.

빌어먹을.

뒤늦은 깨달음 하나에 자책이 밀려들었다. 괜찮다는 말만 믿을게 아니라 몸 상태를 더 자세히 살폈어야 했다.

"속이 많이 안 좋아?"

"괜찮아요. 이제 더 먹을 수 있어요."

젓가락을 집어 드는 견주를 향해 천천히 고개를 저었다.

"아니. 안 그러는 게 좋을 것 같아."

단호한 태하의 목소리에 결국 아쉬운 듯 손을 내려놓는다.

"그럼 내일도 맛있는 거 먹어요."

사소하기 짝이 없는 아주 작은 요구 하나가 태하를 초라하게 만들었다. 분에 넘칠 정도로 무언가를 가져 본 적이 없기에, 아이는 단 한 번도 무리한 부탁을 해 온 적이 없었다.

이렇게나 바라는 것이 없는 아이를 상대로, 대체 무엇을 얻으려고 벼랑 끝으로 내몰았던 걸까.

멋대로 휘두를 자격 따윈 없었는데.

독선에 빠져 독단적으로 일을 처리하는 동안 그 상처는 오롯이 견주의 몫으로 남아 버렸다. 심장이 뜯겨 나가는 것 같은 통증이 태하를 덮쳤다.

제11장
내일은 꼭 혼자 잠들어 볼게요

방문을 열자 잔뜩 덥혀진 공기가 견주를 맞았다. 숨쉬기 곤란할 정도로 달아오른 열기에 문득 입가로 작은 미소가 떠올랐다.

적정선을 넘긴, 도가 지나칠 정도의 과한 난방이었지만 투정을 늘어놓기엔, 어제 아니 오늘 아침만 하더라도 간절하게 바랐던 온기였다.

모처럼 '덥다'란 감정을 느꼈다. 다음 여름이나 돼서야 투정처럼 내뱉을 수 있을 줄 알았더니…….

자생원에서 가장 견디기 어려웠던 것은 점차 환경에 길들여지고 있던 자신의 모습을 지켜보는 것이었다. 그곳에 머무는 동안 다른 의미에서 견주는 비정상적 범주에 속해 있던 이방인이었다.

정상적인 사고방식은 아무런 도움이 되지 못했다. 그래서 더 괴로웠던 것 같다.

무기력한 생활이 계속될수록 정신도 코너에 몰렸다. 기약 없는 기다림 끝에 태하를 만났을 땐 마치 꿈을 꾸고 있는 것 같은 아득함을 느꼈다.

죽어서도 잊지 못할 테지. 그때의 경이로움을. 한 줄기 빛 같았던 그 찬란했던 기억을.

짧은 회상 끝에 잦아들던 울렁거림이 심해졌다.

눈에 익은 책과 책상. 모든 게 그대로인 방. 비로소 제자리로 돌아왔단 실감이 났다. 열아홉의 이견주가 치열하게 버텨 왔던 그 공간에 마침내 다시 발을 들여놓았다. 신기한 구경이라도 하듯 한동안은 이리저리 시선을 옮기기에 바빴다.

그러는 사이 계절감을 잊은 방 안의 온도가 수면욕을 부채질했다. 졸음이 묻어난 눈을 느릿하게 감았다 떴다. 발길은 자연스럽게 침대로 향했다.

"잠시만 기다려."

방 한쪽에 반듯하게 자리 잡은 침대를 놔두고, 그 아래 바닥에 이불을 까는 태하의 행위는 명백하게 견주를 배려하고 있었다.

뭐랄까. 작은 습관마저 기억해 주고 있었구나. 이 같은 깨달음 뒤론 괜스레 마음이 들떴다. 하지만 자생원에서 두 번의 겨울을 지내는 동안 견주는 침대와도 꽤 가까운 사이가 됐다.

바닥에서 올라오던 얼음장 같던 냉기는 침대의 불편함마저 장점으로 바꿔 놓았다. 더 이상 바닥에 이불을 깔지 않고서도 눈을 붙일 수 있게 되었다.

침대에서 잘게요. 침대가 더 편해요.

태하의 친절을 거절할 말들은 많았다. 단조롭게 내뱉은 그 거절은 아무렇지 않게 태하를 상처 입히려 들 것이다. 이러한 생각을 하는 동안 견주는 자신이 참 보잘것없는 어른이 돼 버렸다는 걸 인정해야 했다.

보기 싫다. 이런 스스로의 모습은. 삐뚤어진 생각으로 상황을 꼬아 봤자 얻을 수 있는 거라곤 초라한 자기 위안이 전부였다. 그럼에도 몸에 밴 나쁜 습관처럼, 시시때때로 사나운 생각들이 머릿속을 떠돌아 다녔다. 다행히 싫은 소리는 입 밖으로 나오지 않았다.

"고맙습니다."

군말 없이 이불 속을 파고들어 가 눕자, 뒤이어 태하가 잠자리를 봐주었다. 늘 덮고 자던 무게감 없는 홑이불 대신 그냥 보기에도 값비싸 보이는 겨울용의 구스다운 이불이 안온함을 제공했다.

"쉬어."

인지하지 못하는 사이 이마 위로 따뜻한 기운이 내려앉았다. 꾹 찍어 누른 태하의 입술은 무척이나 부드러웠고 다른 한편으로는 조심스럽기도 했다.

놀라움을 지우지 못한 채 눈을 동그랗게 뜨자, 그 위로 다정한 눈길이 내려앉았다. 검푸른 바다 같다. 빨려 들어갈 것처럼 깊은 눈에 담긴 것은 오직 그녀 자신뿐이었다.

뒤늦게 손을 들어 올린 견주가 가만히 이마를 문질러 보았다.

단순히 잘 자란 의미겠지?

하지만 전혀 태하답지 않은 행동이었다. 자신이 알던 태하는 이런 식의 위로에는 익숙지 않은 사람이었다.

태하를 바라보던 견주의 시선이 세차게 흔들렸다.

"기분 나빴어?"

"……아뇨. 하지만 좀 놀랐어요."

"싫지만 않으면 돼."

"싫지 않았어요."

"그럼 됐어."

자리에서 일어선 태하가 이윽고 불을 껐다. 삽시간에 어둠이 내려앉았다.

평온은 오래 지속되지 못했다. 때맞춰 밀려든 불안과 초조. 그 감정은 마치 두려움을 닮아 있었다.

변한 것은 많지 않다고 생각했다. 하지만.

어느새 이렇게나 겁쟁이가 돼 버린 걸까.

주변 사물을 구분하기가 어렵게 된 시점에서부터 또다시 혼자가 된 것 같은 착각에 빠져들었다. 마치 버려진 채 자생원에 있던 그 때로 돌아간 것만 같았다.

불안해진 마음을 반영하듯 이어 나온 목소리는 형편없이 갈라져 있었다.

"저기!"

다급한 부름에 걱정스런 얼굴을 한 태하가 견주를 돌아보았다.

"필요한 거라도 있어?"

"불, 불 말이에요. 불…… 다시 켜 주면 안 돼요?"

아무렇지 않게 부탁하려고 했다. 결국엔 잘 안 됐지만.

안 그래야지 하면서도 목소리는 떨려 나왔다. 태하가 이상하게 생각할지도 모른다. 그전에 어떻게든 감정을 추슬러야 했다.

아닌 척, 괜찮은 척하는 건 과거 자신이 잘하던 것 중 하나였다. 상황을 둔감하게 만들어 거기에 익숙해지면 좀 더 편했으니까. 현실에 무감각하게 반응할수록 불행도 멀어지는 듯했다. 그래서 이번에도 그럴 수 있다고 믿었다.

하지만 세상을 알게 된 세파에 찌든 두 눈은 어느덧 두려움이란 걸 배웠다.

의지와는 달리 떨림은 쉽게 잦아들지 않았다.

"나갈 때 문 닫지 마세요."

졸음이 묻어나던 얼굴 위로 긴장의 흔적이 떠올랐다. 삽시간에 잠이 달아났다. 이내 입술을 지그시 깨물었다.

"그냥…… 답답해서요."

태하가 단 한 마디도 하지 않는 동안 벌써 연이어 세 번이나 제 의견을 늘어놓았다. 그러고 나서 곧바로 후회하고 말았지만.

마지막 얘긴 하지 않는 편이 더 좋았을 뻔했다. 허술한 자기변명 뒤로 이어진 조악한 핑계. 이것만으로는 나약해진 마음을 숨기는 데 한계가 있었다.

문 언저리에 서서 이쪽을 바라보던 태하의 눈빛은 흐트러짐 없이 고요했다. 가만히 대상을 관조하는 눈빛이었다. 마치 모든 걸 다 꿰뚫고 있다는 듯, 뼛속까지 간파당한 기분이었다.

졸린 척 이대로 이불을 뒤집어써 버릴까?

이런 고민을 하는 사이 그가 그녀에게로 다가섰다.

"혼자 있는 게 싫은 거면……."

움찔, 어깨가 떨렸다.

"같이 잘까?"

그가 긴장하고 있단 건 드러난 음색만으로도 충분히 유추해 볼 수 있었다. 한결 조심스럽게 구는 태하의 태도에 덩달아 긴장감이 높아졌다.

하지만…….

쓸데없는 신경전을 벌이기엔 너무 늦은 시간이다. 그러나 어떠한 변명을 대더라도 진심은 모두 하나로 귀결되었다.

싫지 않다. 예상치 못한 상황에서 해 온 그의 제안이 사실은 반가웠다.

"……여기서요?"

"내 방에서. 여긴, 좁으니까."

"……오늘만요."

"그래. 오늘만."

일회성을 전제로 한, 지켜지지 못할 약속을 뒤로한 채 그렇게 하나의 합의에 이르렀다.

옷!

그 순간 이불째로 들어 올려졌다. 삽시간에 눈높이가 비슷해졌다. 덜덜 떨리던 손이 이윽고 태하의 목을 힘껏 그러안았다.

잠시 후 걸음을 옮긴 태하가 그의 방문을 열어젖혔다.

조심스럽게 견주를 침대 위에 내려놓은 태하가 비어 있는 옆자리를 파고들었다. 가까운 곳에서 느껴지는 옅은 숨소리. 어느 누구도 말이 없었다.

손만 뻗으면 닿을 수 있는 곳에 태하가 있다.

거리로 따지자면 겨우 두 뼘 정도나 될까.

얼마간 거리를 두고 나란히 누워 있던 게 불편하게 느껴지기 시작했을 무렵, 뒤척이듯 견주가 태하를 등진 채로 돌아누웠다.

이래서야 잠이 올 것 같지도 않다.

질끈 두 눈을 감았지만 한 번 달아난 잠은 다시 수면에 드는 걸 방해했다.

정신은 지칠 대로 지쳐 있었다. 그런데도 의식은 쉽게 휴식에 빠져들지 못했다.

양 한 마리, 양 두 마리…… 머릿속으로 숫자를 세기 시작하고 얼마쯤 지났을까. 덮고 있던 이불 위로 태하의 손길이 내려앉았다.

톡톡, 가볍게 두드려 오는 규칙적인 토닥임.

그 소리에 귀를 기울이고 있는 사이 저도 모르게 잠에 빠져들고
말았다.

등을 돌리고 자던 견주가 잠결에 태하의 품을 파고들었다. 놀라
움에 한동안은 딱딱하게 굳어 있기만 했다. 고민 끝에 조심스럽게
팔을 뻗어, 저만치 밀려나 있던 베개를 대신해 아이의 얼굴을 그의
팔 위로 올려놓았다.

무게감이 거의 느껴지지 않는 작은 머리.

이렇게나 말랐구나.

간신히 잠재워 두었던 사나운 감정이 다시금 되살아났다.

처음엔 제 품에서 아이를 훔쳐내 달아난 조기준에 대한 살의가,
그 다음은 자생원에 대한 악감정이 피어올랐다. 그리고 마지막엔
끝까지 지켜 내지 못했던 스스로의 무능력함에 화가 났다.

그래도 찾았으니 된 거야.

팔 위에서 느껴지는 따사로운 체온이 다행히 흐트러진 마음을
안정시켜 주었다. 무기력하게 떠나보내는 실수 따위 두 번 다시 할
까 봐서?

사람이든 물건이든 감정적으로 집착해 본 일은 없었지만, 이견
주만은 달랐다. 욕심이 났고, 이제 와 그 욕심을 숨길 마음도 그다
지 들지 않았다.

떨어져 있는 동안 가장 그리웠던 것은, 거리낌 없이 다가와 재
잘대던 청량한 목소리였는지도 모르겠다.

늘 듣기 좋다고 여겼다. 신경에 거슬려야 하는 게 정상인데도,

가끔은 저도 모르게 귀를 기울이곤 했으니까. 스스로도 놀랐을 만큼 견주의 존재를 자연스럽게 받아들였었다.

담담하게 마주 봐 오던 눈빛, 그 시선을 즐기기 시작한 건 언제부터였을까.

이렇게나 깊이 들어와 있었던 거구나.

태하는 스스로를 가장 잘 안다고 생각했지만, 사실은 가장 모르고 있던 것이 그 자신일지도 모르겠단 생각을 해 봤다.

태하에게 가장 필요했던 것은 마음을 줄 만한 사람이었다. 그러나 일찍이 경험해 본 적이 없었기에, 마음을 주는 한편으로 그 마음을 줬다는 사실조차 깨닫지 못했다. 하지만 이제 와 깊어진 마음을 인정하는 것은 어렵지 않았다.

"……어디 안 갈 거지?"

상대가 듣지 못할 질문을 속삭이는 동안, 태하는 혼자 속으로 그 답을 가늠해 봤다. 그러는 사이 제 품을 떠난다고 할까 봐 조금 두려워진 것 같기도 했다.

아무 데도 안 보내.

결론은 이번에도 하나였다.

견주의 불안을 잠재울 목적으로 켜 둔 낮은 조도의 스탠드 불빛이 은은하게 침실을 밝혔다. 눈, 코, 입, 전체적인 얼굴의 윤곽, 보고 있어도 그리움은 줄어들지 않았다.

새삼 제겐 이 아이밖에 없구나, 하고 생각했다.

태하에게 있어 견주는 타인으로 분류할 수 없는 유일한 존재였다. 줄곧 불안했던 내면은 견주를 찾음으로써 비로소 안정되었다. 생각에 잠긴 사이 어느덧 새벽이 깊어 가고 있었다.

"으읏……!"

쌕쌕 고른 숨을 내쉬던 견주의 입에서 끙끙 앓는 신음이 흘러나온 건 그즈음이었다. 이마 위로 송송 맺힌 땀방울이 아이의 괴로움을 말해 왔다.

꿈이라도 꾸고 있는 걸까.

그게 악몽만 아니라면 좋을 것 같다.

"쉬, 괜찮아. 다 괜찮을 거야."

들릴 듯 말 듯 내뱉은 작은 속삭임. 신기하게도 견주의 얼굴이 조금씩 편안하게 바뀌기 시작했다.

지켜보고 있자면 심장이 따끔따끔거리는 기분이 들 때가 있었다. 여전히 잠은 오지 않았다.

아침 아홉 시가 되기 전에 주치의인 김 박사가 다녀갔다. 간단한 검진 끝에 의사는 병원에서 받는 정밀 검사를 권고했다. 하지만 이 일에 견주가 협조적이지 않았다.

"검사 안 받을래요. 저 아무렇지 않아요. 아픈 데도 없어요. 그러니까 병원은 안 갈래요."

"어려운 거 아냐. 단순히 건강 검진이라고 생각하면 돼."

"나중에요. 지금 말고 나중에 갈게요."

"그러지 말고……."

새파랗게 질린 얼굴로 견주가 뒷걸음질을 쳤다. 태하가 하던 말을 멈추었다.

"아무 데도 가고 싶지 않아요. 그냥 여기 있을래요."

꼭 다문 입술. 힘주어 쥔 작은 주먹.

온몸으로 싫다 말해 오는 아이에게 더 이상 어떤 강요도 할 수 없었다. 다만 그날 밤도 태하는 혼자 자겠다며 방에 들어간 견주를 또다시 안아 제 방으로 데려왔다. 태하의 목을 꼭 그러안는 섬약한 손짓이 그의 죄를 뒤돌아보게 만들었다.

오늘만이라고 했던 약속은 결국 이튿날이 되어서 또 하루 연장되었다. 그리고 그 이튿날 또 하루가 늘어났다.

❖

사건이 마무리된 직후 미련 없이 병원장직에서 물러나려 했던 박정호는 복잡하게 얽힌 내부 사정으로 인해 간신히 반년 전에야 무거운 짐을 내려놓고 자유의 몸이 되었다.

목숨이 위협받는 상황에서는 어쩔 수 없었다지만, 안전의 가장 큰 걸림돌이었던 정두열이 세상을 뜬 마당에 굳이 외국을 고집할 필요가 없어졌다. 향후 거취를 정하는 데 있어 도피처처럼 선택했던 출국 건은 사실상 흐지부지됐다.

현재는 경남 의령에 위치한 한적한 시골 마을에서 노부인과 함께 전원생활을 누리고 있었다.

몇 차례 울리던 신호음 끝에 통화가 연결됐다.

아이를 찾았단 태하의 연락에 박정호가 부랴부랴 서울로 올라왔다.

"잘됐어. 정말이지 잘된 일이야. 이제야 겨우 권 실장도 한 시름 덜겠어."

햇볕에 검게 그을린 노구의 박정호가 태하의 손을 불끈 맞잡아 왔다.

"박 원장님께서 염려해 주신 덕분입니다."

321

"허허. 괜한 공치사는 말게나. 다 자네가 노력한 덕분이지."

정두열의 일과 관련해 그간 박정호는 견주에게 마음의 빛을 지고 있었다. 아이의 실종 소식에 책임을 느낀 그는 미력하게나마 힘을 보태겠다며 발 벗고 나서길 주저하지 않았다. 견주를 찾았단 얘기에 그는 진심으로 기뻐하는 표정을 지어 보였다.

만남에 대한 짧은 인사를 뒤로하고 둘 사이에서는 다소 심각한 얘기가 오고 갔다.

"잘 먹지를 못한다고? 혹시 음식에 대한 거부감을 가지고 있진 않던가?"

"그렇진 않습니다. 하지만 많이 말랐더군요."

"그래? 그렇단 말이지."

한차례 느른한 손길로 턱을 쓸어 올린 박정호가 다양한 가능성을 열어 둔 채로 대화를 재개했다.

"좁은 방 안에만 갇혀 생활해 왔다면 말도 못 할 정도로 스트레스가 심했을 게야. 지금으로썬 딱히 어떻다 말할 수 있는 상황은 아니지만, 짧은 소견으로는 자율 신경 이상에 따른 정신적인 문제일 수도 있겠다 싶어. 혹은……."

잠깐의 뜸을 들인 박정호가 이어 말했다.

"소화 기능이 망가질 만큼 극도로 음식에 대한 제한을 받아 왔다든가."

"김 박사님도 같은 말씀을 하시더군요."

간신히 잠재워 두었던 살심이 다시금 끓어올랐다. 아이는 영양실조가 의심될 정도로 말라 있었다. 마지막에 해 온 박정호의 가정에, 자신의 생각에 더 무게가 실리는 순간이었다.

"당장 정밀 검사부터 받게 하게나. 권 실장답지 않게 왜 이런 중요한 일을 뒤로 미뤄 두고 있어. 아님…… 혹시 다른 문제라도 있는 겐가?"

"집을 나서는 것에 대한 반감이 심합니다."

입을 닫은 박정호가 한동안 생각에 잠겼다.

"……괜찮다면 내가 좀 아이를 만나 보고 싶은데, 그럴 수 있겠나?"

"죄송하지만, 본인 의견이 우선입니다."

"권 실장 마음이 어떨지 내가 왜 모르겠는가. 호적에 올리면서까지 찾고자 했던 이니, 그 마음 오죽 애틋할까. 하지만 마냥 지켜보는 것만이 능사가 아니야. 그 아이 입장에선 내 존재가 많이 껄끄러울 테지만, 자네가 못 하겠다면 나라도 나서서 설득을 해야 하지 않겠는가."

"……자리를 만들어 보도록 하겠습니다."

그로부터 사흘 뒤 연락을 받은 박정호가 태하의 집을 찾았다. 대면 당시 박정호는 깊숙이 머리를 숙여 보임으로써 지난 과오에 대한 뒤늦은 사과의 뜻을 전달했다.

이 장면을 바라보고 있자니 불현듯 머릿속에서 조기준이 떠올랐다.

때가 되면 태하는 조기준에게 대가를 물을 것이다. 정확한 계산법에 의한 충분한 대가를.

개인적으로 따로 나눌 말이 있어 보이던 박정호를 위해 잠시간 자리를 피해 줬다. 이후 둘의 짧은 독대가 끝났을 무렵 놀랍게도 견주는 병원 진료에 있어 긍정적인 반응을 보여 왔다.

"지금 병원에 가지 않으면 더 많이 아플 거래요."

움켜쥔 작은 주먹이 안쓰러울 정도로 떨리고 있다.

"아프기 싫어요."

의연함 뒤로 보이는 연약함에 마음이 무너져 내렸다.

단둘이 있는 자리에서 박정호는 미안하단 말을 연거푸 세 번이나 입에 담았다.

"미안해요, 미안해요, 정말 미안하게 생각하고 있어요."

무엇에 대한 미안함인가.

사과를 받아들이기엔 아직 준비가 안 돼 있었다.

"……사정이 있었단 얘긴 들었어요."

하지만 그뿐이었다. 이용하고 이용당했던 관계에 많은 말은 필요치 않았다. 살가운 말투로 괜찮다고 말할 수 있을 리 없잖아. 정호를 대하는 견주의 태도는 내내 방어적이었다.

"미안해요."

벌써 네 번째.

"그 말은 더 듣고 싶지 않아요."

"미안해요."

또다시 다섯 번째. 이번엔 견주가 침묵했다. 그제야 박정호가 미안하단 말 이외의 다른 얘길 꺼내 놓기 시작했다.

"병원에 안 가려는 이유가 병원이 못 미더워서라면 달리 생각해 줬음 해요. 나는 의사가 될 자격이 없는 사람이었어요. 환자를 진심으로 대하지 못했는데 내가 어떻게 의사란 얘길 들을 수가 있겠어요."

에두를 것 없이 박정호는 그가 지녔던 이기심을 낱낱이 고했다.

"지금 많이 괴롭단 거 알아요. 그러니까 나 같은 사람 말고 진짜 의사가 있는 병원에 가서 좀 더 정밀한 검사를 받아 봐요. 하루면 되니까, 그렇게 해요. 상황이 이렇다고 해서 스스로를 방치하면 더 아프기만 할 뿐이에요. 날 원망해도 좋으니까 먼저 몸부터 챙겨요."

무수한 얘기 중에서도 견주의 마음을 움직인 건 마지막에 나온 한마디였다.

"권태하 실장도 그걸 바랄 거예요."

멈춰 버린 것 같은 지난 시간 속에서 생각은 꼬리에 꼬리를 물곤 했었다. 거기엔 박정호에 대한 것도 포함돼 있었다.

사실을 몰랐을 당시엔 박정호를 권성엽과 한패라고 인식했었다. 그러했기에 특정 다수를 향했던 원망에서 박정호도 자유로울 수 없었다.

그는 미움의 대상 중 하나였다. 이제 와 피치 못할 사정이 있었다 하더라도, 그것을 너그럽게 포용할 만큼 견주는 마음이 넓지 못했다.

당신만 아니었다면!

사실을 알았을 땐 이 같은 생각이 마음 한구석에 깊숙이 자리를 잡고 있었다. 그러는 사이에도 생각은 여러 갈래로 뻗어 나갔다.

모든 책임을 박정호에게 전가하려 했다가, 그 역시 피해자란 말로써 이해해 보려고 발버둥을 쳤다가, 때론 스스로의 안일함을 질타했다가, 그러다 더 괴로워지면 그 생각을 그만두곤 했었다.

"……검사는 받을게요. 그렇지만 당신을 위해서는 아니에요."

"미안해요."

"……."

"정말이지 미안해요."

더 이상 숫자를 세는 건 무의미했다. 곧이어 떨림 가득한 남자의 손이 견주의 손을 맞잡아 왔다.

고개를 숙이고 있어 어떤 표정을 짓고 있는지 정확히 확인할 수는 없었다. 다만 늙은 남자의 눈가에서 흘러내리던 굵직한 참회의 눈물만은 계속해 바닥 위를 적시고 있었다.

❖

"하루면 된다고 했어요. 그게 조건이었어요. 입원은 안 해요. 안 할 거예요."

종일 강행군처럼 이어진 검진에도 얌전히 응했던 견주가 입원만은 싫다며 제 의견을 분명히 했다. 호소력 짙은 목소리는 약속을 지키라는 무언의 요구로 점철돼 있었다.

아쉽게도 정호가 얻어 낸 시간은 단 하루에 불과했다. 곁에 서 있던 정호를 힐끔거리자, 그가 무겁게 고개를 끄덕였다. 원하는 대로 해 주란 의미였다.

짤막하게 박정호와 의견을 교환하는 사이 견주가 불안한 듯 그의 옷을 붙들고 늘어졌다. 힘주어 쥔 옷감 위로 삽시간에 구김이 생겼다.

잠시 잊고 있었지만 그는 불안감을 겉으로 드러내선 안 되는 존재였다. 태하가 중심을 못 잡고 흔들릴 때마다 그 피해는 고스란히 견주에게로 돌아갔다.

마이너스적인 감정을 생성하는 게 저라는 사실에 기가 막힌 심정이었다.

"걱정 마. 네가 싫은 건 나도 안 해."

"……집에 가고 싶어요. 여긴 너무 답답해요."

"검사받는 게 많이 힘들었나 봐. 지쳐 보여."

"조금요."

"안아 줄까?"

"……나중에요."

"견주야."

"이거…… 알아요? 오늘이 처음이에요. 이름만으로 불러 준 건, 오늘이 처음이에요."

그는 관계를 맺는 것에 서툴렀고, 서툴렀기에 마음을 나누는 방법조차 알지 못했다.

견주야.

이렇게나 달콤한데 그간엔 왜 알지 못했던 것일까.

"듣기 좋은 것 같아요. 다음에도 또 이렇게 불러 줘요."

가슴이 터져 나갈 것처럼 먹먹하게 변했다. 이미 지나가 버린 것들에 대한 소중함을 일깨워 주는 단조로운 말 한마디에, 그제야 태하는 아주 작은 것조차 허락지 않았던 스스로의 냉담함을 되돌아보게 되었다.

나는 얼마나 쉽게 세상을 보려 했던가. 뒤늦은 후회를 곱씹었다.

떼를 써 줬음 좋을 것 같단 생각을 했다. 뭐든 좋으니, 아무거나 상관없으니 사소한 요구라도 제게 해 줬으면 하고 태하는 바랐다.

"곧 검사 결과가 나올 거야. 그거 보고 집에 가자."

"그 정돈 참아 볼게요."

"고마워."

"고맙단 말은 이런 때 하는 게 아니에요."

"미안."

"……바보 같아요."

미안하다는 그 말이 이제는 아픔의 정수가 되었음을 아는 태하였다. 당사자가 원하지 않았던 사과 앞에서 태하는 조금 작아진 스스로를 느꼈다.

얼마간의 기다림 끝에 마침내 기다리던 검사 결과가 나왔다. 예상했던 것보다 예후는 나빴지만, 그래도 최악이라 규정지을 만큼의 수준은 아니었다.

형편없이 바닥난 체력. 영양 부족으로 인한 체중 저하와 근육 위축. 그리고 이에 따른 섭식 장애는 앞으로 해결해야 할 과제로 남았다.

문제는 겉으로 드러난 이외의 것, 즉 심리적인 부분에서의 불안 증상이었다. 안타깝게도 장기간에 걸쳐 받아야 하는 그 치료를 아이가 거부하고 나섰다.

"안 할래요."

"병원이 싫은 거라면 원하는 때 집으로 부르면 돼."

"지금은 그냥 쉬고 싶어요. 그냥 쉴래요."

아직은 다른 걸 받아들일 여유가 없다는 아이. 그 확고함이 태하의 주장을 막아섰다.

보이지 않게 마음의 문을 꼭꼭 닫아건 견주는 일견 아무렇지 않은 것처럼 보이기도 했다. 하지만 그럴 수 없다는 것을 견주도 태하도 모두 알고 있었다.

태하는 세상 밖으로 나온 아이가 행복해지길 바랐다. 그 바람은 때론 너무나 간절해, 그를 제외한 나머지 일상을 떠올려 보기도 했다.

그가 없는 곳에서, 그가 아닌 다른 사람을 향해 웃고 있는 아이의 모습을.

그러나 곧 언제 그랬냐는 듯 이러한 생각은 하나의 형체도 남기지 못한 채 힘없이 스러져 갔다. 마지막에 가서는 늘 견주의 곁을 지키고 서 있는 자신의 모습을 상상하곤 했다.

양보할 수 없는 문제란 걸 깨닫고 난 후부턴, 더 이상 이러한 생각은 하지 않게 됐다. 시간이 지날수록 생활은 점점 더 견주를 중심으로 흘러가기 시작했다.

시야에서 사라지는 것이 두려워 한동안은 사람을 붙여 놓기도 했다. 그러나 곧 그게 불필요한 일이었단 걸 깨닫고 말았지만.

많은 것들을 보고 싶어 할 거라고 생각했다. 그러나 태하의 예상은 틀렸다.

스스로 실을 토해 몸을 감싼 누에고치처럼, 견주는 줄곧 방어적인 태도를 버리지 못했다.

그가 없는 동안엔 단 한 번도 열리지 않았던 문. 편하게 앉으라며 있는 소파 대신 눈에 띄지 않는 구석만을 고집하는 폐쇄성. 상처는 아물기보다 덧나고 있었다.

"내가 뭘 하면 될까. 내가 할 수 있는 걸 알려 줘."

"아무것도 없어요. 이건 그냥 제 문제예요."

때때로 맞닥뜨리게 되는 무기력함도 그를 흔들지는 못했다. 딱자른 말과는 다르게 필사적으로 이쪽을 바라봐 오는 견주의 눈빛이 태하를 더 단단하게 만들었다.

어린 양처럼 떨고 있던 아이를 매일같이 안아 그의 침실로 데려 갔다. 손을 뻗으면 답삭 안겨 오던 견주는 늘 '오늘만' 이란 조건을 붙여 가며 선을 그었지만, 태하는 매번 그 선을 넘는 것을 주저하지 않았다.

그래, 오늘만.

그의 대답은 항상 정해져 있었다.

무게감이 거의 느껴지지 않는 몸을 침대 위에 내려놓고 나면 언제 그랬냐는 듯 단잠에 빠져든다. 그러나 평온했던 것은 아주 잠깐뿐으로, 거의 매시간 견주는 사나운 악몽에 시달렸다.

잘 견디고 있다고 믿는 순간조차 거짓이었다.

"흐으읏!"

부러질 듯 연약한 손이 아무것도 없는 공중을 허우적거렸다.

무언가를 잡으려는 필사적인 손짓.

화마가 머물었다 떠난 자리엔 여전히 당시의 흉터가 남아 있었다. 이내 단단한 태하의 손이 견주의 손을 부드럽게 붙들었다.

"더 자."

귓가로 내려앉은 작은 속삭임.

"전부 꿈이야."

달콤한 이 말에 속아 주길 바라며 입술로 이마를 찍어 누른다.

이 작은 머리에 대체 얼마나 많은 것들을 담아 두고 있는 걸까.

어디를 그렇게 헤매고 다니고 있는 걸까.

뻘뻘 흘러내리던 식은땀, 주르륵 쏟아지던 눈물이 베갯잇을 적시고 나서야 온화한 새벽이 밝아 온다.

그러고 나면 우리는 또다시 지켜지지 못할 약속 하나를 한다.

"내일은 꼭 혼자 잠들어 볼게요."

"그래."

뻔한 거짓말에 속고, 속이고, 속아 주는 동안, 획일적이었던 관계는 좀 더 유동적으로 변해 가고 있었다. 이따금 어리광처럼 품속을 파고들기도 했다.

함께하는 시간이 점점 늘어나고 있었다.

당연한 것처럼 돼 버린 일상.

그 틈새를 비집고 파고든 감정은 놀랍게도 편안함이었다.

"오늘도 죽이에요?"

"당분간은 계속 죽이야."

"다른 거 먹음 안 돼요?"

"먹고 싶은 게 있어?"

"고기요."

안 된다고 할 줄 알았는데, 야채를 다지던 태하가 선뜻 들고 있던 칼을 내려놓으며 때늦은 외출을 준비했다.

"어디 가요?"

"영문각에 잠깐 다녀올까 해."

"고기 가지러 가는 거예요? 마트면 되는데…… 저도 따라가면 안 돼요?"

놀란 표정의 태하가 견주를 응시했다.

"그냥 오랜만에 바깥 구경을 해 보고 싶어서요. 이젠 그만 속 썩일 때도 됐잖아요."

"이대론 감기 걸려. 겉옷 가지고 나올게."

자리를 뜨기에 앞서 먼저 태하의 팔에 팔짱을 꼈다.

"이러면 됐죠?"

견주가 짜낼 수 있는 마지막 용기였다. 이내 아무렇지 않은 척 갈 길을 재촉했다.

"가요."

한참을 달려 영문각에 도착했을 때 가장 먼저 눈에 들어온 것은 현판 아래 붙어 있던 안내문이었다.

《술은 팔지 않습니다.》

과외를 받을 때면 간혹 바람결에 섞여 오곤 했던 똥땅똥땅거리던 가야금 소리도 더는 들려오지 않았다. 영업이 한창인데도 입구를 지키는 이들도 없다. 마음먹기에 따라 언제든 저 안에 들어갈 수 있단 의미였다.

"혹시…… 업종 변경하셨어요?"

"응."

"장사가 잘 안 돼서 그래요? 그래서 요즘 퇴근 시간이 빨랐던 거예요?"

의미 모를 웃음을 지어 보인 태하가 가볍게 고개를 저었다.

"장사가 안 되는 건 아니지. 그때도 지금도."

"그럼요?"

"누구라도 드나들 수 있게 문턱을 낮춰 놓으면 네가 와 줄 것만 같았거든."

숨이 쉬어지지가 않았다. 보이지 않는 곳에서까지 이렇게나 노력해 주고 있었구나. 감정적으로 너무 많은 것을 받고 말았다.

언젠가는 떠나보내야 할 것들인데, 더 의존하기 전에, 더 힘들어지기 전에 이쯤에서 정리를 하는 게 맞는 게 아닐까 하는 생각을 잠깐 해 봤다.

간밤의 일들을 모두 기억하고 있던 견주가 다시금 그의 다정함을 곱씹었다. 짐이 되는 것만은 싫었다.

기대와 달리 그날 저녁 식탁에 오른 것은, 일반적인 의미에서의 고기가 아닌 콩으로 만든 밀고기였다. 영문각 손님상에 **빼놓지 않**고 올라가는 것 중 하나였는데, 속았다고 말하기엔 그 맛이 거의 고기와 흡사했다. 부드럽게 씹히는 식감에 꽤나 만족스런 식사가 되었다.

다만…… 그럼에도 속이 불편했던 것은 다른 이유가 있어서였다.

제12장

그러니까 네 말은,
남이 아니라면 문제없다는 거잖아

태어나지 않았다면 더 좋았을 텐데. 처음 이런 생각을 가져 본 것은 아주 오래전의 일이었다. 그러니까 한 예닐곱 살 즈음?

정체성도 확립되지 않은 아이가 뭘 알겠느냐마는. 정서적으로 불안했던 환경에 빗대 결론을 내리자면 그때도 약간의 불안 증상을 가지고 있었다.

확립되지 못한 불안감은 홍난주의 제멋대로인 태도에서 기인했다. 전형적인 말 바꾸기에, 어디에 장단을 맞춰야 할지 판단이 서지 않았다.

내내 눈치 보기에만 급급했다. 옳고 그름에 대한 기준선이 없는 상태였고, 무언가를 결정짓는 건 늘 변덕에 가까운 홍난주의 의사였으니까.

사나운 말들로 실컷 상처 줘 놓고, 당연하다는 듯 그 책임을 견주에게 전가시켰다. 분에 못 이겨 들어 올린 신경질적인 손길에 놀라 어깨라도 움츠릴라치면 왜 사람 화를 돋우냐며 도리어 큰소리였다.

정말이지 무책임의 끝을 보여 줬다.

이리저리 휘둘리기 바빴다. 홍난주가 내뱉는 말 한마디에도, 또 눈빛 하나에도.

제 의견이란 걸 내세우지 못하는 그냥 작은 어린아이였을 뿐인데, 홍난주는 이러한 기본적인 사정조차 좀처럼 헤아려 주지 않았다.

이따금 기분이 좋을 땐 적선하듯 엄마라고 부르랬다가, 헐벗다시피 한 차림으로 남자의 품에 안겨 들어오는 날이면 어김없이 했던 말을 번복하곤 했다.

'동생이에요.'

'이렇게 어린 동생이 있었어? 혹시 딸 아니야?'

'어머, 무슨 소릴 그렇게 섭섭하게 하세요. 농담할 게 따로 있지, 저 좀 기분 나쁠라 그래요.'

'왜 이래. 당연히 농담이지, 농담.'

토라진 얼굴로 홍난주가 정색을 하고 나면, 건들대던 사내의 손이 어김없이 그녀의 치마 속을 파고들곤 했다. 음흉한 눈빛 아래 이뤄지는 은근한 터치에, 표독스럽던 표정은 곧 흐물흐물 녹아 여자의 얼굴로 변모했다.

'아이 참.'

겉으로는 싫다 하면서도 행동은 그렇지 못했다. 콧소리가 섞여 든 교성과, 어린애가 듣기에는 수위가 높았던 음담패설. 아래가 젖었다느니, 밑이 욱신거린다느니 하는 말은 지금 들어도 참아 주기 어려울 만큼 낯 뜨거웠다.

감질나는 태도로 방 안까지 남자를 이끄는 건 언제나 홍난주의 손길이었다.

'그나저나 계집애야? 아님 사내애야?'

짧게 잘려진 머리카락이 남자의 호기심을 건드렸다. 흥미 본위의 오락거리를 대하듯 찌푸려진 눈매에 묘한 짓궂음이 어렸다. 불행히도 남자는 제멋대로인 기질을 타고났다. 투박하게 뻗어 오던 손길처럼, 어느 것 하나 섬세한 구석은 찾아 볼 수가 없었다.

당시 홍난주는 술에 잔뜩 취해 있었고, 술기운에 제대로 가누지도 못하던 몸은 낯선 사내의 품 안에 안겨 있었다.

'염병할.'

말끝마다 질 낮은 욕설을 습관처럼 입에 매달던 남자. 이제 와 남자의 얼굴은 더 이상 생각나지 않았지만, 여린 가슴을 멋대로 주무르던 감촉만큼은 뚜렷하게 기억에 남아 있었다.

'아얏!'

'흐음? 만져 봐도 도통 모르겠다니까?'

무자비한 행위에 왈칵 서러움이 밀려들었다. 매달리는 시선으로 홍난주를 올려다봤으나, 이내 감흥 없는 눈길만 얼굴 위로 내려앉았다.

'시끄러. 머리 아파.'

귀찮음이 섞여 든 짜증.

'애가 숫기가 별로 없네. 이러니저러니 해도 많이 닮지는 않았나 봐.'

낄낄대는 비웃음 소리에 도망치듯 나왔을 땐 바깥에선 비가 내리고 있었다. 우산을 챙겨 들 여력 같은 건 이미 남아 있지 않았다.

하지만.

어깨를 움츠리기에 앞서 화를 냈었어야 했다. 도움을 구하는 눈길로 홍난주를 바라볼 게 아니라, 하지 말라고 소리를 질렀으면 더 좋았을 뻔했다. 그러나 이 같은 사실을 깨달은 건 좀 더 시간이 흘러서였다.

추적추적 내리는 비의 여파인지 여름이었는데도 덜덜 몸이 떨려왔다. 그땐 심리적으로도 크게 위축돼 있었다.

고백하자면 뒤늦게라도 홍난주가 현관문을 열고 뒤따라 나와 주길 바랐다. 안중에도 없다는 듯이 굴긴 했지만, 그래도 딸이니까. 그러나 애써 쌓아 올린 기대는 쉽게, 아주 쉽게 무너져 내렸다.

돌이켜 생각해 봐도 떠올리기 싫은 기억이었다.

처음엔 아무렇지 않게 받아 온 부당 대우가 당연한 것인 줄로만 알았다. 특별히 혼자서만 겪는 일이 아니라 다들 모두 그렇게 사는 줄로만 알았다.

잘못됐다고 생각할 수도 없었던 게, 틀린 걸 바로잡아 줄 정도로 제대로 된 어른이 주변에 한 명도 없었다.

상투적인 말로써 얼러 오는 다정한 충고나 따뜻한 조언은 견주의 몫이 아니었다.

신경질적인 다그침과 덮어 놓고 윽박지르기, 근거 없이 면전에서 닦아세우거나 내키는 대로 손찌검부터 올리던 게 견주를 대하는 홍난주의 방식이었다. 도덕성은 홍난주와는 동떨어져 있는 단어였다. 기대치를 가지기엔 처음부터 부적격한 대상이었다.

불행에 길들여지는 건 한순간이었다.

이 정도는 참을 만해.

아직은 괜찮아.

이 같은 합리화가 어린 이견주의 마음을 담금질했다.

평범하지 않다는 걸 깨달은 건 학교에 다니면서부터였다. 책에서 배운 세상은 자신이 알던 것과는 모든 면에서 차이를 보였다.

처음엔 위선이라고 생각했다. 그러다 의심을 품게 됐고. 하지만…….

구김살 없이 웃는 모습은 가짜가 아니라 진짜였다. 그곳에서 가짜는 견주 자신밖에 없었다. 사실을 인지했을 때 느낀 감정은 비참함을 닮아 있었다.

상황이 이러니 사전에 허락된 것도 많지 않았다. 대신 남들보다 많은 것들을 버려 보았다. 어린 나이에 비해서도, 또 가진 것에 비해서도 훨씬 더 많은 것들을.

가장 처음에 버린 건 상대에 대한 기대였다. 그다음은 인정이었고. 또 그다음은 뭐였더라.

순서는 제대로 기억나지 않았지만, 마지막에 버린 것만은 머릿속에 뚜렷한 잔상처럼 남아 있었다.

사랑받을 수 있을 거란 욕심.

그 욕심을 버림으로써 생활은 조금씩 안정을 되찾아 가는 듯했다. 그러나 그사이에도 감정은 셀 수 없이 다양하게 변해 갔다. 이따금 평온을 가장한 채 정체돼 있기도 했지만, 언제 그랬냐는 듯 시시때때로 사나워지곤 했다.

오락가락하는 마음처럼, 엉망이 돼 버린 생활 속에서 타인을 받아들일 여유 같은 건 남아 있지 않았다.

다만.

나와 나 아닌 타인. 그 둘을 구분 짓고 난 다음부턴 어떤 식으로 행동해야 좋을지에 대한 입장만큼은 분명하게 섰다.

멋대로 굴거나, 불평을 늘어놓거나 하는 사소한 투정 대신 감정을 억누르는 편을 택했다. 누군가가 가르쳐 준 것은 아니었다. 그냥 그래야 마음이 덜 괴로웠고, 더 나중엔 버릇처럼 굳어 버렸다.

그러다 보니 매번 나보다는 상대방의 기분을, 내가 느끼는 감정보다는 타인의 감정을 우선시하게 됐다. 역설적이게도 그래서 삐딱하게 엇나가지도 못했다.

쉽게 손댈 수 있었던, 이른바 어른의 기호 식품 같은 것은 관심의 대상조차 되지 못했다. 예컨대 술, 담배 같은 것들.

원치 않아도 매번 맡아야만 했던 고약한 담배 냄새, 하루걸러 풍기던 취기는 늘 홍난주의 몸에서 묻어 나왔다. 그래서 더 관심을 가지지 않으려고 노력했던 것도 있었다.

적어도 홍난주처럼은 살지 않겠다고 다짐했다.

나이에 걸맞지 않은 이 같은 생각들이 후유증처럼 스스로를 고립시켰다.

그렇지 않아도 사교적이지 못한 성격에, 보이지 않는 벽을 쌓고 사람을 대하다 보니, 그 결과 물에 뜬 기름처럼 어디에 있든지 한데 섞여 들지 못했다.

그랬던 견주가 우리라는 단어를 떠올린 건 권태하를 만나고 난 이후의 일이었다.

처음엔 무섭다고 생각했다. 툭툭 내뱉는, 아무렇지 않게 건네오는 일상의 언어들 틈에서 새로운 의미를 찾고 있는 자신이. 거기에서 위안을 얻기 시작하는 스스로의 모습이 감당이 되지 않을 정도로 무서웠다. 그게 또 싫지가 않아서 두려워졌고.

그러자 놀랍게도 일찍이 버려 버렸다고 생각했던 지난 감정 하나가 내부에서 다시금 자리를 잡기 시작했다. 사랑받을 수 있을 거란 그 욕심이, 그 기대가 어느덧 태하를 향했다.

친애와 정애를 포함한 그 감정은, 단순히 남녀의 범위에만 국한
돼 있지 않았다.

더 커지기 전에 이쯤에서 그만둬야 한다고 생각했다. 그런데도
마음이 기울어지는 걸 막지 못했다.

보답받기 힘들 거란 걸 알면서도 시작이 돼 버렸을 땐, 끝까지
혼자만의 감정으로 남겨 둘 생각이었다. 늘 그랬던 것처럼 시간이
지나면 어렵더라도 포기가 될 거라고 생각했으니까.

그러면서도 한편으로는 태하와의 사이가 더 돈독해지길 바랐다.

이중적 잣대, 중첩돼 버린 감정 안에서 혼란스러움은 고스란히
심적인 부담으로 다가왔다.

믿고 싶은 것 반, 그 반대가 나머지 반을 차지했다.

호의나 선의가 아닌, 필요에 의해 제게 접근한 걸 안 뒤에도 중
심을 다잡지 못했던 배경에는 이러한 이유가 주요하게 작용했다.

좀 더 상황을 객관적으로 보자면, 처음의 결심처럼 숨겨진 사실
을 모두 알게 됐을 때 발 빠르게 이곳에서 도망쳐 나오는 게 맞았
다.

나름의 변명을 앞세워 현실에 안주할 게 아니라, 어떻게 해서든
지 위험으로부터 멀어져 일신의 안위부터 먼저 살폈어야 했다. 적
어도 그땐 상황을 뒤집을 수 있는 선택권이란 게 있었으니까.

그럼에도 견주는 그 반대의 선택을 감행했다. 왜냐고 묻는다면,
그냥 믿어 주고 싶었단 게 맞는 거겠지. 다른 무엇보다 마음이 외
치는 진심을.

딱 자른 말로 거리를 두던 말투와는 달리 그는, 권태하는, 자신
이 아는 이들 중에서 가장 다정한 사람에 속했다. 겉으로 드러내

놓지 않았다고는 하나, 분명 견주는 많은 부분에서 배려를 받고 있었다.

그가 해 주던 음식, 때맞춰 원하는 걸 물어 오던 건조한 목소리, 손에 쥐여 주던 과분한 돈, 노크 뒤에 발견하게 된 따뜻한 우유 한 컵, 차에 올라탈 때마다 대신해 채워 주던 안전벨트, 지나가듯 해 오던 독려 그리고 그 외에도 셀 수 없이 받아 왔던 편의.

그 친절이 쌓이고 쌓여 결국엔 최초의 결심마저 무너뜨리게 만들었다.

고압적인 태도로 언성을 높이며 경고를 일삼던 권성엽의 닦달보다, 마음이 변했단 말로써 감정을 대변하던 태하의 한마디에 더 큰 의미를 두게 되었다.

태하는 권성엽에게 부속되지 않은 유일한 존재였다. 그가 내뱉는 말의 무게는 언제나 권성엽의 의사보다 우선시되었다. 유독 권성엽은 태하의 앞에서만큼은 전전긍긍해하며 작아지는 모습을 보였다.

오래 보자던 태하의 말을 그래서 더 맹신했다.

그러했기에 태하의 전화를 받고, 대신해 마중 나왔다던 차에 올라타기까지 망설임은 조금도 없었다.

뒤늦게 의식을 잃고 정신을 차렸을 땐 눈물조차 나오지 않았다. 의심은 자연스럽게 태하에게로 미쳤다.

너무 쉽게 사람을 믿어 버린 건가.

결국은 이렇게 끝나는 건가.

심한 탈력감은 어지럼증을 동반했다.

생각이 이어지는 동안 배신, 함정, 속임수 같은 단어들이 머릿속을 가득 채웠다. 하지만 어째서인지 그 이후로 신변을 위협하는 일은 일어나지 않았다.

하루, 이틀, 두려움에 떠는 동안 시간은 없는 듯 지나갔다. 그 기간이 길어질수록 스트레스는 극에 달했다.

어느 날은 아니겠지 하다가도, 또 다른 날은 섣부른 배신감에 제대로 숨쉬기조차 어려웠다. 지난한 생각 끝에 어느 순간부터는 늘 결론이 하나로 모아졌다.

버려진 게 아니라면 좋겠다.

그것만 아니라면 정말이지 좋을 것 같다.

단단하게 뿌리내린 불신에도, 이러한 바람만큼은 쉽게 단념이 되지 않았다.

유일하게 좋았던 기억마저 퇴색돼 버리면, 남겨진 시간 동안 더는 행복해지지 못할 것 같아서, 그래서 희박한 확률에도 그가 찾아와 주길 소원했다.

달라지는 게 있단 말. 지금처럼 이렇게 사는 것도 나쁘지 않단 그의 얘기. 그것마저 거짓이라면, 그럼 스스로가 너무 비참했으니까.

정신이 무너지고 있는 걸 느끼면서도 동아줄을 붙잡는 것처럼 그러한 생각을 저버리지 못했다. 심리적인 불안감을 이렇게라도 다스려야지만 살 것 같았다. 살아서 숨 쉴 수 있을 것 같았다.

손발이 묶여 있지는 않았다고 하나 한정된 공간 안에서 행동은 줄곧 제약받고 있었다. 그러는 사이 혼자 결론을 내리고 혼자 무너지고 혼자 일어서는 패턴을 지겹도록 반복했다.

대화를 나눌 상대도 진실을 이야기해 주는 사람도 없었다. 더는 뚜렷한 목적조차 가늠할 수 없게 돼 버렸다.

어느 쪽이 더 안 좋은 상황인가. 어렵사리 생각을 견주어 본 끝에 마침내 더 나빠질 것이 없다는 결론에 이르게 됐다. 물론 그조차 흔한 착각에 불과했지만.

무산돼 버린 한 번의 탈출 시도에, 마치 길들이기라도 하듯 얼마간은 적은 양의 물조차 안쪽으로 들여보내 주지 않았다.

진심이 담긴 애원은 여전히 쓸모가 없었다.

그들에게 있어 견주는 사람이 아니었다. 마찬가지로 견주에게도 그들은 사람이 아니었다. 상충된 이해 속에서 고달픔은 커지기만 했다.

역시 뺨 한 대 정도는 힘껏 올려붙였어야 했는데. 뒤늦은 후회에 쓴웃음이 흘러나왔다.

몸도 마음도 피폐해졌다. 억지로 버티는 것도 한계치에 다다르고 있단 걸, 누구보다 스스로가 가장 잘 느끼고 있었다.

지금처럼 태하를 만나지 못하고, 그곳에 갇혀 있는 기간이 더 길었더라면…….

거기까지 생각이 나아갔을 때 감전이라도 된 것처럼 온몸이 흠칫 떨렸다. 감상에 젖어 들기엔 적당하지 않은 주제였다. 적어도 지금은.

쓸모가 다해 쉽게 버릴 패였다면, 그는 끝내 자생원에 모습을 드러내지 않았을 터였다. 당분간은 그것만으로도 충분했다.

지그시 입술을 깨물자, 흐릿했던 현실의 경계가 조금 더 뚜렷해졌다.

한동안 내리깔고 있던 눈을 들어 올려 눈앞의 태하를 응시했다.

역시 살이 빠진 것 같지?

한결 수척해진 얼굴, 그에 비례해 날카로워진 턱 선이 한층 강한 인상을 남겼다.

이렇게나 쉽게 감정을 드러내는 사람이었나.

늘 포커페이스를 유지하던 그의 얼굴 위로 구분하기 어려운 다양한 감정이 떠올라 있다. 절박한 눈빛으로 이쪽을 바라보던 태하의 절실함이, 우습게도 견주를 기쁘게 만들었다.

별거 아니었다는 듯, 나를 잊은 듯 살기를 바랐다면, 그래. 그건 거짓말이었다.

느리게 손을 들어 올려 태하의 얼굴을 더듬어 보았다. 동의를 구하지 않은 견주의 손길에도 태하는 가만히 두고 보기만 했다.

까칠한 수염이 손끝에 닿았다. 가까이에서 느껴지는 타인의 체온에 또다시 혼자가 아니란 걸 확인받게 된다. 한참 만에야 손을 떼자 참고 있던 숨을 태하가 쏟아 낸다.

"깎는 걸 잊었어. 형편없지?"

아침 햇살만큼이나 온화한 남자의 눈빛에 반응하듯 몸이 잘게 떨렸다.

"그렇다고 잘생긴 게 어디 가나요. 여전히 잘생기셨어요."

어색한 분위기를 잠시 잠재울, 우스갯소리에 가까운 그저 그런 농담.

"그래도 네 취향은…… 아니겠지?"

그렇지만 돌아온 건 의외로 진지한 물음. 대답을 기대하고 해 온 태하의 반문에 퍽이나 입장이 난감하게 변해 버렸다.

"농담이 느셨어요."

"농담이라."

"……."

"그렇게 생각하고 싶다면, 하는 수 없지만."

읊조리듯 반복해 되새긴 태하의 말에 왜인지 심장이 따끔거렸다. 이후로는 좀처럼 대화에 진전이 없었다.

하지만 더 늦기 전에 분명히 해 둘 게 있었다. 홍난주도 권성엽
도 없는 이 집은 이제 단순히 태하의 소유물에 지나지 않았다. 전
처럼 계속 머물 수 없단 뜻이기도 했다.

환영받지 못한 손님 노릇도 언젠가는 그만둬야 했다. 이왕이면
제 손으로.

끝이 다가오고 있는 게 느껴졌다. 차일피일 미뤄 왔던 관계를
정리할 시간이 마침내 도래했다.

긴장감으로 인해 등허리에서 식은땀이 흘러내렸다. 마른침을 넘
기자, 목울대가 잘게 떨렸다.

"저, 언제까지 여기 있으면 되는 건가요?"

"……함께 사는 게 힘들어서 그래?"

돌연 태하의 얼굴 위로 초조함이 떠올랐다. 움켜쥔 주먹 위엔
퍼런 핏줄이 툭 불거졌다.

"그건 아니에요."

"그럼 왜……?"

"그냥. 계속 이대로 지낼 수는 없는 거니까요."

"어째서 안 된다고만 생각해?"

많은 말로써 설명을 덧붙이지 않아도 태하라면 쉽게 상황을 수
긍할 거라고 생각했다. 그래서 더 지금과 같은 반응이 이해되지 않
았다.

되묻는 그의 말은 어떻게 봐도 그 반대의 상황을 가정하고 있었
다. 의아함 아래 희미한 기대 심리가 싹 틔웠다.

정신을 차렸을 땐, 주저리주저리 입장에 대한 석변을 늘어놓고
있었다.

"그래야 할 이유가 모두 사라져 버렸으니까요. 형부는 돌아가셨고, 엄만 집을 나갔어요. 지금처럼 같이 지내는 건 서로 불편할 거 아니에요."

"안 불편해."

"어떻게 그래요. 이젠 정말로 남남인데."

아무렇지 않은 척 내뱉은 말이 부메랑이 되어 돌아왔다. 당장 갈 만한 곳도 정해져 있지 않았지만, 처지에 기대 결심을 늦추면 늦출수록 힘들어지는 건 견주였다.

"진짜 가족도 아닌데, 제가 뭐라고 여기에 계속 남아 있을 수 있겠어요."

윽!

얘길 끝낸 직후 손목에서 통증이 느껴졌다. 낚아채듯 권태하가 손목을 붙들어 온 탓이다. 이어 흔들림 없는 시선이 견주를 향했다.

"다시 생각해 봐."

아플 정도로 쥐는 힘이 강했다. 부지불식간에 미간이 찌푸려졌다.

"못 미더워서 그러는 거라면 주는 도움은 받을게요. 뻔뻔하다고 해도 그건 거절 안 할게요."

이 시점에서 어떤 표정을 짓고 있는지 스스로조차 가늠할 수 없었다.

"아주 안 보고 살자는 거 아니에요. 손해날 짓, 저 이제 안 해요. 그러니까 가끔 용돈도 주고 안부도 물어봐 주고 그래요. 어차피……."

안 그래야지 하면서도 감정은 점차 고조되고 있었다.

"제가 다른 남잘 만나겠어요, 그렇다고 여잘 만나겠어요. 사람 못 믿어서, 저, 아무도 못 만나요."

스스로도 놀라울 정도로 영악하게 굴고 있었다.

불완전한 내면의 의식 세계를 고스란히 드러내 보임으로써 자연스럽게 그의 과오를 들췄다. 의도하지 않았던 우연함으로 가장하기엔, 명백히 계산된 행동이었다.

상대방을 향한 직접적인 비난이나 헐뜯음이 단순 분풀이에 지나지 않았다면, 사람의 감성을 깊숙이 건드리는 건 그 외의 나머지 부차적인 것들이었다. 언뜻언뜻 내비치는 심리적인 연약함이 때론 더 깊은 인상을 남기기도 하는 법이었다.

단조롭게 흘러나온 질타는 곧 날카로운 칼날처럼 변해 방심하고 있던 태하의 마음에 생채기를 남겼다.

아니라고 했지만, 내심은 알아주길 바랐나 보다. 나는 이만큼 힘들었고, 또 이만큼 아파 왔다는 것을.

그 끔찍하고 막막했던 기억으로부터 잠식당해 있던 내부의 화는 마치 독립적인 자아를 가진 것처럼 시간이 지나도 쉽사리 진화되지 않았다. 그러자 절제돼 있지 못했던 감정은 또다시 누군가를 상처 입힐 준비를 하기 시작했다.

이 타이밍에서 웃어 보일 수 있는 강심장을 가졌다면 어땠을까, 하는 생각 끝에 어정쩡한 미소를 지어 보일 수 있었다. 그러나 억지로 짓고 있던 표정은 금세 무너져 내렸다.

"이견주."

억누른 그의 음성 너머로 희미한 괴로움이 섞여 있다.

어딘지 상처 입은 것 같은 얼굴이었다. 왜인지 악당이 된 기분이었다.

이쯤에서라도 멈췄으면 좋았을 텐데 기어코 한마디를 더 덧붙이고 말았다.

"생각해 봤는데 늙어서 혼자인 것도 나쁘지 않을 것 같아요. 적어도 마음고생은 안 할 거 아니에요. 그래도…… 기회 되면 가끔 밖에서 봐요. 밥도 먹고 차도 마시고. 그건 괜찮아요."

싸늘하게 내려앉은 침묵이 못 견디게 껄끄러워졌을 즈음 결국 아플 정도로 입술을 깨물고 말았다.

"……조만간 방 비워 줄게요."

"미안하지만, 그 부탁은 못 들어줘."

표정이 변했다고 생각했다. 낮지만 단호한 목소리에선 작은 흔들림조차 찾을 수 없었다. 그러자 도리어 이쪽이 긴장해 버리고 말았다. 예상치 못했던 뜻밖의 발언이 이어진 건 바로 그때였다.

"네 말은."

더디게 느껴질 만큼 느린 말투로 꺼내 온 서두에, 불현듯 온몸의 솜털이 바짝 곤두섰다.

"그러니까 네 말은 남이 아니라면 문제없다는 거잖아."

"?"

"그럼, 남 하지 말자."

쿵, 심장이 내려앉았다.

"아니. 이미 남 아니야."

순식간에 혼란함이 가중되었다. 의문 어린 눈빛이 태하를 향했다.

"내 호적에, 네 이름이 올라가 있어."

"그게 무슨……."

진위를 구분하기 어려웠던 단편적인 말 몇 마디에 그만 말문이 막혀 버렸다. 뒤늦게 떠듬떠듬 말을 더듬으며 사태 파악에 나섰지만 내재된 혼란스러움은 쉽게 가라앉지 않았다.

"방금 한 말, 다시, 다시 한 번 더 말해 줘요."

"내 아내로 견주 네가 올라가 있어."

부지런히 선후 관계를 따져 봐도 납득하기 쉽지 않은 내용이었다. 정리되지 않은 정보들은 금세 뒤죽박죽 섞였다. 잠시 잠깐 눈앞이 깜깜해졌다가 곧 언제 그랬냐는 듯 눈부심이 심해졌다.

아내? 누가? 내가?

"말도 안 돼. 어떻게 그래요……?"

중간에서 합의점을 찾기엔 사안 자체가 너무 갑작스러웠다. 초조한 얼굴로 이어질 해명을 기다렸다.

"널 찾으려면 조기준의 행방부터 알아내는 게 우선이었어. 반대로 정두열이 죽은 마당에, 제 의지로 모습을 감춘 조기준이 섣부르게 행적을 드러낼 가능성은 플러스마이너스 제로에 가까웠고. 그 상황에서 마냥 손을 놓고 있을 수만은 없었어. 이미 일은 틀어져 버렸고, 조기준의 성격상 어떤 식으로든지 사건을 무마하려 들 텐데, 그건 별로 바람직한 방향이 아닐 게 뻔했거든. 섣불리 혼자 판단을 내려 위험 부담을 줄이려고 든다면, 그 피해는 고스란히 너한테 돌아가게 돼 있었으니까. 그래서 다른 방식의 접근이 필요했어."

긴 호흡으로 해 온 이야기였으나, 이것만으로 상황 전부를 유추해 내기란 사실상 불가능에 가까운 일이었다. 때문에 해소되지 못한 의문은 여전히 그대로였다. 목마름이 깊어졌다. 다행히 태하의 설명은 조금 더 이어졌다.

"종적을 감춘 조기준을 움직일 수 있는 건 명분이었어. 그것도 구미가 당길 만한 합당한 명분."

"여전히 이해가 안 돼요."

"적어도 네가 내 사람이란 걸 알게 된다면, 유리한 조건을 등에 업은 조기준이 적당한 시기에 이르러 제 발로 협상 테이블까지 걸어 나올 거란 게 내가 한 계산이었어. 변명처럼 들릴지도 모르겠지만, 안전이 확보되지 않은 상태에서 이것저것 따질 여유가 없었어. 그래서 네 의견도 구하지 않은 채 홍난주의 동의만 얻어서 혼인신고를 하게 됐어. 결국…… 잘못 넘겨짚은 거였지만. 얘긴 그게 다야."

원칙에 어긋난 걸 알면서도 선택을 감행했다는 태하.

"그런데 오늘 보니 아주 쓸모없는 헛일을 했던 건 아니었던 것 같아."

제멋대로여서 미안, 하고 덧붙여 온 짧은 말 한마디에 기분이 이상하리만큼 울렁거렸다.

"절…… 찾으려고 그런 수고까지 했다고요?"

"필요하다면 더한 것도 했어."

다부진 입매로 해 오는 목소리에 후회의 흔적은 보이지 않았다. 그 말은 꼭 견주 자신이 너무 소중해서, 그래서 수단과 방법조차 중요치 않았다는 뜻으로 해석이 됐다.

"왜요."

따지자는 게 아니라 진심으로 궁금했다.

"왜 그렇게까지 한 건데요. 적당히 포기해 버리면 편했을 거잖아요. 그 정도로까지 제가 소중했던 건 아니었잖아요."

사감을 개입시키지 않는 선에서 최대한 객관적으로 상황을 풀어 설명했다.

일전에 해 왔던 것처럼 단순한 가족 놀이가 아니었다.

법적인 결속을 전제로 한 결혼 혹은 부부.

일개 동정심만 가지고선 할 수 없는 일이었다. 하물며 아무런 이득도 없는 일. 견주가 알던 권태하는 충동적인 것과는 거리가 멀었다. 그래서 더 지금 가진 궁금증을 떨쳐 버리지 못했다.

얘길 끝낸 직후 눈길은 줄곧 태하의 입술에 머물러 있었다. 그러나 맞물려 닫힌 입술은 좀처럼 제 역할을 수행하지 못했다. 어느덧 둘 사이엔 싸늘한 침묵만 감돌았다.

생각보다 기다림이 길어지고 있었다. 조급함이 한계에 달해 갈 즈음, 저도 모르게 참았던 숨을 한꺼번에 토해 냈다.

잇따른 쌕쌕거림. 고르지 못한 숨소리에 콜록, 기침이 터졌다.

"괜찮아?"

"괜찮으니까 어서 말해 봐요."

이번엔 부탁이 아니라 요구였다. 다행히 더 늦지 않게 요구는 관철됐다. 몹시도 의외였던 답변이 그 뒤를 따랐다.

"네가 다칠까 봐서…… 그냥 두려웠던 것 같아."

"아……!"

"두려워서, 다른 건 아무래도 상관이 없어졌어."

태하는 스스로를 감정에 휘둘리는 타입이 아니라고 여겼다. 하지만 사실은 틀렸다. 견주가 사라진 이후부터 그는 늘 이성을 유지하기가 어려웠다.

"……이런 말은 반칙이에요."

"나는, 그러니까 나는…… 자만했던 것 같아. 마음을 나누는 일 따위 가능할 리 없다고, 그렇게 단정 짓고 있었어."

사적인 친분이나 교분을 내세운 교류는 태하와는 거리가 멀었다. 무엇보다 소모적인 감정 교환에는 애당초 관심을 두지 않는 주의였다. 그래서 그가 알던 관계는 늘 일방통행에 가까웠다. 그 결과 스스로의 마음이 어떤 방향으로 흐르는지조차 보려 들지 않았다.

누군가를 믿는 게 불가능해지고 나서부턴, 틀에 갇힌 딱딱한 관계에만 익숙해져 버렸단 그의 말. 그조차 알지 못했다던 그의 얘기. 그의 숨겨진 속마음을 풀어 설명해 오는 동안 어느덧 얌전한 아이처럼 조용히 귀를 기울이고 있었다.

그러나 폭풍 전야처럼 조용했던 평온은 아주 잠깐뿐으로, 시간이 지날수록 뒤죽박죽된 감정들이 내부에서 휘몰아치기 시작했다.

"왜 나예요?"

"글쎄. 왜 너였을까."

"내가…… 여자로 보여요?"

"아니."

부정적 어감 뒤로 그에 대한 덧붙임이 이어졌다.

"단순히 한 가지로는 정의가 안 돼. 내게 여잔 믿을 수 없는 존잰데, 넌 그렇지가 않으니까."

놀라움에 혹, 숨을 들이마셨다.

"처음으로 가진 걸 나눠 보고 싶단 생각을 해 봤어. 지금은 내가 번 돈을 네가 써 주면 기쁠 것 같기도 해."

"……뭐예요, 그게."

"내가 묻고 싶은 말이야. 이게 뭘까."

근시안적인 접근만으로는 정답을 도출해 내기 어려운 문제였다. 그리고 그만큼 멀게 느껴지는 얘기이기도 했다.

"……대체 언제까지 숨기려고 그랬어요?"

"길게 끌 생각은 없었어. 오늘 말하려고 했어."

"거짓말."

"맞아. 거짓말이야."

습윤하게 차오르는 눈물과는 대비되게 입꼬리가 행복한 듯 위를 향했다.

"결혼한 거 끝까지 안 물러 주면 어쩌려고 이렇게 태평해요."

"어차피 두 번 할 생각도 없어. 결혼은 이번 한 번으로도 충분해."

"……너무 쉽게 말하는 거 아니에요?"

"하나도 안 쉬워. 게다가 넌 더 어려워."

과부하가 걸릴 정도로 한꺼번에 적정선 이상의 많은 양의 정보를 받아들였다.

"……같이 지내다 보면 분명 귀찮아질 거예요. 어떤 땐 정떨어진 말로 재수 없게 굴 거고, 또 안 그래야지 하면서도 이따금 원망을 늘어놓을지도 몰라요. 이런 것까지 받아 줄 수 있어요?"

"나는 좀 아파도 돼."

이 상냥함이 온통 마음을 들쑤셔 놓았다.

"조카님 마조히스트예요? 나 쉬운 사람 아닌데…… 쉽게 마음 안 줄 건데……."

"다 받아 줄 테니까, 뭐든 내키는 대로 해."

치졸한 감정을 앞세워 시위하듯 객기를 부렸을 무렵엔, 이 같은 얘길 전해 들을 거라곤 상상조차 하지 못했다.

홍난주를 제외한, 다른 의미에서의 가족이라니……. 이 순간 견고하게 쌓아 두었던 벽이 천천히 허물어지고 있었다.

"……그래도 가짜 싫어요."

한다면, 진짜여야 했다.

스물하나. 혼자서도 많은 걸 결정지을 수 있는 나이. 그러나 결혼 적령기를 기준으로 판단을 내리자면 아직 한참은 부족한 어린

애에 불과했다.

다만 모든 것이 불투명한 가운데, 딱 한 가지 분명한 선이 있었다.

만약 가정을 이루고 살 거라면 적어도 가짜는 아니어야 했다. 어중간한 마음가짐으로 또 다른 불행을 초래하는 것만은 사양하고 싶었다. 그래서 확인하고, 확인받는 과정을 멈추지 않았다.

"아니, 그보다 저랑 잘 수는 있어요? 그냥 잠 말고 섹스 말이에요. 섹스란 거, 하면 기분 좋다면서요."

도발적으로 건넨 질문은 태하뿐만 아니라 스스로를 향한 질문이기도 했다.

호기롭게 말을 꺼냈지만 사실 아랫배가 당길 정도로 긴장하고 있었다.

"그래, 해."

"……!"

"대신 연애부터 끝내 놓고."

눈앞이 아득해졌다. 이명처럼 삐— 하는 소리가 귓속을 울렸다.

"이견주."

도망치고 싶을 만큼 이 시간이 무서웠던 것 같다.

"나랑, 연애할래?"

쿵쿵쿵쿵…… 심장의 반향이 거세졌다.

"양심 없는 도둑놈이란 소린 좀 듣겠지만, 그다음엔 네 말처럼 같이 자기도 하자."

가능할 리 없다. 권태하와의 사이에 연애란 단어를 끼워 넣는 게 어디 가당키나 한 말인가. 하지만 그럼에도 불구하고 마음에 위배해 고개를 끄덕이고 말았다.

달아오르기 시작한 열의 흔적. 늦가을 잘 익은 감처럼 발갛게 물든 뺨이 더없이 낯설기만 했다.

이런 건 나답지 않다.

잠시간 어긋나 있던 시선을 맞추자, 순간적으로 거리가 가까워진다는 느낌을 받았다. 그러나 단순한 착각 따위가 아니었다.

곧이어 남자의 커다란 두 손이 견주의 얼굴을 감쌌다. 더는 물러설 곳도 남아 있지 않았다. 이 사실을 깨달았을 무렵 시간은 멈춘 듯 정지했다.

아!

이윽고 말랑하게 눌리는 입술의 감촉. 부드러운 키스가 입술 위로 내려앉았다.

예고 없이 닥친 갑작스런 사태에 눈을 둥그렇게 떴다. 놀라움에 입이 벌어지자 기다렸다는 듯 뭉텅한 혀가 잇새를 비집고 파고들었다.

읍!

달래듯 얽혀 오는 혀의 움직임에 당장은 코로 숨을 쉬어야 한다는 생각조차 떠올리지 못했다.

안개가 낀 것처럼 머릿속이 새하얀 백지장이 되었다. 익숙지 않은 일에 잔뜩 어깨를 움츠리자 그 여파로 좀 더 결합이 깊어졌다.

고르게 배열된 치열을 훑다가도 또 금방 입안 여기저기를 꾹꾹 찍어 누르며 맛을 본다. 잇몸 안쪽을 마사지하듯 터치하거나, 입천장을 길게 쓸어 올릴 땐 생소함을 넘어선 오싹함마저 느껴졌다.

밀려드는 탈력감에 자리를 지키고 서 있는 것조차 어려울 지경이 됐다. 팔다리 할 것 없이 온몸이 저릿저릿했다.

다만 갑작스러웠던 상황과는 별개로 권태하의 키스는 무척이나 정중했다.

여전히 감지 않은 채로 이쪽을 똑바로 바라보고 있는 태하의 눈.

갈피를 잡지 못해 방황하고 있던 두 손이 마침내 태하의 상의를 잔뜩 그러쥐었다.

이런 게 어른의 키스란 건가.

무질서한 교착 상태로 내몰리면서도 생각을 멈추지 못했다. 그러고도 한참은 더 지나서야 맞닿아 있던 입술이 떨어졌다.

후아—

가빠진 숨소리. 마지막으로 젖어 있던 입술 겉면을 한차례 핥아 올린 태하가 길고 길었던 입맞춤을 끝냈다. 때맞춰 꽉 껴안아 오는 손길에 벗어나려고 했던 시도는 자연히 무산됐다. 금방이라도 발밑이 무너져 버릴 것 같은 아득한 느낌에 이내 무게 중심이 태하에게로 쏠렸다.

"키스는 처음이야."

"……!"

"달아. 곤란할 정도로 달아서, 머리가 어떻게 돼 버릴 것 같아."

그런 것치곤 심하게 잘한단 느낌을 받았지만. 그래도 듣기 나쁜 말은 아니었다.

입술이 달다니. 어쩐지 몸이 배배 꼬이는 기분이었다.

"숨…… 막혀요."

작은 목소리로 내뱉은 투정 끝에서야 압박감이 사라졌다. 그제야 느슨해진 틈을 타 태하의 품속을 빠져나왔다.

사실은 입에 발린 빈말이라고 생각했다. 하지만 곧 오해를 바로 잡아 줄 그의 말이 이어졌다.

"미리 잘 부탁할게. 연애는 이번이 처음이지만, 그래도 잘할 수 있을 거라고 생각해."

"……."

"이름은 권태하. 나이는 서른하나. 취미는 칼질이고, 가진 건 돈밖에 없어. 그리고 이제부터 이견주한테 간섭이란 걸 해 볼 생각이야. 하나부터 열까지 전부."

귓가로 내려앉은 숨소리만으로도 가슴이 두방망이질 치기 바빴다. 문제는 이대로 가만히 있을 수 없게 돼 버린 현재의 상황이랄까. 정해져 있던 것은 아니었으나, 다음 차례가 견주 자신이란 것만은 어렵지 않게 알아차릴 수 있었다.

"제 이름은 이견주예요. 아쉽게도 개는 키워 본 적 없어요. 굳을 견(堅) 자에, 예쁠 주(姝) 자를 써요. 외할아버지께서 지어 주신 이름이에요."

"굳을 견, 예쁠 주. 어울려. 지난번엔 내가 무신경했어."

"책을 읽는 것도 좋아해요. 근데 앞으론 사치에도 취미를 붙여 볼 예정이에요. 물 쓰듯 써 보려고요. 아주 돈 많은 물주가 생겼거든요. 그렇다고 꽃뱀으로 보면 곤란해요."

"맞아. 합의된 상황이야. 그러니까 기대할게."

경쾌한 권태하의 목소리가 듣기 좋다고 느꼈다. 정형화돼 있지 않은 감정은 그사이에도 계속해 변해 갔다.

"집, 제 명의로 바꿔 줘요."

"그래."

"통장도 줘요."

"그래."

"카드도 만들어 주면, 그것도 받을게요."

여기까지 말했을 때 견주의 눈에서 투명한 눈물이 떨어졌다.

"못됐어요. 적당히 하지, 왜 자꾸 절 울리려고 들어요."

삽시간에 눈물까지 핥아졌다. 의외로 권태하는 달래는 데 소질이 있었다.

"어떻게 하면 안 울래? 응? 말해 봐."

"제가 우는 게 싫어요?"

"싫기도 하지만, 그보단 괴로운 게 더 커."

"······그럼, 부탁 하나만 들어줘요."

"뭐든 말해."

무슨 말을 해 올 줄 알고 뭐든이래? 그거 되게 나쁜 버릇이라며 훈수를 두려다가 그냥 관뒀다. 태하의 너그러움이 싫지 않은 까닭이었다.

무조건적인 그의 호의가 견주를 더욱 강인하게 변모시켰다. 깊은 심호흡 끝에 이윽고 본론을 꺼내 놓았다.

"괜찮을 거라고 생각했는데, 제가 좀 아픈 것 같아요."

담담하게 운을 뗐지만 사실을 인정하기까지 그 과정이 쉬웠던 것만은 아니었다.

"다른 데 말고 마음이요. 요즘 들어 더 감정 기복이 심한 것 같아요. 참는 건 괜찮은데, 계속 이런 식일까 봐서 좀 겁이 나요."

"힘들어한단 건 알고 있었어."

어떤 날은 괜찮았다가도 또 금방 괜찮지 않아졌다. 그런데도 늘 괜찮은 척 연기를 했다. 가장 가까이에서 봐 오던 태하의 눈을 속이기엔 한참은 부족했던 허술한 연기를.

그럴 때면 암묵적인 불문율처럼 그도 모르는 척 상황을 눈감아 주곤 했다. 그가 내색하는 걸 견주 자신이 바라지 않아서였다. 그러는 한편으로 태하는 때때로 불안한 눈빛을 숨기지 않은 채 견주를 주시하곤 했다.

견주는 그간 권태하가 누구보다 관계 개선을 위해 노력해 왔다는 걸 알고 있었다. 늦었지만 이에 대한 대답을 이젠 내어 줄 차례였다.

"병원은 여전히 무섭지만 치료, 받아 보려고요. 그러니까 같이 가 줘요."

어린아이가 해 오는 쥠쥠처럼 쥐었다 펴기를 반복한 끝에서야 어렵사리 손을 앞으로 내밀었다. 펼친 손바닥 위로 땀의 흔적이 묻어났다. 태하가 잡아 주길 바라며 내민 손길이었다.

"……나한테도 기회 주려는 거구나."

맞잡아 오는 손의 열기가 델 듯 뜨거웠다.

"저 이제 뭐라고 불러요?"

편의상 사용했던 조카님이란 호칭을 계속해 쓴다는 건 어떻게 봐도 이치에 맞지 않는 일이었다. 그렇다고 해서 따로 대체할 만한 적당한 호칭이 있는 것도 아니었다.

고심 끝에 의견을 구했는데 다소 기대에 못 미치는 미진한 답변이 돌아왔다.

"부르고 싶은 대로."

"음…… 그럼…… 야, 권태하?"

당돌한 발언 끝에 씩 웃자, 태하의 얼굴 위로도 기분 좋은 웃음이 떠올랐다.

"협조 안 해 주면 지금처럼 제 맘대로 할 거예요."

"귀엽게 구네."

"건방진 게 아니라요?"

"재미있어. 더 해 봐."

하라면 못 할 줄 알고?

"권태하, 권태하, 권태하, 권태하, 권태하. 이러면 됐나요?"

"방금 건 너무 건성이잖아. 좀 더 진심을 담아서 해 봐. 한 열 번쯤?"

"피. 됐네요. 아저씨는 좀 그렇고…… 권 실장님? 아님…… 권 태하 씨? 으으…… 머리에서 쥐 날라 그래요. 차라리 그냥 번갈아 가면서 부를까 봐요."

"……계산은 분명히 해야 탈이 없어. 거기서 여보, 당신, 자기 이런 건 왜 빼?"

"그야……."

중간에서 말을 하다 말고 새치름한 표정을 지은 견주가 의뭉스 런 눈길로 태하를 바라봤다.

이 남자, 강적이다.

아무렇지 않게 여보, 당신, 자기라니.

삽시간에 얼굴이 빨갛게 달아올랐다. 급하게 손부채질을 했지만 효과는 미비했다. 어쩔 수 없이 고개를 푹 숙였다.

"그냥 태하 씨라고 부를게요."

"사실은 아무거나 상관없어. 뭐든, 지금처럼 다정하게만 불러 줘."

숙이고 있던 까만 머리 위로 촉, 따뜻한 기운이 내려앉는다. 이 에 반응하듯 부르르 몸이 떨렸다.

❖

마음을 다쳤다. 사람의 눈으로 확인이 가능한 거였다면 분명 이리저리 뜯기고 찢겨 쉽게 형체조차 알아볼 수 없을 정도로 엉망으로 망가진 모습을 하고 있었을 테다.

어떤 식으로든지 도움을 구하는 건 익숙지가 않았다. 바로잡을 기회가 있었음에도 고집스레 그 길을 외면했다. 나약해진 모습을 보이는 순간 자신과의 싸움에서 지는 거라고 생각했기에. 그러나 다 괜찮아질 거란 자기 위안과 자기 연민에도 증세는 완화되기보다 악화되었다.

어떻해서든 혼자서 해결을 하려고 했지만 그게 잘 안 됐다. 그래서 더 괴로워했고.

몸이 아플 때 병원을 찾듯, 마음이 아파도 똑같이 그랬어야 한다는 걸 너무 늦게 깨달았다.

신기하게도 병원에 다니고 나서부턴 곧잘 웃게 됐다. 처음의 약속을 상기시키듯 그때마다 태하는 매번 동행을 자처했다.

차에 올라타 자리를 잡고 앉으면, 기다렸다는 듯 안전벨트를 채우는 건 여전히 태하의 몫이었다. 그러다 목적지에 도착해 차에서 내리면 당연하다는 듯 손을 붙들어 왔고. 가끔은 은근슬쩍 깍지를 껴 오기도 했다.

상담이 이뤄지던 초기엔 견주 혼자서만 의사와 대면했다. 심리치료가 진행되는 동안 태하는 보호자 신분으로 문밖에서 대기하며 자리를 지켰다. 하지만 시간이 흘러 더 나중엔 둘이서 함께 상담실 문을 열게 됐다.

시작되는 연인들처럼 상담이 있는 날이면 바깥에서 데이트도 즐겼다. 취향에 맞는 영화도 함께 보고, 각기 다른 메뉴를 시켜 나눠 먹기도 하면서. 그러는 동안 거짓말처럼 상처 입은 마음에도 새살이 돌아났다.

그즈음 미뤄 두었던 공부도 다시 시작했다. 의식 아래 잠재워 두었던 기승재에 대한 기억이 자연스럽게 떠올랐다.

기대하지 않았었는데 중간에서 자리를 마련해 준 것은 태하였다.

"진짜 내가 알던 이견주 맞는 거지?"

"네. 그 이견주 맞아요."

"세상에!"

"걱정 끼쳐서 죄송했어요. 잘 지내셨어요?"

"나보단 네 이야기부터 해 봐. 몸은 건강한 거지? 어디 봐 봐."

반가움이 깃든 기승재의 손이 연신 견주의 머리를 쓸어내렸다. 동시에 태하의 눈썹이 사납게 위로 올라갔다.

"다 좋아요. 아무렇지 않아요."

"내내 걱정했었어. 무사해서 다행이야."

실감이 나지 않는다며 한번 안아 보자는 말로 팔을 벌리던 기승재.

"거기까지만 하지."

그런 기승재를 향해 날을 세우던 태하의 모습이 무척이나 강경해서 그만 소리 내 웃고 말았다. 그러니까 대놓고 싫은 티를 냈다고나 할까.

"팔불출처럼 뭐 하는 거예요."

허리를 꼬집으며 속닥이는 견주의 타박에도 좀처럼 태하의 기세는 줄어들지 않았다.

"이미 알고 있겠지만, 저 남자는 네게 호감을 가지고 있어."

"?"

362

"나는 그게 싫어."

갑작스런 사태에 어안이 벙벙한 얼굴로 멀뚱멀뚱 쳐다만 보고 있던 기승재가 이내 어어, 소리를 내며 번갈아 태하와 견주를 손짓했다.

"두 사람 뭐야? 어떻게 된 거야?"

당혹감이 스며든 말투.

적당한 대답을 고르고 있는 사이 또다시 기승재로부터 성급한 질문이 날아들었다.

"서, 설마……! 사, 사귄다거나 뭐 그런 건 아니지?"

그러자 보란 듯 태하가 견주의 어깨를 끌어안았다.

요컨대 질투심이었다. 그러나 대놓고 눈에 띄는 타입인 태하와는 달리 견주 자신은 어디에 섞여 있어도 고만고만했다.

딱 봤을 때 눈 돌아갈 만큼의 미인이라면 또 모를까, 이 경우 분명히 말해 괜한 걱정이고 기우였다. 의심할 여지도 없이 기승재가 보인 감정은 단순한 안도에 불과했으니까.

하지만 기승재도 만만치 않게 강심장이었던 게, 정신이 없는 와중에도 곧잘 입바른 말로 권태하의 신경을 자극했다.

"다시 생각해 봐."

"선생님."

"그건 좀 아닌 것 같아."

여기까지 들었을 때 주변의 모든 소음이 차단됐다.

커다란 태하의 두 손이 귀를 막았다. 기승재를 향해 뭐라 뭐라 말하는 것 같긴 했지만 자세한 의미 전달까진 되지 않았다.

하지만 의외로 견주를 제외한 두 사람만의 대화가 끝났을 무렵의 기승재는 종전과는 달리 꽤나 홀가분한 표정을 짓고 있었다. 헤어질 땐 우스갯소리까지 덧붙여 왔다.

"짐승에게 물리지 않게 조심해."

힐끗, 태하의 눈치를 봤다. 그다지 기분 나쁜 기색은 아니었다. 그래 봤자 혼자만 붕 떠 버린 대화로 인해 핵심을 파악하기가 쉽지 않았지만.

일단은 알았다며 천천히 고개를 끄덕이자, 기승재가 마음에 든 듯 환한 미소로 화답했다.

"그때 선생님하고 무슨 얘기 하셨어요?"

"누구? 기승재?"

"네."

"별거 아니었어."

"근데 왜 못 듣게 귀 막은 거예요? 궁금한데 그냥 말해 주면 안돼요?"

송아지처럼 순한 눈에 궁금증이 어렸다. 목을 길게 뺀 견주가 소맷부리를 잡아끌며 고개를 까딱까딱거린다. 자연스럽게 견주의 몸이 태하 쪽으로 기울었다. 체온이 느껴지자 좀 곤란하단 생각이 들었다.

막 샤워를 끝낸 견주의 몸에선 특유의 기분 좋은 냄새가 풍겨져 나왔다.

사람에 대한 혐오감 때문인지, 한창 혈기왕성한 나이에도 성적인 충동은 그다지 느껴 본 적이 없었다. 그래서 이쪽으론 담백하다고 생각했지만, 요즘 들어 그 생각이 변하고 있었다.

딱 미칠 것 같다.

평상시 다른 샤워 부스를 사용하긴 하지만, 분명 같은 샴푸에 같은 바디워시를 쓸 텐데 이상하게도 그간 못 맡아 보던 냄새가 났다. 인위적인 것과는 거리가 먼, 마치 햇볕에 잘 건조된 싱그러운 풀 냄새 같기도 했다. 오래 맡고 있다 보면 머리가 맑아지는 기분마저 들었다.

이상하다. 왜 이렇게 좋은 냄새가 나는 걸까.

사람이 가진 체향은 저마다 다르다더니 그래서 그런 걸까?

목덜미에 얼굴을 파묻고, 까칠한 혓바닥을 이용해 길게 쓸어 맛보면 더 자세히 알 수 있지 않을까?

한차례 혀를 섞어 본 적은 있지만 그거야 무방비 상태일 때 이야기고, 그런 식의 접근은 반복돼 좋을 게 없었다. 하지만 그럼에도 탐이 났다.

허락을 구해 볼까?

놀라 달아나지나 않으면 다행이려나?

몸에 걸친 얇막한 티셔츠 너머에 시선이 가고, 더 안쪽의 상황에까지 관심이 미치게 된다. 아직은 갈 길이 바쁘지만, 그래도 언젠간 욕심껏 만져 볼 수 있는 날이 오게 될 테지. 지금은 그 기다림조차 풋풋한 설렘을 동반했다.

"네?"

흔치 않은 조름에 결국 마시던 차를 내려놓았다.

"정말로 듣고 싶어?"

"제가 알아도 되는 거면 그러고 싶어요."

최근 들어 보기 좋게 살이 오른 얼굴에서 반짝반짝 빛이 난다. 날로 먹어도 비리지 않을 것 같다.

온통 시선을 견주에게 빼앗겼다.

함께 있다 보면 어느새 본연의 무뚝뚝함마저 색이 바란다. 이렇게나 다양한 감정들이 제 속에도 숨어 있었던가. 문득 문득 놀라움에 휩싸이게 된다.

변화는 시작된 줄도 모를 만큼 조금씩 천천히 급하지도 않게 순서를 지켜 가며 점진적으로 다가올 때도 있었으나, 이따금 급변하기도 했다. 그땐 휘둘린다는 생각조차 할 수 없었다. 그러나 이러한 변화조차 싫지 않게 느껴졌다.

그나저나 역시 못 당하겠다니까.

기대감 어린 눈빛으로 이쪽을 바라봐 오는 견주의 모습에 저도 모르게 입매가 부드럽게 바뀌었다.

사실 기승재와 나눈 대화는 앞서 말했던 것처럼 별거 아닌 이야기가 주류를 이뤘다. 다만 평소와 달랐던 것은, 논리가 아닌 비논리를 앞세워 감정에 호소했다는 차이였다.

결핍된 것을 드러내 보이는 것으로써 이견주에 대한 소유권을 주장했다. 그 비겁함을 들키고 싶지 않아 잠깐이지만 귀를 막았던 것이다.

"길게 말을 섞진 않았어. 단지 그냥 내가 개새끼라서, 그래서 길들일 주인이 필요하다고 했을 뿐이니까."

"……정말 그렇게 말했어요?"

"그래. 사실은 끝까지 몰랐음 했지만."

잠시 생각에 잠겨 있던 견주가 이윽고 해사하게 웃었다.

"있잖아요. 전 제 이름 별로 안 싫어해요."

일상적인 고백처럼 건네 온 이 말은 뒤에 이어질 이야기에 대한 포석과도 같았다.

"동물 중에서는 개를 가장 좋아해요. 충성스럽잖아요. 그래서 하는 말인데 조카님은 저먼 셰퍼드 같은 대형견을 닮았어요. 아,

실수. 조카님 아니고 태하 씨."

"개 키워 보고 싶어?"

"다른 개는 필요 없어요."

딱 부러진 단호한 음성이, 마치 사전에 저를 염두에 두고 있는 것처럼 들려 마음이 들뜨는 것을 막지 못했다. 방금 전에 찻물을 반쯤이나 비워 냈음에도 타들어 갈 것처럼 목이 말라 왔다.

"떠맡으면 골치 아플 것 같기도 하지만, 제가 달리 견주겠어요. 많이 쓰다듬고, 많이 예뻐해 줄게요. 앞으론 제가 행복하게 해 드릴게요."

그리고 난 뒤 수줍게 내뱉어 온 말.

"기분 좋으면 그…… 전에 했던 뽀뽀도 같이 하고요."

역시 보통내기가 아니라니까.

정정하자면 우리가 했던 것은 뽀뽀가 아니라 키스였다. 간신히 뺐던 진도가 왜 다시 뒤로 물러났냐며 되묻고 싶었지만, 생각한 걸 전부 겉으로 드러낼 만큼 그는 어리석지 않았다.

이럴 땐 어른의 너그러움을 과시하는 편이 상대에게 매력을 어필할 수 있는 법이다.

때 묻지 않은 순수함이 갈증을 유발했다. 불현듯 하체에 힘이 들어가며 아랫도리가 뻐근하게 변했다.

사랑, 러브(Love), 리베(Liebe), 아무르(Amour), 아모레(Amore), 아모르(Amor).

또 뭐가 있더라.

세상이 온통 장밋빛으로 물들었다.

더 늦기 전에 내일은 꽃을 사야지.

신비한 매력의 거베라를, 추억을 간직할 스위트피를, 영원한 사랑을 꿈꾸게 해 줄 스타치스를.

라몬, 마거리트, 사르비아, 붉은 아네모네, 그중에서도 아이와 가장 잘 어울리는 건 고귀한 군자란일 테지만.

이상하리만큼 유독 하루해가 짧은 날이었다.

❖

태하의 등장과 함께 주변의 시선이 한곳으로 모아졌다. 잠시 후 기다렸다는 듯 휴대폰이 울렸다.

— 어디야?

달콤함이 깃든 간결한 울림 하나에 이내 마음이 흐물흐물하게 녹아 정신을 차릴 수 없게 됐다.

딱 듣기 좋을 만큼의 로우 톤. 약간의 허스키 보이스.

쓸데없이 목소리까지 완벽하다.

멀지 않은 곳에 서 있던 견주가 살그머니 손을 들어 위치를 알리자, 육안으로도 확인할 수 있을 만큼 부드럽게 입매가 풀어지는 게 보였다.

— 거기 그대로 있어.

태하가 걸음을 옮길 때마다 자연스럽게 사람들의 시선도 그가 움직이는 방향을 따라 함께 이동했다. 그 탓에 의도치 않게 견주까지 관심의 대상이 됐다.

"세상에…… 이게 다 뭐예요?"

뜻밖으로 태하는 빈손이 아니었다. 의문 서린 견주의 질문에 태하가 들고 있던 꽃을 앞으로 내밀어 왔다. 삽시간에 주변의 웅성거림이 커졌다.

뭐야, 뭔데 그래? 대놓고 묻는 부류가 있는가 하면, 까치발을 들거나 목을 길게 빼 이쪽저쪽 기웃거리는 적극성을 보이는 부류도 있었다. 살갗이 따끔거릴 정도의 호기심 어린 눈빛 공격에 끙, 앓는 소리를 냈다.

정말이지 이 남자는 적당이란 단어를 모르는 걸까.

보는 순간 가격부터 떠올리게 만드는 기묘한 광경. 이대로 바닥에 끌리지나 않으면 다행이려나, 하는 걱정이 들었을 만큼 받아 든 꽃의 풍성함은 일반적인 수준을 넘어서고 있었다. 아니나 다를까 제법 무게감이 느껴졌다.

매일같이 보아 오던 꽃들도 이에 비하면 약소한 수준을 넘어서지 못했다.

기가 질릴 정도로 화려한 꽃. 그보다 더 눈에 띄는 장신에 잘생긴 얼굴. 드문드문 주변에서 탄식이 섞여 나왔다.

"분명히 말해 두겠는데, 너무 과해요."

"그래도 어울려."

어수선한 소란 틈으로 부러움과 질시가 섞인 재잘거림이 견주를 향했다. 곤란하면서도 그게 또 기뻤다.

졸업식도 아닌 대학교 입학식에서, 이처럼 화려한 꽃다발을 받아 든 신입생은 견주가 유일했지만, 융통성 없는 면까지 그답긴 했다.

속으로 투덜투덜대긴 했으나 한 아름 꽃을 품에 안은 견주의 얼굴에선 웃음이 떠나질 않았다. 쓸쓸하게 남아 있던 지난 기억 위로 봄날의 따사로운 행복이 덧씌워졌다.

"괜찮으면 저녁은 밖에서 먹고 들어가자."

"뭐 사 주시려고요?"

"자장면."

"……안 그래도 되는데, 전에 했던 말 마음에 담아 두고 있었나 봐요."

"작은 것에 집착하는 남잔, 별로 재미없어?"

"그럴 리가 있겠어요. 그럼 나눠 먹게 각자 다른 거 먹어요. 음…… 그러지 말고 탕수육도 하나 시킬까요?"

"먹고 싶은 건 다 먹어."

무심함을 가장한 배려.

남편이란 이름의 내 편.

새삼 마음이 들뜨는 것을 막지 못했다.

한눈팔지 않고 오로지 제게만 집중하는 남자가 점점 더 좋아지고 있는 요즘이었다. 탐스러워 보이는 태하의 입술에서 좀처럼 눈을 떼지 못했다.

그나저나 단둘이 먹는 저녁이란 건, 결국 데이트란 얘기겠지?

살짝 입맛을 다셨다. 그러다 결국 그날은 정량 이상을 해치우느라 탈이 나고 말았지만. 그 탓에 괜히 엄한 태하만 고생을 시켰다.

어디 큰일이라도 난 것처럼 새파랗게 질린 얼굴로, 새벽녘까지 잠 한숨 이루지 못하고 곁을 지킨 태하.

잘생긴 얼굴 축나면 안 되니까, 이번 주말에는 장어나 사다 구워 먹을까?

새것처럼 반짝이는 카드는 잠시 넣어 두고, 생활비로 쓰라며 내어 준 요술 통장을 써 보는 것도 나쁘진 않을 것 같았다. 급할 때 사용하라며 매번 챙겨 주던 현금이 아직 지갑 가득 남아 있었지만, 이것과는 또 별개의 계산법이었다.

익숙한 네 자리 비밀번호.

1113.

견주의 생일이 곧 통장의 비밀번호였다. 지난번엔 처음으로 커다란 케이크에 초를 꽂아 놓고 축하를 받기도 했다. 음정 박자 무시하고 부르던 노래가 되게 인상적이었다.

노래 중간 제 이름을 넣어 부르던, 사랑하는 이견주란 대목에선 왈칵 감정이 치밀어 오르기도 했었다.

쑥스러우면서도 듣기 좋은 울림이었다.

사랑, 참 좋은 말이지, 아무렴!

이내 시시덕거리는 웃음을 속으로 집어삼키며 단꿈에 젖어 들었다.

금요일 오후에 은행에 들러 약간의 현금을 인출했다. 예정해 두었던 볼일을 모두 끝내고 집으로 돌아오는 견주의 손에는 잘 손질된 통영산 바닷장어가 들려 있었다. 최근 쓰기 시작한 가계부 지출란에는 당당히 남편 몸보신용 장어 구매라고 적어 넣었다.

잠시 후 깨끗하게 손질해 불판 위에 올려 둔 장어가 노릇노릇 먹기 좋게 익었다.

잘 구워진 장어 하나를 집어 태하의 입가로 가져갔다.

"아, 하고 입 벌려 봐요."

"괜찮아."

"어서요."

잠시 주저하던 태하가 얌전히 입을 벌린다. 그 와중에 길고 붉은 혀가 눈에 들어왔다.

"어때요?"

"맛있어."

"다행이다. 더 줘요?"

"내가 먹어도 되니까, 신경 쓰지 말고 너부터 먹기나 해."

"식으면 맛없어요. 이번엔 꼬리로 드릴게요. 장어 꼬리가 남자한테 그렇게 좋다면서요?"

"……감당할 자신이 있어서 이러는 거지?"

"네? 뭐가요?"

순진함을 가장한 아무것도 몰라요, 하는 얼굴에 한동안 상황을 가늠하던 태하가 픽 웃었다. 아무래도 들킨 것 같지? 짓궂은 장난 뒤에 숨긴 어설픈 도발을.

"드실 거죠?"

"그럼 그것만."

"잘 생각했어요."

새침하게 고개를 까닥한 이후 야심차게 쌈을 싸기 시작했다. 여러 장 겹친 새파란 채소 위로 알맞게 구워진 도톰한 장어 꼬리 한점을 올려 벌어지지 않게 오므렸다. 때맞춰 말 잘 듣는 아이처럼 이번에도 태하가 입을 벌렸다.

웃!

순식간에 손가락까지 집어삼켜졌다.

"……그건 못 먹는 거예요."

갈피를 잡지 못한 눈이 흔들렸다. 한발 늦은 견주의 항의에 여봐란듯 까칠한 혀가 손끝을 자극한다. 누가 봐도 명백한 고의였다. 곤란해하는 걸 즐기기라도 하는 것처럼, 한차례 잘근 씹은 후에야 간신히 물고 있던 손을 놔주었다.

"이렇게 먹으니까."

만족스러운 포만감이 태하의 입가로 떠올랐다.

"더 맛있는 것 같기도 해."

눈앞으로 반짝 불꽃이 튀었다. 어쩐지 몸이 배배 꼬이는 기분이었다. 발끝이 찌릿찌릿하고 심장이 쿵쾅거리기 바빴다.

감정이 무르익어 갈수록 점차 다른 방면의 관심도 기대하고 있는 스스로의 모습을 발견했다. 이러한 의식을 반영이라도 하듯 그날 밤은 꿈속에 태하가 등장했다.

평상시의 금욕적인 얼굴과는 달리, 그날따라 상의를 벗은 태하는 굉장히 섹시한 표정을 짓고 있었다.

❖

정신을 차렸을 땐 그리 크지 않은 배 위였다. 조업용으로 보이는 배 안엔 허름한 그물망과 적당히 때가 탄 낚싯대, 그리고 약간의 물과 단출한 취사도구가 구비돼 있었다.

대체 여기가 어디지?

그나마도 혼자인 상황에서 불안감이 엄습했다.

현실감 없는 장면에 처음엔 꿈을 꾸고 있는 거라고 생각했다. 하지만 곧 그게 아니란 걸 깨달았다.

가림막이 돼 주던 그늘을 벗어나자, 곧이라도 비가 쏟아질 것처럼 사납게 바람이 불어친다. 어둑발이 내려앉기 시작한 바다가 이윽고 검푸른 색을 띠기 시작했다.

휘이잉, 또 한 번 돌풍이 불어닥쳤다. 이마 아래로 흘러내린 앞머리가 바람결에 흩날렸다.

무슨 일이 일어나고 있는 걸까.

출렁이는 파도가 배에 와서 부딪친다. 그제야 이상함을 느꼈다.

이리저리 흔들려야 정상일 배가 마치 바닥에 고정돼 있기라도 한 것처럼 미동이 없다.

왜지?

풀리지 않는 의문에 동공이 불안하게 흔들렸다.

설마 바지선인 건가?

하나의 가능성을 열어 두는 순간 머리털이 쭈뼛 섰다. 바다 위에 떠 있는데도 움직임을 느낄 수 없다는 것은 닻을 내려 바지선을 고정시켰다는 뜻이다.

예인선이 와서 끌어 주기 전까지는…… 잠깐, 예인선이 와서 끌어 준다고?

뒤늦게 조기준은 스스로의 발상에 허점이 있단 걸 눈치챘다. 서둘러 주변을 둘러봤으나, 섬 하나 보이지 않는 망망대해였다.

육지에서의 마지막 기억은 병원이었다. 점심을 먹은 직후 평소와는 달리 잠이 쏟아질 듯 밀려들었다. 졸음을 이기지 못해 선잠이 들었다가 눈을 떴을 땐 이곳이었다.

누가 그를 이곳으로 옮겨 놓은 걸까. 생각 끝에 떠올린 얼굴은, 권태하였다.

"그, 그럴 리 없어."

뒷목이 서늘해지며 한기가 온몸을 감쌌다. 폐부를 꿰뚫린 것처럼 숨이 제대로 쉬어지지 않았다.

"으……으흐헉!"

힘껏 내지른 소리에도 돌아오는 대답은 없었다.

다시 고요해진 바다.

자체 동력 장치가 없는 배가 정박한 것처럼 바다 위에 떠 있다.

제13장

나는 뒤돌아보지 않을 거야

　　홍난주와 권성엽이 함께 지냈던 일 층 큰방은 현재 깨끗하게 치워진 채로 비워져 있었다. 지금도 여전히 이 층 공간을 태하와 나눠 쓰고 있었다. 물론 잠잘 때만큼은 같은 침대를 사용했다.

　　언제부터인가 당연시된 일.

　　팔베개를 해 주는 태하의 품에 안겨, 오래전부터 생각해 왔던 이야기를 풀어내기 시작했다.

　　"어려운 질문 하나만 해도 돼요?"

　　"뭔데 이렇게 분위기를 잡아? 혹시…… 아버지에 관한 거야?"

　　"어떻게 알았어요? 티 많이 났어요?"

　　"그냥 느낌이 그러지 않을까 했어."

　　내내 궁금했던 것이 있었다.

　　단둘이 한집에서 지낸 지난 몇 년간, 태하는 성엽과 관련해 어떠한 것도 먼저 입 밖으로 꺼내려 들지 않았다. 그렇다고 따로 기일을 챙기는 것 같지도 않았다. 성엽뿐만 아니라 먼저 세상을 뜬 정서희에 관해서도 마찬가지였다.

"왜…… 기일이나 제사 안 챙겨요? 혹시 저 때문에 그래요?"

"그런 거 아냐."

"그럼요?"

"이유가 있어서라기보다 이미 마음에서 떠나보낸 뒌데, 불필요 하게 형식을 갖춘다는 것 자체가 우습잖아."

한마디 한마디에 무게감이 느껴졌다. 진심이 담기지 않은 형식 이란 건 결국 아무런 의미도 지니지 못한단 말을 풀어 설명해 왔 다.

하지만 감정이란 게 어디 그렇게 쉽게 정리가 되는 것이던가. 이렇게 마음먹기까지 결코 쉽지 않은 과정을 겪어 왔을 태하를 생 각하니 왈칵 안쓰러움이 밀려들었다.

"그래도 너무 참지는 말아요."

서툰 위로에 태하의 얼굴 위로 옅은 미소가 떠올랐다.

"어머닌 수목장을 했어. 아버진 바다에 보내 드렸지."

"아……."

"만약에 다음이란 게 있다면, 내세엔 서로 만나지 않았으면 하 고 바랐거든. 두 번 다시 그 사람들 자식으로는 태어나고 싶진 않 아."

멀리 떨어져 있는 편이 서로를 위해 가장 나은 선택이었다. 그 리고 이것이 태하가 해 줄 수 있었던 마지막 배려였다.

"이런 얘기 별로 재미없지?"

빠르게 고개를 저었다. 그러자 옆으로 살짝 돌아누운 태하가 시 선을 맞춰 왔다.

"나는 뒤돌아보지 않을 거야."

그리고 내 눈앞엔 네가 있어. 속삭이듯 덧붙여 온 얘기가 온통 마음을 휘저어 놓았다.

이 사람이 좋다. 이런 생각을 하니 더는 참을 수가 없게 돼 버렸다. 이윽고 기교 없이 꾹 찍어 누른 버드키스. 처음으로 먼저 태하의 입술에 흔적을 남겼다.

한참 만에야 입술을 뗐을 땐 어딘지 멍해 보이는 태하가 시야 너머로 들어왔다. 심장 근처가 간질간질한 느낌이었다.

불법 운영에 대한 책임을 물어 자생원 원장과 그 부인에 대한 실형이 확정됐을 무렵, 뒤늦게 견주는 홍난주가 사기 혐의로 이미 형을 살고 있다는 사실을 전해 들었다.

고민 끝에 태하가 해 준 얘기로 그날 밤 견주는 오랜만에 홍난주의 얼굴을 머릿속으로 떠올려 보았다.

기억 속의 홍난주는 항상 두꺼운 화장과 새빨간 립스틱으로 얼굴을 치장하고 있었다. 잘 빚은 도자기처럼 매끈한 피부는 여전히 그녀를 불혹이 넘은 나이로는 보이지 않게 만들었다.

누가 보아도 미형인 얼굴. 하지만 그것만이 전부인 여자.

생각이 나아갈수록 다소 흐릿했던 형체가 점차 구체적인 형상을 띠기 시작했다.

찡그린 이마, 못마땅한 눈빛, 비웃듯 약간은 뒤틀린 입매, 어쩌면 화가 난 표정에 가까운 건지도 모르겠다. 견주가 떠올린 홍난주는 시종일관 부정적인 기운으로 가득 차 있었다.

좋은 사람은 아니었다. 적어도 제게는. 그렇다 해서 특별히 자기애가 강한 것도 아니었다. 단순히 제멋대로에 무책임함의 끝을 보여 줬다.

길가에 화사하게 핀 이름 모를 꽃처럼, 스치듯 언뜻언뜻 머무는 타인의 시선을 양분 삼아 살아가던 그녀에겐 어머니란 이름보다는 여자란 이름이 더 잘 어울렸다.

허울뿐인 엄마란 말도, 거짓이 전부인 언니란 말도 홍난주에겐 과분했단 걸 또 한 번 깨달았다.

제법 많은 돈을 받아 갔다지?

미성년자였던 견주의 이름이 태하의 호적에 오르기까지, 보호자 신분으로 동의서에 사인을 하는 대가로 홍난주는 많은 돈을 받았다. 그런데도 사기 혐의로 형사 입건이라니 정말이지 못 말릴 구제 불능이다.

기억하기로 홍난주는 신도시 개발과 관련한 부동산 투자에 관심이 많았다. 그러나 지금의 자신과는 상관없는 별개의 문제였다. 어차피 그렇게 살아왔고 또 그렇게 살아갈 사람이니까.

분명하게 선을 긋는 동안 신기하리만큼 아무런 감정도 생기지 않았다. 섣부른 원망도, 희미하게 남아 있던 미움도 이미 자취를 감춰 버린 뒤였다. 홍난주에 대한 마음이 비로소 바닥을 드러냈음을 인정하고 받아들일 수 있었다.

얼마나 나쁜 사람이고 얼마나 비겁한 사람인지 이미 알고 있었지만, 그럼에도 불구하고 감정적으로 독립하지 못한 부분도 분명 있었다. 하지만 이제는 달랐다.

겹겹이 껴입은, 몸에 맞지도 않은 답답한 옷을 훌훌 벗어 던지기라도 한 것처럼 홀가분한 심정이 되었다. 잔물결조차 일지 않은 잔잔한 수면처럼 모든 것이 평온했다.

함께 행복해지고 싶었지만, 그럴 수 없다는 걸 깨달아 버린 이상 망설일 이유는 남아 있지 않았다. 사실 미련을 둘 만큼 좋았던 기억도 없었다.

"내가 버리는 거야."

분리수거조차 하지 못할 쓰레기라면 그냥 쓰레기통에 버리는 게 맞았다. 애초에 고민할 필요조차 없는 문제였는데 타성에 젖어 있는 동안 이러한 사실마저 잊고 지냈다.

"당신이 아니라 내가 당신을 버리는 거야."

견주는 사실관계를 분명히 했다.

알량한 핏줄에 연연해하지 않아도 이젠 저 하나만 바라보고 사랑해 주는 사람이 곁에 있다. 견주에게 있어 가족은 단 한 사람, 태하뿐이었다.

복수?

행복만 느끼며 살기에도 짧은 인생, 괜한 데 시간 낭비할까 봐서?

그러니까 당신에 대해 어떠한 것도 궁금해하지 않을 테다. 당신과 함께해 왔던 과거의 기억 역시 지워 버릴 것이다.

염치란 걸 모르는 당신이 언젠가 먼 훗날 아무 일 없다는 듯 찾아올 수도 있겠지만, 그땐 마주 보고 웃어 보일 생각이다.

행복이 깃든 두 눈으로 당신의 불행을 지켜보며, 그냥 그렇게 웃어 보일 것이다.

❖

사내에게 있어 여름은 약간의 철학적인 기대 심리를 동반하는 계절이었다. 답답한 것이 싫다던 견주는 최근 들어 짧은 반바지로 잠옷을 대신했다.

마찰에 의해 배꼽 위로 올라가 버린 얄팍한 상의.

하얀 허벅지를 고스란히 드러낸 맨다리.

이렇게 무방비하게 굴다가는 잡아먹힐 수도 있단 생각 정도는 해 줬으면 좋겠는데…… 가늘게 좁혀 뜬 태하의 눈에서 다양한 감정이 묻어 나왔다.

역시 조금 곤란한 건가.

발치께로 밀려나 있던 이불을 견주의 몸 위로 끌어당기던 태하가 이내 멈칫하며 움직임을 멈췄다. 이 정도 눈요기쯤은 저를 위한 즐거움으로 남겨 둬도 되지 않을까, 하는 생각이 문득 들어서였다.

온도를 낮춰 놓은 방 안은 딱 기분 좋을 만큼의 서늘함을 간직하고 있었다. 잠결엔 체온 유지가 어려웠지만 감기를 염려할 정도로 차진 않았다.

적당한 자기 합리화와 넘치는 너그러움을 뒤로한 채, 델 듯이 뜨거운 시선이 견주의 몸 여기저기로 내려앉았다.

시간이 지날수록 흐릿했던 내부의 욕심이 점차 뚜렷한 형체를 갖춰 간다.

조금만 만져 볼까?

옴폭 패인 쇄골 아래 자리 잡은 자그마한 가슴이 갈증을 유발했다. 충동을 잠재우기가 쉽지 않다. 그러는 사이 으음, 작은 소리를 내며 몸을 뒤척인 견주가 따뜻한 곳을 찾아 태하의 품을 파고들었다.

작고 어린 고양이처럼, 맞닿은 가슴팍에 얼굴을 묻은 채 뱌비작거리며 잠을 깰 준비를 한다. 이 상황이 아쉬운 건지 아님 다행인 건지 선뜻 가늠이 되지 않았다.

맞물려 닫혀 있던 눈꺼풀이 서서히 위를 향한다. 투명하고 까만 눈동자에 이윽고 태하의 모습이 담겼다. 갈증이 난 것처럼 저도 모르게 꿀꺽 침을 삼켰다.

"잘 잤어?"

제대로 초점이 잡히지 않은 견주의 눈이 두어 차례 느릿하게 깜빡였다. 잠결에 흐트러진 머리카락을 대신 정리한 태하가 살갑게 견주와 눈을 맞췄다. 눈꼬리가 휘어지며 반달처럼 변한 눈웃음에 온통 마음을 빼앗겼다.

세상에 뭐 이리 귀여운 생명체가 다 있지?

그가 사람과의 관계에 있어서 다소 냉소적일지라도, 제 여자의 사랑스러움에 대해 알아보는 눈썰미만은 정확했다.

사실대로 고백하자면 옅게 내쉬는 숨소리 하나까지도 아까운 느낌이었다. 중증이 따로 없다.

"몇 시예요?"

"여섯 시쯤?"

"아직 그것밖에 안 됐어요? 대체 언제 일어난 거예요?"

"방금. 얼마 안 됐어."

물론 이 말은 거짓말이다. 넋 놓고 바라본 시간만 합쳐도 어림잡아 기십 분이다. 정확한 기상 시간을 말하지 않은 것은 앞으로도 이 시간을 혼자만의 즐거움으로 남겨 두기 위해서였다.

으으!

뒤늦게 기지개를 켠 견주가 두 팔로 태하의 몸을 꽉 얽어맸다.

어쩐지 좀 위험하단 생각이 들었다. 아니, 조금보다는 훨씬 더 많이.

때맞춰 하반신 위로 무게감 없는 견주의 매끈한 다리가 올라와 자리를 잡았다. 저도 모르게 움찔 몸을 떨며 훅 숨을 들이켰다.

"나른해서 일어나기 싫어요. 토요일인데 좀 더 자요. 네?"

그러니까 이 상태로?

모름지기 남자란 아침에 가장 활동성이 높은 생물이다. 말랑말랑한 몸이 정욕을 부채질했다. 서서히 반응을 보이기 시작하는 하반신의 사정이 태하를 난처하게 만들었다.

반응은 즉각적이었다.

부단한 노력에도 불구하고 기립하기 시작한 남성이 이내 단단한 형체를 갖췄다. 해소되지 못한 욕구가 마치 의지를 가진 것처럼 꿈틀댄다. 자연적으로 견주의 눈치를 보게 됐다.

알아주길 바라는 건가, 아님 그 반대인 건가.

금방이라도 잠에 빠져들 것처럼 지그시 눈을 감고 있던 견주를 슬쩍 곁눈질했다. 어디까지 참을 수 있을까. 인내심을 시험당하는 기분이었다.

이대로 가라앉길 기다리기엔, 자극을 원하는 몸은 이미 더 많은 것을 바라고 있었다. 가령 벗겨 놓고 물고, 빨고, 핥는다든가 하는 것들.

삽입에의 욕구야 두말할 필요도 없다. 원래 삼십 대 성인 남성의 성욕이라는 건 쓸데없이 크고 필요 이상으로 끈질긴 면이 있다.

의도하지 않은 사이 자꾸만 하체를 비비적대며 견주의 하복부를 찔러 댔다.

식은땀이 흘러내렸다.

손으로라도 풀어 주기 전엔 좀처럼 해결될 기색이 아니었다.

이러다 눈치라도 채면…… 아니, 어쩌면 이미 알고 있는 것은 아닐까?

작은 미동조차 찾아볼 수 없는 모습이 어딘지 모르게 어색했다. 시간이 지날수록 모를 수가 없는 상황이란 결론에 이르게 됐다. 순간 짓궂은 웃음이 태하의 입가에 어렸다.

입을 모아 후— 뜨거운 입김을 내불자 견주의 몸이 움찔, 떨리는 게 느껴졌다.

"눈 떠 봐."

명령이 아닌 애원조에 가까웠다. 이내 감긴 두 눈 위로 태하의 입술이 내려앉았다.

"응?"

아이를 꾀어내는 말투는 달콤했다. 드물게 조르는 모양새가 됐다. 그제야 슬그머니 눈을 뜬 견주가 이쪽을 바라봐 왔다.

"저기…… 자꾸 제 배에 계속 닿던 그거요. 그러니까…… 그거죠?"

"맞아."

좀 더 관심을 가져 주면 좋겠단 생각을 했을 때, 의외라 할 정도로 그 바람은 손쉽게 태하의 편을 들어 주었다.

"한번…… 만져 봐도 돼요? 그…… 괴로울 거 아니에요."

주저하던 게 언제였냐는 듯, 말을 끝낸 직후 견주의 눈빛이 초롱초롱한 빛을 띠었다.

Curiosity killed the cat. 호기심이 고양이를 죽인다고 했다. 머릿속에서 뭔가가 뚝 끊어져 나가는 소리가 들렸다.

이 상황에서 많은 말은 필요치 않았다. 다소 조급한 기색으로 견주의 손을 그의 앞섶으로 이끌었다.

지그시 눌려지는 느낌에 짙은 쾌감이 전신을 타고 올랐다.

"아파요?"

"아니."

'그보다는 좀 더 안쪽을 만져 줬음 좋겠는데.' 하고 속삭인 말에, 한참을 머뭇대던 견주의 손이 이윽고 안쪽을 파고들었다.

"가, 가만히 좀 있으면 안 돼요?"

하지만 그는 성직자가 아니었다. 그게 마음대로 되는 거였다면, 애초에 지금과 같은 상황을 만들지도 않았을 테다. 분명히 말해, 들어주고 싶어도 들어줄 수 없는 부탁이었다.

"징그러워요."

그런 말은 이쪽도 상처다. 은근슬쩍 바지를 내려 볼까 하고 있던 계획에도 뜻지 않게 차질이 생겼다. 손으로 만져 보는 것과 눈으로 보는 것은 또 다른 느낌일 테니까 아무래도 뒤로 미루는 게 좋을까.

"징그러운데, 귀여운 것 같기도 해요."

들었다 났다, 장마철의 변덕스런 날씨처럼 마음이 이리저리 휘둘리기 바쁘다.

"좀…… 움직여 줬음 좋겠는데."

"이렇게요?"

"……느려."

때맞춰 속도가 점진적으로 빨라졌다. 익숙지 않은 서툰 손길조차 행위에 여흥을 돋우었다.

직접적인 마찰이 빚어내는 열기. 열에 들뜬 얼굴. 신체 중 가장 예민한 살갗이 아무렇게나 문질러지고 훑어질 때마다 시야가 잠깐잠깐씩 암전됐다. 악문 잇새 틈으로 미처 막지 못한 옅은 신음이 흘러나왔다.

이렇게나 좋을 수도 있는 거구나.

타인의 손길 아래 피어오른 정염은 식을 줄을 몰랐다. 붉게 핏발이 들어선 눈이 허기진 듯 견주를 좇았다.

읍!

먹음직스러워 보이는 입술에 포개듯 태하가 입술을 겹쳤다. 허겁지겁 혀를 휘감는 움직임이 다소 거칠었다. 그러자 더는 아무것도 들리지 않고 아무것도 보이지 않게 됐다. 얼마 안 가 머릿속이 새하얗게 변하며 한차례 크게 몸이 들썩였다.

하아, 하아.

참았던 숨이 한꺼번에 토해졌다. 머리가 어떻게 돼 버릴 정도로 기분 좋은 충족감이 그를 사로잡았다. 마침내 왈칵 흘러나온 정수(精水)가 견주의 손을 더럽혔다.

"원래…… 이렇게 미끈거리는 거예요?"

놀라움에 눈을 동그랗게 치켜뜬 아이를 도망가지 못하게 힘껏 껴안았다.

"잘했어."

낮게 잦아든 목소리 너머로 미처 지워 내지 못한 열락의 흔적이 묻어났다.

"다음에도 부탁해도 될까?"

대답을 기다리는 내내 초조함을 감출 수가 없었다.

"……기승재 선생님이."

이 시점에서 왜 기승재의 이야기가 나오는 걸까. 반갑지 않은 이름 하나에 심술궂게 입매가 뒤틀렸다.

"짐승에게 물리지 않게 조심하라고 했었어요."

전에도 생각한 거지만 기승재는 자신과는 별로 상성이 맞지 않는다.

"아, 실망한 얼굴."

사실을 지적해 오는 견주의 얼굴 위로 환한 웃음꽃이 피었다. 그러자 잦아들던 기대감이 또다시 스멀스멀 고개를 치켜들었다.

"오늘처럼 말고, 다음엔 더 진도 나가 봐요."

기대 이상의 너그러운 처분에 마른침이 목울대를 울리고 지나갔다. 감정적으로 허기가 지는 기분이었다.

"다음이란 건 정확히 언제를 이야기하는 거지?"

"다음은 그냥 다음이에요."

새침하게 눈을 내리까는 행위에 속이 타들어 갔다. 번번이 이성을 유지하기가 어려웠다. 자각하지 못한 사이 휘둘리기 일쑤였지만, 시기를 가늠하는 사이 저 좋을 대로 해석을 끝낸 하반신이 다시금 뚜렷한 존재감을 과시하기 시작했다.

다음. 다음이라……

머지않은 시일에 하나가 되어 저 몸을 안아 볼 수 있는 날이 온다는 건가?

더 깊은 곳까지, 빠짐없이 서로를 알아갈 수 있는 그런 시간이 온단 말이지.

아찔한 상상에, 생각만으로도 설렘을 주체할 수 없었다.

"이견주."

"네?"

"좋아해."

좀 더 빨랐어야 했을 늦은 고백이 견주를 향했다.

"좋아하고, 아주 많이 사랑해."

가끔은 심장이 못 견디게 아플 정도로.

그는 늘 애정을 갈구하는 눈빛으로 견주를 바라보곤 했다. 하지만 온몸으로 사랑을 흘리고 다니면서도 정작 단 한 번도 입 밖으로 꺼내 사랑을 얘기해 본 적이 없었다.

너무 소중해 속에 담아 두기만 해서, 어리석게도 실재하는 사랑의 표현에 대한 가치를, 그 위대함을 잠시 잊고 지냈다.

"알고 있어요."

흐드러지게 핀 꽃처럼 아름답게 물오른 미소가 온통 시선을 사로잡았다.

"행복하단 생각이 들었어요. 그리고 저도 같아요. 많이 사랑하고 있어요."

지금 눈앞엔 그가 사랑하는 사람이 있다. 언젠가 그는 제 손으로 이 여자의 순수성을 훼손시키는 날이 올 것이다.

후회를 남기지 않을 다정한 손길로 매끄러운 몸을 유영하듯 더듬고, 달아오른 몸 이곳저곳에 화인 같은 흔적을 찍어 가며, 오로지 제 존재를 새겨 넣을 그날이 한시 바삐 오길 바랐다.

에필로그

운전면허증이 나왔다.

얼굴 근육이 제멋대로 샐룩거리며 흐잇, 흐잇, 이상한 웃음소리가 새어 나왔다. 안 그래야지 하면서도 표정 관리가 잘 안 됐다.

그러니까 이게 운전면허증이란 거지?

호기심 어린 눈빛 아래 한동안은 손에 쥔 면허증을 만지작거리기만 했다. 손끝으로 느껴지는 매끈한 감촉이 마음을 들뜨게 만들었다.

아, 진짜 꿈 아니네.

고생한 보람을 생각하면 으쓱으쓱 어깨춤이라도 추고 싶은 심정이었다. 얼마 전에 있었던 마지막 도로 주행 땐 너무 긴장돼 배가 살살 아파 오기도 했었다.

내심 한 번 정도는 떨어질지도 모른단 각오도 하고 있었는데, 무사히 면허증을 손에 쥐고 나니 감회가 남달랐다.

뿌듯함 뒤로 밀려드는 성취감에 웃음이 새어 나오는 걸 막지 못했다.

문제는 탈 만한 차를 선물하겠다며 곧바로 자동차 매장으로 이끈 태하로부터 발생했다.

좀 더 생각해 보고 결정하겠단 일시적인 거절은 물론 들어 먹히지 않았다.

못 이기는 척 따라 나섰을 땐 따로 생각해 둔 차가 있었다. 동글동글 귀여운 경차면 좋을 것 같았다.

이미 집 안 차고엔 여러 대의 차가 주차돼 있었지만, 손 떨릴 정도의 가격을 생각하면 선뜻 운전대를 잡을 엄두가 나지 않는 것도 사실이었다.

면허를 따게 되면 대신 운전해 주겠다며 큰소리를 쳤던 때도 있었는데, 생각해 보면 오히려 면허를 따기 전이 더 용감했던 것 같다. 사람 마음처럼 간사한 게 없다고 어느덧 손바닥 뒤집듯 마음이 뒤바뀌어져 있었다.

사실 이제 갓 면허를 딴 견주에게 비싼 차는 필요하지 않았다. 그러나 태하의 생각은 달랐다.

국산차, 경차면 돼요, 하는 견주의 의견을 가뿐히 흘려 넘긴 결과 호화로운 대접을 받으며 외제차 딜러의 설명을 듣고 있는 중이었다.

윽!

세상에 이게 다 얼마야?

BMW 5시리즈 1억 3천만 원.

뉴 아우디 S7 1억 3천 400만 원.

벤츠 S클래스 L 1억 6천 700만 원.

벤틀리 컨티넨탈 GT3-R 3억 8천만 원.

이어진 마이바흐, 페라리, 맥라렌 등의 슈퍼카까지, 줄줄이 가격이 언급되는 동안 흡사 기가 질리는 기분이었다. 거기다가 태하는 한술 더 떠 풀 옵션을 지시하고 있는 상황이었다. 이것저것 권해주기 바쁜 딜러만 신이 났다.

하지만 자신은 타고 다닐 차가 필요한 거지, 상전으로 떠받들고 모실 골칫덩이가 필요한 것은 아니었다.

이 남자 미쳤나 봐.

이럴 바에야 집에 있는 차를 그냥 타지, 정말이지 과해도 너무 과했다.

"마음에 드는 거 있어?"

눈치도 없이 의견을 구하는 태하의 팔뚝을 아플 정도로 꼬집었다. 그런 후 속닥대듯 귀엣말로 제 뜻을 전달했다.

"너무 비싸요."

"가격은 상관없으니까, 마음에 드는 걸로 골라 봐."

가격이 왜 상관없어! 하고 외치려다 가까스로 목소리를 죽였다. 아무리 봐도 초보 운전 딱지를 붙이기엔 차는 지나치게 고급스러워 보였다.

이런 거 사 봤자 어차피 흠집 날까 봐 타고 다니지도 못할 게 분명했다.

"전 그냥 경차면 돼요."

"기각."

"그럼 있던 거 그냥 탈게요."

"어차피 팔면 가격은 비슷해."

"돈이 남아돌아요?"

"없진 않지."

맞는 말이라 딱히 반박할 말도 없었다.

"뭘 믿고 이렇게 태평해요."

"안전 운전 할 거잖아."

"그건 그렇지만…… 그래도 혹시 모르잖아요. 그러다 사고라도 나면 어떡해요. 보험이고 수리비고 전부 엄청날 거 아니에요."

"그럴수록 좋은 차, 비싼 차 타야지."

"그런 이상한 논리가 어디 있어요?"

"이상하다니, 뭐가?"

이해가 안 된다는 듯 그가 다시금 입을 뗐다.

"나한테 너 빼면 뭐가 남아."

돌리지 않고 직선적으로 내뱉은 담담한 말 한마디가, 세상에 존재하는 모든 투정을 일시에 잠재웠다. 반응하듯 심장이 쿵쾅쿵쾅 시끄러운 소음을 쏟아 냈다. 사람의 심장이 이렇게까지 빠르게 뛸 수도 있는 거구나, 하고 새삼 깨달았을 만큼 가슴이 벅차올랐다.

정말이지 어쩌면 이렇게 예쁜 말만 골라서 할까. 낯간지러운 말에 마음이 들뜨는 걸 막지 못했다.

"다치지만 않으면 돼."

안전이 최우선이라는 태하의 말 앞에서 다른 불평을 늘어놓을 수 있을 리 없었다.

정말이지 한순간에 설득당하고 말았다. 문득 일전에 했던 이야기가 떠올랐다.

'사람 목숨값보다 비싸진 않을 거 아니에요.'

과거의 자신은 이런 말도 할 줄 알았구나. 코너에 몰려 있다고 생각했을 땐 지푸라기라도 잡는 심정이었겠지만, 그런 것치고도 제법 괜찮은 말이었다. 뭐, 한참 지나선 집도 제 명의로 돌려 달라고 당돌하게 말했지만.

아!

인지하지 못한 사이 자신은 보통의 사람들이 하는 흔한 착각을 하고 있었나 보다.

보이는 것과는 달리 이기적인 생각이 모두 나쁜 것만은 아니었다.

쉽게 생각하자.

어차피 차보다 비싼 집도, 카드도 통장도 모두 제 명의로 바뀌었는데 차 한 대쯤 더 받는다고 해서 크게 달라지는 것도 없었다.

세상에서 내가 가장 소중하다고 말하는, 나를 제외한 그 어떤 것도 의미가 없다고 말해 오는 남자를 위해, 그가 원하는 것을 들어주는 것도, 굉장히 의미 있는 일이지 않을까 하는 생각을 문득 해 봤다.

무엇보다 태하가 보여 온 호의는 정당한 이유를 지니고 있었다.

겁내지 말자.

자신을 위해 준비해 둔 그의 배려를, 그의 편의를.

여전히 적응되지 않는 씁쓸이에 간혹 기가 질릴 때도 있었지만, 부담스러워하는 대신 그가 주는 걸 당연하게 받아들이기로 했다.

"태하 씨 말대로 할게요."

한풀 고집을 꺾었다.

"대신 연수도 더 받을게요. 태하 씨가 해 줘도 되고요. 그리고 차는 벤틀리가 좋은 것 같아요."

이왕이면 비싼 걸로.

"잘 생각했어."

칭찬을 담은 커다란 손이 머리카락을 헤집어 왔다.

"더 익숙해지고 나면 벚꽃 보러 가자. 늦어서 미안."

"그거 아직도 기억하고 있었어요?"

"어떻게 잊어. 잊을 수 있을 리 없잖아."

잊었다고 생각하는 순간조차 모든 걸 기억해 준 사람이 있다. 그는 자신이 사랑하는 사람이었다.

어긋나 있던 의견이 하나로 모아졌다. 계약은 그 자리에서 성사 됐다. 문을 열고 나서자, 당연하다는 듯 그가 손을 내민다. 소소하 게 흘러나온 웃음에 그가 왜냐고 입 모양으로 물었다.

"그냥 좋아서요."

너무 행복해서 다른 말은 필요하지 않았다.

발렌타인데이 때 처음으로 태하를 위해 초콜릿을 만들어 준 적 이 있었는데, 왜인지 냉장실에 넣어 두기만 하고 양이 줄지 않아 단순히 입맛에 맞지 않은가 보다 하고 넘겼었다. 원래가 단걸 좋아 하는 타입은 아니었다.

선물한 초콜릿은, 녹인 밀크커버 초콜릿을 실리콘 몰드에 넣어 굳힌 형태로 겉보기엔 제법 그럴싸한 모양을 하고 있었다.

그러던 어느 날 별생각 없이 무심코 간식 삼아 초콜릿을 집어 먹었는데, 다음 날 냉장고 문을 열어 본 태하가 마치 나라 잃은 표 정을 지었더랬다.

처음에는 당황해하다가, 나중엔 믿기지 않는 얼굴로 변했다.

반복해 냉장고 문을 열었다 닫았다 할 때만 하더라도 무엇 때문에 그러는지 이유를 알지 못했었다.

"찾는 거 있어요?"

등 뒤를 기웃거리며 물었을 때 태하는 콕 찍어 초콜릿을 언급했다.

"여기에 놔둔 초콜릿이 사라졌어."

"초콜릿이요? 제가 만든 거요?"

"응."

"아, 그거 제가 다 먹었어요."

"다? 전부…… 말이야?"

"네."

"왜……?"

"그야…… 하나도 안 먹으니까……?"

"나 준 거 아니었어?"

대화의 핀트가 묘하게 어긋나 있다. 그때서야 실수했다는 걸 알아차렸다.

싫어한 게 아니라, 아껴 두고 있었던 거구나.

그게 지난 2월의 일이었다.

대체적으로 태하는 정해진 귀가 시간을 넘기지 않았는데, 그래도 한 달에 한 번 정도는 공적인 사무와 관련해 늦을 때가 있었다.

밤 11시 즈음 늦은 퇴근해서 돌아온 태하에게선 술 냄새가 풍겼다.

"왔어요?"

대답 대신 와락 껴안아 오는 동작에서 강한 힘이 느껴졌다. 그러곤 조르듯 입술을 부딪혀 왔다.

정말이지 갈수록 능글맞아진다니까.

입술을 꾹 찍어 누른 뽀뽀 수준의 입맞춤이 끝났다.

"으…… 주정뱅이!"

"미안, 미안."

"술 냄새 나요. 많이 마셨어요?"

"주량까진 아니고, 조금."

"기분 좋게 마신 거죠?"

"응."

"그럼 됐어요. 옷 이리 줘요."

깐깐한 아내 역할을 자처하며 이것저것 챙기는 동안 태하가 잊은 게 있다며 주섬주섬 주머니를 뒤적거렸다. 그러곤 이내 견주를 불러 세웠다.

"잠깐 손 내밀어 봐."

"손이요? 이렇게요?"

"두 손 다."

의아함에 두 손을 모아 앞으로 내밀자, 위에서 사탕이 비처럼 내렸다. 웬 거예요, 하고 물으려다 문득 짚이는 게 있어 날짜를 확인했다.

3월 14일.

화이트데이 사탕이었다.

"늦어서 이것밖에 못 샀어. 다음엔 제대로 챙길게."

두 손을 가득 채우고도 태하의 주머니는 여전히 불룩했다. 그 모습이 볼썽사납기보다 굉장히 로맨틱하게 느껴졌다. 다음에 제대로 챙긴다고 했지만, 지금도 부족함 없이 충분했다.

새삼 지난 발렌타인데이 때 제가 저질렀던 만행이 되살아났다.

아휴, 왜 이리 덥지.

다음을 기약해야 할 건 태하가 아니라 견주였다.

그나저나 뭐부터 맛을 보지?

넘치게 받아 든 사탕 중에서 딸기 맛 츄파춥스를 골라 든 견주
가 포장지를 벗겨 낸 뒤 입안으로 쏙 밀어 넣었다.

"입맛에 맞아?"

"네. 하나 줘요?"

먹어 보란 말도 없이 혼자만 먹기가 그래 예의상 한차례 권했
다. 거절할 것을 염두에 두고 한 말이었지만, 어째서인지 반응은
예상을 벗어났다.

"어어······?"

부지불식간에 입안에 든 막대사탕이 사라졌다. 이내 타액으로
범벅이 된 사탕을 아무렇지도 않게 태하가 입가로 가져가 맛을 본
다.

더럽지도 않나.

하긴 그런 생각을 하면 키스도 못 할 테지만.

아니 근데 무슨 남자가 사탕을 이렇게나 섹시하게 먹어?

"달아."

"사탕이니까 당연하죠."

"진짜 달아."

눈가를 찌푸린 태하가 먹던 사탕을 다시 견주에게로 넘겨줬다.

반대 입장이 되니 신기할 정도로 더럽단 생각은 들지 않았다.
더러운 게 다 뭔가. 오히려 반들반들한 사탕이 아까보다 먹음직스
러워 보이기까지 했다.

콩깍지가 제대로 씌었나 보다.

괜스레 마른 침이 꼴깍꼴깍 넘어갔다.

하지만 낭비는 나쁜 거니까.

새침하게 눈을 내리깐 견주가 받아 든 사탕을 입에 물었다. 왜인지 처음보다 더 달게 느껴졌다.

얼굴이 달아올랐다. 손부채질을 했지만 효과는 미비했다.

어쩐지 이 상황, 야한 것 같아.

화끈거리는 얼굴을 식힐 겸 창문을 열었다.

살랑거리며 들어온 봄바람에 흙냄새가 섞여 있다. 봄비가 내리려나 보다. 봄의 정취가 느껴졌다.

❖

"뭐야. 이것도 막혔잖아."

어렵사리 찾은 주소를 클릭해 들어가는 순간 Warning 메시지가 떴다. 아래론 유해 정보 사이트에 대한 접속이 차단되었다는 안내 문구가 보였다.

"아, 역시 쉽지가 않네."

난감함에 손끝으로 볼을 긁적였다. 그러나 실망하기는 아직 일렀다.

누가 가르쳐 준 것은 아니었지만 다음 검색어는 '안 막힌 사이트'였다. 하지만 곧 더 좋은 대안이 머릿속에서 떠올랐다.

그렇지. 그 방법이 있었지.

결단을 내리기까지 망설임은 길지 않았다. 잠시 후 모니터가 까맣게 물드는 걸 확인한 견주가 거실로 걸어 나왔다.

"뭐, 늦는다고 했으니까 상관없겠지⋯⋯?"

한차례 벽에 걸린 괘종시계를 힐긋 쳐다본 견주가 혼잣말처럼 중얼거렸다. 소파에 등을 기대고 앉은 이후 자연스럽게 리모컨을 집어 들었다.

원하는 건 하나였다.

성인 인증이 필요한 유료 채널.

다행히 약간의 조작 끝에 화면이 바뀌기 시작했다.

"아, 됐다!"

호기심 어린 눈빛이 반짝였다. 긴장감에 괜히 입술이 바싹바싹 말라 왔다. 다만 시청에 임하는 자세는 매우 진지했다.

사실상 자라 온 환경이 평범하지 않다 보니 보고 듣는 것도 남달랐다. 그래서 성적인 것과 관련해 무지하진 않았지만, 그땐 거북해서 피하기 바빴다. 자의로 이런 영상을 찾아 본 것은 이번이 처음이었다.

이런 마음이 들 줄은 몰랐는데…… 견주가 콧등을 찡그렸다. 그러나 표정은 여전히 밝았다.

사랑을 알게 된 견주의 눈엔 더 이상 남녀 간의 관계가 더럽고 불결한 것으로 보이지 않았다. 오히려 최근엔 하나가 되고 싶단 생각을 문득문득 하기도 했다. 사람 감정이라는 게 참 신기하단 생각이 들었다.

허리를 곧추세운 견주가 경청하는 자세로 귀를 기울인 채 화면을 주시했다. 투명하고 또렷한 눈이 유리알처럼 반짝였다.

"……정말로 저런 자세가 가능한 거구나."

엎치락뒤치락하며 남녀의 위치가 바뀔 때마다 눈앞으로 신세계가 펼쳐졌다. 관심은 온통 화면에 집중돼 있었다. 당연하게도 재생되고 있던 영상에 대화는 거의 없었다. 대부분은 거친 숨소리였고,

때론 여자 쪽에서 농밀한 신음을 토해 내기도 했다.

우와, 우와.

쫑긋쫑긋 솟아오른 귀와 초롱초롱한 눈이 온통 한곳으로 집중됐다.

자연스럽게 다른 쪽으로의 경계가 소원해졌다. 그 결과 현관 근처에서 들려오는 기척을 제때 알아차리지 못하는 실수를 저질렀다. 뒤늦게 불찰을 깨달았을 땐, 등 너머에서 팔짱을 낀 채 이쪽을 건너다보고 있던 태하의 모습과 조우해야 했다.

헉!

다급히 숨을 집어삼켰다. 그러자 콜록, 마른기침이 나왔다.

"어, 언제부터……."

"혼자서 뭘 그렇게 열심히 보고 있나 했더니……."

의미심장한 미소가 태하의 입가로 떠올랐다.

"재미있는 걸 보고 있네?"

때맞춰 절정에 이른 듯한 여자의 신음이 한껏 목소리를 키웠다.

망했다.

스피커를 통해 나온 인위적인 효과음이 방금 전의 상황을 낱낱이 설명해 오고 있었다. 마치 베토벤 운명 교향곡의 도입부처럼 극적인 장면이었다. 순식간에 머릿속에서 시끄러운 경종이 울려 댔다.

아니 들킬 게 없어서 이런 걸 들켜!

당혹스러움에 리모컨을 쥐고 있던 손에 잔뜩 힘이 들어갔다. 타이밍이 안 좋았다고밖에 설명할 수 없었다.

왜 하필 지금이야.

들켰다는 사실에 앉아 있던 소파에서도 일찌감치 일어난 뒤였다. 상황을 인지한 이후엔 허둥대기 바빴다.

"와, 왔으면 왔다고 얘길 하, 읔!"

급하게 입을 열다 보니 말이 꼬여 나왔다. 그러다 혀를 깨무는 실수까지 저질렀다. 삽시간에 인상을 쓴 태하가 어느덧 코앞까지 다가와 있었다.

"혀 내밀어 봐."

괜찮다며 손을 휘저었다. 그러나 이대로 쉽게 물러설 기색이 아니었다.

"어서."

"……이럴 땐 그냥 모른 척해 주는 게 예의거든요?"

"말 안 듣지?"

고집을 피우기엔 상황이 좋지 못했다. 조심스럽게 혀를 내밀자 쓰라림이 심해졌다. 다행히 피는 나지 않았다.

"정말이지 한시도 눈을 못 떼겠다니까. 웃기는 재주가 있는 건 좋은데, 다치는 건 곤란해."

"……늦는다더니 왜 이렇게 빨리 왔어요."

"별로 안 반가운가 봐? 애써 일찍 들어왔더니 이렇게 홀대하기야?"

"그런 게 아니라……."

목소리가 점점 기어 들어갔다. 왜, 아주 땅을 파지 그래. 화끈화끈 달아오른 얼굴은 좀처럼 제 색을 찾지 못했다. 그러는 사이 태하가 목을 조이고 있던 넥타이를 느슨하게 풀었다. 시선은 여전히 견주를 향해 있었다.

"나쁜 짓을 한 것도 아닌데 뭘 그렇게 죄진 것처럼 굴어."

"……아니 그러니까, 그…… 제게도 프라이버시라는 게 있으니까……? 그냥 그렇단 얘기예요."

"관심을 가지는 건 좋은 일이야. 나쁘단 얘기 아니야. 근데……."

하던 말을 잠시 멈추고 뜸을 들인 태하가 한쪽 입꼬리를 위로 끌어 올렸다. 뭔가 예상치 못한 발언이 나올 것 같은데, 라고 예감한 순간 의미심장한 말 한마디가 그의 입을 통해 바깥으로 흘러나왔다.

"보려면 같이 봐."

"!"

"연습 상대가 필요한 거면, 어려워 말고 말해도 돼."

어버버― 말을 잇지 못하는 사이, 쥐고 있던 리모컨을 아무렇지 않게 태하가 가져갔다.

"뭐 하고 있어?"

소파를 차지하고 앉은 태하가 옆 좌석을 톡톡 쳤다. 가까이 다가와서 앉으란 의미였다.

"뒤에 남은 것도 마저 봐야지."

"……진심으로 하는 말이에요?"

"어떤 것 같아?"

태하의 태도로 미뤄 봐 사실 물으나 마나한 질문이었다.

"그거 저한테 거부권 있는 거예요?"

"글쎄……? 싫은 이유를 한 열 가지쯤 대면 재고해 줄 마음은 있어."

없다는 얘기다.

"그냥 같이 볼게요."

"잘 생각했어."

얌전히 무릎을 모은 견주가 태하의 곁을 차지하고 앉았다. 기다렸다는 듯 커다란 손이 머리 위로 내려앉는다. 머리칼을 흐트러뜨리는 손길이 기분 좋은 느낌을 전해 왔다.

어쨌든 나쁘지 않은 결말이었다.

❖

방학을 하고 부쩍 한가해진 견주와 달리 최근 들어 더 바빠진 태하의 퇴근 시간은 계속 늦어지고 있었다.

전날 '일이 많은가 봐요.'라고 묻던 견주의 말에 태하는 아니란 대답을 해 왔지만 그 정도 눈치는 가지고 있었다. 그래서 전부터 생각해 오던 계획을 실행에 옮길 결심을 세우게 됐다.

"면접이라니?"

"아르바이트를 해 보려고요."

"왜?"

진심으로 궁금하다는 투였지만, 그 이유에 대해서는 아직까지 비밀이었다.

"그건 다음에 말씀드릴게요."

"생활비가 부족해서 그런 거라면……."

"지금도 차고 넘쳐요. 그보다 옷 갈아입어야 하니까 잠시만 나가 있으면 안 돼요?"

쉽사리 납득하지 못한 태하를 겨우겨우 달래 문밖으로 밀어낸 견주가 단장을 하기 시작했다. 서툰 솜씨에 제법 많은 시간이 걸렸다. 너무 두껍지 않은 화장을 시작으로 하나둘 옷을 갖춰 입은 견주가 뒤늦게 거실로 나왔을 땐 인상을 쓰고 있는 태하와 다시금 조우했다.

"그 아르바이트란 거, 꼭 해야겠어?"

"해 보고 싶어요."

"생각은 알겠는데, 내 입장에선 좀 회의적이야."

태하의 태도는 여전히 부정적이었다. 흡사 협조해 줄 마음이 조금도 없다는 듯. 그 결과 평상시와는 다른 쪽으로의 지적이 이어졌다.

"길이가 좀 짧지 않아?"

뜻밖으로 해 온 태하의 지적에 견주가 자신의 옷매무새를 살폈다. 하지만 입고 있던 스커트는 무릎을 기준으로 약간만 위로 올라갔을 뿐, 아무리 봐도 짧다는 느낌과는 동떨어져 있었다.

"이게 뭐가 짧아요?"

"짧아."

"별로 안 어울려서 그래요?"

"그것하고는 다르지."

의미를 알 수 없는 말을 끝으로, 태하의 시선이 견주의 다리를 향했다. 평소와는 다르게 위쪽으로 휜 눈썹이 불만을 말해 왔다.

"눈이⋯⋯."

"뭐?"

"아니에요. 아무것도."

아무리 봐도 이건 질투였다. 감정을 들켰다는 것조차 모르고 있는 남자는 연신 제 주장을 굽히지 않았다.

"그래서 갈아입는다는 거지?"

"전 다리가 예뻐서 이대로도 괜찮을 것 같기도 해요."

"뭐?"

"이왕이면 잘 보이면 좋잖아요."

"이견주."

그가 짐승처럼 으르렁거렸다.

"그래서 하는 말인데, 아르바이트 필요하지 않으세요?"

"뭐……?"

"대신 월급은 많이 주셔야 해요."

"그러니까…… 면접을 본다는 게…….."

"태하 씨예요."

기분 좋은 키득거림에 사납게 위로 올라가 있던 태하의 눈썹이 언제 그랬냐는 듯 제자리로 돌아왔다. 다행히 상황 파악이 빠른 남자는 밀어처럼 다정한 속삭임으로 견주의 제안을 흔쾌히 받아들였다.

"그거야 어렵지 않지."

태하의 허락 아래 그날부터 또 다른 일상이 시작되었다. 불편해할 다른 직원들을 생각해 입사 후엔 평범한 아르바이트생처럼 행동했지만, 시간 장소 불문하고 어찌나 자주 찾아 대는지 곧바로 신분이 들통 날 위기에 처하고 말았다. 곧 주변의 우려 섞인 걱정과 조우해야 했다.

"이견주 씨. 잠깐 얘기 좀 나눌 수 있을까?"

"네. 편하게 말씀하세요."

"저기 괜한 오지랖일 수도 있겠지만, 사장님 결혼하신 건 알지?"

"네."

"알아?"

"네."

그야 그 상대가 자신이니까 모를 수가 없달까?

404

"그럼 한결 말하기 쉽겠네. 세상엔 마음 줘서 될 일이 있고, 안될 일이 있어. 남의 가정에 해될 짓 하면 나중에라도 벌을 받는 법이야. 사모님을 직접 뵌 적은 없지만 그래도 좋은 분이라고 들었어."

그제야 견주는 상대가 뭘 오해하는지 알아차렸다. 그리고 오해를 바로잡으려면 어쩔 수 없이 진실을 얘기해야 하는 상황이었다.

"죄송해요."

"나한테 죄송할 건 없지. 그래도 어렵겠지만 조심은 좀 해 줬으면 해."

"저기 그게 아니라…… 말씀하신 권태하 실장님 부인이 아무래도 저인 것 같아서요."

"그게…… 무슨 소리야……?"

"일부러 속이려던 건 아니었어요. 그냥 알게 되면 불편해하실까 봐 말씀 안 드리려고 했는데, 괜한 일로 걱정만 더 끼친 것 같아 면목이 없어요. 난처한 일 생기지 않게 앞으로 잘 처신할게요."

이런 일이 생길까 봐서 모른 척하라고 당부했던 건데 결국 다 들통 나 버렸다. 하긴, 자신도 태하의 행동에 편승해 희희낙락했으니 할 말이 없는 상황이긴 했지만.

"그러니까…… 정말 사모님이에요?"

"윽. 말씀 낮추세요. 그냥 평소처럼 대해 주시면 돼요."

"세상에…… 이게 다 무슨 일이래."

반신반의하던 상대의 입단속을 시키지 못한 결과, 얼마 지나지 않아 소문의 주인공이 돼 버렸다. 그 탓에 호기롭게 시작했던 아르바이트는 딱 한 달을 채운 시점에 끝이 났다.

그래도 실컷 얼굴을 볼 수 있었던 건 좋았다. 이따금씩 몰래 숨어서 도둑 키스도 해 봤고, 퇴근길엔 자연스럽게 데이트하는 패턴을 이어 가기도 했었다.

그리고 그렇게 해서 받은 월급은 후에 태하의 생일 선물을 사는 데 썼다. 아주 비싼 건 아니었지만, 받은 것에 비해서도 한참은 부족했지만, 그래도 처음으로 제 힘으로 일해서 번 돈으로 산 선물이어서 나름의 의미가 담겨 있었다.

"취직하면 더 좋은 걸로 사 드릴게요."

"지금도 충분해."

마음을 전하는 것은 가끔 이처럼 쉽기도 했다.

❖

딱딱한 무릎에 머리를 대고 누운 견주가 고사리 같은 손을 눈앞으로 내밀었다.

"잘 부탁할게요."

"맡겨 둬."

"근데 너무 자신하니까 왠지 불안불안해요. 이런 거 한 번도 안 해 봤을 거 아니에요."

"안 해 봤지."

"거봐요!"

"그래도 다치게는 안 해."

"그야 그렇겠지만…… 그래도 두고 볼 거예요."

"물론이야."

쉽게 한 대답과는 달리 손톱깎이를 손에 쥔 태하의 얼굴은 일견

비장해 보이기까지 했다. 이어 반대편 손으로 가볍게 손마디를 그러쥐자, 기다렸다는 듯 견주가 가지런히 모은 손끝을 힘주어 펼쳐 보였다.

의도치 않게 많은 고생을 겪어야 했던 손. 이 손을 편하게 잡아 볼 날이 이처럼 와서 다행이란 생각이 들었다. 정말이지 매일매일 이 감사한 것투성이였다.

촉. 그러잡은 손등 위로 입술이 내려앉았다.

"간지러워요."

이번엔 까칠한 혀를 내밀어 살결을 쓸며 길게 맛보았다. 코끝으로 와 닿는 산뜻한 비누 향과 달리 왠지 모르게 맛있는 맛이 났다.

"읏!"

"얌전히 있어."

"……이거 제 잘못 아니거든요?"

"알아."

"뭐예요, 그게."

픽 웃는 모습에 마음까지 행복해지는 기분이 들었다.

이건 알까. 넌 손등이지만 난 심장까지 간질간질거려 미칠 지경이다. 그러니까 내가 이긴 거야. 이런 유치한 생각을 하는 동안에도 태하의 눈길은 줄곧 견주의 손을 벗어나지 못했다.

부러지고 뜯겨 더러는 까맣게 멍들어 있기도 했던 손톱은 언제 그랬냐는 듯 상처 없이 말끔히 나아 있었다. 다만 투명해야 할 색깔만큼은 시간이 지난 지금까지도 쌀눈처럼 불투명한 하얀색을 유지하고 있었다.

아직도 영양이 부족한 걸까.

살피는 눈빛이 자못 진지했다.

제법 보기 좋게 살이 올랐다고는 하나, 전체적으로 보자면 여전히 가냘프단 인상을 지울 수가 없었다.

마음껏 끌어안았다가는 부러질까 겁이 날 정도였다. 그는 견주 한정으로 더없이 조심스러워지는 구석이 있었다.

잠시 더운 여름철에 어울리는 보양식을 떠올렸다가 이내 고개를 저었다.

"안 되겠다. 이참에 한약 한 제 먹자."

"윽! 손톱 깎아 준다더니 갑자기 얘기가 왜 그리로 빠져요."

"뭐 어때. 먹고 기운 나면 좋은 거지."

"정중히 사양할게요. 제가 이래 봬도 통뼈예요."

"소원이라고 해도?"

이번만큼은 물러서지 않고 뜻을 관철시키겠단 의지였다.

"무슨 소원이 그래요. 소원이 너무 편파적이잖아요."

"들어준단 얘기지?"

"그치만…… 굉장히 쓰다면서요."

타인의 경험에 빗대 해 온 설명은 다소 두루뭉술하고 불명확했다. 한 번도 안 먹어 봤구나. 느낌상 그런 기분이 들었다. 하긴 어쩌면 그게 당연한 건지도.

홍난주야 예외로 친다 하더라도, 곁에서 살뜰히 챙기며 관심을 가지고 돌봐 줄 만한 어른이 그간엔 단 한 명도 없었을 테니까. 그리고 이 와중에도 무언가를 얻어 낼 궁리를 하는 태하 또한 전형적인 나쁜 남자의 표상이었다. 곧이어 달콤함을 앞세운 말이 견주를 향했다.

"별로 안 써."

"……거짓말."

"진짜야."

대화에 임하는 태하의 표정은 더없이 진지했다. 어차피 세상에 절대적인 것은 없다. 원래 기준이란 건 상대적이게 마련이다.

"좋아요. 그럼 같이 먹어요."

"알았어."

"……뭐가 이리 쉬워요."

고민의 흔적도 없이 곧바로 나온 대답에, 울상이 된 견주가 투정을 늘어놓았다.

"먹을 거지?"

"알았어요. 먹을게요."

"잘 생각했어."

기어코 원하던 답변을 얻어 낸 태하가 잠시간 생각에 잠겼다.

천종산삼을 구할 수 있으면 좋을 텐데…… 약재상을 직접 방문해 보는 것도 나쁘지 않을 것 같다.

녹용과 웅담, 우황이나 서각 침향을 함께 넣어 짓는 건 아무래도 무리겠지? 색이야 좀 더 거무튀튀하게 될 테지만, 감초와 같은 단맛이 나는 약재를 적절히 섞어 지으면 미각적인 측면에서도 크게 나쁠 게 없었다. 물론 전부 태하의 기준이었다.

속았다는 원망 정도는 언제든 기쁘게 받아 줄 각오가 돼 있었다. 대충 한 가지가 해결됐으니 나머지 하나를 마무리 지을 차례였다.

보드랍던 손을 쥐고 또다시 지난한 씨름을 시작했다. 호기로웠던 시작과는 달리 진행 속도는 답답하게 느껴질 정도로 더뎠다.

"이러다 한나절 다 가는 거 아니에요?"

"괜찮아. 조금만 더 하면 돼."

할애한 시간은 십여 분 남짓, 그러나 고작 손톱 두 개를 깎았을 뿐이다. 그의 대답이 얼마나 모순적인지를 가장 잘 아는 사람이 있다면 그건 단연코 태하였다.

"그러지 말고 이리 줘 봐요."

"아니. 내가 해 주고 싶어. 내가 하게 해 줘."

"그냥 제가 깎아도 되는데…… 있잖아요. 너무 그렇게 다 받아 주려고 애쓰지 말아요. 이러다 혼자선 아무것도 못 하는 바보가 돼 버리면 어떡해요."

"상관없어."

그는 욕심이 많았다. 그래서 뭘 하든 제 손을 빌렸으면 하고 바랄 때가 있었다.

"그러다 질리면요?"

"안 질려."

"못 말린다니까요. 하지만 뭐 좋아요. 약속한 거예요."

손가락까지 건 뒤에야 알아서 하라며 다시금 손을 맡겨 왔다. 사방이 조용해진 가운데, 이따금 따각, 따각 손톱이 잘려 나가는 소리만 나지막이 울려 퍼졌다. 그사이 기분 좋은 얼굴을 한 견주가 밀려드는 졸음에 깜빡깜빡 눈을 감았다.

"졸리면 자도 돼."

"별로 안 졸려요."

눈가에 힘을 주는 듯하다가도 이내 풀어져 버린다. 결국 얼마 지나지 않아 잡고 있던 손에서 힘이 빠져나가는 게 느껴졌다. 막상 고집을 부렸지만 끝까지 졸음을 이기지는 못한 모양이었다. 하지만 그러다가 또 어느 순간 예기치 못한 상황에서 눈을 반짝 뜬다.

웃기긴.

화들짝 놀랐던 게 언제였느냐는 듯 곧 아무 일 없었다는 표정으로 얌전을 떠는 모습에, 큭 웃음이 터져 나왔다.

정말이지 지루할 틈이 없다. 그러자 불만스럽다는 듯 견주가 잔뜩 볼을 부풀렸다.

"아, 미안. 고의는 아니었어. 하하."

과거의 태하는 웃음이 헤픈 사람이 아니었다. 그러나 놀랍도록 사랑스러운 이 생명체 앞에서 웃음을 아낀다는 건 무척이나 어려운 일이었다. 지금의 그는 변해 있었다.

"저 안 잤어요."

"알아."

"진짜예요."

"믿어 준다니까."

눈에 뻔히 보이는 거짓말. 속아 주는 재미도 나름 쏠쏠했다.

행복하다.

이렇게 행복해도 되나 싶을 정도로 따사롭고 한가로운 주말의 오후였다. 물론 그러고도 한참은 더 진땀을 뺀 뒤에야 하던 일을 마무리 지을 수 있었지만.

사실 모난 데 없이 완벽하다고는 할 수 없었다. 다 하고 보니 조금 삐뚤빼뚤한 느낌이 들긴 했지만, 그래도 꽤 소질이 있는 것 같지?

나름 단정하게 정리된 손끝을 보니 묘한 성취감이 밀려들었다. 그리고 그때서야 준비해 두었던 반지를 꺼내 줄곧 비어 있던 왼손 약지에 껴 주었다.

너무 크지 않을까 하는 걱정과는 달리 맞춘 듯 잘 맞았다.

가느다란 손가락에 비해 세밀하게 커팅된 다이아몬드가 좀 무거워 보이기는 했지만, 뭐 어떤가. 반지를 선물할 기회는 앞으로도 종종 있을 테니까 크게 문제 될 것은 없었다.

"이게 뭐예요?"

차가운 감촉에 놀라 몸을 일으킨 견주가 반지를 발견하곤 신기한 듯 눈을 떼지 못했다.

"결혼식은 언제가 좋을까?"

"아……!"

"순서가 바뀌긴 했지만, 그래도 나하고 결혼해 줄래?"

"그러니까 이거 청혼인 거죠……?"

"맞아."

천천히 고개를 끄덕인 이후론 긴장감이 배가 되었다. 어느덧 등 뒤론 차가운 땀이 맺혔다. 그러자 모르겠다는 듯 견주가 고개를 갸웃거렸다.

"하지만 우린 이미 결혼한 거 아니었어요?"

"결혼식은 아직이야."

"아, 그렇구나."

"웨딩드레스 입은 모습이 보고 싶어."

아름다운 신부 옆에 턱시도를 갖춰 입은 제 모습이 눈앞으로 그려졌다. 나란히 손을 맞잡고 버진 로드(virgin road)를 걸으며, 이 사람이 제 사람이다, 공언하고 싶었다.

"날 위해 입어 줬으면 좋겠어."

그러겠다고 해.

어서, 빨리.

초조하게 대답을 기다리는 사이, 견주는 말없이 반지를 만지작대기만 했다. 기다림이 길어질수록 일분일초가 더디게 느껴졌다.

그리고 마침내 견주의 입가로 화사한 미소가 피어올랐다.

"좋아요."

이명처럼 귓가가 웅웅 울렸다.

"결혼식, 그거 해요."

발갛게 상기된 볼, 귓불까지 달아오른 얼굴에 마음이 들썩이기 바빴다.

"남들 하는 거 다 해 보면서 살아요."

반짝반짝 불꽃이 튀더니 삽시간에 눈앞이 암전됐다. 이다음 일은 잘 생각이 나지 않았다.

읍!

무례할 정도로 급하게 입을 맞추는 순간, 연약한 두 팔이 힘껏 등을 둘러 왔다. 얌전히 내리깐 속눈썹이 파르르 떨렸다. 입술은 여전히 달고 맛있었다. 다음 순간 본능에 의거한 손이 가슴을 향했다.

말랑하게 눌리는 감촉에 정신이 아찔했다. 깊어질 대로 깊어진 호흡에 더는 숨 쉬는 게 어려울 지경이 돼서야 아쉬운 입술을 떼어 냈다.

"지난번에 말했던 진도, 지금 나가 볼래?"

아이를 꾀어내는 동화 속 늑대처럼, 할 수 있는 가장 다정한 목소리로 그녀를 구슬렸다.

"생각해 볼게요."

"얼마나?"

"음…… 지금 막 끝났어요."

하고 말해 오는 목소리엔 희미한 기대감이 섞여 있었다.

욕실 너머에서 들려오는 물소리가 온통 마음을 흔들어 놓았다. 바깥에 서서 안의 상황을 가늠하고 있는 사이, 신경선이 타들어 갈 것처럼 감정이 고양돼 갔다. 먼저 샤워를 끝낸 이후로 태하는 저 문이 열리길 오래도록 고대하고 있었다.

마음에 여유가 없어서일까.

잠깐의 기다림조차 길게 느껴졌다. 다행히 머지않은 시간에 달 칵하고 문이 열렸다. 그러나 급한 마음을 반영하듯, 미처 문이 다 열리기도 전에 태하의 손이 문고리를 잡아챘다.

"앗!"

힘의 차이를 이기지 못해 앞쪽으로 기울어진 견주의 몸이 다행 히 안전하게 태하의 품 안으로 안착했다.

"놀랐잖아요."

"미안. 머리가 어떻게 돼 버린 것 같아."

"저 어디 안 가요."

"알아."

"천천히 해요. 평소 태하 씨답지 않게 왜 이렇게 급해요."

"별로 그렇지도 않아. 난 네 앞에선 여유가 있었던 적이 거의 없었거든."

따끈따끈한 열기를 머금은 두 뺨이 발갛게 달아올라 있다. 시선 을 뗄 수가 없었다.

"너무 그렇게 빤히 보지 말아요."

보지 말라니.

분명히 말해 이 상황에서는 들어주기 힘든 부탁이었다.

"그건 쉽지가 않아."

태하의 시선이 머리끝에서부터 천천히 아래를 향했다.

물기에 젖은 머리카락, 조금은 곤란해 보이는 얼굴, 가느다란 떨림에 휩싸여 있는 작은 몸이 심한 갈증을 유발했다. 다만 이 와 중에도 단정하게 갖춰 입은 옷만큼은 평상시의 이견주다웠다.

이렇게까지 다 챙겨 입는 것도 하나의 능력이겠지만, 제 손으로 하나하나 벗기는 것도 나름의 의미가 있을 테다.

거추장스런 옷을 벗겨 내고 나면 커다란 손을 이용해 구석구석 더듬어 가며 빠짐없이 확인해 보는 시간을 가질 계획을 세웠다.

부드럽게 착 감겨드는 살결의 감촉은 생각만으로도 오싹한 느낌을 전해 왔다. 이런저런 상상을 하는 사이 이성은 점차로 마비돼 갔다. 자제하는 게 쉽지가 않았다.

"근데 저 계속 이렇게 있어요?"

그사이 견주는 태하에게 가로막혀 옴짝달싹 못하고 있었다. 뒤늦게 옆으로 비켜선 태하가 움직일 공간을 만들어 주었다. 곁을 스쳐 지나가는 순간 달큼한 냄새가 코끝을 간지럽혔다.

"수건, 이리 줘."

"괜찮아요. 제가 닦아도 돼요."

"그건 별로 좋은 생각이 아닌 것 같은데?"

"그럼…… 여기 있어요."

건네받은 수건을 이용해 톡톡 두드리듯 머리카락의 물기를 제거했다. 오롯이 순수한 의도에서 이뤄진 요구는 아니었다. 사심을 채우기 위한 수단이라고 해도 할 말이 없었던 것은, 얼마 지나지 않아 드러난 목덜미에 저도 모르게 입술부터 갖다 대고 말았기 때문이었다.

"읏! 가, 간지러워요."

잔뜩 목을 움츠린 견주가 물기 젖은 눈으로 태하를 돌아봤다.

작고 도톰한 입술이 부각되었다. 망설임은 길지 않았다.

"태…… 읍!"

말랑하게 눌리는 입술 틈을 비집고 입안으로 혀를 밀어 넣었다. 얌전하게 자리를 잡고 있던 작은 혀를 삽시간에 낚아채 휘감자, 자연스럽게 두 개의 혀가 얽혀 들었다. 놀란 게 언제였냐는 듯, 느리게 반응해 오는 행동이 기특해 조금 욕심을 내고 말았다.

얼굴을 기울이자 결합 부위가 한층 더 깊어졌다.

"으응……."

잇새를 비집고 나온 옅은 신음 소리가 정욕을 부채질했다.

귀가 녹을 것처럼 달다.

달큼함이 스며든 타액의 교환이 정신을 차릴 수 없게 만들었다. 본능에 의거한 행위는 좀 더 적나라하게 변해 갔다. 마치 제 의지를 가진 것처럼, 태하의 혀가 제멋대로 입 안쪽을 헤집고 다녔다. 젖은 수건은 어느덧 발치 밑에 떨어져 있었다.

"으읏!"

뭉텅한 혀끝을 이용해 여린 살을 꾹꾹 누르며 확인하길 수차례. 비비듯 잇몸 안쪽을 훑기도 하고 때로는 혀뿌리가 저릿할 정도로 강하게 빨아들이기도 했다. 그럴수록 하반신의 사정도 위험하게 변해 갔다.

신기할 정도로 제 몸에 꼭 맞춘 느낌이다.

잡고 있던 허리를 힘주어 끌어당기자 하체가 한 치의 틈도 없이 맞물렸다. 무의식중에 움찔, 허리가 떨렸다. 그러자 이대론 좀 곤란하단 생각이 들었다. 태하의 눈이 흘깃, 침실 문을 향했다.

판단은 어렵지 않게 섰다.

마지막으로 반질반질한 입술 겉면을 길게 핥아 올린 태하가, 순식간에 견주의 몸을 안아 들었다.

"후아! 숨 막혀서 혼났어요."

눈높이가 정반대로 바뀌었다. 올려다본 견주는 발갛게 달아오른 얼굴로 웃고 있었다. 가슴께로 따뜻한 기운이 퍼져 나갔다.

"침대로 갈게."

"좀…… 무서워질라 그래요. 그래도 참아 볼게요."

"잘 생각했어."

다부진 각오의 말이 태하의 행동에 힘을 실어 주었다. 성큼성큼 큰 걸음을 이용해 문을 열어젖히기까지 그 시간은 오래 걸리지 않았다. 잠시 후 침대가 출렁거렸다. 조심스런 손길로 견주를 내려놓는 순간 중단되었던 행위가 다시금 재개되었다.

이윽고 망설임 없는 태하의 손이 견주의 옷 속을 파고들었다.

"차가워요."

"조금 있으면 괜찮아질 거야."

"그럼 이것도 참아 볼게요."

의연하게 대처해 오는 태도에서 이미 잘 자란 어른의 면모를 보여 왔다. 더 이상 어디에도 아이의 모습은 남아 있지 않았다. 눈앞엔 그냥 제 여자밖에 없었다. 한없이 제 취향에 가까운, 아내라는 이름의 여자가.

옷을 벗겨 내는 손길은 서툴렀다. 서툰 만큼 다급하기도 했다. 헐렁한 티셔츠를 시작으로 브래지어 후크를 풀기까지 꽤나 고전을 면치 못했다. 그러는 사이에도 눈은 뚫어져라 앞을 향해 고정돼 있었다.

"저만 벗어요?"

양팔을 교차해 가슴을 가리는 모습까지 자극적이다. 자그마한 가슴에서 시선을 뗄 수가 없었다.

혼자 벗고 있는 게 싫은 거라면 해결책은 간단했다.

"아니."

겉옷이 벗겨져 나갈 때마다 호기심 어린 견주의 눈길이 달라붙었다. 그게 또 기분 좋은 자극제가 됐다.

기다렸다는 듯 때맞춰 뚜렷한 형체를 갖춰 가기 시작한 중심. 불룩하게 솟아오른 앞섶이 꿈틀거리며 존재감을 과시했다.

이 여자를 안고 싶다. 당장은 이 생각뿐이었다.

머릿속은 이미 열기로 잠식돼 있었다.

정해진 절차를 따르듯, 모으고 있던 연약한 두 다리를 힘으로 벌려 그 틈새를 비집고 들었다. 그 직후 겹치듯 몸을 포갰다. 부드럽게 눌리는 맨살의 느낌이 더 깊은 결합을 바랐다. 맞닿는 접촉면이 늘어날수록 견주의 얼굴은 긴장감으로 얼룩졌다.

그런데도 물러설 생각이 조금도 들지 않으니 최선을 다해 노력할 수밖에.

축, 경직된 견주의 이마 위로 따뜻한 태하의 입술이 내려앉았다. 미끄러지듯 내려간 입술이 볼을 건드리고 지나쳐 그 아래 목덜미에 안착했다.

"널 안을 거야."

낮은 속삭임을 마지막으로, 커다란 태하의 손이 소담한 가슴을 아프지 않을 정도의 힘으로 움켜쥐었다. 동시에 견주의 몸이 움찔 튀어 올랐다. 잔뜩 커진 동공이 세차게 흔들거린다. 말보다는 다른 걸로써 상황을 더 이해시킬 필요가 있었다.

가슴에서 손을 떼어 내자 크게 숨을 몰아쉰다. 그러나 안도하긴 일렀다.

비어 있던 태하의 손이 견주의 손목을 덥석 붙들었다. 그러곤 끌어당기듯 아래로 가져가 불룩해진 제 상황을 확인시켰다.

"이걸 넣고 흔들면, 생각보다 더 힘들지도 몰라."

"알고 있어요."

"싫다고 해도 중간엔 못 그만둬. 그건 알지?"

"그 정도 각오도 없을까 봐서요?"

목소리는 떨림에 가득 차 있었지만, 나오는 대답은 하나같이 당찼다. 대화는 여기서 끝이 났다.

"하읏!"

배꼽을 지나친 태하의 입술이 더 아래를 향했다.

"기분이 이상해요……."

은밀한 곳에서 전해지는 더운 입김에 견주가 몸을 비틀었다. 겪어 보지 못한 것에 대한 생리적인 거부 반응에 가까웠으나, 합의된 상황에서 문제 될 것은 없었다. 더 솔직해지자면 욕심을 잠재울 자신이 없다는 게 맞는 표현일는지도.

성적인 느낌을 띤 터치가 빼놓지 않고 견주의 몸 위를 누볐다. 쓸듯 매끄러운 피부를 매만져 보기도 하고 때론 까칠한 혀를 이용해 여기저기 맛을 보기도 했다.

손길이 지나가는 자리마다, 입술이 내려앉는 곳곳마다 열꽃이 피어올랐다. 시간이 지날수록 경직돼 있던 견주의 몸이 부드럽게 이완됐다. 그러나 완전히 아래가 젖지는 않았다. 그사이 태하의 남성은 한계치까지 팽창했다.

하지만 아직은 아냐.

준비가 덜 된 몸을 다치게 하고 싶지는 않았다. 자기 암시와 함께 최대한 전희에 공을 들였다.

"하아, 하아…… 으응……."

그러나 처음의 결심은 얼마 지나지 않아 또 다른 목소리를 내기 시작했다.

이대로 있다간 더 위험해질지도 몰라.

가느다랗게 유지해 오던 이성의 끈이 끊어질 위기에 놓였다. 몸도 마음도 그다음 상황을 바라고 있었다.

"쉬, 착하지."

훑듯 왼손으로 남성을 쥔 태하가 좀 더 하체를 밀착했다.

"여기로 날 받아들여야 해."

무의식중에 움직이려던 견주의 몸을 달아나지 못하도록 남은 한 팔로 단단히 고정시킨 태하가 서서히 진입을 시도했다.

"하윽!"

느릿하게 움직이는 것만으로도 끙끙 앓는 소리를 낸다. 등허리를 타고 내리는 식은땀에도 태하는 하던 행위를 멈추지 않았다.

역시 쉽지가 않다.

속도는 더딜 만큼 느렸다. 느렸지만 다른 한편으로는 착실하게 조금씩 천천히 앞을 향해 나아가고 있었다.

미칠 듯이 좋다.

간신히 앞부분만 삽입했을 뿐인데도 조여 오는 힘이 지나치게 크다. 쾌감이 온몸을 타고 올랐다. 얼마 안 가 치모가 배에 닿았다.

"으으응…… 으읏!"

허리를 뒤로 빼자 삽시간에 목소리가 높아졌다. 귀에 감겨드는 신음이 기분 좋은 망상을 낳았다.

참을성을 기대하기엔 이미 너무 먼 길을 돌아왔다.

어른답지 못한 것은 저인지도.

욕심을, 욕망을 채우려는 시도는 거칠고 무자비했다. 속도가 점점 빨라지고 있었다. 조절한다는 건 처음부터 불가능한 일이었는지도 모르겠다.

"웃웃웃……."

한 박자를 절반 정도로 짧게 끊어 부르는 스타카토의 신음이 아직까지는 괴로움 일색이었지만, 지금보다 더 시간이 지나면 분명 달라지는 게 있을 테지. 다가올 미래를 떠올리는 순간 머리뿐만 아니라 심장도 함께 뜨거워졌다.

지금 느끼는 이 감정을 함께 느끼는 날이 오길, 그렇게 소원했다.

헉헉.

어느덧 태하의 입에서도 거친 숨소리가 흘러나왔다. 관계가 지속될수록 치받히는 힘에 의해 견주의 몸이 자꾸만 침대 위로 떠밀려 올라갔다. 그러자 무의식중인지 두 팔을 태하의 목에 둘러 왔다. 그제야 없던 여유가 조금 생겨났다.

"하앗!"

단순한 상하 운동에서 벗어나, 허리를 한쪽 방향으로 돌리자 미묘하게 신음 소리가 달라진 게 느껴졌다. 아직은 아픔이 거지반이었지만, 그 속엔 희미한 열락의 숨결이 숨어 있었다.

"태하 씨……."

물기에 젖은 목소리가 태하를 부른다.

"아프게 해서 미안."

찡그린 눈썹이 곧 바르게 펴졌다. 어느덧 눈이 웃고 있다.

역시 나는 너 아니면 안 되는 모양이다.

제 몸 아래에서 흔들리는 하얀 나신에 온통 마음을 빼앗겼다.

침대의 흔들림이 갈수록 커졌다.

"온몸에 힘이 하나도 없는 것 같아요."

관계가 막 끝났을 무렵엔 손가락 하나 까딱하기 힘들 정도로 심한 탈력감에 빠져 있었다. 그 탓에 흐트러진 숨결을 고르고 난 다음에도 몸을 일으키기가 쉽지 않았다.

끄응, 앓는 소리가 저절로 새어 나왔다.

애벌레처럼 꾸물꾸물 움직여 밀려나 있던 시트를 끌어 올리려고 하자, 손이 닿기도 전에 저만치로 멀어져 버린다. 위쪽으로 고개를 들자 태하가 보였다.

"왜 방해해요……?"

"보기 좋아서."

뜻밖의 발언에 다급히 숨을 집어삼켰다. 얼굴색 하나 안 변하고 이런 낯 뜨거운 말을 잘도 한다. 기분 좋아 보이는 표정에서 단순히 듣기 좋으라고 한 말이 아니란 걸 알 수 있었다.

뻔뻔한 건지 아님 사람이 지나치게 솔직한 건지, 가끔은 구분이 안 간다.

그나저나 조금 곤란해진 것 같지?

아무것도 걸치지 않은 매끄러운 살결에 계속해 뜨거운 시선이 내려앉았다. 뒤늦게 부끄러움이 밀려들었다.

"그만 보고, 보고 싶으면 다음에 봐요."

"이미 다 봤는데 좀 봐주지 그래?"

"뭐래요. 여자는 볼 때마다 새로운 법이거든요?"

"아, 그런 거였어?"

흥! 콧소리를 내자 단박에 웃음이 짙어졌다.

"이거 알아요? 지금 성격 되게 나빠 보여요."

"그야 사실이니까?"

반박 대신 태하가 아무렇지 않게 어깨를 으쓱이며 긍정했다. 그 모습이 기가 막혀 저도 모르게 픽, 웃음이 나왔다.

"그보다 어디 봐."

자연스럽게 견주의 앞머리를 쓸어 올린 태하가 이마에 손을 가져다 댔다.

"다행히 열은 없네."

선천적으로 차가워 보이는 인상은 여전히 남아 있었지만, 바라보는 눈길은 더없이 따뜻하다. 잠시 후 이마에 닿아 있던 태하의 손끝이 덧그리듯 한 방향으로 움직였다.

"간지러워요."

"여기 말이야. 달이 내려앉은 것 같아."

평상시엔 앞머리에 가려져 보이지 않는 이마 위 흉터 자국은, 아주 오래전 홍난주의 옛 남자였던 조양수가 만든 상처였다. 이따금 세수를 끝낸 후 거울을 통해 보면 꼭 반달처럼 보이기도 했다.

"누가 그랬어?"

"기억 안 나요."

사실 알고 있다고 하면 분명 마음 아파할 테다. 말하자면 선의의 거짓말이었다. 태하는 별반 믿는 기색이 아니었지만.

문득 희미한 담배 냄새가 코끝을 스쳐 지나갔다. 그러나 태하에게서 기인된 냄새는 아니었다. 이를테면 머릿속 한편에 남아 있던 지난 기억의 잔재였다.

화풀이하듯 던진 재떨이. 그리고 고약했던 담배 냄새. 이마 위에서 피가 흘러내리고 있는 상황에서도 조양수는 킬킬대기 바빴다.

기억이 범람했다. 그러나 수위를 넘기 전에 하던 생각은 중단되었다. 손을 떼 낸 직후 태하의 입술이 이마 위로 내려앉았다. 마치 무언가를 알고 있기라도 하듯, 따뜻한 위로처럼 느껴졌다.

"담배, 이젠 아주 안 피우나 봐요?"

"네가 싫어하는 건 안 해."

"잘 생각했어요."

시간이 흘러 이 상처 역시 사랑할 수 있게 되었다. 과거의 그림자는 더 이상 견주를 옭아매지 못했다.

별무리가 쏟아져 내리는 것처럼 세상이 반짝여 보였다. 무심코 바라본 태하의 입술이 부각됐다. 근거리에서 시선이 마주쳤다. 키스를 하고 싶단 생각이 들었다. 그러나 제법 당돌했던 시도는 예기치 않은 일로 말미암아 무산됐다.

"윽!"

갑작스런 움직임에 회복되지 못한 몸이 비명을 질러 댔다. 지난밤에 나눴던 행위로 인해 아무래도 몸에 무리가 간 모양이었다.

"많이 안 좋아?"

"이 정도로 앓아누울 만큼 약하진 않아요. 근데 좀…… 불편하긴 해요."

"어디가?"

"근육이 좀 놀랐나 봐요."

허리를 톡톡 치자 가만히 고개를 끄덕인 태하가 손을 뻗어 왔다. 등줄기를 따라 움직이던 태하의 손길이 지그시 허리를 눌렀다. 그때마다 오싹한 기분이 들어 저도 모르게 몸을 비틀곤 했다.

"병원부터 가."

"겨우 이걸로요?"

"움직이기 힘든 거면 주치의를 이쪽으로 불러도 되고."

"제발 그건 참아 줘요."

"좀 그런가?"

"좀이 아니라 많이요. 대체 가서 뭐라고 설명할 생각이에요?"

"그야 사실대로 얘기하겠지."

농담이라면 좋았을 테지만 아쉽게도 태하의 말은 진실을 기반으로 하고 있었다. 견주의 입장에서는 재고할 여지조차 없었다.

"미안한데 정중하게 사양할게요. 오늘이 마지막도 아니고 하다 보면 언젠가는 적응되겠죠."

아프긴 했지만 그래도 싫진 않았다. 싫은 게 다 뭔가. 그리고 원래 아픈 만큼 성숙해지는 법이랬다.

몸을 울리는 아릿한 통증에도 멋모를 흥분감이 고양되었다.

처음이라 모든 게 서툴렀고 입 밖으로 새어 나오던 신음 소리조차 퇴폐적인 것과는 거리가 멀었지만, 그래도 다음이 기대되는 건 어쩔 수가 없었다. 사랑하는 사람에게 제 몸을 맡긴다는 건 이토록 경이로운 일이구나, 하고 새삼 깨달았을 만큼 행복한 경험이었다.

"빨리 익숙해지면 좋을 것 같아요."

솔직한 감상에, 태하의 눈빛이 어딘지 모르게 위험스런 빛을 띠었다.

"그 말은, 허락으로 받아들여도 되는 거지?"

"무슨 허락이요?"

"자주 해도 된다는 허락."

왠지 뉘앙스가 굉장히 애매모호했다.

"자주라면…… 얼마나요……?"

"아마 매일이겠지?"

"분명히 말해 두겠는데, 그건 너무 과해요."

"뭐, 이틀에 한 번도 나쁘진 않아."

"절 죽일 셈이에요?"

"좋아. 양보해서 주에 두 번. 더는 못 줄여 줘."

거기까지 말한 태하가 다시금 입장을 분명히 밝혔다. 생각이 바뀌기 전에 견주가 얼른 고개를 끄덕였다.

사실 고집을 피우면 횟수를 더 줄일 수도 있었겠지만, 주 1회는 제가 생각하기에도 너무 야박했다. 이쯤에서 타협점을 찾는 게 견주로서도 바람직한 결론이었다.

하나의 합의점에 이른 이후 태하가 기분 좋은 얼굴로 잠시 자리를 비웠다.

"으으…… 평소에 운동이라도 해야 하는 거 아냐?"

생각했던 것 이상으로 체력 소모가 심했다. 마라톤이라도 뛴 것처럼 팔다리가 후들거렸다. 늘어진 채 잠시 침대에 엎드려 쉬고 있는 사이, 자리를 비웠던 태하가 방으로 돌아왔다. 태하의 손엔 따뜻한 물에 적셔 짠 타월이 들려 있었다.

"뭐예요, 그건?"

"나쁘겐 안 해. 이대론 찝찝할 거 아냐."

"그래서요?"

"닦아 줄까 하고."

"돼, 됐어요. 그냥 제가 씻으면 돼요."

"사양할 거 없어."

"이 정돈 혼자 할 수 있어요."

다른 말이 나오기 전에 재빨리 자리에서 일어난 견주가 침대 밑으로 발을 디뎠다. 그러나 호기롭게 행한 행동은 불행히도 끝이 좋지 못했다.

"윽!"

갑작스런 충격에 찌르르 허리가 울렸다. 무릎이 꺾이며 한차례 몸이 휘청거렸다. 사색이 된 태하가 빠른 걸음을 이용해 가까이 다가섰다.

"조심해야지. 어디 다치진 않았어?"

"이 정도로는 끄떡없어요."

"큰소리는. 씻고 싶은 거라면 내가 데려다줄게."

이번만큼은 태하의 제안을 거절할 수가 없었다.

첫 경험에서 나타난 출혈의 흔적이 허벅지를 타고 흘러내렸다. 몰랐는데 시트 위에도 자국이 남아 있었다. 예상치 못한 일에 얼굴이 새빨갛게 달아올랐다.

"……그럼 부탁할게요."

해서 또다시 달랑 들어 올려진 채로 욕실로 향했다. 정해진 순서를 따르듯 태하가 비어 있던 욕조에 따뜻한 물을 채워 넣기 시작했다. 하지만 왜인지 할 일을 모두 끝낸 뒤에도 태하는 움직일 기미를 보이지 않았다.

"왜…… 안 나가요……?"

"글쎄. 왜일까?"

"그러니까…… 같이 씻잔 얘긴 아니죠?"

그는 대답이 없었다. 대신 어느 정도 물이 차 있던 욕조에 스스럼없이 발을 들여놓았다. 이 상황에서 제가 할 일은 별로 남아 있지 않았다. 이윽고 태하의 손길이 부드럽게 온몸을 누볐다.

행복한 하루가 지나가고 있었다.

side story 1

흐릿한 인상이어서 좋은 점은 아무래도 눈에 띄지 않는 평범함을 꼽을 수 있었다. 넘치게 받아 든 꽃은 한동안 뜬소문 같은 얘깃거리로 회자되었지만, 정작 당사자인 견주를 알아보는 기색은 아니었다.

이기적일 정도로 시선을 잡아끄는 것은 다행히 태하뿐이었다. 지나치게 눈에 띄는 외모도 늘 좋은 것만은 아니란 생각이 들었다.

이래서 사람은 작은 것에도 감사할 줄 알아야 하나 보다.

혹시 몰라 입장이 곤란해지기라도 할까 봐 꾹 눌러쓰고 다니던 모자는 얼마 안 가 홀가분하게 벗어 던졌다. 곧 새로운 일상이 시작되었다.

부쩍 바빠진 나날에 더러는 하루해가 짧게 느껴질 정도로 하루하루가 눈코 뜰 새 없이 빠르게 지나갔다. 그사이 빈약했던 인간관계에도 많은 변화가 생겼다.

당장은 얼굴도 기억나지 않는 많은 사람들과 서툴게 인사를 주고받는 동안 주변엔 그만큼 아는 사람이 늘어났다.

태반은 형식적인 사귐에서 그쳤지만, 그중에서도 남다르게 생각하는 부류가 생겨나기도 했다. 함께 강의를 듣거나, 함께 밥을 먹고, 함께 차를 마시거나, 함께 모여 수다를 떠는 일이 자연스러워지고 나서부턴 관계를 맺고 끊는 데 있어 더 이상 겁내지 않게 됐다.

이토록이나 쉬웠구나.

가끔은 경이로운 느낌이 들기도 했다.

평탄했던 일상에 또 다른 변화를 가져온 것은 태하가 선물한 차였다. 처음엔 이렇게까지 큰 파장이 일 거라곤 생각지 못했다. 그러나 곧 그 생각이 잘못된 거란 걸 깨달았다.

경영대 벤틀리.

낯 뜨거운 이 단어는 견주를 가리키는 또 다른 이름이 됐다.

집안에 돈이 많은가 봐.

그리고 최근 이 비슷한 얘길 가장 많이 듣고 있었다.

세인의 입에 오르내리길 여러 차례, 원치 않게 받게 된 유명세에 이번엔 걸치고 있던 옷가지와 가방, 차고 있던 시계 따위가 관심의 대상이 됐다.

비단 수수해 보이던 소지품 대부분이 값비싼 명품이었다. 브랜드에 관심이 없던 견주에게 늘 선물을 사다 안기는 건 태하의 몫이었다. 뒤늦게 가격을 알고 나선 한동안 낭비벽이 의심되기도 했었다.

물론 벤틀리에 비할 바는 아니었지만 그래도 비싼 건 비싼 거였다.

살아온 환경의 차이를 완전히 무시할 수도 없었던 게, 받는 것에 어느 정도 익숙해지고 난 다음에도 소시민적인 사고방식을 모두 버릴 수는 없었다. 그렇다고 해서 당사자인 견주가 상품에 대한 가치를 알아보느냐하면 그것도 그렇지가 않았다.

"얘기 좀 해요."

"왜 이렇게 골이 났어? 내가 뭐 잘못한 거라도 있어?"

"이번에 사 온 시계 말이에요."

"마음에 안 들어?"

"그 얘기가 아니라…… 이렇게 쓰다간 금방 가난해지고 말 거예요. 생각해 봤는데요. 무절제한 소비 습관이 가정 경제에 미치는 영향에 대해서도 한번 진지하게 고민해 볼 필요가 있는 것 같아요."

"걱정 마. 돈이 부족해 본 적은 없으니까."

충분히 예상 가능했던 범주의 답변이었다. 그래서 따로 준비해 둔 말이 있었다.

"미래는 아무도 모르는 거랬어요."

"뭐가 불안해서 그래?"

"덮어놓고 쓰다 보면 거지꼴 못 면한다잖아요. 거기다 사치도 해 본 사람이 한다고, 전 그쪽으론 별로 재주 없나 봐요. 괜한 참견처럼 들리는 거라면 이쯤에서 그만둘게요."

"우린 부부고, 아내로서 당연히 걱정할 수 있는 부분이야. 이해해. 말이 나와서 하는 얘긴데, 삼성동 상가랑 서초동 부지도 이번 기회에 네 명의로 옮겨 줄게."

대화 내내 작은 표정의 변화조차 찾아 볼 수 없었다. 두 팔을 교차해 느긋하게 팔짱을 끼는 동작까지 뭐 하나 흐트러짐이 없었다.

이 자리에서 당혹스러운 건 견주뿐이었다.

가장 손쉬운 방법으로 가장 합리적인 대안을 제시해 오는 태하의 발언이 어김없이 견주의 말문을 막았다.

태하가 말한 삼성동 상가는 과거에 권성엽이 홍난주에게 약조했던 것으로, 시가로 따지자면 90억 상당에 해당하는 건물이었다. 서초동 부지야 따로 말할 것도 없었다.

"……그래도 제 나이에 이렇게까지 좋은 건 필요 없어요."

"그러니까 너무 비싼 것만 아니라면 된다는 거지?"

"맞아요. 제 말이 그 말이에요."

"왜 그래야 하지? 나는 너한테 들어가는 건 별로 아끼고 싶지 않아."

단호한 말로써 해 오는 입장 정리에 현재 상황도 잊은 채 입이 헤벌쭉 벌어질 뻔했다. 가까스로 평정심을 유지한 견주가 이어 말했다.

"돈 벌어서 다 제 밑으로 들어가면, 그…… 나중에 아이 낳으면 뭐 먹고 살아요."

말하고서도 쑥스러움에 목덜미가 달아올랐다. 그걸 숨기려고 화가 난 척 허리에 두 손을 올리고 다소 엄한 얼굴로 입장을 대변했더니, 돌아온 반응은 제 예상을 훌쩍 뛰어넘은 것이었다.

"아이……. 그래. 아이가 있었지."

태하는 어딘지 모르게 꿈을 꾸는 것 같은 아득한 표정이 되었다. 애초에 관심을 두는 주제부터가 달랐다.

"난 딸이 좋은 것 같아."

"뭐, 뭐라는 거예요."

"아이는 한 셋쯤 낳을까? 좋은 아빠가 돼 줄게. 사실 넷도 괜찮은 것 같아."

예기치 못한 사이 대화가 엉뚱한 방향으로 흐르기 시작했다.

아니 그보다 왜 은근슬쩍 숫자가 늘어나?

물론 가족이 느는 건 좋은 일이었지만, 태하를 닮은 아이라면 더 사랑스러울 것 같긴 하지만, 그전에 일단 다른 것부터 맞춰 보고 결정할 문제 아닌가?

때맞춰 머릿속에선 서로 간에 밀착해 있는 태하와 자신의 모습이 그려졌다. 쓸데없이 자극적이었다.

이쯤 되니 처음의 목적은 별로 중요치 않게 됐다. 사실 태하의 주장이 아주 틀린 말도 아니어서 스스로도 모르는 사이 설득당해 버렸다. 뒤늦게 불찰을 깨달았을 땐 이미 대화는 일단락된 후였다.

아무래도 지능범 같단 말이야…….

정신을 빼앗는 화법에, 함께 대화를 나누다 보면 가끔씩 귀신에 홀리기라도 한 것처럼 흐름을 넘겨 줄 때가 있었다. 결국 이번에도 뜻은 관철되지 못했다.

사정이 이렇다 보니 여전히 견주는 경영대 벤틀리로 불리고 있었다. 하지만 차를 놓고 다닐 수도 없었다.

버스가 편하단 말로 변명이라도 댈라치면, 어김없이 태하가 태워다 주겠단 말로 못을 박았다. 그리고 태하가 주로 타고 다니는 차는 마이바흐였다.

벤틀리만으로 충분한데 거기에 다른 소문을 덧붙일 생각은 조금도 없었다. 그래서 날마다 학교 언덕을 오르는 벤틀리는 오늘도 기운이 넘쳤다.

"과팅?"

"과대가 추진하는 거라던데? 이번 엠티 정경대랑 같이 움직인다
고 벌써부터 난리잖아. 정경대 수준 높은 거야 다 아는 얘기고, 어
쩌면 의대 애들도 합류할지 모른대. 작년에 수련원 새로 지었잖
아."

"사람 많음 재미있겠네."

"얘 좀 봐. 왜 남 말 하듯 하고 있어."

"응?"

"뭐야, 그 반응은. 설마 참석 안 하려고? 언제까지 그 비싼 벤
틀리에 영양가 없는 우리만 태우고 다닐 거야. 남자를 태우라고,
남자!"

선택한 전공이 적성에 맞지 않는다는 이유로 중간에서 다니던
학교를 그만두고, 다시 시험을 쳐 대학에 들어온 이결은 동기들 중
에서 유일하게 견주와 나이가 같았다. 이결이 이렇게 목소리를 높
이며 과팅의 중요성을 역설하는 것은 최근 들어 애인이 생겼기 때
문이다.

좋을 때지.

이결의 닦달에 견주가 들고 있던 커피 스트로를 입가로 가져갔
다. 금방 쌉싸름한 커피 향이 입안 가득 퍼졌다.

"언닌 너무 위기의식이 없어. 집이랑 학교만 왔다 갔다 하면 대
체 남잔 어디서 만나? 사람은 움직여야 길이 보인다니까."

이 말을 해 온 건 맞은편에 앉아 있던 조위영이었다.

"위영이 말에 동의. 언닌 연하는 별로라며. 동기들은 남자로도
안 보일 텐데, 이렇게라도 만나 봐야 남자 보는 안목도 길러지고
하는 거지. 머뭇거리다간 눈 깜빡할 사이에 괜찮은 남잔 다른 사람
이 다 채 가고 없을걸?"

옆자리를 차지하고 있던 영서가 위영의 말에 맞장구를 쳤다. 약속이라도 한 것처럼 세 사람의 눈이 모두 견주를 향했다.

"이번 엠티 빠지기 없기야."

표면적으로 드러나길 네 사람 중 애인이 있는 사람은 이결과 위영 단둘뿐이었다. 그러다 보니 이번 일과 관련해 영서가 가장 적극적으로 의견을 타진하고 나섰다. 한마음 한뜻으로 보내오는 눈빛 공격에 조금 곤란한 얼굴이 되었다.

"미안한데, 나 그 과팅 못 해."

"못 하는 게 어디 있어. 자꾸 빼면 재미없을 줄 알아!"

"그렇게 말해도…… 바람은 나쁜 거잖아."

"?"

"나, 이미 결혼했어."

"뭐……?"

"결혼해서 남편 있어. 숨기려던 건 아니고 말할 타이밍이 없어서 이제야 말하네."

쑥스러움에 볼을 긁적이며 말을 끝내자, 뜻밖의 상황에 다들 어리둥절한 얼굴을 감추지 못했다. 가장 먼저 정신을 차린 건 이결이었다.

"농담이지?"

"아마 아닐걸?"

"뭐야, 이 상황. 설마 이걸 우리더러 믿으란 거야?"

"믿어. 믿는 자에게 복이 온다잖아."

진실을 가늠하는 눈초리는 매서웠다. 목이 타는 듯 앞쪽으로 손을 뻗은 이결이 테이블 위에 놓여 있던 커피를 그러쥐었다. 입가에 대자마자 남아 있던 커피 양이 빠르게 줄어들었다.

"사고 쳤어? 설마…… 우리 모르는 애도 있고 막 그런 건 아니지?"

"거기까진 너무 나갔어."

"그러니까 결혼한 건 사실이란 거네? 어떻게 된 거야. 집에서 정해 준 사람이라도 있었던 거야? 왜 정략결혼 같은 거 말이야."

"이래 봬도 내가 연애 선배야."

"헐…… 대박."

"놀랐지?"

"그걸 말이라고 해? 이 중요한 걸 왜 이제야 얘기해!"

"안 그래도 자리 한번 마련하려고 생각하고 있었어. 그전에 일이 이렇게 돼 버렸지만."

웃자고 한 장난이 아니란 걸 눈치챈 이래로, 의기투합한 세 사람이 두서없이 질문을 쏟아 내기 시작했다.

"나이는? 아니 그보다 뭐 하는 사람이야?"

"언니 나이가 몇인데 벌써 결혼이야. 대체 결혼을 언제 했단 거야?"

"난 아직도 안 믿겨. 농담 아닌 거지?"

정 많은 이결이 내내 캐묻는 걸 멈추지 않았다. 도시적인 느낌을 물씬 풍기는 미인상의 위영이 잔뜩 의심 어린 눈길을 보냈다. 귀여운 얼굴에 유독 살가운 영서는 놀라움에 자리에서 벌떡 일어섰다가 털썩 주저앉기까지 했다.

"숨넘어갈라. 천천히 한 가지씩 물어봐. 연상이고, 잘해 줘."

"연상? 몇 살 연상?"

"열 살."

"그건 도둑이잖아!"

세 사람이 이구동성으로 목소리를 높였다. 어쩐지 야단을 맞는 기분이 들기도 했다.

하긴 이 나이 때의 열 살 차이란, 오빠와 아저씨의 경계 지점에 서 있을 때다. 굳이 분류를 하자면 아저씨에 더 가까울 나이였다. 하지만 아저씨란 단어는 태하와는 어울리지 않았다.

여기서 편을 들면 역성든다고 하겠지?

흡사 물가에 내놓은 아이라도 된 것처럼 가끔은 이렇게 나이 차 이도 잊고 동생 대하듯 해 올 때가 있다. 스스럼없는 태도가 편한 사이란 걸 단적으로 말해 왔다.

"아무래도 밥 사라고 해야겠지?"

"그야 두말하면 잔소리지. 놀란 거 생각하면 밥이 대수야?"

"알았어. 그럼 술도 사라고 할게."

"……정말이지 옛말 틀린 거 하나 없다니까. 얌전한 고양이 부 뚜막에 먼저 올라간다더니, 딱 그거잖아. 그보다 손에서 반지는 왜 빼놓고 다녀?"

허전하게 비어 있는 견주의 손가락을 바라보며 이결이 해명을 요구해 왔다.

"그게 말이야. 손에 좀 커."

견주가 말한 크다의 개념이 반지 정중앙에 위치해 있는 다이아 몬드의 크기를 의미했다면, 받아들이는 입장에서는 사이즈의 문제 로 오해하기 딱 좋은 발언이었다. 그러나 모로 가도 서울만 가면 된다고 다행히 뜻은 하나로 통했다.

"잃어버릴까 봐 걱정이 된다는 거지? 그러니까 지금 차고 있는 까르띠에 시계도 예물 개념인 거네?"

"비슷하지 않을까?"

"정말 결혼한 거 맞는 거구나."

생각 끝에 하나의 결론에 이른 이결이 목을 쭉 빼며 상체를 앞쪽으로 기울였다.

"휴대폰 좀 보여 줘. 사진 있을 거 아냐."

이결의 요구에 위영과 영서도 호기심 어린 눈빛을 보냈다. 거절할 이유가 없던 견주가 이내 사진 폴더를 열었다.

"어디 봐 봐."

옹기종기 모여든 머리가 휴대폰 화면 앞을 떠날 줄 몰랐다. 예상을 벗어나지 않는 선에서 반응은 하나로 모아졌다.

"……무슨 남자 얼굴이 그리스 조각상이네. 알고 보니 전생에 나라를 구했나 봐."

"……얼굴 뜯어먹고 살아도 될 것 같아."

"……몰랐는데, 언니도 남자 볼 때 얼굴 보는구나. 괜찮은 남자는 다 결혼을 했거나 게이라더니……."

겸양은 미덕이라지만, 드러난 사실 앞에 지나친 겸손은 허물이 되기도 하는 법이었다.

"내가 봐도 잘생기긴 한 것 같아."

부끄러움 없는 얼굴로 견주가 짧게 고개를 끄덕이며 긍정했다.

"왜 이렇게 뻔뻔해."

"사실은 사실이니까."

"난 인정."

시끄러운 수다는 그 뒤로도 한참이나 더 이어졌다. 결국 밥과 술에 이어 디저트까지 책임지기로 약속한 후에야 대화는 일단락됐다.

side story 2

　반갑지 않은 불청객의 방문을 알리는 인터폰 소리가 한가로운
주말의 평온함을 깨트렸다.

　— 저기…… 홍난주라고 해요. 권태하 실장을 만나러 왔어요.
꼭 좀 만나야 해요.

　기억에 남아 있는 목소리, 홍난주였다. 한결 조심스러운 음성이
그냥 듣기에도 긴장한 기색이 역력했다. 예전과 달라진 게 있다면
시종일관 안하무인 했던 태도가 한결 저자세로 바뀌었다는 점이겠
지. 생각 이상으로 많은 시간이 흘렀음이 그제야 실감 났다.

　사기 혐의로 피소돼 형을 살았던 홍난주의 출소 이후 행방에 대
해서는 딱히 관심을 두지 않았다. 그래서 그간 어디에 있는지, 뭘
하고 지내는지 알지 못했다.

　여기로 찾아올 줄은 몰랐는데…….

　인터폰에서 눈을 뗀 견주가 물끄러미 태하를 바라보자 그가 가

만히 고개를 가로저었다. 상대하지 말고 이대로 무시하란 의미였다.

"피하면 또 올 거예요. 귀찮은 일은 만들고 싶지 않아요."

"괜찮겠어?"

"그럼요. 잘못한 것도 없는걸요."

제 뜻을 분명히 해 오는 견주의 말에 그는 더 이상 아무런 말도 덧붙이지 않았다. 대신 다가가 손을 꼭 잡아 주었다.

"나가서 만나요."

홍난주를 집 안에 들이고 싶지는 않았다. 이곳은 저와 태하, 그리고 앞으로 태어날 아이들의 공간이었다.

바깥으로 걸어 나와 문을 열자, 초조한 빛을 띤 홍난주가 뒤늦게 고개를 들었다.

"아!"

견주를 발견한 홍난주의 입에서 의미 모를 탄성이 터져 나왔다. 의심과 안도가 뒤범벅된 얼굴은 어딘지 모르게 감정을 구분해 내기가 어려웠다.

"무사했구나…… 다행이야."

"오랜만이에요."

"그런데 왜…… 두 사람이 함께…… 어떻게 된 거야……?"

견주를 지나친 홍난주의 눈빛이 곁에 있던 태하를 향했다. 이어 맞잡고 있던 태하의 손으로 혼란함을 띤 눈길이 내려앉았다.

"보이는 그대로예요."

"?"

"함께 살고 있어요."

"둘이서……?"

"네. 뭐가 잘못되기라도 했나요?"

"언제부터야?"

"그게 중요한가요?"

반문하는 견주의 목소리는 내내 담담했다. 홍난주가 지그시 입술을 깨물었다. 정해진 순서처럼 억눌린 원망의 말이 태하에게 향했다.

"왜 말하지 않았나요. 찾았다면 내게도 말을 했어야죠. 전, 애 엄마예요."

대꾸할 가치도 없는 말에 태하는 말을 아꼈다.

엄마?

하찮은 이 울림이 견주를 더 단단하게 만들었다. 약간의 질책이 담긴 말을 끝으로 홍난주의 시선이 다시금 견주에게 고정됐다.

"몸은…… 몸은 괜찮아? 어디 아픈 덴 없어? 잘 지낸 거 맞지?"

다가서려는 여자의 손길을 피해 한 걸음 뒤로 물러섰다. 방향을 잃은 홍난주의 손이 공중에서 멎었다.

"난…… 그러니까 난……."

"이렇게도 다시 만나네요. 하지만 좀 의외긴 해요. 당신은 대체 여기가 어디라고 생각하고 찾아온 거예요?"

작은 흔들림조차 찾아볼 수 없는 냉담한 견주의 반응이 홍난주의 접근을 막아섰다. 입가엔 자연스럽게 미소가 떠올랐다. 그러자 홍난주가 괴로운 표정을 지어 보였다.

"……날 원망한다는 거 알아."

홍난주의 말은 틀렸다. 그런 소모적인 감정조차 우리 사이엔 불필요한 사치였다.

"그런 말을 하기엔 너무 늦었어요."

입에서 흘러나오는 목소리는 높낮이를 구분하기 어려울 정도로 평탄했다. 희게 질린 홍난주가 고개를 아래로 떨궜다.

"내 죄가 커. 정말이지 내가 잘못 살았어."

질끈 감았다 뜬 눈가가 어느덧 이슬처럼 젖어 든다. 그것은 마치 진심인 듯 보이기도 했다. 그러나 제가 알던 홍난주는 이런 눈물을 보일 줄 아는 사람이 아니었다.

"불필요한 얘긴 하고 싶지 않아요."

"견주야."

이런 식의 부름은 홍난주에게 허락된 특권이 아니었다. 애틋함이 녹아든 다정한 음성에도 신기할 정도로 아무런 감흥이 생기지 않았다.

"왜 오셨어요."

"……네 소식이 궁금해서, 그래서 왔어."

"돈이 필요해서가 아니라요?"

"아냐!"

"그런가요."

"그러니까 그게…… 용기가 안 났어. 안 좋은 소식이라도 들을까 봐……. 정말이야. 몇 번이나 와 보려고 했어. 와 보려고 했는데, 그럴 수가 없었어."

예전의 홍난주는 고압적인 태도로 모든 걸 명령하듯 말하곤 했었다. 때문에 말끝을 흐리는 지금의 화법은 어딘지 모르게 홍난주와는 어울리지 않는단 생각이 들었다.

견주의 시선이 차근차근 홍난주를 뜯어봤다.

화장기 없는 얼굴, 햇볕에 그을려 생긴 기미, 좁은 어깨, 내내 풍겨 대던 고약한 향수 냄새도 더 이상 홍난주의 몸에서 묻어 나오지 않았다.

달라졌다고 말하고 싶은 건가?

제 입으로 잘못을 이야기하는 홍난주라…… 어떻게 봐도 그녀답지 않은 행동이었다. 차라리 비난을 앞세워 악다구니를 써 오는 게 훨씬 더 홍난주다운 행동이었다.

하지만 달라졌다고 한들 변하는 게 있을까?

지루한 대화에 새로운 포문을 연 건 홍난주였다.

"저기 그리고…… 네 동생이야."

시선을 조금 옆으로 옮기자 구김살 없는 표정을 한 아이가 배꼽 인사를 해 온다.

"안녕하세요. 제 이름은 박윤수예요. 샛별 어린이집에 다니고 있어요."

예의 바른 행동은 학습된 결과였다. 고수머리에 동글동글한 얼굴이 꽤 귀염성 있게 느껴졌다. 밝아 보이는 얼굴에서 아이가 사랑받고 컸다는 걸 알 수 있었다. 결정적으로 홍난주와는 조금도 닮지 않았다.

"예쁘네요. 나완 상관없지만."

감상은 그뿐이었다.

분명하게 선을 긋는 견주의 태도에 홍난주가 아플 정도로 입술을 깨물었다.

"그래도 그 앤 네 동생이야."

"아주 안 보고 살 수 있으시겠어요? 안 보고 살 수 있는 거라면, 그럼 저 주세요. 제가 키울게요."

"!"

말이 끝나기 무섭게 서둘러 홍난주가 아이를 그녀의 등 뒤로 숨졌다. 흡사 빼앗기기라도 할까 봐 눈빛은 두려움에 차 있었다.

확실히 어린 저를 대할 때와는 다르다.

한눈에 보기에도 소중하게 여기는 게 티가 났다.

"싫은가 보네요."

"……아이 아빠가 집에서 기다리고 있어. 법 없이도 살 만큼 착한 사람이야. 나한텐 과분한 사람이야."

"잘됐네요. 아이는 행복해질 필요가 있으니까요."

"……."

불행을 입에 담지 않은 시점에서 홍난주보다 우위에 설 수 있었다.

"아이에겐 제대로 된 엄마가 필요해요. 가능하다면 좋은 엄마가 돼 줘요."

"그, 그래."

"마음만으로는 안 되는 것도 있어요. 제대로 키우려면 돈도 꽤 들 거예요."

"일을 하고 있어. 예전처럼 그런 일 말고, 몸은 좀 고되지만 제대로 된 일이야. 그러니까 내 말은, 돈 때문에 여길 온 건 아니란 얘길 하고 싶어서야."

"일일이 설명하지 않아도 돼요."

어차피 변하는 건 없을 테니까.

"……너한테 못할 짓 했단 거 누구보다 내가 더 잘 알아. 아는데도 그땐 어쩔 수가 없었어. 지금은 미안하게 생각하고 있어. 진심으로 하는 말이야."

세상의 아름다움을 이제야 알게 된 여자가 저곳에 있다. 그러나 더 이상 자신과는 아무런 상관이 없는 사람이었다.

견주는 지금의 상황을 당사자가 아닌 제삼자의 입장에서 바라보고 있었다. 그로 인해 홍난주가 해 오는 얘기는 어떠한 의미도 가지지 못했다.

"바라는 거 없어. 정말이야. 단지 그냥…… 가끔씩 얼굴 보면서 살아."

"아뇨. 그건 제가 싫어요."

"견주야……."

"이번이 마지막이에요. 다음은 없어요."

"그래도 우린 가족이야."

"착각하지 말아요. 지금 저한테 가족은 이 사람뿐이에요."

천천히 얼굴을 기울인 견주가 당연하다는 듯 태하의 품을 파고들었다.

일부러 보이기 위한 행동은 아니었다. 외면하기 위한 노력과도 달랐다. 그냥 일찍이 깨달아서였다.

"모르나 본데, 저 당신 딸 안 한 지 이미 오래됐어요."

입가에 매단 미소가 조금 더 깊어졌다.

"그냥 남남일 뿐이에요. 그뿐이에요."

마침내 홍난주가 눈물을 보였다. 그러나 여전히 견주는 미소를 잃지 않고 있었다. 완벽한 거부였다.

곧이어 견주가 마지막일 말을 입에 담았다.

"그래도…… 행복해질 수 있다면, 그렇게 해요."

일부러 당신의 불행을 바라진 않아. 당신과 똑같은 사람은 되고 싶지 않으니까.

한때 누구보다 치열하게 이 사람을 사랑했던 때가 있었다. 그래서 아팠고, 그래서 괴로웠다.

이젠 지나간 과거가 돼 버린 일.

성장을 끝내고 어른이 된 견주의 행복에 더 이상 홍난주의 자리는 남아 있지 않았다.

"그만 가세요."

물기에 젖어 엉망이 된 홍난주의 얼굴 위로 후회가 떠올랐다. 때맞춰 '엄마' 하고 보채는 아이의 목소리가 처한 현실을 일깨웠다. 적어도 여긴 그녀가 있을 곳이 못 됐다. 이내 결심했다는 듯 홍난주가 아이의 손을 단단히 붙들었다.

"······늘 미워한 건 아니었어. 가끔은 네가 사랑스럽기도 했었어. 이건 진짜야."

헤어짐의 시간이 마침내 도래했다.

등을 보이며 걷기 시작한 홍난주의 뒷모습을 잠시간 일별했다. 그러곤 미련 없이 고개를 돌려 태하를 바라봤다.

"들어가요."

당신과 내가 있는 따뜻한 우리 집으로.

"너무 참지 않아도 돼. 울고 싶으면 울어. 내 앞에선 그래도 돼."

"아뇨. 전 지금보다 더 강해질 거예요. 그러니까 안 울래요. 우는 건 태교에도 안 좋다고 하잖아요."

씩씩하게 지어 보인 웃음은 가짜가 아니라 진짜였다.

"지금도 충분히 강해. 분명 좋은 엄마가 될 거야."

"정말요?"

"태어날 아이는 널 닮았으면 좋겠어. 강하고, 아주 똑 부러지는 아이로 성장할 것 같거든."

"에이. 그건 안 돼요. 태하 씨 닮아야죠. 전 태하 씨 닮은 얼굴이 좋아요."

소소하게 주고받은 농담 끝에, 이제 막 임신 3개월째로 접어든 납작한 배를 가만히 만져 보았다. 아직 태동을 느껴 본 적은 없지만, 이곳엔 태하와 자신의 2세가 자라고 있었다.

"사실 건강하게만 태어나면 돼요. 더 바라는 건 없어요."

"그야 물론이지. 건강하기만 하면 다른 건 아무래도 상관없어."

아직 일어나지 않은 앞으로의 일을 상상으로 그려 볼 때마다, 행복한 미래가 눈앞으로 펼쳐졌다. 시간이 더 흘러 둘뿐이었던 공간은 아이의 웃음소리로 가득 채워졌다.

— *The end*

작가 후기

서늘한 바람이 불어오기 시작하는 가을입니다. 안녕하세요. 스칼렛에서 인사드리게 된 공은주(나뭇가지)입니다.

매번 그렇지만 연재했던 글이 책으로 엮여 나온다는 건 굉장히 설레는 일 같아요. 개인사와 겹쳐 유독 어렵게 끝맺음 한 글인데, 이렇게 후기로 인사드릴 수 있게 돼 감사함을 느낍니다.

뜻하지 않은 일로 경매 공부를 하게 됐지만, 언젠가 이 주제로 글을 써 보는 날도 오지 않을까요? 걱정과 염려 덕분에 요즘은 좋은 생각만 하고 있답니다.

이번 후기는 짤막하게나마 책과 관련한 취향에 대해 한번 이야기해 볼까 합니다.

글을 쓰는 입장에서 얘기하자면, 경험상 독서와 작문에 따라 선호되는 타입이 나뉘기도 합니다. 저 같은 경우 이 두 개의 취향이 딱 맞아떨어지진 않습니다.

아무래도 편하게 글이 써지는 건, 호흡을 길게 이끌어 나갈 수 있는, 가령 특정 감정이 뼈대를 이루는 내용 같아요. 반대로 독서 취향대로 따랐다면 조금 더 밝고 유쾌한 로맨틱 코미디를 쓰고 있지 않았을까요?

지금까지는 대체로 쓰고 싶은 취향에 맞춰 글을 써 봤으니, 다음 글은 독서 취향에 어울리는 산뜻한 내용으로 찾아뵐 수 있으면 하는 바람입니다.

고정 틀에 얽매이지 않고, 쓰고 싶은 주제도 읽고 싶은 소재도, 두루두루 선보일 수 있도록 열심히 노력하겠습니다.

늘 고맙고 감사한 마음입니다.

공은주(나뭇가지) 드림.